KB036146

흔해빠진 직업으로 세계최강 제로

ARIFURETA SHOKUGYOU DE SEKAISAIKYOU ZERO

시라코메 료
shirakome ryo

illust. **타카야Ki**
Takayaki

흔해빠진 직업으로 세계최강
ARIFURETA SHOKUGYOU DE SEKAISAIKYOU
ZERO

#6

시라코메 료 지음
타카야Ki 일러스트
김장준 옮김

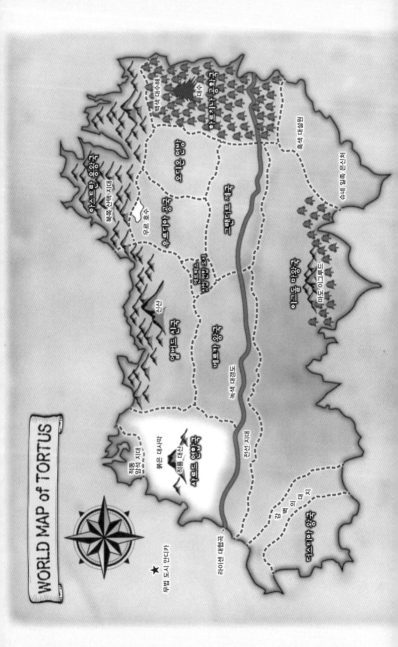

CONTENTS

프롤로그

"언니이이이!"

"디이이네에에에!"

마장 잠함궁 락 엘레인 선창에서 자매 상봉의 환성이 울려 퍼졌다. 서로 공중으로 몸을 날리다시피 끌어안고 눈시울에는 눈물까지 고였다.

누가 보면 10년 만에 만난 줄 알겠다. 헤어진 지 반년밖에 안 됐는데.

"오 군, 어서 와. 어땠어?"

"문제없었어. 시간이 좀 걸렸지만."

교회와의 결전을 앞두고 소집한 마지막 집단— 메르지네 해적단을 맞이하러 갔던 오스카에게 밀레디가 달려갔다.

사실 메일이 가고 싶었겠지만, 메일에게는 다른 역할이 있었고 오스카에게도 마중 외의 목적이 있었기 때문에 마지막에 도착하고 말았다.

"……뭐야, 너희. 뭔가 전이랑 분위기가 다르네?"

"캐티, 넌 눈치도 없냐. 보면 알잖아."

해적단 묘인 캐티와 부선장 크리스가 다가왔다. 캐티가 설마 하며 얼굴을 붉혔고 크리스는 히죽대고 있었다.

남들이 보기에는 묘한 거리감이었을까. 밀레디가 큼큼 헛기침하고 한 발짝 물러났다.

"밀레디 씨, 아직 할 이야기가……."

"용사, 잠시 빠져줄래? 공주는 나와 대화를…… 아차, 무서운 기사님이 돌아오셨군."

용사 라인하이트와 마왕 라수르가 왔다. 밀레디가 지긋지긋한 기색으로 은근슬쩍 오스카를 방패로 내세웠다. 라인하이트가 오스카에게 눈총을 쏘고 라수르는 속을 알 수 없는 미소를 지었다.

"이놈들! 다 그만하지 못해! 우리 귀여운 밀레디는 아무한테도 못 준다고 했을 텐데!"

"라수르 님! 라이센의 공주라니요! 마왕에게 어울리는 신분이 아닙니다!"

이어서 시뻘건 얼굴로 분개하는 해방자 총장 살루스와 마왕군의 여장군 레스티나까지 나왔다.

"어? 어어? 용사랑 마왕까지? 뭐야? 밀레디, 너 대체 얼마나 문어발을 걸친 거야?! 잠깐 안 본 사이에 너무 연애 고수가 됐잖아!"

"말도 안 되는 오해인데요?!"

캐티가 전율한 것처럼 뒷걸음질 쳤다. 그러더니 「야, 다들 들어 봐!」라며 해적단 동료들에게 달려갔고, 밀레디도 「오해라니까!」라며 쫓아갔다.

피식 웃으면서 다시 선창을 돌아본 크리스가 감개무량하게 숨을 내쉬었다.

"아주 장관이구만."

이곳에는 모든 종족이 있었다.

마인 장군 엘가와 수인 전단장 심, 그리고 라우스가 술잔을 들고 이야기를 나누는 광경을 시작으로, 많은 종족이 겸상하며 대화를 나누었다.

해방자 최종 계획 『변혁의 종』.

마침내 발령된 소집에 응한 자들이었다. 인간, 마인, 수인을 불문하고 세계를 상대로 싸우기 전에 소소한 단합회를 열고 있었다.

"감정의 골이 아예 없다고는 할 수 없지만."

오스카 말대로 미묘한 거리감은 느껴졌다. 사상도 가치관도 다른 자들이니까.

"같은 종족이라도 금방 서로를 이해하기는 어렵죠."

나긋나긋한 걸음걸이로 다가온 류티리스가 근심 어린 눈으로 한곳을 바라봤다.

그곳에서는 유격 전사단의 낭인 전사장 발프가 전 라이센 지부의 전투원인 혼혈 낭인 슈슈에게 진지한 표정으로 뭐라고 말을 걸고 있었다.

과거 교회의 첨병이 됐던 슈슈를 몰아낸 것이 발프의 부대였다고 한다.

마셜과 몇 사람이 동석한 덕분인지 뚜렷한 거절 의사는 보이지 않았다.

방금 류티리스가 직접 이야기해서 조금 태도가 누그러진 모양이었다. 그렇지만 말 몇 마디 나눈 정도로 오랜 세월 축적

된 앙금이 사라지지 않는 것도 당연했다.

"그걸 감안해도 기적 같은 광경이야."

"마왕 폐하의 말씀이 옳습니다. 신전 기사로 있었다면 이런 광경은 평생 볼 수 없었겠죠."

마왕과 용사가 서로 부드럽게 미소 짓고 있었다.

이곳에는 거절이 없다고. 거리는 있어도 모두 어둠 속을 더듬으며 어떻게든 앞으로 나아가는 듯한, 서로를 이해하려는 노력으로 가득하다고.

거기에 동의하며 다른 이들도 덩달아 파안했다.

"집결도 무사히 마쳤으니 우리 리더의 훈화 말씀이라도 들어 볼까?"

살루스가 분위기를 환기할 목적인지 손뼉을 짝 쳤다.

시선의 압박이 오스카에게 꽂혔다. 해적단에게 놀림받고 레스티나가 힐난해 울기 직전인 밀레디를 구하고 오라는 의미 같았다.

밀레디의 눈길이 아까부터 쭉 오스카에게 구조를 요청하고 있었으니까.

오스카는 난감해하면서도 도와주려고 걸음을 옮겼다.

그리고.

나무상자만 쌓아 만든 단상에 밀레디가 올라섰다.

시끌시끌하던 넓은 선창이 쥐 죽은 듯 조용해졌다.

물론 마왕군과 공화국군만 합쳐도 그 수가 5천에 이르니 모두 선창에 들어올 수는 없어서 다른 곳에서 영상 통신『천망』을 주시하는 자도 많았다.

그 모든 시선을 의식하며 밀레디는 살포시 눈을 감았다. 그리고 목을 가다듬고 숨을 훅 들이마셨다.

"오늘 이곳에 모인 모든 사람에게 최대한의 마음을 담아, 그리고 최고의 감사를 담아 말할게. 고마워."

목소리는 조용히 울렸다. 밀레디가 눈을 뜨고 창궁색 눈동자가 드러났다.

"이야기하기 전에 확인해 둘까? 이번 작전에 의문이나 이견이 있는 사람 있어?"

급히 참가하게 된 마왕군을 의식해서 물었다.

라수르가 돌아보고 부하들을 쭉 훑어본 뒤, 고개를 끄덕였다. 그리고 다시 밀레디를 보고 어깨를 으쓱였다.

"사루 할아버지, 밀사는 이상 없이 각국 수뇌부에 메시지를 전달했어?"

살루스가 엄지를 척 들었다.

"오 군, 아티팩트에는 문제없지?"

오스카가 안경을 올려 쓰며 크고 힘차게 고개를 끄덕했다.

전부 사전에 보고받은 사항이지만, 사람들 앞에서 다시 확인하여 불안을 걷어내고 자신감을 주려는 의도였다. 흡족하게 고개를 끄덕인 밀레디는 잠깐 뜸을 들이고 엄숙하게 고했다.

"앞으로 3일 후, 우리는 미래를 결정짓는 싸움에 나설 거야."

냉철과 열정 사이에 있는 듯한 표정과 눈빛에 누구나 의식을 집중했다.

"적은 강대하고, 모든 준비를 마친 채 기다리고 있어. 이 자리에 있는 모든 사람이 다시 살아서 얼굴을 보는 날은, 틀림없이 오지 않아."

조금 목소리가 떨렸다. 어금니를 꽉 물고 낸 듯한 소리였다. 하늘을 오려다 붙여놓은 것 같은 눈동자는 오늘 이곳의 광경을 새겨 두려는 것만 같았다.

"그건 교회의 순교 정신과 비슷할 거야. 하지만『그래도』."

눈에 보이지 않는 힘이 펼쳐지는 것 같았다. 밀레디가 위풍당당하게 선 모습에 다들 숨소리마저 죽였다.

"우리는 싸울 거야. 신의 유희를 끝내기 위해서. 그에게 놀아나는 세계를 바꾸기 위해서!"

말에 힘이 실린다. 그 말이 마음을 흔든다.

"우리는 신의 노리개가 아니야! 살아가는 이유도, 싸우는 의미도 모두 우리의 믿음을 위해서! 결코! 신을 즐겁게 하기 위해서가 아니야!"

맞다, 저 말이 옳다는 웅성거림이 여기저기서 흘러나왔다.

"스스로 정하고 싶어! 무엇이 소중한지! 무엇을 믿을지! 무엇을 미워하고 무엇을 용서하지 않을지도 전부! 내 마음과 의지로!"

그 당연함을 신이 빼앗았으니까. 그러니까 싸운다. 왜냐하면.

"우리는『사람』이야! 마음과 의지를 가진『사람』! 어떤 부조리도 우리 의지를 꺾을 수는 없어! 저항할 의지는 절대로 사라지지 않아!"

마음속이 불을 지핀 것처럼 뜨거워지고 자연스럽게 주먹에 힘이 들어갔다.

　"해방하자! 신의 저주에서 세계를! 소중한 것을 소중하다고 말하기 위해서!"

　밀레디가 꽉 쥔 주먹을 치켜들었다. 그리고 흐르는 잠깐의 정적.

　"자유로운 의사에 기하여!"

　과거 한 무녀가 품었던 소원.

　그것이 지금 무수한 포효와 함께 세계에 울려 퍼졌다.

이단자 조직 『해방자』의 공개 처형일.

민중에게는 공화국과의 전쟁에서 붙잡은 전범을 단죄하는 날이자 신국의 완전 승리와 『절대성』을 뒷받침하는 행사.

신전 기사단에게는 처형이라는 떡밥에 낚일 『진짜 해방자』를 일망타진하는 신적 격멸의 날이며, 둘도 없는 설욕의 기회.

어느 쪽이건 확신이 있었다. 확신밖에 없었다.

영광스러운 교회의 역사에 새로운 한 페이지가 쓰이리라고.

성광 교회의, 신국의 위광이 이단이라는 암운을 걷어내고 만천하를 두루 비추리라고.

하지만 그 암운은…… 감히 상상도 하지 못한 형태로 세상에 모습을 드러냈다.

하늘을 뒤덮는 검은 거선. 한순간 모든 사람이 하늘을 나는 거대 고래 마물이 나타났다고 착각한 기이한 전함으로.

그리고 전설의 고룡이 『포효』를 쏘듯 하늘을 가르는 광염으로, 오히려 교회의 위광 중 하나를 날려 버렸다.

—신도 대결계.

그것은 창조신의 가호. 신의 도시가 난공불락인 이유이자 유사 이래 단 한 번도 돌파된 적 없는 『절대성』의 상징 중 하나.

깨진 결계의 잔재가 반짝반짝 쏟아져 내렸다. 사람들이 얼이 빠져서 하늘을 올려다보는 가운데, 기이하고 검은 거대 전함에서 물방울 하나가 뚝 떨어졌다.

아니, 그것은 사람이었다. 뱃머리에서 떨어진 한 소녀.

광염의 잔영이 채 사라지지 않은 사이, 이번에는 찬란하게 빛나는 창궁색 별이 사람들의 시선과 의식을 사로잡았다.

그 직후, 당찬 목소리가 충격파처럼 터져 나왔다.

"우리는 『해방자』! 신의 의지에 저항하는 자!"

회오리치는 바람에 올라타지도 않고, 마법 장벽을 발판 삼아 서지도 않고, 공중에 둥실.

"사악한 신의 장난에 종지부를 찍는 것이 우리의 목적!"

그녀는 만물이 벗어나지 못하는 별의 족쇄에도 개의치 않고, 흰 배틀 드레스와 날개옷을 바람에 나부끼며 눈이 시릴 정도로 푸른 인광을 흩뿌린 채 허공에 섰다.

"해방자 리더! 밀레디 라이센이 고한다!"

그 모습은 세상의 법칙마저 초월한 일종의 신성함, 초월적 존재를 연상케 했고, 경건한 신민과 사교들조차 『아름답다』고 생각할 정도였다.

하지만 그 소녀가 다음으로 소리친 말은 그들의 얼빠진 머리를 파성추로 박살 내듯 뇌리를 뒤흔들었다.

"에히트! 너에게서 세계를 되찾겠다!"

신의 이름을 함부로 부른다. 신이 계신 저 멀리 영봉의 꼭대기를 노려보며 불경하게도 손가락질한다.

신을 모독하는 선전포고.

공포와 비슷한 소름 끼치는 감각이 사람들의 마음속을 관통했다.

이해의 범주를 넘어섰기 때문이었다. 이단자란 더 왜소하고 무력하며 『절대성』 앞에 짓뭉개질 뿐인 존재가 아니었던가?

『절대』란 결코 흔들리지 않기 때문에 『절대』다.

그런데 저 위풍당당한 모습을 보라. 강철 같은 의지가 깃든 선언은 또 어떤가.

신앙심 깊은 신민의 마음에도 어쩌면 교회의 절대 신화가 무너질지 모른다는 일말의 불안이 싹트고—

"가소롭구나! 신은 절대적이니라!"

끓어오르는 마그마를 연상케 하는 호통이 울려 퍼졌다.

처형대를 둘러싸는 열두 개의 철탑. 그중 정북쪽에 선 총대 사교 키메예스 심티에르였다. 실눈을 뜬 안쪽에 비친 것은 오직 냉철함뿐이었다. 하지만 입매는 분노로 살짝 일그러져 알 수 없는 박력이 느껴졌다.

처형 집행인의 수장인 그가 제2 성장으로 바닥을 탕 때리자 나머지 열하나의 철탑에 선 서른세 명의 사교도 용납할 수 없는 존재에 대한 분노가 얼굴에 떠오르고 저마다 철탑 위에서 제2 성장을 치켜들었다.

처형대를 둘러싼 열두 철탑 위에는 여전히 빛의 고리가 빛나고 있었다.

단두대를 대신할 멸망의 빛은 마치 거대한 천사의 고리 같았다. 그것은 고속으로 회전하며 크기를 키웠고, 순식간에 둥근 벽으로 변했다.

―빛 속성 복합 최상급 마법 『카무이 윤화(輪禍)』.

포위 상태에서 『카무이』로 전방위를 공격하는 마법. 고속 회전으로 굴삭 효과까지 있는 최상위 멸망의 빛. 이 멸광을 받아내고도 소멸하지 않은 자는 지금까지 존재하지 않았다.

심지어 열두 철탑이 대지에서 끌어 올리는 무한한 마력, 모든 사교의 사도화로 폭발적인 능력 향상, 제2 성장을 통한 급격한 효과 증폭까지 합쳐지면 그야말로 교회 사상 최고위 처형법.

"이단자에게 파멸을!!"

빛으로 만들어진 원기둥이 순식간에 축소됐다. 강렬한 섬광이 퍼지고 시야가 하얗게 물들었다.

하늘에 있는 밀레디를 무시하고 처형을 우선한 키메예스의 판단은 틀림없이 사명보다는 악의 때문일 것이다. 밀레디를 올려다보는 눈에 어린 희열이 가장 큰 증거였다.

하지만 그 눈빛은 금방 의아하게 바뀌었고…….

"여전히 죽음을 즐기시는 모양이군."

펑, 하고 터지는 소리와 함께 처형대로 떨어졌다.

처형의 빛이 미약한 입자가 되어 사라져 갔다. 사교들이 이럴 리가 없다며 경악하는 소리가 흘러나오고, 신민과 각국의 수뇌들이 눈을 크게 뜨고 지켜보는 가운데, 키메예스가 광기에 눈이 뒤집혔다.

"……네 이놈, 올 줄 알았다."

과정은 알 수 없었다.

하지만 그는 그곳에 있었다.

"라우스 번!"

분해되듯 허공으로 사라지는 빛 사이에서 그는 당당하게 웃고 있었다.

몸에 두른 마력과 같은 어둠색 철퇴를 한 차례 휘두른다.

바람을 가르고 충격이 퍼지며, 포위한 자를 반드시 죽음으로 몰아넣는 빛이 잔상을 남긴 채 사라졌다.

훤히 드러난 처형대를 보고 키메예스는 눈을 의심했다. 아니, 누구나 마찬가지였다.

사교단도, 신민도, 그리고 각국 수뇌들도.

총대사교와 서른세 명의 사교가 만든 최강의 복합 마법을 막아서? 그것도 맞다.

그걸 저지른 사람이 라우스 번이라서? 물론 그것도 맞다.

하지만 진정 머리가 새하얘질 만큼 충격을 준 사실은 따로 있었다.

"응, 아주 좋아. 이런 상황에서 등장하는 게 딱 내 취향이야. 이 정도로 주목받다니, 정말로 기분이 좋군."

"어머나! 마왕 폐하는 그런 취향이신가요! 저도—."

"여왕. 인생 최고의 장난이 통해서 기분이 좋다는 뜻이야. 나를 그쪽과 똑같은 인간으로 취급하지 말아 줄래?"

"너희…… 체면 좀 차려라."

머리가 아픈 것 같은 라우스 외에도 우리를 둘러싸듯 두 명이 더 있었으니까.

심지어 그 두 명은…….

"체면? 좋지! 첫 만남이니까 인사부터 할까!"

"후후. 그럴까요? 라수 씨."

거뭇한 피부와 몸에 방대한 핏빛 마력을 두른 마인족─.

"내 이름은 라수르 알바 이그돌! 현대의 마왕이다!"

백금색 머리에 긴 나뭇잎 같은 귀가 특징적인 삼인족─.

"제 이름은 류터리스 하르치나. 공화국 여왕이에요."

단순한 이종족이 아니다. 그 정점에 있는 자들이다. 수면의 파문처럼 퍼지는 동요 속에서 두 사람은 목소리를 맞춰 외쳤다.

""우리는 사람의 적이 아니다! 도의에 따라 해방자에게 조력한다!""

할 말을 잃고 벌어진 입에서는 형언할 수 없는 감정만이 쏟아져 나왔다.

이해할 수 없다. 눈앞에서 벌어진 일을 뇌가 받아들이지 못하고 현실로 인식하지 못한다.

마인족과 수인족의 수장이 손을 잡다니, 이게 현실일 리 없지 않은가.

왜 처형되는 인간을 지키려고 서로 등을 맞대는가?

저들이 말하는 『도의』란 무엇인가? 대체 무슨 말을 하는 것인가?

"미래다."

혼란에 빠져 우두커니 선 민중 사이로 그 한마디가 파고들었다.

"인간과 마인과 수인. 모든『사람』이 공존하는 미래를 위해서!"

그렇다. 교회가 말하는『죄』를, 누군가의『몽상』을 목소리 높여 외치는 것은…….

"전 백광 기사단 단장 라우스 번! 도의에 따라 해방자를 돕 겠다!"

마치 깊은 숲속, 혹은 광대한 설원 한복판에 홀로 떨어진 것 같은 숨 막히는 정적이 신도 전체를 감쌌다.

숙적인 마왕.

열등 종족의 여왕.

신의 위광을 상징하는 최강의 기사.

적대가 필연이자 숙명인 세 명이 오로지 한 목적을 위해서 결탁했다.

누가 어떻게 봐도 그렇게밖에는 보이지 않았다.

말도 안 된다.『절대』라고 믿었던 현실이 완전히 뒤집히는 광경이었다.

"이 신의 도시에서 감히 이딴 불경을."

역겹다. 그저 한없이. 키메예스의 표정이 대변하는 감정은 오직 그뿐이었다.

하지만 그 파급력은 인정할 수밖에 없었다. 교회에서 보면 실로 악마의 발상이었다. 이『연출』을 생각한 자는 악랄하기 짝이 없다고.

누구나 동요를 감출 수 없는 충격적이며 파괴적인『주장』앞 에서 키메예스는 살의와 호령으로 응수했다.

"하지만 저 무리를 격멸하라는 신의 뜻에는 변함이 없다. 전군, 공격 개시!"

혼자서 상위 신전 기사 여럿이 쏠 법한 『카무이』를 처형대로 발사했다. 철탑에 있는 사교들도 즉시 복합 위력의 『카무이』로 합세한다. 전방위에서 쇄도하는 섬광의 창.

연두색으로 빛나는 류티리스가 수호장을 가뿐히 휘둘렀다.

"똑똑히 기억하세요. 제 방어를 뚫는 것은 수해를 뚫는 것이나 마찬가지임을."

직접적인 전투 능력은 낮아도 방어와 지원 마법에 특화한 여왕은 단번에 스무 장의 『다중 장벽』을 펼쳤다. 당연히 승화 마법의 은총까지 실어서.

다섯 철탑에서 날아든 섬광 열다섯 발에 장벽이 한 장씩 깨지지만, 안쪽부터 보충되어 절대 방벽이 되었다.

라수르도 네 개의 탑에서 날아든 총 열두 발의 『카무이』 앞에서 여유롭게 웃고 있었다.

"파티 시간이다. ―이그니스!"

피처럼 붉은 마검 이그니스를 종횡무진으로 휘둘렀다. 찰나의 순간, 붉은 초승달이 허공을 가르며 『카무이』의 마력 자체를 베어 흩어 버렸다.

그리고 키메예스의 『카무이』를 향해 한 손을 내밀고 똑같이 『카무이』를 쏴서 상쇄했다. 한편, 두 탑에 있는 여섯 사교가 쏜 그것을 철퇴의 충격파로 날려 버린 라우스는 사람들에게 들으라는 식으로 소리쳤다.

"가라, 밀레디 라이센! 여기는 우리에게 맡겨라! 신의 지배를, 신병들을, 미래를 위해서 타도해라!"

키메예스의 호령과 동시에 움직였던 신도 상공의 비행 선단이 포탑 조준을 마쳤고, 성룡 부대도 갑판에서 날아올라 락엘레인과 밀레디에게 일제 공격을 개시했다.

굉음에 사람들이 비명을 지르고 꿈에서 깬 것처럼 도망치는 와중, 도시 밖 상공에 머물던 거대 전함— 마장 잠함궁 락엘레인도 미끄러지듯 이동을 개시했다.

둥실 떠오른 밀레디를 뱃머리에 태운 채 단숨에 신도 위로 치고 들어온 것이다.

밀레디의 몸에서 발하던 빛이 점차 커지더니 마치 달걀처럼 선체를 감쌌다. 적 선단과 성룡 부대의 공격이 셀 수도 없이 직격하지만, 빛나는 방벽은 단 한 발의 통과도 허용치 않았다. 허무하게 흩어지는 공격 마법은 마치 불꽃놀이 같았다.

당연히 신도 방벽 밖, 동서와 정면 남문에 각 1만 명씩 배치된 기사단도 가만히 있지는 않았다. 릴리스 총대장이 이끄는 남문 쪽 사단도 하늘로 공격을 시작했고, 심지어는 침투할 심산인지 흰 날개를 펼치고 날아오르지만……

"뭐야?!"

갑자기 사단의 상공에 거대한 타원형 게이트가 생기며 그곳에서 검은 비가 쏟아졌다. 아니, 그건 검고 작은 상자—『검은 문』. 동쪽과 서쪽 하늘에서도 똑같은 일이 벌어지고 있었다.

땅에 추락하자마자 기동한 『검은 문』은 곧장 수백수천의 마수와 검은 기사를 토해 냈다.

"큿, 위험하다! 진형을—."

릴리스가 소리쳤다. 하지만 기사들의 비명에 묻히고 말았다.

사도화에 2세대 성무구를 장비했는데도 불구하고 기사들은 허망할 만큼 쉽게 목숨을 잃었다.

그 원인은 모든 마수가 신화급 아티팩트로 중무장하고 검은 기사도 전신이 아티팩트인 골렘이기 때문이었다.

이미 진형이고 뭐고 따질 상황이 아니었다. 3천에 가까운 중장 마수와 흑기사 혼성군이 갑자기 땅에서 솟아났으니까. 현장은 순식간에 대혼란에 빠졌다.

서문과 동문에서도 소란스러운 소리가 들려왔다. 양쪽에도 혼성군이 전송된 것은 안 봐도 뻔했다. 도시 바깥에 포진했던 병력은 어디든 같은 상황이라고 뼈저리게 깨달았다.

그런 지상의 대혼란과는 대조적으로 락 엘레인은 막힘없이 신도 상공으로 돌격했다.

후방부에서 빛나는 마력을 화염 방사기처럼 분사하자 대기가 떨리며 하늘을 뒤덮는 거함이 단숨에 가속했다.

대항하듯 비공선이 속도를 높이며 정면을 막아서지만, 추풍낙엽처럼 쓸려나가는 무자비한 결말만 기다리고 있었다.

그렇기에 그것은 공황으로 인한 사고였는지도 모른다.

조타를 실수한 비행선이 공중에서 균형을 잃은 채 주포를 쐈고, 그건 락 엘레인을 스쳐 지나갔다. 그리고 그대로 지상으로— 하필이면 각국 수뇌들이 모인 귀빈석으로 날아갔다.

아, 라는 소리는 누구에게서 나왔을까. 결사의 각오로 장벽을 펼친 각국의 친위 기사일까.

그게 누구든, 문제는 없었다.

이 변혁을 위한 싸움에서 해방자는 교회 병력을 제외한 그 누구의 죽음도 허용치 않을 테니까.

"ㅡ『극대 카무이』!"

거대한 빛의 포격이 주포를 정면에서 밀어냈고, 그것도 모자라 발사한 비공선까지 집어삼켰다. 비공선은 산산조각으로 부서졌고 부스러기 같은 파편만 땅으로 떨어졌다.

처형대에 발이 묶인 라우스와 라수르, 류티리스의 허를 찌르려고 달려들던 중앙 광장과 북쪽 대로의 신전 기사들이 한순간 멈춰 섰다.

키메예스도 공격을 발사하며 섬광 사이로 귀빈석을 봤다.

그곳에는 한 청년이 있었다. 은백색 갑옷을 입고 장엄한 검을 휘두른 자세로 멈춘 젊은 기사가.

베르카의 왕이 자신들을 지킨 청년 기사의 등을 보며 반사적으로 물었다.

"너, 너는?"

청년 기사는 돌아보지도 않고 조금 곤란하게, 하지만 확실한 자부심이 느껴지는 목소리로 당당히 이름을 밝혔다.

"라인하이트 아셰. 이번 대의 용사! 해방자의 대의를 인정하고 참전한다!"

각국 수뇌가, 신민이 하나같이 눈을 휘둥그렇게 떴다.

용사까지 이 습격에 대의가 있다고 말하는가. 신을, 교회를 부정하는가.

많은 이가 혼란과 경악의 소용돌이에서 허우적대는 와중에도 사태는 해일처럼 뻗어나갔다.

귀빈석 주변에 있던 신전 기사들이 라인하이트에게 덤벼들지만, 그 뒤에서 나타난 두 사람이 순식간에 날려 버렸다.

"처음 뵙겠소. 공화국의 전단장 심 가토라고 하오."

"나는 엘가 인스트요. 마왕국에서 장군을 맡고 있소. 하지만 안심하시오. 우리에게 적대할 의사는 없으니. 용사와 함께 지켜드리지요."

이럴 리가, 라고 중얼거린 자는 틀림없이 엘가를 잘 아는 제국 사람일 것이다.

라우스를 비롯한 세 사람이 등을 맞대는 광경도 믿기지 않지만, 이제는 용사와 수인, 마인 장군까지 힘을 합쳤다.

"정말로, 변하는 건가……?"

그 혼잣말은 수뇌들뿐 아니라 적지 않은 사람들의 마음에도 떠오른 생각이리라.

그들의 의문을, 혹은 희망을 부정하고자 처형대로 몰려들던 기사들이 일제히 라우스 쪽 세 사람을 덮쳤다.

물론 용사가 갑자기 출현했다면 당연히 다른 병력도 똑같이 나온다는 뜻이고…….

"어이쿠, 그렇게는 안 되지."

"우홋, 누나가 뜨겁게 안아줄까~?"

"무시무시한 즉사 공격이군. 역시 미스터 레이디."

본부 제2 부대 대장 레오나르도, 미스터 레이디의 시조 마인 징벨, 전 안디카의 무법자 킵슨이 라우스의 발치에서 솟아나듯 모습을 드러냈고, 기사들을 인간 핀볼처럼 튕겨 버렸다.

류티리스에게 향한 기사들도……

"드디어 근위대로서 본분을 다하겠군."

"으엑, 지금 바로 집에 가고 싶어. 저만 잠깐 숨어 있으면 안 될까요?"

"당연히 안 되지."

"일해, 잉여 토끼."

근위 전사단 전사장 크레이드, 은밀 전사단 전사장 스이, 유격 전사단 전사장 발프, 비공 전사단 전사장 닐케가 출현해 앞길을 막아섰다.

라수르 쪽에도 레스티나를 필두로 마인들이 처형대 바닥에서 튀어나와 기사들을 막았다.

"전이 아티팩트…… 그것도 양산형인가."

키메예스가 침음했다. 돌아보니 어느샌가 빛나는 타원형 막이 여러 겹 나타나 처형대를 감싸고 있었다.

마치 방패처럼 펼쳐졌지만, 사실 그것은 방패가 아닌 『게이트』였다. 처형대에서 『카무이』를 막으면서 뿌린 『검은 문』이다.

그 『검은 문』에서 잇달아 해방자, 수인 전사단, 마왕군이 나와 처형대 보호에 가담했다. 더군다나……

"쳇, 뭣들 하고 있나! 놓치지 마라!"

어느새 우리 안에도 출현한 게이트로 포로들이 줄줄이 탈출하고 있었다.

하지만 그런 광경을 보고도 가만히 이를 갈 수밖에 없었다.

어마어마하게 강화했을 텐데 우리 안에 있는 이단자들에게는 공격이 스치지도 않았다. 그러는 사이에 결국 거대한 그림자가 하늘을 뒤덮었고…….

"전 세계 사람들~! 눈 똑똑히 뜨고 지켜보라구~. 밀레딩과 유쾌한 동료들이 세계를 바꿔 놓으러 간다!"

통과했다. 우리 안 이단자들에게 떠나갈 듯한 환성을 받으며 똑바로 왕궁을 향해서.

조금 전까지 신성함마저 느껴지던 분위기는 어디로 갔을까. 어쩌면 다른 사람이 아닐까. 그런 의심이 들 만큼 명랑하고, 왠지 모르게 사람의 신경을 긁는 목소리가 확성되어 지상에 울려 퍼졌다. 그게 또 당혹감과 동요를 낳아 신도 중앙 광장은 완전히 혼란에 빠졌다.

"네 이놈……."

하늘을 올려다보는 키메예스의 저주 같은 말소리가 허망하게 울렸다.

하지만 누가 뭐래도 총대사교. 그는 바로 마음을 바로잡았다.

시각에 따라서는 적을 분단시켰다고 볼 수도 있다. 최악의 배교자와 마왕, 여왕을 동시에 처리할 절호의 기회이기도 하다.

"저쪽은 삼광에게 맡겨라! 이단자들에게 신의 심판을!"

터져 나오는 총대사교의 마력을 신호로 중앙 광장의 전투는 한층 격렬해져 갔다.

　그런 지상의 광경을 뒤로한 채, 락 엘레인은 마치 유성우로 집중 폭격을 하는 것 같은 맹공을 결계로 막으며 나아가고 있었다. 그 와중, 짜증 나는 목소리와는 반대로 조금 걱정스러운 표정을 지어 보이는 밀레디의 어깨를 오스카가 다정한 손길로 토닥거렸다.

　"괜찮아. 사람들을 믿자."

　어깨 너머로 잠깐 눈이 맞았다. 안경 안쪽의 따스한 눈빛과.

　"……흥. 한 번도 의심한 적 없거든요?"

　밉살스럽게 웃으며 답하자 오스카도 피식 웃었다.

　"사이좋은 거 알겠으니까 집중포화 받는 순간까지 꽁냥거리지 마!"

　"네놈들 머릿속엔 뭐가 든 거냐? 장미밭이냐?"

　메일과 반드르의 지적에 두 사람의 입에서는 끙 앓는 소리만 나왔다.

　나이즈도 어이없게 쳐다보며 한숨 섞어 충고했다.

　"지금부터는 시간 싸움이야. 신이 치명적인 반격을 하기 전에 한시라도 빨리 산 정상의 기둥을 파괴해야 해. 안 그래?"

　"그, 그럼, 당연히 알지! 그보다 나즈야말로 전이할 수 있겠어?!"

　"좀 전부터 몇 번 시도해 봤지만…… 안 돼. 미안하군."

　이번 작전은 얼마나 빨리 산 정상에 있는 『백악의 외기둥』

을 파괴하고 신의 영향력을 깎느냐가 관건이었다.

그래서 붙잡힌 자들을 구조하며 교회 병력을 묶어 두고 밀레디를 총본산으로 보내는 것에 초점을 맞췄다.

공간 전이가 가능하면 그게 가장 빠르겠지만, 무슨 이유인지 전이가 되지 않는다고 했다.

"됐어, 신경 안 써. 예상했던 일이잖아?"

세상 모든 것을 자기 장난에 이용해 먹는 세계 최악의 사이코패스가 놀아주겠다며 초대한 것이다. 과정을 생략하는 재미없는 짓을 내버려 둘 리 없다는 건 충분히 짐작한 바였다.

메일이 사납게 웃으며 똑바로 앞을 봤다.

중앙 테라스에서 순백색 마력을 발산하며 기도를 올리는 교황 루시루플이 보였다.

"그럼 계획대로 돌진하면 되지?"

"두 번째 계획이구나? 산 정상으로 가는 길을 파괴한다는."

왕궁에서 총본산으로 가는 방법은 총 세 가지. 등산, 마법구 리프트, 왕궁에 있는 전이진.

공개 처형이라는 빅 이벤트로 교회 주력 병력이 지상에 몰린 틈에 그 이동 수단을 모두 차단하면 외기둥 파괴도 방해받지 않는다.

그것이 직전 전이할 수 없을 때를 대비한 『두 번째 계획』이었다.

『온다! 충격에 대비해라!』

함장을 맡은 살루스의 경고가 전체 통신으로 날아들었다.

동시에 왕궁이 찬란하게 빛났다. 아니, 정확히는 왕궁 전면을 아름답게 장식하는 공중 회랑이었다.

입체적인 기하학무늬를 그리는 그것은 절대로 편이성이나 예술성을 추구한 결과가 아니었다.

—공중 회랑형 대군(對軍) 섬멸 마법 『성광』.

수호의 중추가 『신도 대결계』라면 공격의 중추는 이것이었다.

영봉 『신산』이 푸르스름한 빛을 두르고 눈사태 같은 빛줄기가 왕궁으로 쏟아져 내려왔다. 마력의 빛이 왕궁에서 공중 회랑을 따라 퍼지며 마법진의 모습을 드러냈다.

락 엘레인이 선회할 여유는 없었다. 그리고 할 생각도 없었다.

비공선과 성룡 부대가 혼비백산 멀어지는 와중에도 오로지 진격한다!

『으핫하하! 돌격이다아아!』

살짝 상태가 이상한 살루스 옹이 흥분해서 외침과 동시에 공중 회랑 마법진이 스파크를 튀겼다.

마법진 바깥쪽에서 푸른 스파크가 원형으로 떠오르고, 대기가 부부부붕 기괴한 비명을 지르며 중앙으로 모여들었다.

순간, 소리가 사라졌다.

락 엘레인의 주포조차 어린애 장난감처럼 보이는 압도적 규모. 마치 영봉【신산】의 분노가 형상화된 듯한 섬광이었다.

"저 정도야 뭐. 이쪽도 공방일체야."

『검은 벽 분리! 「추방 방벽」 전면 최대 전개!』

오스카의 자신 넘치는 혼잣말과 살루스의 고함이 들린 것은 동시였다.

락 엘레인을 덮는 검은 외벽이 튕겨 나가다시피 분리됐고, 진로상으로 스스로 날아가 정렬하며 거대한 방패를 만들어 냈다.

교회의 이름을 딴 빛이 락 엘레인을 정면에서 집어삼키고…… 그대로 후방으로 통과했다.

그런 착각을 일으키는 광경이었다.

앞쪽에 전개한 부유 외벽 방패는 오스카가 가진 『검은 방패』와 원리가 같았다. 표면에 게이트를 열고 적의 공격을 전이해 추방하는 방어 체계다.

그때, 머리 위에 나타나는 거대한 기운.

해방자를 줄곧 괴롭혔던 은빛.

사도가 사용하는 분해 포격 세 발이 위에서 떨어졌다.

추방 방벽은 『성광』을 막느라 여력이 없었다. 결계도, 순수한 외벽의 방어력도 최악이자 최강의 분해 포격 앞에서는 무력할 뿐이지만…….

"당연히 그렇게 나오시겠지!"

아무 걱정 없다며 밀레디는 웃었다.

손바닥 크기의 검게 소용돌이치는 구체를 세 개 만들어 머리 위로 휙 던졌다.

공기라도 하는 것처럼 가벼운 동작이지만, 결과는 완벽했다.

모든 것을 소멸시키는 은빛은 락 엘레인에 닿기 전에 궤도가 홱 꺾여 한 발도 명중하지 못했고, 허무하게 왕궁 앞 광장에 꽂히고 끝났다.

계속해서 분해 포격이 비처럼 쏟아졌지만, 역시 결과는 마찬가지였다. 중력장으로 진로가 꺾이고 아무도 없는 지상에 구멍만 늘어났다.

그리고 거기서 제한 시간은 끝.

『성광』이 급속도로 가늘어지더니 결국 사라졌다.

사도를 무시하고 그 아래를 지나면서 『추방 방벽』을 해제했다. 좌우로 나뉜 방벽이 선체를 경호하듯 비행했다.

그리고 정면에 보인 것은 눈이 살짝 커진 루시루플과 얼굴이 잔뜩 굳은 군단장들이었다.

뭘 하려는지 눈치챘기 때문이리라.

호광 기사단의 기사로 보이는 자가 건물 내부에서 뛰쳐나왔다.

동시에 공중 회랑에서 벽이라고 착각할 만큼 빼곡한 마탄이 발사됐다. 락 엘레인도 모든 무장을 정면으로 돌려 마탄 난사로 응수한다.

현실미가 떨어지는 유성우의 난타전은 환상적이기까지 했다.

하지만 그 격돌의 간격은 매우 빠르게 짧아져 갔다. 방벽을 뚫은 적의 마탄이 락 엘레인을 손상시키고, 반대로 왕궁과 공중 회랑도 이곳저곳이 파괴됐으나…….

그럼에도 감속하지 않는다!

"우레와 같은 박수갈채로 맞이하시지! 최강 천재 미소녀 마법사 밀레디 등장이다아아아!"

『이얏하아아! 결계를 전면에 집중하라! 돌격어어어억!』

무법자 같은 외침과 함께— 락 엘레인은 왕궁을 들이박았다. 꾕음을 넘어선 꾕음.

대지가, 영봉이, 대기가 떨렸다. 격진이 신도를 덮치고 엄청난 충격파가 퍼졌다.

비공선도 성룡 부대도 제어를 잃고 추락만은 면하려고 애쓰는 가운데, 중앙 테라스부터 위쪽— 왕좌가 있는 최상층까지 단번에 붕괴했다.

보는 이를 압도하는 광경이었다.

굳이 표현하자면 대형 마차가 집으로 돌진한 상황에 가장 가까울까.

다만 규모가 달랐다. 락 엘레인이라는 거대 전함이 3분의 1가량 왕궁 내부에 처박혀 정지했다.

왕궁은 【신산】 산맥을 깎아 만들어서 언뜻 보면 거대한 생물이 영봉을 파먹는 것 같기도 했다. 악몽에나 나올 법한 광경이었다.

"미쳤군."

"제정신이라면 저러지 못하지……."

하마터면 죽을 뻔한 신전 기사단 제2 군단장 스톨라스가 잔해를 밀치고 일어서며 내씹었고, 제4 군단장 모르크스 그레안트도 전율해 굵은 눈썹과 거구를 떨었다.

실내— 중앙 테라스와 접한 왕궁 최대 규모의 방『대예배당』에 대기하던 카임과 셀름 휘하 백광 기사단 천 명도 신음하며 쓰러져 있었다.

사도화 덕분에 사망자는 적지만, 충격으로 움직이지 못하는 자가 대부분이었다. 그래도 그들도 군단장들과 같은 심정이라는 것은 분위기만 보아도 알 수 있었다.

광인의 낙인을 전매특허처럼 독점하던 교회 기사들에게 미쳤다는 소리를 듣다니, 이게 웬 말인가.

"쳇, 교황은 역시 도망쳤나. 그냥 콱 죽어 버리지!"

그 미친 조직의 리더가 뱃머리 쪽 갑판에서 둥실 내려오며 발랄한 목소리로 살벌한 소리를 했다.

그 시선이 향하는 곳, 대예배당 가장 안쪽에는 호광 기사단이 에워싼 루시루플이 있었다.

그런데 눈 깜짝할 사이에 그와 호위병들이 사라졌다. 단거리 전이 고유 마법을 가진 호광 기사가 있었나 보다.

아마 총본산으로 갔을 것이다. 그전에 전이진이나 리프트를 파괴하고 싶었지만 늦고 말았다. 쫓아가도 밀레디 일행이 쓰기 전에 정지시켜 버릴 것이다.

그러니까 허겁지겁 쫓아가 봤자 허탕 칠 확률이 높다. 순식간에 그렇게 판단 내린 밀레디는······.

"나즈."

"다 알아. 가 봐."

나이즈에게 뒤처리를 맡겼다. 전이진과 리프트를 파괴해 적어도 추격을 끊기 위해서. 그리고 하나 더, 중요한 역할을 수행하기 위해서.

나이즈가 사라짐과 동시에 밀레디도 발길을 돌렸다.

대참사를 일으켜 놓고 기사들에게는 눈길 한 번 주지 않았다. 너희는 안중에도 없다는 그 태도가 아직 충격에서 헤어나지 못한 기사들의 몸에 불을 지폈다. 분노와 굴욕이라는 불을.

"방자함이 도를 넘었구나, 라이센의 고아야!"

등에 바큇살 모양으로 검 열 자루를 멘 새로운 제3 군단장 『검성』 바풀라 옹이 호통쳤다. 허리에 찬 두 자루를 뽑아 느릿한 보법으로 단숨에 간격을 좁히고—.

"이게 누구야? 당신 설마 검성?"

"너는……."

챙! 쇠와 쇠가 부딪치는 소리가 퍼지며, 밀레디의 등을 노리던 검성의 칼이 칠흑빛 대낫에 막혔다. 밀레디와 등을 맞대듯 서서 바풀라를 저지한 자는 배드였다.

"우리 리더가 좀 바빠. 2인자인 나로 참아줘."

"기사 사냥꾼!"

『마식 대낫 에그제스』에서 시키면 오라가 훅 피어오르더니 순간적으로 조그만 검은 초승달이 폭발한 것처럼 날아갔다.

바풀라가 쌍검을 풍차처럼 돌려 방어하며 백스텝으로 물러났다. 그를 따라서 돌진하던 백광 기사들도 흠칫하며 다리를 멈췄다. 게다가…….

"안 되지. 이 앞은 통행금지다!"

"에잇, 비켜라!"

완전 무장한 마셜이 『금강』의 빛을 두르며 모르크스의 거대한 할버드를 막아 냈고…….

"더러운 잡종 주제에!"

"뭐래, 쓰레기가! 터져!"

슈슈는 양손에 대거를 들고 덤빈 스톨라스를 『거절』의 마력 충격파로 튕겨 냈고……

"하나같이 흰머리, 흰머리, 흰머리. 꼴 보기 싫던 게 더 보기 싫어졌구만."

"야, 크리스! 내 머리도 흰색이거든?!"

몰려드는 기사들은 크리스의 공간 절단 『일섬』과 『가속』을 쓴 캐티의 폭풍 같은 공세에 가로막혔다.

그 뒤로도 해방자의 총병력 중 70퍼센트에 해당하는 3백 명, 메르지네 해적단 총병력 2백 명이 대예배당으로 침투해 두 배는 많은 적들이 밀레디 일행을 쫓지 못하게 방해했다.

교회 최강 병력을 묶어 둔 뒤, 락 엘레인이 건물 잔해를 털어내듯 후진했다. 붕괴한 벽 너머는 화가 날 만큼 화창했다.

"언니! 이쪽은 맡겨주세요! 꼭 무사하셔야 해요!"

"디네…… 그래, 빨리 끝내고 올게! 크리스, 디네한테 생채기라도 생겨 봐. 떼버린다?"

"뭘?!"

그 대화를 끝으로 밀레디 일행은 밖으로 날아갔고, 기다렸던 것처럼 곧장 은백색 빛이 쏟아졌다.

지금까지 본 것 중 가장 굵고 파멸적인 그 빛은 방금 본 사도 셋이 힘을 합친 것.

"오오! 사도님!"

카임을 비롯한 기사들의 목소리에서는 희망과 안도가 묻어 났다.

당연하다. 『신의 사도』가 셋이나 모였다. 그녀들이 막아선다 면 그 누구라 할지라도 나아갈 수 없다.

이것 또한 『절대적』 진리 중 하나.

그런데.

그 『절대』가 쏜 최강의 멸광을, 감히 비견할 곳 없는 그 위 력을. ·

밀레디 앞으로 조용히 나온 오스카가 다중 부유 방벽 『검은 방패』를 내밀어 정면에서 받아냈다.

원래는 불과 몇 초도 버티지 못하고 분해될 『검은 방패』는 게이트도 쓰지 않고 경이적인 견고함을 자랑했다.

"밀레디를 방해하지 마."

"어머, 오스카도 참! 이럴 때까지 남친 행세니!"

"어떡해♪ 오 군, 그렇게 잘 보이고 싶었어? 이러면 밀레디 씨가 곤란한데!"

"장난칠 상황이냐?"

등에 착 달라붙어서 숨은 메일과 밀레디가 놀려대자 오스 카의 얼굴에는 핏줄이, 반드르의 얼굴에는 한심한 표정이 떠 올랐다.

그에 반해 백광 기사단도, 성룡왕 아도라를 타고 포위망을 깔던 무르무 및 수광 기사단도 경악, 전율, 당혹감이 뒤섞인 얼굴이었다.

그리고 그건 방금 하늘에서 포격을 쏜 사도 셋도 마찬가지일 것이다.

하지만 사도의 공격을 막았다는 사실 따위, 지금 해방자에게는 딱히 놀랄 일도 아니었다. 더불어 사도 셋을 붙잡아 둔 시간도 충분했다.

히죽대던 밀레디의 얼굴에서 감정이 빠져나갔다.

"사라져."

소름 끼칠 만큼 차가운 목소리였다. 마치 하늘의 왕이 판결을 내리는 것처럼.

천천히 머리 위로 올라가는 손은 우아하기까지 했다.

그 직후, 오스카에게 방어를 맡기고 몰래 모으던 마력이 해방됐다. 창궁색으로 빛나는 눈동자가 똑바로, 뭔가를 예감하고 눈을 크게 뜬 사도 셋을 포착했다.

사도들은 퍼뜩 분해 포격을 중단하고 대피하려고 하나, 경악이라는 마음의 허점으로 주춤거린 것이 치명적이었다.

"─『흑천궁』."

흡사 속삭이다시피 조용한 음성.

하지만 결과는 막강하며 무자비하다.

사도들이 순식간에 검게 소용돌이치는 흉성에 사로잡혔다. 검은 스파크가 튀기는 그것은 과거 밀레디가 쓴 마법과는 궤를 달리했다.

사도 셋을 완전히 삼켜 버리는 크기. 그리고 셋이 힘을 쥐어짜도 벗어날 수 없는 어마어마한 압력.

모든 것을 집어삼켜 소멸시키는 금기의 마법은 밀레디의 제어를 받으면서도 지상의 잔해를 빨아들이고, 왕궁을 더욱 붕괴시키고, 【신산】마저 도려내어 먹어 치웠다.

만약 밀레디가 중력장 마법을 여러 개 동시에 쓰지 않았다면 왕궁 앞 광장이나 락 엘레인, 외벽을 잃은 대예배당의 적군과 아군까지, 심지어는 사용자인 밀레디조차 삼켜 버렸을 것이다.

수광 기사단이 아직 거리를 두고 있던 것은 요행이었다. 급강하해서 건물 뒤에 숨은 덕에 화를 면했으니까.

그래도 성룡 부대 중 수십 마리가 공중에서 발버둥 치면서도 속수무책으로 빨려 들어갔고, 검정에 파묻히듯 압사했다.

공기가 웅웅 비명을 지르고 비공선단도 줄줄이 빨려드는 가운데, 중심부에 있는 사도들도 몸이 뚝뚝 부러지며 압축되어 갔고…….

"사람을 내려다보는 것도 오늘로 끝이다."

사도의 눈을 통해서 그 너머에 있는 악의를 향해 선언하며, 손바닥을 꽉—

쥐어 터뜨린다.

금기의 별이 자신을 빨아들이듯 축소했고 사도들은 허무하게 암흑 속으로 사라졌다.

"……말도, 안 돼……."

누가 꺼낸 말이었을까. 정적이 깔린 전장에서 유난히 선명하게 울렸다.

최강이, 신의 위광을 구현한 자가 단번에 일축당했다.

정말로 말이 안 된다. 자신이 미쳤다고 생각하는 편이 훨씬 현실적이다.

기사들이, 광신의 심연에 있는 자들이 처음으로 밀레디 라이센이라는 존재에게 분노와 모욕 외의 감정, 『공포』를 느낀 순간이었다.

그렇게 전장은 멈춰 버렸고, 갈 길이 먼 밀레디 일행은 유유히 그곳을 빠져나왔다.

"좋았어! 사루 할아버지! 배드! 여긴 알아서 처리해줘~!"

『오냐. 다녀오너라, 밀레디.』

『좋지! 마음껏 휘젓고 와라!』

이중인격이 의심될 정도로 다른 모습이었다. 왕의 위엄은 신기루처럼 사라졌고, 히죽대는 얼굴은 오히려 광대를 닮았다.

그 모습에 가장 먼저 정신을 차린 무르무가 성궁을 겨눴다.

"큭, 보내줄 줄 아나! 아도라, 포효해라!"

아도라가 주인의 명령대로 입을 벌렸다.

빠르게 쏜 화살은 사도화의 영향인지 연한 은색으로 빛나며 백 갈래로 나뉘어 밀레디를 노렸다. 그와 거의 동시에 아도라의 『포효』도 작렬했다.

"가라. 저것들은 여기서 정리하지."

반격은 눈 깜짝할 사이에 벌어졌다. 배는 많은 화살이 맞받아쳤고, 브레스도 동격의 브레스로 정면에서 상쇄됐다.

반드르였다. 검은 활을 겨눈 그의 주위에도 수십 개의 활이 떠 있었다. 그리고 어느샌가 검은 비늘과 전신 갑옷으로 무장한 비룡, 아니, 마룡 우루루크도 함께 있었다.

"응. 가능한 한 빨리 와, 반드."

"총본산으로 가는 길만 끊으면 돼. 금방 따라가지."

오스카가 내민 주먹에 반드르가 주먹을 맞댔다. 그리고 메일이 반드르의 어깨를 탁 두드린 다음 순간, 밀레디가 중력을 뒤집었다.

급속도로 세 사람이 하늘로 떨어졌다.

"못 보내준다고 했을 텐데!"

"말로는 뭘 못 해? 맘대로 떠들어."

무르무가 다시 밀레디에게 성궁을 쏘지만, 결과는 매한가지. 무시무시한 활 솜씨로 공중에서 화살을 격추하는 묘기를 선보였다.

"그렇다면 수로 밀어붙인다! 공격!"

단장의 호령이 떨어지자 성룡 부대 약 700기가 산 정상으로 날아가려고 하나……

"수만으로는 안 되지. 질은?"

반드르가 활을 『보물고』에 넣고 머리를 묶던 진주 하나를 빼서 위로 던졌다.

그 순간, 순백색 보주에서 강력한 섬광이 터졌다. 시력 상실을 경계해 무르무와 수광 기사들이 반사적으로 눈을 가렸다.

빛은 금방 사라졌다. 그 대신 나타나 있었다.

"큭, 전이로 불러냈나. 마수 조련사!"

수광 기사단을 가로막듯 위쪽에 나타난 것은 완전 무장한 마룡 무리, 약 2백 마리. 그리고 그것들을 열 마리씩 소대로 나눠 지휘하는 기수……

"드디어 전장에 함께 설 수 있군요, 반 님."

마가레타가 이끄는 슈네 일족 스무 명도.

반드르가 등에 멘 대검을 뽑았다. 공기를 무겁게 가른 대검으로 어깨를 툭툭 두드렸다.

"슬슬 네 얼굴도 보기 지겹군. 성룡과 마룡, 저번 전쟁에서 결하지 못한 자웅을 가리도록 할까."

"뚫린 입이라고! 그때와 똑같다고 생각하지 마라!"

"그건 내가 할 말이지."

세계 최고의 공중전. 그 전투의 막을 올린 것은 쌍방의 파트너가 쏜 『포효』의 충돌이었다.

아래로 보이는 산 표면이 격류처럼 지나갔다.

목표는 해발 고도 8천 미터인 정상. 지금 밀레디의 힘이라면 1분도 걸리지 않는다.

기압 변화나 산소 확보도 아티팩트로 해결했다. 장애물도 방해자도 없다.

그 결과, 밀레디 일행은 아주 쉽게 총본산에 도착했다.

정면에는 거의 절벽처럼 가파른 계단과 예술적인 흰 문이 있었다.

고도를 높여 내려다보니 놀랍게도 문 너머는 푸르른 잔디와 분수가 있는 정원이었다. 그리고 그 앞에는 숨이 막힐 정도로 장엄한 대신전이 서 있었다.

5층 구조에 가로세로 길이만 각각 200미터. 네 모퉁이에는 100미터 높이의 첨탑이 있고, 가장 안쪽에는 돔 형태의 한층 큰 건축물이 있었다.

"역시 한발 늦었군."

"마중 준비는 철저히 했구나."

대신전 옥상에 정렬한 호광 기사단 약 90명.

그리고 그 선두에 선 교황 루시루플이 똑바로 이쪽을 올려다보고 있었다.

"무슨 상관이야."

밀레디가 창궁의 빛을 폭발시켰다. 일격에 끝낸다는 확신이 있는지, 그 눈은 루시루플과 기사단을 무시하고 대신전 안쪽을 노려보고 있었다.

호젓하게 이어지는 거친 바위 계단 끝에는 성당이 보였다. 그곳은 신과 교신하기 위한 백악의 외기둥이 존재하는 성역.

"―『흑천궁』!"

올라오면서 짜낸 마력으로 일단 급소부터 노린다!

검은 흥성이 성당을 중심으로 생성되고 주변을 휩쓸……지 못했다.

"으, 역시 쉽게는 안 부서지나?"

극채색 결계가 성당을 감싸고 있었다. 사도조차 일격에 소멸시키는 힘이건만, 균열 하나 생기지 않았다.

"밀레디!"

허리를 안는 힘에 단숨에 딸려가고, 간발의 차로 하늘도 뚫을 법한 섬광이 지나쳤다. 성창의 일격이었다.

"소용없다."

먼 곳까지 선명하게 들리는 지휘관다운 목소리였다.

"그 누구도 성역에 침범할 수 없다. 나, 달리온 커즈가 허락하지 않을 것이다."

호광 기사단 선두에 선 백발의 청년이 고한 직후.

"이곳을 어디라고 생각하느냐?"

노인의 쉰 목소리인데도 등골이 오싹할 만큼 냉엄한 루시루플의 목소리가 울렸다.

"─『성전 선언』."

캉, 하고 성창이 바닥을 때렸다. 그 순간 대신전 자체가 은색 빛을 띠고 루시루플의 존재감이 부쩍 강해졌다. 그리고 거의 동시에……

"─『이교 부정』."

대신전의 빛이 분화하듯 터지며 영봉의 하늘을 은백색 오로라로 덮었다.

"으, 이건! 오 군!"

"『쇠벌(衰罰) 집행』 대책은 발동했어. 이것도 효과가 감퇴한 상태야."

"재생해도 끝이 없겠는데?"

몸 중심에서 힘이 빠지고 마법 사용을 방해받는 감각. 제2

성장과 비교가 되지 않는 쇠약 효과였다.

과연 총본산이라고 불리는 데는 이유가 있었다. 대신전 자체가 신자를 강화하고 이교도를 배제하는 능력을 갖춘 아티팩트였다. 완전히 발동하지 않고도 나이즈의 전이를 막을 정도로 강력한—

더군다나 뒤쪽에서는 막강한 위압감이 하나, 둘 ,셋……

고개를 뒤로 돌리자 파문이 이는 공간에서 서서히 빠져나오는 네 명의 사도가 보였다.

올려다보는 루시루플과 기사단, 그리고 뒤에서 나타난 사도. 그들의 눈이 말하고 있었다.

우리와 싸우라고.

한쪽이 전멸하기 전까지 이 싸움은 끝나지 않는다고.

"해보든가."

밀레디는 웃었다. 오스카도 검은 우산을 빙글 돌리고, 메일도 사복도를 뽑았다.

사도들이 쌍대검을 털고 은색 날개를 펼쳤다.

이어서 달리온이 성순을 앞세우고 성창을 허리 높이로 들며 자세를 낮추자, 그것을 신호로 호광 기사단도 2세대 성무구로 임전 태세에 돌입했다.

루시루플이 고목 같은 팔을 휘두르자 순백색 법의가 눈 깜짝할 사이에 은백색 갑옷—『성개』로 변했다.

그리하여 성광 교회의 교황과 해방자 리더는…….

"신의 유희다. 마음껏 춤추다가 멸하라."

"실컷 놀았지? 이제 영면할 시간이야."

도발과 함께 싸움의 신호탄을 쏘아 올렸다.

—왕궁의 대예배당.

시간을 조금 거슬러 올라 밀레디 일행이 떠난 직후.

정적이 흐르던 대예배당에 단말마 비명이 낭자하게 교차했다. 머리와 피도 함께……

"큭?! 단장님, 지시해 주십시오!"

"아?"

『신의 사도』 셋이 아무런 저항도 하지 못하고 패했다.

그것도 눈앞을 알짱대는 날벌레라도 쳐내듯 무심한 공격에.

3군의 기사단장과 백광 기사들도 이해되지 않는 현실을 목도하고 시간이 멈춘 것처럼 얼이 빠졌다.

하지만 그건 생사여탈권을 상대에게 내주는 꼴. 어리석기 짝이 없는 행동의 대가는 단원 수십 명의 목숨이었다.

사단장— 백광 기사단의 실질적 3인자로 승격한 레라이에 애거슨의 고함에 백광 기사단 단장 카임 번은 얼빠진 소리를 내며 돌아봤다.

그녀가 든 제2 성궁에서 고유 마법 『속죄의 화살』을 부여한 강철 화살이 발사됐고, 카임의 볼을 스쳤다.

"아이고! 무서운 보모를 데리고 계시는구만, 도련님!"

놀라서 눈길을 돌리자 거대한 낫으로 화살을 튕겨 낸 배드가 있었다.

"도련— 이 자식이! 내가 누구인 줄 알아?!"

놀라는 것도 잠시뿐, 배드의 능글맞은 언행과 히죽거리는 얼굴을 직면한 순간, 카임은 격앙해 제2 성검을 치켜들고 달려 나갔다.

"단장님! 도발에 넘어가면 안 됩니다!"

레라이에의 충고도 귀에 들어오지 않았다. 사람을 무시하듯 히죽대는 얼굴과 혼신의 일격이 어이없게 막힌 굴욕으로 카임의 얼굴이 붉으락푸르락 변해 갔다.

분노에 못 이겨 흰 날개를 펼치고 즉시 무수한 깃털을 날렸다. 분해 능력은 없어도 한 발 한 발이 『천상섬』 수준의 힘을 내포한 흉악하기 그지없는 탄막 사격이었다.

하지만 흰 유성 같은 공격을 근거리에서 받고도 배드의 경박한 웃음은 사라지지 않았다. 풍차처럼 돈 에그제스가 깃털을 받아넘기거나 안에 깃든 마력을 먹어 치웠다. 그것도 모자라…….

"분해 능력을 바로는 못 쓰는군!"

동료와 정보 공유까지. 카임이 덜컥 놀라면서도 수치심에 눈꼬리를 치켜떴다.

카임의 정신적 미숙함은 스이의 정보로 이미 알려진 바였다.

그래서 평정을 잃으면 요주의 능력, 『사도화 분해 능력』을 얼마나 제어할 수 있는지 알아낼 요량이었다. 그리고 계획은 보란 듯이 성공했다.

"이 자식, 끝까지 나를!"

"단장님, 진정하십시오! 난전 상태입니다! 어서 지시를!"

레라이에가 보다 못해 옆에 섰다. 사도화로 인한 순백색 마력을 발산하며 제2 성궁을 겨누는 동시에 마력을 화살로 바꿨다. 응축되어 마력이 스파크처럼 튀는 하얀 화살에 배드의 낯빛이 변했다.

그 순간, 퉁 소리를 내며 날아간 화살은 한 줄기 섬광이 되어 배드를 덮쳤다.

여유작작하던 배드가 이때만큼은 몸놀림이 급했다. 옆으로 뛰면서 에그제스를 아래에서 퍼올리듯 하얀 화살을 튕겨 냈다.

궤도가 틀어진 화살은 대예배당을 받치는 기둥에 직격했고, 마치 물 먹은 종이라도 찢는 것처럼 관통해 버렸다. 그건 틀림없이 분해 마법의 힘이었다.

"충전 시간 2, 3초! 징조는 마력 압축!"

배드가 카임의 깃털을 몸놀림만으로 피하면서 외쳤다. 그가 바라보는 곳에서는 레라이에의 고유 마법 『속죄의 화살』이 특유의 효과로 유턴해 돌아오고 있었다.

에그제스가 포효했다. 시커먼 오라가 공기를 울리며 팽창하는 모습은 마력을 한 번에 먹어 치우지 못한 자신에 대한 분노 같기도 했다.

"이번에는 남기지 말고 먹어라. —에그제스!"

두근, 하고 맥동한 오라가 대낮의 날을 감싸고 응축되더니, 돌아오던 『분해의 흰 화살』이 일자로 갈라지며 마침내 사라졌다.

시야 한쪽에서 평범한 빛의 화살을 쏘며 카임을 진정시키려는 레라이에가 보였다.

'헹, 부대 넘버 투가 꼬맹이라서 고생이 많으시군!'

부단장은 셀름이지만, 실질적으로 카임과 함께 2인 1조의 단장이었다. 즉, 레라이에야말로 백광 기사단의 부단장. 그 책임감이 속에서 올라오는 짜증을 억누르고 미숙한 단장을 필사적으로 지탱하려고 했다.

아무리 대단한 힘을 가졌어도 경험이 전혀 없는 어린애 둘을 리더로 앉혀 놓았으니 스스로 족쇄를 찬 꼴. 해방자로서는 이렇게 고마울 수 없었다.

실제로 지시가 없어서 백광 기사단은 각자 눈앞의 적만 쫓느라 쉽게 난전으로 유도당했다.

곳곳에서 해방자 전투원과 해적들이 연계해 일기당천으로 평가받던 백광 기사들을 상대로 선방— 아니, 이 순간에도 동요라는 이름의 허점을 가차 없이 찔러 치명적 일격을 가하고 있었다.

신전 기사단 군단장 세 명도 사정은 같았다.

제2 군단장 스톨라스에게는 크리스와 캐티를 필두로 한 메르지네 해적단 간부급이.

제4 군단장 모르크스에게는 하우저에 마담 재클린, 나디아, 솔라스, 바카라 등 샨드라 지부가.

그리고 제3 군단장 바풀라에게도 마셜과 슈슈, 토니, 에이브가.

각각 자유를 허락지 않았다. 그들도 동요했을 텐데 사방에서 쉴 새 없는 파상 공세가 들어와도 버티는 점은 과연 군단장다운 면모지만…… 지시를 내릴 여유가 없는 것 또한 사실이었다.

단 한마디.

상급자의 목소리만 들리면 백광 기사단은 사도 셋이 순식간에 처치당한 충격에서 헤어날 수도 있을 텐데…….

그런 생각에 레라이에는 짜증을 느끼면서 완전히 눈이 돌아간 카임에게 다시 한번 책무를 수행하라는 질타의 뜻을 담아 소리쳤다.

"단장님!"

"쳇, 나도 알아! 영예로운 백광 기사들이여—."

"아유, 도련님, 괜찮겠어?! 착한 아이는 집에 갈 시간이잖아? 너희 아빠가 데리러 왔더라!"

카임의 얼굴이 이보다 심할 수 없을 정도로 구겨졌다.

유난히 크게 울린 말소리는 조금 떨어져 있던 셀름에게도 들렸다.

비키니 아머에 코트라는 변태 취향의 근육 빵빵 여장 남자—스노벨이라는 모독적인 존재가 달려들어 반착란 상태로 결계를 쳤던 그가 악몽에서 깬 것처럼 낯빛을 바꿨다.

레라이에는 무심코 혀를 찼다. 배드의 입을 막아 버리려고 다시 『분해의 흰 화살』을 쏘려고 했다. 하지만 그게 실수였다. 배드의 추정대로 발동에 최소 3초의 시간이 필요한 탓에 허용하고 만 것이다. 그 도발을.

"뭐, 꼬꼬마들이 아빠한테 어떻게 이기겠어! 도망쳐도 뭐라고 안 할게!"

실로 싸구려 도발이었다. 속이 너무 보여서 기가 찰 노릇이다.

하지만 배드의 도발은 표정, 언동 모두 완벽했고, 번 형제는 자존심이 【신산】보다 높은 어린애였다.

"레라이에에에! 여긴 네가 지휘해라! 잡졸들 따위 너희가 알아서 처리해 둬라!"

쿵! 강화된 각력으로 폭발적인 돌진을 감행하는 카임. 동시에 어마어마하게 거대한 『천상섬』이 발사됐다.

배드는 그것을 투우사처럼 빙글 돌아 피하고, 앞을 지나치는 카임을 그대로 보내줬다.

시야 한쪽에서는 똑같이 흰 날개로 날아오른 셸름을 스노벨이 빙그레 웃으며 보내주고 있었다.

바로 이것이 작전. 도발로 두 사람을 전장에서 이탈시킨 것이다. 아무리 유용한 족쇄라도 형제의 교육은 아버지에게 일임하기로 만장일치로 결정됐기 때문이었다.

"작전 성공이양♪"

스노벨이 깜찍하게 윙크를 날렸다.

반사적으로 피하는 배드. 어쩌면 『분해의 흰 화살』때보다 더 식겁한다. 실제로 뭔가 날아온 것도 아닌데 피해야만 하는 『무언가』를 느낀 것이다. 미스터 레이디에게는 흔히 있는 일이었다.

"무슨 추태를! 결국 배교자의 핏줄인가!"

"핫핫핫. 자기 일만으로 벅찰 나이잖아. 귀엽지 않아?"

"닥쳐라, 기사 사냥꾼!"

목에 핏대를 세우면서도 역시 레라이에는 냉철하고 경험 많은 기사였다. 『분해의 흰 화살』과 함께 수십 발의 화살을 한 호흡에 쏟아내며 바람 속성 확성 마법까지 발동했다.

"전군, 들어라! 내가 지휘권을 인계했다! 머릿수로 밀어라! 우리는 신의 백색 위광일지니 본분을 다하라!"

공기가 폭발하는 것 같은 노성이었다. 배드가 고막에 피해를 입고 인상을 찌푸릴 정도로. 당연한 귀결일까, 배에서 끌어 올린 목소리는 혼란과 동요로 열세에 몰렸던 백광 기사들의 눈빛을 바꿔 놓았다.

"이단자들에게 철퇴를!"

"""""이단자들에게 철퇴를!"""""

동요는 아직 사라지지 않았다. 하지만 해야 할 일은 하나다. 그 사실을 깨달은 백광 기사단이 새로 태어난 것처럼 기백을 되찾았다.

"아이고. 해치운 수는…… 50명 정도인가?"

좀 더 죽일 수 있다고 생각했는데, 라며 자기도 모르게 혀를 찼다.

저번 전쟁에서 얼굴을 익힌 백광 기사는 한 명도 쓰러지지 않았다. 쓰러진 건 저번 전쟁에서 빠진 인원을 대체한 보충병. 요컨대 얼마 전까지 백광 기사단의 문턱을 넘지 못하던 신전 기사일 것이다.

그런 신참을 상대로도 목표였던 세 자릿수에는 한참 미치지 못했다.

백광 기사단이 사명감으로 정신을 바로잡자, 조금 전까지 우세를 자랑하던 해방자들도 금방 수세로 돌아섰다.

다른 군단장들도 백광 기사단의 부활로 여유가 생긴 모양이었다.

"정신 사나우니까 가만히 있어라, 날벌레들!"

제4 군단장 모르크스가 짐승처럼 포효한 순간, 그를 중심으로 강력한 인력이 발생했고, 대치하던 하우저, 마담, 그리고 샨드라 지부 인원들이 일제히 끌려갔다.

—고유 마법 『봉인(封引)』.

신적이 도망가지 못하게 막고 단죄자인 자신 앞으로 끌어오는 마법이었다. 한자리로 끌려온 이들은 제2 성퇴, 할버드 모델을 맞고 시간을 되돌린 것처럼 부채꼴로 날아갔다.

신음하면서도 모두 일어선 것을 보면 버텨 낸 모양이지만, 각 지부 최강급 전투원 다섯 명이 붙어도 고전하는 것이 눈에 보였다. 그리고······.

"이 녀석!"

"하, 날고 기어 봤자 짐승. 속도만 빨라서는 금방 간파당하죠."

고전하는 것은 제2 군단장 스톨라스를 상대하던 해적단 간부들도 마찬가지였다.

고유 마법 『가속』으로 폭풍 같은 속공을 자랑하는 묘인족 캐티가 역으로 농락당하고 있었다. 양손에 쥔 대거가 스톨라스에게 닿았다 싶으면 빗나가고, 어느샌가 측면에 나타난 그들의 제2 성검, 단검 모델이 반대로 캐티를 덮쳤다.

─고유 마법『환영 무투(舞鬪)』.

환영을 자신이나 무기에 겹쳐 상대의 인식을 저해하는 마법이었다.

지금도 캐티가 피한답시고 이동한 곳으로 진짜 칼날이 파고들었고, 그것을 아슬아슬하게 크리스의 커틀러스가 튕겨 냈다. 네드와 마니아는 이미 거기에 당해 치명상은 아니지만 무시할 수 없는 상처를 입었다.

제3 군단장 바풀라를 상대하던 마셜, 슈슈, 토니, 에이브도…….

"제길, 역시 성검은 성검인가?! 노인네 주제에 너무 강하잖아!"

"네놈…… 수상하게 튼튼하군."

만약 마셜에게 고유 마법『금강』이 없었다면 이미 몸이 두 동강 났을 것이다.

그만큼 예리한 쌍검술이었다. 심지어 포위해 공격하는 슈슈와 동료들을 주위에 떠다니는 검 여덟 자루로 대응하며 접근조차 허용하지 않았다.

─고유 마법『십검』.

달인급 쌍검술을 양손 외에도 4인분, 부유하는 쌍검을 자유자재로 다루는 마법이었다.

클로리스나 아르셀 옹, 스노벨도 소대별로 지휘하며 백광기사단에 맞섰지만, 애초부터 수적 열세에 놓여 있었다.

일단 중요 전투원들도 능력을 1.5배 높여주는 승화 마법 보주를 장비했으나, 그래도 능력 차이는 확연했다. 밀리는 것은 필연이었다.

'사도화와 장비의 질이 생각보다 훨씬 문제로군…….'

하다못해 밀레디 일행이 총본산을 제압할 때까지 시간만 벌면 목표 달성이지만, 승화 보주가 없었으면 버티지도 못했을 것이다.

배드는 식은땀을 삐질 흘리면서도 전장을 순식간에 훑어보고는 통신을 연결했다.

『전원, 생존 우선! 아델은 서두르고!』

아직 카드는 남아 있었다. 아니, 정말로 중요한 카드는 정작 한 장도 꺼내지 않았다. 자신만만하게 웃는 배드에게 제국의 『마법광』 아델 래크먼 남작은 마찬가지로 절망 따위 눈곱만큼도 느껴지지 않게 고함쳤다.

『보채지 마! 마법은 너 같은 멍청이가 이해하지 못할 만큼 심오하고 섬세한 거야!』

『네네, 무식해서 미안하네요!』

뒤를 힐끔 돌아보자 아델은 붕괴한 벽 쪽에서 푸른 하늘을 등진 채 인상을 구기고 있었다.

그의 앞에는 검은 관 같은 물체가 방패처럼 놓였고, 거기에 손을 대고 마력을 발산하고 있었다. 그 관인지 뭔지 모를 물체의 겉면에서 몇 가지 마법진이 깜빡깜빡 점멸했다.

그리고 아델에게서 레라이에에게로 관심을 돌린 순간.

"억."

배드가 사라졌다. 그렇게 착각할 속도로 날아가서 기둥에 격돌했다.

'망했다. **흔들려.**'

머리를 박았다. 경이로운 반사 신경으로 충격을 완화했지만, 시야가 울렁울렁 흔들렸다. 끈적한 붉은 액체까지 흘러내려 적색경보가 켜진 것 같았다.

'보고에 있었던 호광 기사인가.'

바로 맞혔다. 대예배당 안쪽에 제2 성퇴를 내리찍은 거구의 기사가 있었다. 그자가 입은 제2 성개의 가슴에는 『빛의 고리 속 방패』가 새겨져 있었다.

이전 우루루크를 애먹인 공간 도약 공격 『보이지 않는 단죄』의 사용자. 호광 기사 세이스의 냉혹한 시선이 배드를 응시하고 있었다.

"끝이다, 기사 사냥꾼!"

당장은 움직이지 못하리라 판단하고 절호의 기회를 노려 『분해의 흰 화살』을 쏘는 레라이에.

그러나 필살의 일격은 막히고 말았다. 예상치 못한 방법으로.

"뭐야?!"

레라이에가 눈을 휘둥그렇게 떴다. 배드의 품에서 스르륵 빠져나온 쥐색 유체(流體)가 순간적으로 굳으며 공격을 방어한 탓에. 막힌 화살을 절단한 배드가 킬킬 웃었다.

"우리 연성사의 대응력을 얕보다간 큰코다친다?"

해방자의 장비는 모두 오스카가 만든 아티팩트였다. 의복조차 각종 방어 기능을 부여한 금속 실로 짰다. 그중에서도 특제 방어구가 다시 품으로 돌아온 이것.

—방어 특화형 유체 금속 슬라임 『메탈 버틀럼』.

뚜렷한 자아는 없지만, 자동 경화 방어와 충격 완화가 가능한 변성, 생성 복합 마법의 산물이었다.

이미 아는 공격에는 진작 대책을 마련해 뒀다.

"레라이에 사단장님께 보고! 『쇠벌 집행』의 효과가 보이지 않습니다!"

"큭, 한 번 본 것만으로!"

정확히는 들은 것만으로, 였다. 그리고 희대의 연성사에게는 그거면 충분했다.

그때, 배드의 목덜미가 화끈해졌다. 위험을 알리는 신호가 아니었다. 어느샌가 피부가 녹은 것처럼 변색해 있었다.

"앗."

뒤에 있는 기둥 너머에서 독기 같은 마력 연기가 뿜어져 나와 배드를 확 감싸려고 했다.

"—『일섬』!"

"히익?!"

거울의 금 같은 참격이 배드의 머리 바로 위를 스쳤다. 한심한 비명을 흘린 배드가 무슨 짓이냐고 따지기도 전에 절단된 기둥 뒤에서 성창을 든 기사가 쓰러졌다.

"부식 마법을 다루는 호광 기사!"

보고에 따르면 고유 마법 『성식자』의 사용자, 트레스.

몰래 뒤로 돌아온 모양이었다. 배드는 식은땀을 흘리면서도 간신히 일어나서 거리를 뒀다.

레라이에가 혀를 차며 『분해의 흰 화살』로 그 구원자를 쐈다. 하지만……

"뭐?! 기사 사냥꾼의 대낫 말고도 마력을 먹는 무기가?!"

흰 화살은 공중에서 잘려 버렸다.

"헤헷. 해적한테는 아까운 마검이지?"

일어선 트레스와 대치하며 배드와 등을 맞댄 크리스가 웃었다.

정확히는 『마식』이 아니라 『마참』이라고 속으로 생각하며.

이건 마왕의 마검, 이그니스의 능력이었다. 그것을 모든 해방자의 무기에 부여해 뒀다. 분해 마법에 대항할 수단 중 하나로.

그동안에 배드에게 빛 구슬이 둥실 내려왔다. 메일과 비슷하지만, 조금 더 맑은 아침놀 같은 빛. 부상은 순식간에 사라졌다.

"고마워, 디네 아가씨!"

붕괴한 벽 쪽, 아델 옆에서 디네가 엄지를 들어 보였다.

그 한쪽 손에는 뒤틀린 삼지창 끝에 남옥이 달린 마법 지팡이가 있었다.

공간을 넘어 지정 좌표로 『복원』을 사용하는 디네 전용 아티팩트였다.

빛이 난무하며 아군을 점점 회복해 나갔다.

부상자가 줄면서 열세였던 전황은 차츰 고착되기 시작했다.

"이봐, 나한테는 고맙다는 말 안 해? 위험한 게 튀어나와서 도와주러 와줬더니."

"아차차, 미안. 남자한테 감사하는 일이 잘 없어서."

"아하, 그렇구만. 그러니까 인기가 없지."

"야, 죽고 싶냐!"

트레스의 부식 연기를 배드가 에그제스의 『마식』으로, 레라이에의 분해와 추적 화살을 크리스가 『마참』으로 대항하며 서로 입씨름을 벌이지만······.

"코흘리개들이 놀고 자빠졌어! 터지고 싶냐?!"

""헉?! 죄송합니다!""

에스페라도 지부의 부대장 아르셀 블레어의 호통에 목을 움츠렸다.

대단한 박력이었다. 그럴 수밖에. 그는 지금 어느 때보다 필사적이었다.

세이스와 공간을 초월한 난투를 벌이느라 말이다.

그의 고유 마법 『발파』는 지정 좌표를 폭파한다. 세이스의 경로를 예측해 공격하나, 공간 파악 능력이 뛰어난 상대는 그것을 피해 버리고 카운터로 『보이지 않는 단죄』를 날렸다.

방어는 오로지 메탈 버틀럼에게 맡긴 채 충격에 떠밀리면서도, 아르셀은 다른 사람을 노리지 못하게 공격을 늦추지 않았다.

"스노벨!"

"캐티!"

상황을 보고 배드와 크리스가 동시에 외쳤다. 불가사의한 맷집을 지닌 미스터 레이디와 해적단에서 가장 빠른 묘인족에게 아르셀 엄호를 맡겼다.

두 사람은 즉시 움직였다. 세이스는 누구보다 방치할 수 없었다. 조준 시간을 주면 안 됐다.

수적으로도 능력으로도 불리한 이 전장에서 아군의 버팀목인『작은 성녀』만은 지켜야만 하기에.

"저 해인족이다! 녀석을 처리해라!"

군단장들도 전황을 좌우하는 존재가 누구인지 알아챘다.

"자신 있으면 해봐요! 덤벼랏!"

"디네 아가씨! 괜히 도발하지 마!"

"막는 건 우리거든요?"

성녀님은 의외로 호전적이었다. 디네와 그 옆의 아델을 지키는 베르니카 지부『결계사』오디오가 몰려드는『천상섬』앞에서 죽자 살자 다중 장벽을 펼쳤다.

같은 지부의 지부장인 이비도 가시 박힌 채찍을 종횡무진 휘둘러 기사들을 막았다.

"거참, 무서운 아가씨군."

아델의 심복 헨리트도 무수한 독침과 암기를 구사해 주인들을 지키며 쓴웃음을 흘렸다.

기사들의 살의, 위압, 격렬한 공격은 원래 열두 살 소녀가 견딜 만한 것이 아니었다.

하지만 처절한 격전을 지켜보면서도 디네의 눈에는 겁먹은 기색이 조금도 보이지 않았다. 당당하게 앞을 노려보는 모습은 무심코 눈길을 빼앗길 만큼 아름다웠다.

하지만 그 직후, 디네의 당당한 표정이 고통에 일그러졌다.

"아윽?!"

대예배당 가장 안쪽에서 누군가의 절규가 들린 것도 그때였다.

고통이 난 가슴을 내려다보니 붉은 자국이 급속도로 퍼지고 있었고…….

나지막이 아, 하는 소리와 함께 디네가 쓰러졌다.

"디네 아가씨?!"

옆에 있던 아델의 절박한 목소리를 듣고 돌아본 이들이 혼란에 빠졌다. 결계가 아직 살아 있는데 왜?

"한 명 더…… 한 명 더 있어! 공간 초월 능력자가!"

아델의 악에 받친 경고에 정체불명의 절규를 추적하자, 있었다.

대예배당 안쪽의 제단 앞. 아마도 귀중한 회복 고유 마법을 지녔을 백광 기사가 마법을 걸고 있는 여자 기사…… 아니, 그것을 기사라고 해도 될까…….

적어도 그 여자는 방어구를 하나도 하지 않았고, 몸에 걸친 것은 간이 법의뿐. 무기도 나이프 한 자루가 전부였다.

그리고 그 나이프는 피투성이에, 여자의 가슴은 어마어마한 피로 흥건했다.

호광 기사 니티. 아직 10대 중반에 소박한 인상의 소녀지만, 겉으로만 봐도 오래된 상처가 온몸을 덮었다. 동공이 풀린 눈도 정상으로 보기는 어려웠다.

디네의 심장을 찌른 원인이 바로 그녀의 고유 마법『자기희생』.

자신의 상처를 타인과 공유하는 마법이었다.

"키힛."

오싹한 괴성과 커다란 동공이 이번에는 배드에게 향했다.

"안 돼!"

아르셀이 세이스에게서 눈을 떼고 모든 힘을 실어 니티에게 『발파』를 시전했다.

멈춰 서서 마력을 쥐어짜 지금까지 중 가장 강력한 폭발로 니티와 백광 기사를 한꺼번에 날려 버렸다.

그 대가로 세이스의 일격이 머리에 작렬한다.

메탈 버틀럼이 아슬아슬하게 사이로 비집고 들어오지만 굳을 시간이 없었다. 육체와 의식이 날아가고 눈과 코에서 피가 터져 나왔다. 치명상이었다.

다른 곳에서는 스노벨이 몸을 뒤로 젖힌 채 날아가고 있었고, 캐티도 바닥에 튕겨 굴러갔다. 아르셀의 『발파』가 끊긴 순간 두 사람 모두 나가떨어진 것이다.

세이스가 자유로워졌다. 그러자 크리스, 슈슈, 하우저가 단숨에 제압당했다. 강력한 방어구가 즉사는 막아줬지만, 바닥에 짓눌린 힘 때문에 몸이 움직이지 않았다.

무너졌다. 균형을 유지하던 전황이 단번에 기울었다.

"하하하, 여기까지인가 보군!"

하우저가 빠지자 모르크스가 제 세상인 양 전장을 휘저었다. 이번에는 전열을 잃은 풍술사 마담에게 돌진해 할버드를 휘두른다. 마담은 자기 자신까지 날려 버리는 폭풍으로 그 공격을 막아 보지만, 그럼에도 한쪽 팔이 잘려 나갔다.

달려든 나디아와 동료들도 한순간 『봉인』으로 균형을 잃은 틈에 『천상섬』을 맞고 모조리 나가떨어졌다.

"잘 버렸다. 이단자만 아니었어도."

"크으으윽!"

슈슈가 없는 검성의 전장에서 마셜의 절규가 울려 퍼졌다. 이미 만신창이인 토니와 에이브는 다른 백광 기사로도 충분하다고 여기고 십검이 모두 『금강』을 난도했다.

"아, 좀! 맞아라!"

"짐승 따위가 나를 잡으려고 하나."

클로리스는 분리되는 거대한 가위라는 특수 무기로 기교파답게 싸우지만, 네드와 마니아의 엄호를 받고도 스톨라스의 흐릿한 육체에는 닿지 못했다. 오히려 카운터를 맞은 클로리스만 피투성이가 됐다.

그리고 세이스와 싸우는 캐티 쪽도.

"해적을, 우습게 보지 마!"

시야 한쪽에 턱과 한쪽 팔이 뭉개져서 쓰러진 스노벨이 보였다. 열세에 몰린 아군들도.

어금니를 꽉 깨물고 약해지는 마음을 채찍질하며 땅을 기다시피 달렸다. 순식간에 적의 뒤로 파고들어 대거를 휘두른다.

"헛수고다."

정면으로 내리찍는 공격이 캐티의 옆구리를 강타했다. 대체 몇 번이나 이런 식으로 날아갔던가. 메탈 버틀럼과 방어구가 없었으면 진작 죽었다.

그 메탈 버틀럼도 거듭되는 막대한 충격에 조금씩 손실되어 방어 능력이 떨어졌다. 급기야 충격으로 갈비뼈에서 불길한 소리가 났다.

고양이처럼 네 발로 착지하나, 기침을 하니 피가 튀어나왔다.

거칠게 숨을 몰아쉬며 노려보는 캐티에게 세이스는 아무런 감정도 느껴지지 않는 냉랭한 눈빛을 돌려줬다.

"승패는 결정됐다. 밀레디 라이센에게 희망을 맡기고 시간이라도 벌려는 작정이겠지만, 헛수고다."

"그놈의 헛수고 타령 그만해! 밀레디라면 분명히—."

"방금 오스카 오르크스가 패했다."

"뭐?"

"사도님의 분해 포격을 맞고서 말이지. 호광 기사단도 거의 손실이 없다. 이미 시간문제일 뿐이다."

캐티에게서 힘이 쭉 빠졌다. 고개도 힘없이 처졌다. 어쩐지 고양이 귀와 꼬리까지 늘어진 것처럼 보였다.

"꺾였나. 하지만 그거면 됐다."

세이스가 제2 성퇴를 치켜들었다. 그리고…….

"신의 보이지 않는 단죄를, 느껴라—."

"히얏갸갸갸! 해석 완료…… 오르크스의 아티팩트는 최고군!"

독특하고 몹시 귀에 거슬리는 웃음소리와 함께 극도로 흥분한 목소리가 울려 퍼졌다.

냉정의 화신 같은 세이스도 무심결에 눈길을 빼앗겼다. 그 순간.

"─『반전 쇠벌 집행』!"

아델이 쭉, 옆에서 디네가 쓰러져도 손을 놓지 않던 관 모양 검은 상자에서 강렬한 섬광이 터졌다. 폭발적으로 퍼진 빛이 순식간에 기사들을 집어삼켰다.

"이건……."

세이스가 미세하게 동요했다. 힘이 쭉 빠져나가는 감각 때문에.

승리를 확신하던 백광 기사단도 동요해서 멈춰 섰다.

"시간 벌기, 끝."

"큿."

마음이 꺾인 줄 알았던 캐티가 이를 드러내며 씩 웃고 있었다.

세이스에게서 동요가 사라졌다. 예상치 못한 일이기는 하지만, 힘이 감쇠해도 아직 해방자들보다 능력에서 앞선다는 확신이 있었다.

"우리의 우위는 변함없다!"

백광 기사단의 동요를 날려 버리려고 세이스가 포효했다.

대예배당을 흔들 만큼 쩌렁쩌렁한 목소리에 백광 기사단도 퍼뜩 정신을 차렸다.

하지만 그 고무는 바로 다음 순간, 허무하게 의미를 잃었다.

─수해 현계.

그런 맑은 미성이 들린 기분이었다.

반사적으로 주변을 돌아본 기사들은 곧장 이상함을 깨달았다.

녹색. 갑자기, 그리고 무서운 속도로 대예배당이 녹색으로 뒤덮여 갔다. 식물 넝쿨이 붕괴한 벽을 통해 탁류처럼 밀려들었다. 언제 뿌렸는지 모를 『수해의 씨앗』을 흡수해 급속도로 식물을 성장시키며.

"이건…… 위험하다! 불태워라!"

트레스가 초조함을 감추지 못하고 부식 영역을 펼쳐 저항해 보지만…… 늦었다.

이곳은 이미 수해 여왕의 영역.

대예배당을 감싼 식물에서 흰 안개가 희미하게 흘러나왔다. 그리고…….

─금역 해방.

여왕의 영역이라면 닿지 않을 리 없는 진짜 승화 마법이 발동했다.

푸르른 연두색 빛이 해방자를 한 번에 감쌌다. 그러자…….

"후우, 후우. 하마터면 죽을 뻔했어요. ─『복원 영역』!"

심장을 뚫렸을 디네가 부활했다. 정말로 죽기 직전에 『복원』을 발동해 몽롱한 의식 속에서 조금씩 치료하고 있었는데, 그것이 승화 마법으로 단숨에 완치됐다.

그와 동시에 『아군만 복원』하는 광범위 마법이 발동하고, 아침놀 빛이 부상당한 아군을 한꺼번에 구원했다.

아르셀 옹이 죽음의 문턱에서 간발의 차로 부활했다.

"하루 종일 싸울 거냐! 빨리빨리 끝내!"

일어나자마자 소리친 그가 트레스를 폭파해 부식 연기를 걷어 버렸다.

"네네, 시작합니다요. 학살할 시간이다. ─에그제스으으으!"

배드가 에그제스를 크게 돌렸다. 칠흑의 낫이 폭발해 찢어진다. 그 수는 약 300. 200개가 트레스를, 나머지는 주변 백광 기사단을 덮쳤다.

조금 전까지와는 차원이 다른 위력에 제2 성개가 단 몇 초도 버티지 못하고 찢겨 나갔고, 끝내 기사들에게서 단말마 비명이 들렸다.

"큭, 몸놀림이 다른 사람처럼!"

레라이에가 확연하게 위력이 떨어진 빛의 화살을 배드에게 연사하지만, 배드는 마치 날아든 돌멩이라도 치는 것처럼 가뿐히 튕겨 냈다.

스톨라스 쪽이라고 다를 건 없었다.

"큭, 이게 수해의 흰 안개인가요?!"

"드디어 허점을 보이네요?"

미약하지만 흰 안개로 인식 저해가 발생해, 바람처럼 자유롭고 유려하던 스톨라스의 『환영 무투』가 흐트러졌다.

그 탓에 넝쿨에 발이 걸려 살짝 균형을 잃는, 평소라면 절대로 할 리 없는 실수를 저질렀다. 클로리스는 그것을 놓치지 않았다.

거대 가위를 분리해 달려들었다. 하나는 허무하게 환영을 흩어 버릴 뿐이지만, 다른 하나가 처음으로 스톨라스의 팔뚝을 얕게 베었다.

"하, 이 정도로―."

"울부짖어라. ―『통각 증대』!"

그 직후, 단말마인가 싶은 스톨라스의 비명이 울려 퍼졌다.

클로리스의 고유 마법『통각 조작』이 원인이었다. 자신이나 아군의 통증을 덜어줄 수도, 적에게 부여한 작은 통증을 키울 수도 있었다. 특히 승화 마법을 통한 통각 증대는 고문급이다.

"좋아, 지금이다!"

"이제 그만 설쳐, 이 바퀴벌레 자식아!"

마니아가 시야를 가득 메운 푸른 불덩이로 스톨라스를 공격했고, 군단장을 구하려고 뛰어들던 제2 성순을 든 기사가 네드의 펀치에 어이없이 날아갔다.

이미 스톨라스의 표정에서 여유는 사라졌다. 도움을 요청하듯 모르크스를 보지만…….

"우후후, 얼굴 참 못생겼다. 이건 뭐 거의 오거네."

"유리해지자마자 혀부터 놀리는군!"

"그래! 최고조다, 바카라! 지금 인생에서 제일 혀가 잘 돌아가!"

"시끄러워! 목청까지 승화됐냐?!"

나디아 원장이 모르크스의 할버드를 피하고 파고들어 장타를 먹였다. 제2 성개 너머로 가슴팍을 맞은 모르크스는 어차피 여자의 연약한 손이라고 무시했지만, 그 직후 피를 토하고 눈을 끔뻑거렸다.

"이제 통하네! 고통에 일그러진 얼굴이 최고로 추해!"

『치유사』천직을 가진 의사면서 왜 디네와 함께 회복을 맡지 않고 전열에 서는가. 그 해답이 이것이다.

나디아 피스코트 원장은 격투의 달인이었다.

주된 싸움법은 회복 마법의 응용. 내장 과잉 활성화로 육체를 자멸시킨다.

고유 마법 『마력 침투』는 본래 그녀의 비범한 회복 마법을 더욱 효율적으로 만드는 마법이지만, 이것을 공격으로 전환하면 방어구를 무시하고 내장을 파괴하는 무시무시한 기술이 된다.

지금까지는 제2 성개의 마력적 방어와 사도화한 육체의 마력 내성에 막히고 말았지만, 모르크스의 능력이 크게 감쇠하고 승화 마법을 받으면서 비로소 통하게 됐다.

거기에 바카라가 고유 마법 『유사』를 사용해 바닥을 허물고, 솔라스가 의료 기구인 메스를 투척하는 의사답지 않은 공격을 가했다. 그 메스에는 솔라스의 고유 마법 『독 생성』으로 체내 물질에서 생성되는 맹독이 듬뿍 발려 있었다.

모르크스는 도와주러 오지 못한다.

스톨라스는 그렇게 판단하고 이번에는 바풀라를 보지만, 역시는 역시였다.

"이 녀석, 너무 튼튼하잖아!"

"검성에게 칭찬을 다 받다니, 쑥스럽구만!"

바풀라의 검이 마셜에게 닿지 않았다. 대검, 『금강』, 그리고 전신 갑옷, 『불락의 방패』라는 별명을 과시하듯 바풀라의 공격을 정면에서 받아냈다.

"제발 좀 죽어!"

"큰일 났다. 슈슈가 눈 돌아가기 일보 직전이야. 에이브, 절대로 앞에 서지 마!"

"여기까지 와서 오폭으로 죽을 순 없지!"

그리고 똑같이 『복원』으로 부활한 슈슈, 토니, 에이브도 주변의 백광 기사와 바풀라의 검 여섯 자루를 맡았다. 그동안 나디아 쪽은 문제가 없다며 원군이 도착했다.

"타이밍 맞춰, 재클린!"

"네, 하우저 님!"

전장에서 데이트라도 하는 것처럼 애교 섞인 대답이 울림과 동시에 바풀라의 등 뒤에 떠 있던 검 두 자루가 바람 포격에 날아가 버렸다.

수비가 사라진 뒤쪽에서 하우저가 뛰어들어 대검을 힘껏 내리찍었다.

"으윽."

"쳇, 이 질량을 기량만으로 받아넘겼어!"

바풀라는 한쪽 손 검으로 마셜의 대검을 막고, 몸을 옆으로 돌리며 다른 손 검으로 하우저의 대검을 받아넘겼다.

검성의 명성에 어울리는 신기지만, 의수와 대검의 파괴력을 완전히 흘려보내지는 못했는지 왼팔이 축 늘어졌다.

"이대로 가면…… 에잇, 레라이에! 그걸 꺼내라!"

바풀라는 재클린이 날려 버린 검을 불러들여 왼팔을 보호하면서 외쳤다.

"……! 하지만 그건 이미……."

"상황을 봐라! 아껴서 어쩌자는 거냐! 적어도 저 관을 파괴해야 한다!"

"큭, 알겠습니다!"

바풀라가 한순간 눈길을 보낸 곳에는 『반전 쇠벌 집행』을 발동하는 관 방패와 그것을 든 아델이 있었다.

여유가 생긴 탓일까, 『마법광』이라는 별명대로 아델은 복잡하고 파괴적인 복합 마법을 난사해 고정 포탑처럼 화력을 퍼붓고 있었다.

바풀라의 의견이 옳다. 저것을 처리해서 역전된 능력 차이를 돌려놓지 않으면 위험하다.

설령 그 수단이 양날의 검이라 할지라도.

레라이에가 지시를 내리자 제단 가까이 있던 백광 기사 한 명이 안쪽 벽으로 달려갔다. 그리고 벽에 숨겨진 마법진에 마력을 불어넣었다.

그러자 가장 안쪽의 기둥이 큰 소리를 내며 회전했고, 나사처럼 천장 안으로 들어갔다. 그 대신 나타난 것은 아래로 이어진 계단이었다.

—우오오오오오오오오오!

지금 막 깨어난 것 같은 포효가 대예배당을 뒤흔들었다.

쿵쿵 발소리를 내며 비밀 공간에서 올라온 존재를 보고 해방자들은 식은땀을 흘렸다.

"저건 뭐야……."

"저것도 성수(聖獸)의 일종인가? 그냥 괴물로밖에 안 보여."

그건 사람의 형상을 하고 있었다. 하지만 전혀 사람처럼 보이지 않았다.

3미터를 넘는 키는 그렇다 치더라도 근육으로 팽창한 몸과 살에 갑옷 파편을 넣어 반죽한 듯한 징그러운 육체, 금속 갈고리로 대체된 양손 손가락, 투박한 두 의족에 맥박 치는 붉은 돌이 박힌 이마와 가슴.

무엇보다 입으로 부글부글 끓는 흰 마그마를 흘리는 모습은『괴물』이라는 호칭 말고는 어울리는 말을 찾기 어려웠다.

"부단장…… 아니, 아라임! 네게 아직 기사의 긍지가 있다면, 쳐라! 이단자를 쳐라!"

레라이에의 외침에 해방자들이 흠칫했다. 특히 서쪽 바다에서 싸운 적 있는 자들은 믿어지지 않는 표정이었다.

아라임 오크맨. 전 백광 기사단 부단장. 하지만 예전의 모습은 흔적도 남아 있지 않았다. 굳이 찾자면 마그마의 색이 그의 고유 마법『성염』과 같다는 점 정도일까.

—으ㅇㅇㅇㅇㅇㅇㅇ!

과연 그 포효는 레라이에의 말에 대한 대답이었을까.

"무슨, 부단장, 멈추—"

아니었나 보다. 가슴의 붉은 돌이 빛난 직후, 눈 깜짝할 사이에 늘어난 오른손 갈고리가 그를 해방한 백광 기사를 찢어 발겼다. 마치 종이처럼 간단하게.

—라, 스! 라아아아아아우우스아아아아!!

원한. 그게 전부였다. 이성 없는 짐승으로 전락하고도 한때 심취했던 주인에 대한 증오만은 잊지 못한 모양이었다.

한 맺힌 포효가 대예배당을 뒤흔든 동시에 급류 같은 흰 마그마가 쏟아졌다.

순식간에 주변 일대의 식물을 녹여 버린 흰 작열의 홍수는 백광 기사와 해방자 전투원까지도 집어삼켰다.

제2 성개와 메탈 버틀럼의 방어는 의미가 없었다. 상대는 점도 높은 초고온의 유체였다. 틈으로 들어와 단 몇 초 안에 육체를 융해시킨다. 일대는 아비규환이었다.

"고삐 풀린 망아지 같은 게!"

포악의 화신이 된 아라임— 아니, 여러 아티팩트와 융합한 『괴물』의 오른쪽 눈에 대거가 꽂혔다.

순간 이동이라도 한 것처럼 괴물의 어깨에 올라탄 캐티의 공격이었다. 세이스를 크리스에게 맡기고 뛰어든 것이다.

—라아아아아아스으으!

"징그러!"

괴물이 파리를 쫓듯 갈고리발톱을 휘두르지만, 캐티 쪽이 조금 더 빨랐다.

수직으로 점프해 공중에서 상하 반전. 아티팩트 부츠의『중력장 장벽』을 차서 다시 강습해 중력과 체중을 실은 두 번째 대거를 왼쪽 눈에도 쑤셔 박았다.

—크아아아아아앗!

"어떻게 된 거야! 이래도 안 죽어?!"

흰 마그마가 분화했다. 캐티는 다시 순간 이동 같은 속도로 뛰어 바닥에 안착했다.

그리고 허벅지에 찬 홀스터에서 커다란 쿠크리 나이프를 두 자루 뽑아 네 발로 기듯 몸을 숙였다.

엉덩이는 높이, 허리를 젖히고 고양이 꼬리는 살랑살랑.

—주긴다! 이단, 배꼬! 주긴다!

"꿈도 야무지지! 내 속도에는…… 아무도 못 쫓아와!"

어떻게 인지하는지, 괴물은 대거를 꽂은 채로 마그마 덩어리를 연사했다.

"내가 유인할게! 디네! 회복해줘!"

"네!"

동료를 한 명이라도 더 구하기 위해서 멍하게 있던 디네를 타이르고, 캐티는 흑백의 세계로 돌입했다.

가속한다. 가속한다. 사고도, 육체도.

차례차례 날아드는 마그마 덩어리, 일대를 휩쓰는 레이저, 자유자재로 늘어나 공간까지 도려내는 갈고리발톱.

그것을 전부 피한다. 한순간의 틈을 찔러 난도한다.

멀리서 보면 마치 흰 번개 같았다. 빛줄기로 보이는 속도, 지그재그로 누비는 궤적, 괴물을 묶어 두는 3차원 기동. 거기에 그녀의 흰 머리칼이 뒤따르고……

진짜 승화 마법을 받은 캐티의 속도는 그녀 말대로 아무도 쫓아오지 못할 만큼 압도적이었다.

하지만 괴물도 보통내기는 아니었다. 주변에 어떤 피해가 생기건 전혀 개의치 않는 광범위 공격으로 캐티를 처치하려고 들었다.

"뭘 저딴 걸 꺼냈어? 이대로 가면 댁들도 무사하진 못할 텐데?"

배드가 트레스와 레라이에를 보며 어이없게 말했다.

레라이에가 충혈된 눈으로 짐승처럼 으르렁댔다.

"네놈들을 모조리 죽일 수 있다면 목숨 따위 얼마든지 내주마! 우리 백광 기사의 사전에 절망이란 말은 없다! 순교는 우리의 명예! 둘 중 하나가 전멸하지 않는 한 이 싸움은 끝나지 않는다!"

"……그렇게 말할 것 같더라."

항복하지 않을까, 하고 기대해 봤지만, 역시 무의미했다며 배드는 탄식했다.

그런데 그때, 앳된 비명 소리가 들렸다.

"꺄악?!"

빈틈없이 자세를 유지하며 눈만 힐끔 돌리자 디네가 살짝 휘청거리고 있었다. 그리고 그 이유도 시야에 들어왔다.

"또 사도가 나왔나."

붕괴한 벽 외부에 닿을락 말락 하게 은빛 기둥이 서 있었다. 아마 바깥에서 누가 사도와 싸우는 모양이었다. 십중팔구 반드르겠지만.

광장의 상황도 신경 쓰였다. 백광 기사단을 막는 것이야말로 자신들의 역할임을 잘 알지만…….

"훗, 밀레디 라이센이 없는 곳에서 사도님께 대항할 수 있겠나?"

레라이에의 얼굴이 광기 어린 웃음으로 일그러졌다. 밀레디의 사도 학살에는 아연실색했지만, 그런 일이 가능한 건 틀림없이 밀레디 한 명뿐. 사도님이 강림한 이상 이 전장에 패배란 없다고 확신하는 얼굴이었다.

하지만 배드도 사나운 웃음으로 맞받아쳤다.

"할 수 있겠지. 그러니까 싸우러 온 거야. 신대 마법 사용자는 하나같이 괴물들이거든. —안 그러냐! 나이즈!"

그 직후, 격진이 전장을 휩쓸었다. 기사들이 돌아보자 그곳에는 천장에 박힌 괴물이 있었고…… 그 하반신이 절단되어 툭 떨어졌다.

"야, 이! 잘못하면 말려들 뻔했잖아!"

"음…… 만약 잘못돼도 디네가 있지 않나?"

"복원하면 끝이야? 그거 메일 같은 사디스트나 할 발상이라고! 물들지 마!"

괴물로 변한 아라임을 손쉽게 퇴치한 자는 왕궁 안쪽으로 급히 가던 나이즈였다. 하마터면 고깃덩이가 될 뻔한 캐티가 눈물을 머금고 위협했다.

배드가 큰 소리로 물었다.

"나이즈! 상황은!"

"문제없어! 포로와 부인들도 확보해서 전송했어!"

그것이 나이즈가 맡은 또 하나의 임무.

포로란 물론 이단자들이었다. 해방자와 무관해 공개 처형 대상자는 아니나 예전부터 잡혀 있던 자들. 그들은 보통 실험 재료로 이용되는 등 비참한 말로를 맞이한다.

그 정보를 라우스에게 들은 해방자들은 처음부터 구출 계획을 짜 놓았다. 그리고 하는 김에 리코리스와 데보라도 확보했다. 당연히 두 사람은 싫어했지만, 설득은 라우스의 역할이었다.

이로써 후환은 완전히 사라졌다.

다시 왕궁 밖에서 은빛 비가 쏟아졌다. 그것을 보고 배드가 소리친다.

"그럼 됐어! 이쪽은 문제없으니까 가서 실력 발휘하고 와!"

"알겠다."

"큭, 기다려라!"

그런다고 기다릴 리 없었다. 레라이에의 말은 나이즈가 사라진 공간에 허무하게 울렸다.

"전원, 라스트 스퍼트다! 긴장 풀지 마! 하얀 위광은 오늘 이 자리에서! 땅바닥에 곤두박질친다!"

"""""와아아아아아!"""""

적지 않은 동료가 목숨을 잃었다. 수적 열세는 아직 뒤집지 못했다.

하지만 호응은 하늘을 찔렀고 흔들림이 없었다.

"순교는 우리의 명예다! 같이 죽는 한이 있어도 살려 보내지 마라!"

레라이에의 포효에 백광 기사단도 밀리지 않게 호응했다.

하지만 삶과 미래를 가슴에 품고 일어선 이들과, 죽음과 과거의 존속에 집착하는 이들이 맞붙는다면…….

이미 승패는 정해져 있었다.

—왕궁 상공, 고도 1,000미터 부근.

순백의 빛을 두른 성룡 부대 약 500기와 밤을 오려 붙인 듯한 칠흑의 마룡 약 160마리가 어지럽게 뒤얽히는 하늘의 전장.

설령 라우스를 향한 살의로 불탈지언정 자신의 사명을 망각할 무르무가 아니었다. 전군 중에서도 가장 빠르게 총본산으로 갈 수 있는 자신의 군대를 움직이는 데 그는 한 치의 망설임이 없었다.

무엇보다 사도를 타도하는 밀레디 라이센을 절대로 그냥 보내서는 안 됐다.

한시라도 빨리 물량 공세로 밀어 버리고, 가능하다면 신대 마법 사용자의 목을 베어 사기를 드높이고자 생각했지만……결과는 최악에 가까웠다.

"이럴 리가 없어! 이럴 리가, 이럴 리가, 이럴 리가!"

무르무가 발광한 사람처럼 같은 말을 되풀이하며 성궁을 연사했다.

놀랍게도 그가 쏘는 화살은 모두 『분해의 흰 화살』이었다. 심지어 성궁을 써야 한다는 제약은 있지만 레라이에와 달리 힘을 모을 필요도 없었다.

표적은 당연히 비룡을 탄 반드르였다.

"슬슬 지겹군."

흉악한 화살 탄막을 모조리 베어 넘겼다.

칠흑의 대검을 풍차처럼 돌리는 모습은 배드가 대낫을 다루는 모습과 흡사했다.

원심력을 이용한 끊임없는 대검술은 공방 일체. 대검에는 당연히 『마참』 효과가 부여돼 있었다.

"아도라!"

─크와아아아아!

성룡왕 아도라가 주인의 명에 따라 『브레스』를 토했다. 그 광염의 위력으로 말할 것 같으면 최상급 공격 마법 『카무이』 10인분을 합친 것에 필적할 수준이었다.

하지만 정작 반드르는 굳이 피하려고도 하지 않았고…….

"우루루크! 버틀럼!"

그저 자신이 부리는 최강의 종마를 호명했다.

그러자 우루루크는 주인에게 날아드는 광염을 무시한 채 아도라의 옆에서 카운터로 브레스를 쐈다. 그와 함께 꿈틀대더니 확 부풀어 오른 목도리, 아니, 위장한 버틀럼은 위로 경사를 준 금속 방패가 되어 광염을 튕겨 낸다.

브레스를 쏘느라 멈춰 있던 아도라의 옆구리로 우루루크의 브레스가 관통했다.

절규하며 추락하는 아도라. 배에 커다란 구멍이 뚫리고 아래에 있는 왕궁을 어마어마한 피로 적셨다.

무르무가 곧바로 회복 마법을 쓰지만, 이가 갈리는 상황이었다.

신도 수호 성수, 최강의 용이라고 칭송받던 파트너의 힘이 통하지 않는다. 심지어 전투가 벌어진 후로 몇 차례나 심각한 타격을 입었다.

사도화의 힘은 모든 성룡에게도 부여됐을 텐데.

저번 전쟁과는 비교가 되지 않는 맷집을 얻었을 텐데!

"뭘 하느냐! 놈이 움직이지 못하게 막아라!"

"하고 있습니다! 하고는 있지만, 너무 튼튼합니다!"

그리고 너무 빠르다고, 다른 단원도 말을 보탰다.

모든 마룡이 장비한 칠흑의 용 갑주와 주인의 성장과 함께 진화한 비늘을, 성룡의 브레스로는 돌파할 수 없었다.

일단 몇 마리가 달려들어 집중 공격하면 일부를 깰 수는 있지만, 애초에 반응이 너무 예민하고 빨라서 직격을 맞히기 자체가 어려웠다. 가령 맞혀도 용 갑주에 부여된 효과가 그마저도 서서히 회복해 버렸다.

"변명 들을 생각 없다! 공격을 늦추지 마! 수는 우리가 우세하다! 찍어 눌러!"

평소의 온화한 성격은 온데간데없는 신경질적 명령에 수광 기사단 소대장은 참담한 표정으로 부하 열 명과 우루루크를 포위하려고 하나…….

"반 님을 방해하지 마라!"

매번 이 모양이었다.

소대와 우루루크 사이에 메시가 들어간 적발 여성— 슈네의 전사장 마가레타가 끼어들었다. 그리고 믿어지지 않는 양의 화염 창으로 탄막을 펼쳤다.

거기에 검은 활로 — 세계 최고 경도와 각종 마검 효과를 부여한 화살을 보물고에서 꺼낼 수 있고, 혼백 감지 추적 기능까지 있다 — 마궁의 탄막도.

물론 마가레타가 탄 마룡도 투구에 박힌 보주로 파괴력이 증폭된 브레스를 쐈다.

그 결과, 회피에 실패한 두 기사가 땅으로 떨어졌다. 이렇듯 반드르와 우루루크를 집중 공격하려고 하면 반드시 슈네 전사들이 훼방을 놓았다.

마가레타가 이끄는 부대는 객관적으로 보아도 소수 정예.

마인족 특유의 마법 적성에, 마룡의 무모한 공중 기동도 여유롭게 버티는 수인 특유의 강인한 육체. 실험체로 이용되던 가혹한 과거의 산물인 무시무시한 마법 기량과 갖가지 아티팩트 무구.

그들은 대다수 적을 마룡 부대에게 맡긴 채 철저히 반드르 엄호에 집중했다.

이로 인해 기병의 수가 전술의 차이로 이어지는 사태는 뒤집어졌다. 그 수적 차이도 시시각각 줄어들고 있었다.

'제길, 적어도 지상 부대가 백광을 지원하러 가준다면!'

아래를 보면 공중 회랑의 아직 무사한 부분에서 성랑 부대와 빙설랑 쿠오우가 이끄는 마랑 부대가 격돌하는 중이었다. 이쪽도 열세였다.

성랑 부대는 공중전이 불가능하다. 그래서 대예배당 엄호를 맡기고 백광 기사단에 생길 잉여 병력을 빌리고 싶었지만⋯⋯ 도착할 것 같지 않았다.

그렇게 정신을 판 순간 울려 퍼지는 포효. 우루루크의 브레스가 날아들었다. 아도라는 몸을 비틀어 피하지만, 그때는 이미⋯⋯.

"생각할 여유도 있나 보지?"

"앗―."

어느샌가 뒤로 돌아온 반드르의 대검이, 어깨 너머로 돌아본 무르무의 코앞까지 와 있었다.

퍼뜩 흰 날개를 펼쳐 방패로 썼다. 엄청난 강도를 자랑하는 날개는 공간 절단 기능을 발동한 대검에게서 확실하게 무르무를 지켜 냈다.

하지만 충격까지는 어쩌지 못했다. 푹 고꾸라지며 아도라의 등에서 떨어지고 말았다.

날개를 조종해 몸을 뒤집어 반드르에게 깃털을 난사했다. 『분해의 흰 화살』도 함께.

"너무, 빨라!"

무르무의 입에서 전율과 경악이 튀어나왔다.

등에 난 용의 날개를 세밀하게 조종해 수 센티미터 단위로 깃털을 피하고, 『분해의 흰 화살』도 세로로 양단. 그리고 팽이처럼 회전해 측면으로.

그 일련의 행동이 한순간에 벌어졌다. 비행의 숙련도가 차원이 달랐다.

무르무는 목으로 파고드는 대검에 성궁을 내밀 수밖에 없었다.

그 순간, 미세하게 반드르의 움직임이 흐트러졌다. 윽, 하고 작은 신음 같은 소리도 들렸다. 결국 대검은 엉뚱한 허공만 갈랐다.

무르무가 날개를 한 차례 퍼덕여 자세를 바로잡았다. 뒤늦게 식은땀이 나며 참았던 숨을 몰아쉬었다.

"윽, 미안하다! 베슈 공!"

"죄송합니다, 반 님!"

사과가 겹쳤다.

하나는 무르무가, 눈으로 보기만 해도 다섯 가지 상태 이상을 일으키는 고유 마법 『성안』을 소유한 호광 기사 베슈에게.

또 하나는 그런 베슈를 상대하던 슈네 분대장, 작은 마가레타처럼 생겼지만 실제 나이는 열여섯 살인 토드레타가.

얼굴이 새파래져서 허둥대지만, 곧바로 거대한 부메랑과 뇌격으로 반드르를 향한 시선을 떼어 놓았다.

"괘념치 마라, 토드레타! **딱 적당히 줄었다!**"

"……! 네, 반 님!"

토드레타는 뭔가를 이해한 것처럼 웃고는, 십자포화와 브레스 난사로 베슈에게 맹공을 퍼붓는 슈네 전사들 사이로 뛰어들었다.

"이 손으로 단 한 방이라도! 반 님의 복수다아아아!"

"아니, 안 죽었다만……."

반 님의 혼잣말은 거기까지 들리지 않았다.

『쇠벌 집행 대책』과 슈네 일족의 높은 내성, 마룽에서 마룽으로 뛰어 올라타는 곡예 같은 연계로 시선을 고정하지 못하게 하여 베슈의 『성안』에 가까스로 대항하지만, 너무 흥분한 게 아닌지 조금 걱정이었다.

이제 곧 예정된 수까지 적이 줄어드는데 말이다.

그때, 무르무의 고함이 반드르의 고막을 때렸다.

"감히 내 앞에서 여유를 부리는 거냐!"

"맞는데?"

"크, 으으!"

이제는 말도 나오지 않았다. 대검으로 어깨를 툭툭 치는 반드르를 보고 무르무의 관자놀이는 경련했고 이마에는 핏줄이 선명하게 불거졌다.

"이런 전초전에서 힘 뺄 수는 없지."

추가로 탄식까지. 만점짜리 도발이었다. 이성의 끈이 끊어지는 소리가 들릴 것만 같았다.

"아도라아아아아아아아!"

무르무에게서 섬광이 뿜어져 나왔다. 그러는가 싶더니 그 빛이 격류처럼 한곳으로, 아도라에게 흘러갔다.

—크아아아아!

포효와 함께 브레스가 발사됐다. 마가레타 분대 쪽으로.

아군의 목숨도 도외시한 기습이었지만, 마가레타 분대는 마치 사전에 알고 있던 것처럼 급강하해 회피했다.

대신 처형인의 참수도처럼 내리친 광염 브레스에 애먼 수광기사만 수십 명 증발했다.

그때, 우루루크가 측면에서 다가붙었다.

진화로 얻은 두 번째 고유 마법 『충격 포효』로 아도라에게 진동 파괴를 때려 박는다.

브레스가 멎고 아도라는 눈과 코로 피를 뿜으면서도 뭔가 심상치 않은 거동을 보이며 우루루크와 정면으로 대치했다. 그리고 체공 상태에서 한순간에 최고 속도로 가속했다.

주인의 분노가 끼친 영향일까. 아니면 지금까지 방해받은 분노가 마침내 정점에 달한 것일까. 빛을 두른 아도라가 거대한 별처럼 돌진해 우루루크의 목을 물어뜯으려고 아가리를 벌렸다.

—우오오옹!

—카악?!

우루루크가 최고 속도에서 예상치 못한 앞 공중 돌기로 회피했다.

보고도 믿어지지 않는 공중 기동은 그것으로 끝나지 않았다.

스쳐 지나가며 가시 갑주를 찬 꼬리로 후려친 것이다. 속도와 원심력을 최대한 싣고, 세 번째 고유 마법『마력의 근력 변환』으로 파괴력은 몇 배로 증폭했다.

그 결과, 아도라의 머리가 단 일격에 용린과 함께 깨졌다.

눈알이 뒤집혔다. 실이 끊긴 마리오네트처럼 힘을 잃고 공중을 비틀비틀 방황한다. 아직 간신히 의식이 있는지, 아니면 본능이나 용왕의 긍지가 추락을 거부하는 것인지…….

어느 쪽이 됐건 체크메이트다.

─우오오오오옹!

역시 종마는 주인을 닮나 보다. 우루루크는 빈사 상태인 아도라에게도 일말의 자비를 베풀지 않았다.

각종 용 갑주에 장착된 마력 저장용 보주에서 막대한 마력이 흘러나왔다. 그것이 용 갑주에 새긴 선을 따라서 입으로 집중됐다.

"아도라! 회피─"

무르무의 경고는 지워졌다. 반투명한 브레스가 연주하는 굉음에.

아도라의 배에 공간이 뒤틀린 것처럼 타오르는 브레스가 작렬했다.

전투 망치 풀스윙을 맞은 조약돌처럼 날아간 아도라는 그대로 【신산】에 격돌했다. 격진과 동시에 왕궁 위쪽 산이 거미줄 모양으로 함몰되나, 잔해는 떨어지기도 전에 증발했다.

그리고 열량이 너무 높아서 반투명해진 브레스가 허공에 녹아들며 사라진 뒤에는…… 유리화한 산과 배에 구멍이 뚫린 채 거대한 조각처럼 처박힌 아도라의 사체만 남아 있었다.

"이런, 일이……."

무르무가 눈을 크게 뜨고 넋이 나간 것처럼 중얼거렸다.

너무나도 무방비한 모습이었다. 반드르가 훨씬 높은 상공으로 이동한 것도, 주변의 이상 사태도 깨닫지 못했다.

자신감의 근거였던 성룡왕이 패했다. 그 사실에서 겨우 현실로 돌아온 것은…….

"커헉!"

한쪽 팔이 잘린 베슈가 근처로 날아온 뒤였다.

어깨와 허벅지에 구멍이 난 토드레타가 해냈다며 주먹을 불끈 쥐고 있었다. 너무 무모하다며 쓴웃음을 지은 반드르가 다시 무르무를 보며 말했다.

"그만 끝낼까. 내 감이 맞다면 이제 곧 올 테니까."

"큭, 이 자식…… 응? 이건……?"

목소리가 들린 하늘을 올려다보고서 겨우 깨달았다.

어느샌가 마룡이 바깥쪽, 수광 기사단이 안쪽에 포진했다는 사실을.

성룡 부대가 약 200마리 격추된 것에 비해 마룡의 피해는 40마리 정도. 슈네 전사는 단 한 명도 줄어들지 않았다.

그러나 수는 여전히 세 배 이상. 그래서 포위되지는 않았다. 그저 균등하게 나뉘어 구형을 이룰 뿐이었다.

그 모든 것을 내려다보는 위치에 반드르가 있었다. 그리고…….

"잘 가라."

그 가벼운 한마디와 함께 놓아 버린 대검은 바람을 가르고 낙하해 의아해하는 무르무와 수광 기사단의 중심부, 공중에 우뚝 섰다.

드문드문 흩어진 슈네 전사들이 일제히 연한 검은색 정이십면체 결정을 꺼내서 치켜들었다.

뭔진 몰라도 위험하다. 온몸으로 퍼지는 오한을 느끼고 무르무가 전원 산개를 부르짖지만, 명령이 실행되기 전에 우리는 완성됐다.

공중에 선 대검에서 슈네 전사들이 가진 열두 개의 정이십면체 결정으로 빛의 선이 이어졌다. 그 빛은 결정 안에 마법진을 이끌어 내고, 다른 결정체에도 빛을 쏴서 서로를 연결했다.

성룡 부대 500기를 통째로 가두는 거대한 정이십면체를 공중에 그리면서.

"다, 단장님! 나갈 수 없습니다!"

"결계인가? 브레스를 한곳으로 집중해라!"

갇힌 수광 기사단이 탈출을 시도하지만, 그전에 그것이 발동했다.

내부 공간이 뒤틀린다. 결정체에서 빛이 떨어지고, 빛나는 정이십면체가 점점 줄어들기 시작했다.

"이대로 압살할 작정인가?!"

"너희가 그 정도로 전멸할 녀석들은 아니잖아?"

그 말대로 이건 상대를 봉인하는 결계가 아니었다. 집중 공격하면 분해 마법에도 돌파당할 것이다. 하지만 그러기에는 이미 늦었다. 빛의 정이십면체는 단숨에 축소되어 중심부에서 휘몰아치는 공간 왜곡으로 기사들을 점차 빨아들였다.

—영역 창조 『마수 소굴』.
　　　　　　몬스터 하우스

그것은 대검을 기점으로 한 『보물고』였다. 아공간 내부로 들어간 적들은 좁은 공간에서 1만 마리 마물과 싸우게 된다.

"수보다 질이라고 했는데 미안하군. 그거 거짓말이야."

역시 전쟁은 머릿수다. 뻔뻔한 얼굴로 말을 바꾼 반드르에게 무르무가 뭐라고 소리치고— 사라졌다.

내부 용적상 일정 수준까지 수를 줄여야 했지만, 어처구니없게도 성룡 부대가 일망타진됐다. 수광 기사단은 괴멸했다고 말해도 과언이 아니었다.

이 일은 틀림없이 교회도 예상하지 못했을 테고, 그렇다면 이 손실을 메꾸려고 할 것이다. 그 예측은 어김없이 적중했다.

"역시 왔나!"

은색 포격이 떨어졌다. 그것도 슈네 전사들에게. 반드르가 사선으로 끼어들었다. 하늘에 있는 사도가 코웃음 친 것처럼 보인 건 과연 착각일까.

"사람은 진보하는데, 인형은 상상도 하지 못하나?"

버틀럼이 입을 쩍 벌리듯 펼쳐졌다. 그 입에 생긴 빛의 장막이 분해 포격을 집어삼킨다.

그리고 옆으로 퍼진 부분에 두 번째 입이 생기더니, 삼켰던 분해 포격을 그대로 사도에게 반환했다.

유체 안에 넣은 사슬형 게이트를 전개한 것이었다. 고리 모양만 취하면 발동하므로 자유자재로 변화하는 버틀럼이 쓰면, 똑같이 자유자재로 변화하는 공격 추방 방패가 된다.

사도는 돌아온 포격을 손으로 쳐서 지워 버렸다.

그리고 무표정으로 반드르를 내려다보고, 목을 뚝 꺾었다. 인간보다 인형에 가까운, 그 기분 나쁜 동작은…….

"그런 유희는 주인님께서 선호하지 않으십니다."

"고로, 여기서 희망을 하나 부수겠습니다."

증원을 부르는 신호였나 보다. 사도 옆 공간에서 새로운 사도가 출현했다.

사투에 이은 사투. 그것이야말로 신 에히트의 바람. 일망타진으로 간단히 끝나는 싸움은 원하는 바가 아니다.

그 페널티로 반드르라는 희망을 파괴한다.

그렇게 말한 두 사도는 은빛을 퍼뜨리며 강대한 위압감을 발산했다.

"반 님!"

"오지 마, 마가레타!"

도와주려는 슈네 전사들에게 반드르는 매섭게 명령했다.

그건 동료가 말려들까 봐 걱정하는 소극적인 제지가 아니라고, 그 얼굴에 떠오른 사나운 미소가 증명했다.

"성벽 외부를 지원하라 가! 서문 제공권을 빼앗기려고 해! 백성이 피난하도록 엄호하도록!"

명령을 듣고 돌아보니 그 지적대로였다. 신도 내부에서 전투가 격화되지 않도록 지원이, 그것도 강력한 공중 병력이 필요한 것은 명백했다.

죽음을 구현한 괴물 두 마리 앞에 주인을 두고 가자니 심장이 꽉 조이는 기분이었다.

하지만 믿는다. 어릴 적부터 쭉 자신들의 앞을 걷던 넓은 등을. 반드르 슈네의 강인함을.

"무사하시길 빌겠습니다!"

대답 대신 엄지를 드는 반드르에게서 등을 돌려 슈네 전사들과 우루루크가 이끄는 마롱 부대는 떠났다.

그 등으로 사도 하나가 한 손을 들지만.

"그런데 밀레디 쪽에선 몇 마리나 당했지?"

불쑥 끼어든 조롱 섞인 말에 동작을 멈췄다.

그 공허한 눈빛이 느릿하게 반드르에게로 돌아갔다.

"우리가 밀레디 쪽에 합류하면 싸움이 더 재미없어지나?"

씩 웃으며 묻자.

"쓸데없는 말은 삼가십시오."

대답은 빗발치는 은빛 깃털로 돌아왔다.

"쿠오우! 물러나라! 기회를 보다가 배드 쪽에 합류해! 여파를 막아!"

공중 회랑과 테라스, 지붕에서 성랑 부대와 싸우던 쿠오우가 울부짖었다.

이미 성랑 부대는 반쯤 무너졌고 은빛 깃털을 피하며 대예배당으로 가는 것은 어렵지 않다. 마랑 부대는 신속히 명령을 이행했다.

버틀럼의 방어 속에서 그것을 감각적으로 느낀 반드르가 정신을 집중했다.

지금부터는 힘을 아끼지 않는다.

모든 힘을 다해 증명하겠다.

반드르 슈네도 신의 절대성을 깰 수 있다는 것을!

"떨어지세요, 반드르 슈네."

버틀럼이 위에서 쏟아지는 공격을 막는 사이에 급강하한 사도 하나가 반드르의 뒤쪽 아래로 돌아갔다. 그 무방비한 등으로 분해 포격이 날아든다.

은색 섬광이 번뜩이나, 지붕처럼 위를 막기 바쁜 버틀럼에게 여력은 없었고 반드르도 뒤를 돌아보는 게 고작이었다. 결과는, 직격.

그런데……

『너나 떨어져.』

"―?!"

들렸다. 공간 전체에 울리는 듯한 냉철한 목소리가.

방어한 것이다. 반드르가 등에 난 용의 날개로.

그것은 아름다운 달빛 용린을 포갠 듯한 금속 날개였다. 그 직후.

―크롸아아아아아!

하늘을 뒤흔드는 포효가 충격파로 발사되어 분해 포격을

흩어 버렸다.

"저 모습은……."

충격으로 십수 미터 밀려난 사도가 눈을 가늘게 찌푸렸다.

정보 공유 능력으로 위쪽에 있던 사도도 무심결에 행동을 멈췄다.

버틀럼이 방어를 풀고 상반신을 덮는 갑옷으로 변화했다.

그리하여 나타난 것은…….

"용화?"

사도가 물음표를 붙이는 것도 당연한 기묘한 모습이었다.

빙룡화했을 때처럼 아름다운 달빛 비늘이 전신을 덮은 것은 마찬가지. 날카로운 발톱과 두꺼운 팔다리도, 길고 가느다란 꼬리와 무시무시한 입도.

하지만 크기가 달랐다. 몸집은 커졌지만, 인간적인 범주였다. 2미터를 조금 넘는 정도일까? 무엇보다 짐승 특유의 앞으로 굽은 자세와는 엄연히 다른 직립 자세인데도 이상하리만큼 자연스러운 형태였다.

—빙룡화 최종 형태『인룡화』.

사람의 형태를 유지한 채 용화한 모습은 무인의 강점과 빙룡의 강점을 잃지 않고 완벽하게 겸비했다. 변성 마법의 진수『유기적 물질에 간섭하는 능력』을 깨우친 반드르가 도달한 최고위 전투 형태였다.

심지어 비늘에서 날개에 이르기까지 모든 부위가 금속 재질이었다. 오스카의 아티팩트 방어구가 융합한 증거였다.

지금 반드르는 세계에서 가장 단단한 존재다. 분해 포격을 정면에서 받아도 능히 견뎌 낼 만큼.

『가르쳐주마.』

가슴팍의 비늘 한 장이 희미하게 빛나고 허공에 쌍대검이 출현했다. 사도의 그것과 쏙 닮은 조형이지만, 색은 보란 듯이 새까맸다. 이름을 붙인다면 쌍마대검일까.

공중에서 붙잡아 좌우로 한 번 휘두른다. 마치 사도를 따라 하는 것처럼.

『하늘은 밀레디의 독무대가 아니란 것을!』

공기가 파열하는 것 같은 소리가 났다. 공중 장벽을 차는 소리이자 너무 강력한 각력에 장벽이 박살 나는 소리였다.

그렇게 인식한 것도 잠시뿐, 반드르는 위쪽 사도의 발밑까지 와 있었다. 한쪽 마대검이 위로 파고든다.

가랑이부터 몸을 두 쪽 내려는 공격을 옆 돌기로 피하며 사도도 쌍대검을 소환했다. 그와 동시에 첫 번째 대검을 가로로 휘두른다.

당연히 분해 능력이 부여된 증거인 은빛을 띠고서.

그것을 오른손 마대검으로 막았다. 초고밀도 아잔티움과 『마식』효과는 사도의 공격도 무난하게 방어해 냈다.

완력은 호각. 하지만 힘 싸움 따위 하지 않는다.

칼날을 미끄러뜨려 대검을 흘린다. 즉시 목을 노리고 날아드는 두 번째 대검도 가볍게 숙여서 피하고 왼손의 마대검으로 찌른다.

사도는 잔상을 남기며 후퇴하나, 그 발에 꼬리가 휘릭 감기고…….

쩍, 코앞에서 용의 아가리가 열렸다.

"……?!"

사도는 퍼뜩 쌍대검을 교차했다. 거기로 달빛 브레스가 직격한다.

하지만 충격에 날아가는 것조차 허락되지 않았다. 꼬리 구속이, 허락하지 않는다.

사도가 급속도로 얼어붙었다. 분해 마력을 무차별로 방출하지만, 용린 장갑은 그리 쉽게 뚫리지 않았고 구속도 풀릴 기미가 없다.

그때, 두 번째 사도가 분해 포격을 쏘며 돌진해 왔다.

이번에도 버틀럼이 게이트로 추방 방어를 실행했다.

"그건 이미 봤습니다."

『그래서 어쩌라고?』

분해 포격은 미끼였다. 모습이 2중, 3중으로 보이는 속도로 반드르의 위로 접근해 대검으로 정수리를 내리친다.

그것을 머리 위로 교차한 쌍마대검으로 막고, 두 번째 대검을 휘두르기 전에 날개를 펼친다. 그리고 난사되는 금속 용린.

"윽. 이건, 마검?!"

그렇다. 사도의 은빛 깃털처럼 날아간 용 날개의 비늘은 하나하나가 『작은 마검 시리즈』와 같은, 아니, 거기에 마력을 베는 『마참』 효과까지 부여된 무기였다.

어지간한 공격으로는 흠집도 나지 않는 사도의 몸체가 순식간에 상처로 뒤덮였다.

""이까짓 것!""

두 사도가 이구동성으로 외쳤다. 어디선가 막대한 마력이 공급되어 능력이 비약적으로 향상됐다.

얼어붙던 첫 번째 사도가 스스로 다리를 절단해 꼬리 구속을 벗어나고, 압도적 근력으로 온몸의 얼음을 떨쳐 냈다. 그리고 은빛 깃털로 마법진을 구축해 최상급 번개 마법을 시전했다.

두 번째 사도는 잔상을 남기고 날아오르며 분해 포격을 산탄처럼 발사했다.

『중요한 국면이군.』

누구에게랄 것 없이 중얼거리며, 반드르는 즉시 고도를 떨어뜨려 회피했다. 날개를 퍼덕이고 얼음과 눈이 섞인 바람을 조종해 고속 비행에 돌입한다.

두 사도가 옆으로 따라붙으며 협공을 가했다.

두 은빛과 달빛이 【신산】 위에서 뒤엉키며 하늘을 종횡무진 누볐다.

초고속으로 3차원적 공세를 펼치는 대검 네 자루.

버티고 또 버틴다. 용린 갑주를 믿고 육체의 모든 것을 무기와 방어구로 삼으며 쌍마대검으로 카운터까지 날린다.

시간으로는 고작 3분여.

하지만 그 시간이 영원처럼 느껴질 만큼 밀도 높은 공방 속에서, 사도들은 깨달았다.

"그 검술은, 우리의……."

"설마 그걸 익힌 겁니까?"

소환하고 한 차례 검을 휘두르는 동작, 애초에 무기가 쌍대
검이라는 점. 묘하게 익숙하다고 생각했지만, 대수롭지 않은
일이었다.

『원리를 이해하려면 실제로 해 보는 편이 빨라서 말이지.』

역시 진심으로 덤비는 사도 둘을 상대하기란 보통 일이 아
니었다. 아직 상처 하나 없지만, 용린 장갑도 버틀럼도 꽤 깎
여 나갔다.

경악 때문일까, 공격이 느슨해진 틈에 떨어져 가던 산소를
최대한 흡입하고 대화에 응하는 척 잠깐 시간을 벌었다.

그리고 피식 웃고는 쌍마대검의 칼자루 끝을 합체시켰다.

『너희의 발전 없는 검술은 더 이상 나한테 안 통해.』

말없이 달려든 사도 둘이 쌍대검을 휘둘렀다.

그것을 손잡이 양 끝으로 검이 달린 거대한 무기— 쌍인검
형 마대검을 회전시켜 전부 튕겨 낸다.

쌍대검술의 원리를 깨우친 후, 그것을 뛰어넘기 위해 고안
한 전투 형태였다.

한쪽 손만으로 고속 회전을 유지하며 물 흐르듯 막힘없이
휘두르는 쌍인검, 거기에 맞춰 공중 발판과 빙설을 다루는 몸
놀림은 거의 무용에 가까웠다.

거기에 용의 날개와 꼬리, 빈손을 이용한 용 발톱과 다른

무기, 아울러 달빛 브레스까지 어우러지자 반드르의 무예는 평소 그가 말하던 대로 하나의 예술로 승화됐다.

사도 둘은 공격의 실마리를 잡지 못했다.

2 대 1의 싸움인데 코앞에 있는 적을 제거할 수 없었다.

그것도 모자라 시시각각 자신들의 행동을 파악당했다.

패배를 예감케 하는 불길한 분위기 속에서, 쐐기타가 박혔다.

"미안. 늦었지?"

아무런 전조도 없이 참전자가 나타난 것이다. 공간 왜곡이나 파문조차 느껴지지 않는 극도로 자연스러운 공간 전이로.

뒤에서 들린 목소리에 반응해 한 사도는 본능적으로 자신을 날개로 감쌌다.

그 직후, 격진이 일었다. 나이즈의『진천』이었다.

순간 정신이 몽롱해졌다. 추락하던 사도는 곧장 자세를 바로잡으려고 날개를 움직이려다가, 그것이 없다는 사실을 깨달았다.

'위력이 달라도 너무 달라.'

은빛 날개를 다시 만들어 간신히 자세를 바로잡았지만, 자가 진단 결과, 지금 공격으로 육체 내부까지 손상됐다.

돌아보니 두 번째 사도는 한쪽 팔이 사라졌다.『진천』을 정통으로 맞고 움직이지 못하는 사이에 반드르가 베어 버린 모양이었다.

"흠, 제대로 통하는군."

『빠르게 정리하지 못하는 게 분해.』

"밀레디의 경우는 오스카가 발을 묶어야 가능한 초격 필살이야. 한 번 경계당하면 몇 번이고 쓰기는 어려워."

『그건 그렇지만…….』

"류의 승화가 있으면 문제없어. 나도 지금 공격으로 파괴하지 못한 건 조금 분하군."

『아직 수련이 필요한가.』

두 사람은 공중에 나란히 서서 잡담을 나눴다. 그들을 쳐다보는 사도들의 눈매가 어쩐지 매서웠다.

팔이 잘린 사도가 합류해 사고 공유로 복합 마법을 사용하기로 합의했다.

머리 위로 은색 태양이 탄생한다.

"인질도 대예배당도 이제 문제없어. 합류하자."

『그래. 그만 끝내지.』

나이즈가, 그리고 반드르가 몸을 옆으로 돌려 등을 맞대고 손을 앞으로 내밀었다. 사도들이 경계하지만, 복합 분해 포격은 이미 준비를 마쳤다. 그래서…….

""춤추지 못하는 말은 배제할 뿐.""

쐈다. 뭘 하든 전부 없애 버릴 작정으로. 당연히 그리되리라고 믿어 의심치 않으며.

그렇게 락 엘레인의 주포 같은 은색 섬광이 나이즈와 반드르에게 직격……하지 않았다.

보이지 않는 벽이라도 있는 것처럼 멈춰 있었다. 그런데 이상하게 명중했다는 느낌이 없었다. 포격은 계속 발사되는데 어디에도 닿지 않고, 뻗어나가지도 않았다.

이해가 안 됐다. 사도가 혼란에 빠져 당장 사태를 분석하기 위해 주위를 돌아봤다.

"결계? 공간을 차단하는?"

사람의 눈에는 보이지 않지만, 사도의 눈에는 자신들을 에워싼 구형 공간 차단 결계가 분명히 보였다.

그렇지만 이상하다. 복합 분해 포격이라면 이런 결계쯤은 깨부숴야 할 텐데.

"……닿질, 않았어?"

그렇다. 닿으면 파괴된다. 그럼 답은 하나밖에 없지 않은가? 포격이 결계에 닿지 않은 것이다.

행동은 신속했다. 모종의 이유로 분해 포격이 통하지 않는다면 직접 깨면 그만이다. 대검을 찌르기 자세로 세워 돌진했다.

그러나 역시 결계 바로 앞에서 멈췄다. 격돌한 충격은커녕 충격이 흡수된 느낌조차 없었고 체감으로는 계속 전진하고 있었다.

나아가고 나아가도 앞으로 가지 못했다. 결계에 도달하지 못했다.

"설마!"

이 순간 비로소 사도의 표정이 명확하게 변했다. 놀라운 표정으로.

그 상상이 정답이었다.

—영역 창조 『무한 회랑』.

공간 마법의 진수 『경계에 간섭하는 능력』을 이해하고 태어난 새로운 마법. 공간적 거리를 확장하는 마법이었다.

나이즈는 지금 결계라는 경계선을 향한 거리를 실시간으로 늘리고 있었다.

아무리 사도가 초고속으로 이동한들 천 킬로미터를 순식간에 돌파할 수는 없었다.

그리고 그 정지된 시간은 치명적이었다.

"……? 윽?! 이, 건!"

사도의 백자 같은 피부가 거무튀튀하게 변해 갔다. 혈관이 불거진 것처럼 검붉은 선들이 생기기 시작했다. 체내를 급속하게 침식하는 이물질이 감지됐다. 아니, 이건…….

"마물!"

"잘 아는군. 키메라 창조 실험, 본인이 당하는 기분은 어떻지?"

마왕에게 빙의한 신의 권속이 자신에게 강요했던 참혹한 실험. 다른 종족의 특성을 융합하는 그 실험을 사도와 마물에게 행한다면? 이것이 바로—.

—마법 기술 『침마(侵魔) 파괴』.

쌍마대검과 날개를 구성하는 마검에는 모두 반드르와 버틀럼의 신체 일부를 합친 키메라, 액상 종마가 발려 있어서 베이면 상처로 침투한다.

그것만으로는 사도의 특별한 육체를 파고들 수 없지만, 변성 마법에 집중할 시간만 있다면 그것도 해결된다.

사실 무술만으로 꺾고 싶었다고 어깨를 으쓱인 반드르는…….

"명한다. 자멸해라."

손가락을 딱 튕겼다. 그러자 사도들의 흉부가 안쪽에서 폭발했다.

"왜—."

"우리는, 절대적—."

핵을 잃고 은빛 날개가 사라진 사도들이 팔다리 끝부터 무너져 내렸다.

그 유언에 나이즈와 반드르는…….

"성장하지 않으니까."

"노력할 줄 모르니까."

그렇게 매우 인간적인 답을 들려줬다.

그런데 그때, 대지를 흔드는 충격이 퍼졌다. 시선을 돌리자 남문 가까운 곳에 무식하게 큰 금속 기둥이 서 있었다.

그리고 어느새 라우스와 싸우던 은광 두 개가 사라졌다.

"……나이즈. 혼자서 사도 둘을 육탄전으로 해치운 괴물이 있어."

인룡화를 푼 반드르에게서 어이없으면서도 분한 감정이 새어 나왔다.

"저, 저쪽은 승화 마법을 받았으니까……."

나이즈의 목소리는, 살짝 떨리고 있었다.

─신도, 중앙 광장.

시간을 조금 거슬러 오른다.

거대 전함이 왕궁에 들이박는 충격적인 광경이, 물리적 충격이 되어 중앙 광장을 휩쓴 뒤.

여기저기서 풀썩 주저앉는 사람이 속출한 것은 비단 격진 때문만은 아니었다.

비현실적 광경을 목도한 기사들은 적이 앞에 있는데도 멈춰 버렸고, 키메예스조차 자기도 모르게 돌아보고는 무어라 말을 꺼내지 못했다.

각국 수뇌들은 얼굴 표정만 봐도 「저런 미치광이들!」이라는 생각이 훤히 보였다.

심지어 여기서 끝이 아니었다.

정신을 가다듬을 여유도 없이 이번에는 사도 셋이 강림하더니 즉석에서 소멸당했다.

시간이 멈춘 것 같은 정적이 깔려도 이상하지 않았다.

특히 키메예스를 필두로 한 사교들의 정신적 타격은 심각했다.

처형대에 있던 이단자들이 줄줄이 탈출하는 것도 모를 정도로.

"저 박치기는 아마 우리 아들놈의 발상이겠군."

"밀레디 녀석, 뭘 어떻게 한 거야? 전에 헤어질 때 우리 몫까지 패달라고 말하긴 했다만……."

"우리 해방자의 『쌍흉』이라고 불러야 할까요? 어찌 됐든 굉장히 기분이 상쾌하네요. 잘한다! 더 해라!"

마지막까지 남은 세 사람이 하고 싶은 말을 다 뱉고 나서야 겨우 눈치챘다.

키메예스가 악몽에서 깬 것처럼 퍼뜩 시선을 돌렸다.

"빨리 가!"

라우스가 머리가 지끈거리듯 인상을 쓰며 고함쳤다.

커그, 바하르, 리건은 만신창이 주제에 어깨를 으쓱거리는 여유를 보이며 마지막으로 키메예스에게 한 번씩 웃어준 뒤 게이트로 뛰어들었다.

─구출 완료.

해방자들이 환성을 지르고 키메예스와 사교들은 눈을 파르르 떨었다.

하지만 충격적인 사건은 아직도 끝나지 않았다.

그 후 일어난 일련의 전격전으로 내면의 분노를 표출할 기회도 놓치고 말았다.

"류!"

"으음~, 준비 완료! 말만 하세요!"

눈을 초롱초롱 빛내며 대답한 류티리스의 어깨에 더듬이를 쫑긋거리는 친구가 타고 있었다. 실은 류티리스는 권속과 함께 신도로 들어가는 짐에 숨어서 침투해 작전을 위한『씨앗』을 뿌려 놓았다.

"시작해라!"

라우스의 호령이 떨어지자 류티리스가 우아하게 수호장을 들어 휘둘렀다.

"영역 창조—『수해 현계』!"

그 말과 함께 태어난 것은 녹색 해일이었다.

나무뿌리가 돌바닥을 뚫어 지하로 뻗어나가고, 무시무시한 속도로 성장한 줄기가 건물 내부까지 들어가며 세력을 넓혔다. 가지와 잎이 맞닿은 나무들과 얽혀 천연 격자를 만들었다.

그것이 처형대를 중심으로 반경 500미터 위치에, 중앙 광장 외부를 크게 원형으로 둘러쌌다.

주변 건물보다 훨씬 높게 자라, 100미터에 다다른 나무들이 주르륵 늘어섰다.

대지를 흔들며 뻗어 나가 광대한 벽이 만들어지는 모습은 실로 절경이었다.

거대 전함이 왕궁을 들이박은 사건보다 더하면 더했지 덜하지 않은 충격을 사람들에게 안겨줬으리라.

그래서 바로 깨닫지 못했다.

자신들이, 오늘 중앙 광장에 모인 자들이 모두 격리됐다는 사실을.

그리고 이 놀라운 광경에 정신이 팔린 틈을, 라우스가 찔렀다.

"대사교님!"

"웃?!"

쿵! 땅을 부수는 굉음과 함께 라우스가 키메예스에게 육박했다.

철탑 위의 키메예스가 아차 싶어 눈을 번쩍 뜨지만, 간발의 차로 누군가가 끼어들었다.

다시 굉음이 울렸다. 라우스의 철퇴와 제2 성순이 격돌한 소리였다.

그 방패의 소유자를 라우스는 알고 있었다.

"호광 기사, 아진이었던가?"

언제부터 있었는지 알 수 없었다.

하지만 문제 되지 않는다. 설령 제2 성창이 찌르기 직전이고, 키메예스가 라우스의 회피를 예측해 제2 성장을 빛내고 있어도.

왜냐면 애초에 이런 일반인이 있는 곳을 전장으로 삼을 생각 따위 추호도 없으니까.

"전장을 옮기지."

""……?!""

라우스를 중심으로 공간이 소용돌이쳤다. 진짜 소용돌이처럼 중심으로 끌어들이는 힘도 느껴졌다.

─강제 전이용 아티팩트『환문(喚門)』.

주위 약 3미터 범위를『소용돌이 게이트』로 끌어당겨 수 킬로미터 내로 강제 전이하는, 돌멩이 모양 일회용 아티팩트였다.

투명한 유리구슬 같은 그것이 툭 떨어져 깨지는 것을 의식할 여유도 없이, 키메예스와 아진은 라우스의 전이에 휘말려 사라졌다.

거기에 기사들이 정신을 파는 것도 이미 예상한 바였다.

일제히『환문』을 던지자, 라우스를 치러 중앙으로 달려오던 기사들이 공간 소용돌이에 휘말려 사라졌다. 열에 여덟은 당했으니 거의 일망타진이었다.

"자! 다들 일할 시간이다!"

혼란에 박차를 가하는 연기 같은 마왕의 목소리가 울렸다.

"방벽 밖으로! 신전 기사단이 못 오게 막아!"

라수르의 호령은 광장에 있는 기사들에게 전장이 어딘지 알리기 위함이자, 충격적인 사건의 연속으로 혼란에 빠진 사람들에게 들려주기 위함이었다.

"백성이 말려들면 안 된다! 절대로 도시를 싸움터로 삼지 마라! 내가 마왕의 이름을 걸고 용서하지 않겠다!"

"우리는 침략자가 아니에요! 공화국 여왕의 이름을 걸고 명합니다! 공존하는 미래를 위해서, 악한 신의 첨병에게만 발톱을 휘두르십시오!"

마인족의 왕과 수인족의 여왕이 함께하는 선언.

아군에게 내리는 지시 같으면서도, 사실 인간들에게 들려주는 말이라고 쉽게 짐작할 수 있었다.

남은 500여 명의 기사와 사교단도 퍼뜩 정신을 차렸다.

더는 저 악한 종족들이 입을 놀리게 해서는 안 된다.

사람들에게 사악한 사상을 뿌리도록 좌시해서는 안 된다!

하지만 그 숙적들은 곧장 등을 돌리고 말았다.

라수르가 이끄는 마왕군은 동문으로.

심 전단장이 이끄는 공화국군은 서문으로.

그리고 류티리스가 이끄는 해방자들은 남쪽 정문으로.

단숨에 산개한 그들은 하늘을 일직선으로 달렸다. 남은 기사들에게는 눈길도 주지 않고.

정신을 바로잡자마자 적이 보란 듯이 도망쳤다. 일방적으로 당하기만 하다가 마지막엔 무시당했다.

순식간에 광장이 한산해지고, 얼떨떨한 백성들과 각국 수뇌들을 보자 맹렬하게 수치심과 굴욕감이 끓어올랐다.

멀리서 들리는 함성을 듣고 잠시 후.

"쪼, 쫓아라아아아!"

이 자리에서 가장 지위가 높은 사교의 외침이 메아리쳤다.

사교단과 기사들이 허둥지둥 날개를 펼치고 날아올랐다.

사람들이 그 모습을 멍하게 올려다보는 가운데, 각국 수뇌들은 서로를 돌아보며 심호흡했다.

각오를 다지고 자리에 앉아 이 혁명의 미래를 지켜보기로 한 것이다.

—신도, 동문.

신전 기사 1만 대군에 비해 중장 마수와 검은 기사 골렘 혼성군은 대략 3천.

결전까지 시간이 한정된 탓에 수적 우세는 점하지 못했지만, 적어도 사도화한 기사들에게 대항할 수는 확보했다.

이 난전으로 신전 기사단은 20퍼센트가 줄었고, 혼성군은 10퍼센트가 줄었다.

전투가 개시되고 아직 10분밖에 지나지 않았는데 말이다.

비율로 따지면 별 차이 없어 보이지만, 전체 수를 고려하면 놀라운 차이였다. 역시 충격적인 광경 2연타의 영향은 무시할수 없었다.

동문 사단의 지휘권을 위임받은 제2군 여자 부단장 하비에르는 전장에서 한눈을 판 결과에 정신이 아득해졌다.

"스톨라스 님은…… 안 되겠지."

경애하는 군단장은 오늘 의례 때문에 교황 성하를 모시고자 왕궁에 가 있었다.

당연히 유사시에는 달려와서 지휘권을 넘기기로 되어 있으며, 하비에르는 어디까지나 지휘관 대리였다.

그렇지만 그건 아무런 변명거리도 되지 못했다.

스톨라스가 올 때까지 손실을 더 키우지 않도록…….

"아니야! 오히려 우리가 가야 해!"

적은 이미 왕궁 내부까지 진격했다. 정작 지원이 시급한 건왕궁이 아닌가?

아직 머리가 혼란스럽다고 자각한 하비에르는 제2 성검 자루로 힘껏 자기 머리를 쳤다. 정신이 또렷해지며 동료의 노성과 지시를 바라는 소리가 선명하게 들렸다.

"대대장! 지휘권을 임시 양도한다! 5천 명으로 적을 묶어라!"

"네? 앗, 예! 알겠습니다!"

순간 당황한 후, 응답이 돌아왔다. 다른 대장들도 머리가 돌아가기 시작한 듯했다.

하비에르는 흰 날개를 펼쳐 날아올랐다.

신전 기사단 단원의 상태는 천차만별이다. 백광 기사단 단

원쯤 되면 날개를 이용한 비행에도 금방 익숙해졌지만, 신전 기사단 단원은 최소한의 나는 법만 익힌 자가 60퍼센트, 전투 기동에도 견디는 자가 40퍼센트를 이룬다.

하비에르 또한 비행에 익숙한 편은 아니었다. 연습 기간이 너무 짧았다.

필사적으로 날개를 제어해 하늘로 올라가서 피아를 따지지 않고 광탄의 비를 뿌렸다.

여기저기서 비명이 터지고 아군 기사들이 나가떨어지는 것이 보였다.

하지만 그럴 가치는 있었다. 아군이 드디어 하늘에 뜬 그녀를 주목했다.

"왕궁을 지원하러 간다! 3천! 공중전이 가능한 자는 올라와라!"

단순히 눈앞에 있는 적과 싸우기 바쁘던 기사들이 구체적인 지시를 받고 되살아난 것처럼 사기를 드높였다.

그들은 길고도 두려웠던 10분을 떨쳐 내는 것처럼 날개를 펼쳐 날아오른다.

3천을 조금 넘는 인원이 비상하지만, 도중에 검은 기사가 사출한 마검이나 하늘을 달리는 마수에게 격추되어 결국 하비에르를 따라온 자는 3천 명이 되지 못했다.

하지만 꺾일쏘냐. 하비에르는 방벽을 넘는 높이— 약 50미터로 상승하고, 방벽으로 가는 500미터를 아래에서 오는 공격을 피하며 날아갔다.

'큭, 마검을 일회용 투척 무기로 사용해? 미쳤어!'

광신자에게 미쳤다는 소리를 듣는 창조자가 세상에 또 있을까.

그래도 갑옷에 내장된 『보물고』에서 끊임없이 보충되는 『양산형 마검』을 보면 욕이 나올 만도 했다.

그 와중에 던진 마검이 궤도를 수정해 추적까지 해 대니 악몽이 따로 없었다.

짐승 따위를 신화급 아티팩트로 덕지덕지 무장한 것부터 상식적인 인간의 발상은 아니다.

창조자는 틀림없이 악의 화신이다!

그렇게 생각하는 동안에도 쉰 명 가까운 기사가 격추되고 말았다.

"순교는 우리의 명예! 전진하라!"

격려하며 주저 없이 왕궁으로 날았다.

그리고 마침내 방벽이 가까워진 그때.

"이 앞으로 가려거든 내 시체를 넘어서 가라!"

어딘지 모르게 신이 난 목소리가 들리며 공기가 웅 진동했다.

아니, 찢어졌다. 방벽 위쪽에서 날아든 핏빛 칼날에.

회피! 라고 외칠 시간도 없었다. 하비에르도 몸을 비트는 게 고작이었다. 뒤따르던 기사가 피를 뿜으며 추락하는 것을 어깨 너머로 바라볼 수밖에 없었다.

"라수르 님! 그런 부정 탈 말씀을!"

"미안, 레스티나. 살면서 한 번은 해 보고 싶은 말이었거든."

"폐하, 방심은 금물입니다."

방벽 위로 여러 사람이 내려왔다. 하나같이 갈색 피부와 뾰족한 귀를 가진 자들이었다.

"마인족!"

"그렇다. 해방자의 대의에 찬동해 교회에 천벌을…… 아니, 마인벌인가? 아무튼 그걸 내리러 왔지. 아, 인간족을 벌한다는 뜻은 아니다? 어디까지나 너희, 교회 병력만 해당돼. 이거 중요한 부분이니까 오해하지 마."

대체 누구한테 하는 소리인가.

하비에르를 보고 있는데도 왠지 자신에게 말하는 것 같지 않아서 기분이 이상했다.

하지만 그 이상으로…….

"큭, 이 마력량. 게다가 저 피처럼 붉은 마력광은……."

나선으로 솟구치는 핏빛 마력의 위압감.

그야말로…….

"마왕 라수르 알바 이그돌이다. 변혁의 시간까지 이 앞은 통행금지야."

방벽 위에 있기 때문일까. 너무 위풍당당한 탓일까.

마치 마왕이 이 신도의 주인처럼 보였다.

이것도 작전 하나가 성공한 증거였다.

첫 번째로 민중의 안전 확보. 기왕 중앙 광장에 백성 대부분이 모여 있으니까 격리하면 된다.

두 번째로 중앙 광장의 적 퇴거. 키메예스와 대다수 기사를 도시 밖으로 날려 보내고 해방자들도 밖으로 나가면 자연스럽게 광장의 기사들도 전장을 옮긴다.

세 번째로 공수 역전. 적의 침공을 막는 견고한 신도의 방벽을 신전 기사단의 귀환을 방해하는 데 이용한다.

신전 기사단이 방벽 밖에 진을 친 이유는 신도 대결계와 방공 전력을 믿었기 때문이다.

무작정 낙관하지는 않았을 것이다. 아무리 역사가 증명하는 불패의 대결계라도 상대방은 신대 마법 사용자 일곱 명이니까.

원래는 해방자가 대결계를 공격하는 사이에 최대한 수를 줄인다는 작전이었겠지만…… 설마 한 방에 돌파하고 자신들을 무시한 채 파죽지세로 밀고 들어올 줄은 꿈에도 몰랐을 것이다.

중앙 광장을 둘러싼 거목 벽을 보고 적의 작전을 이해한 하비에르가 어금니를 꽉 물었다.

"우리의 신성한 도시에 그 더러운 발을 들이다니! 넌 죽어 마땅해, 마왕!"

굴욕에 몸서리치는 건 나중에 해도 된다.

"마왕을 무찌를 기회다! 사력을 다해 싸우자!"

사도화 기사들이 부단장의 기개에 호응해 마력을 끌어 올렸다.

그것을 본 라수르는 연극 같은 몸짓으로 마검을 꺼냈다.

"신도의 백성은 내가 지킨다!"

입장까지 역전된 것 같은 말이었다. 쳐들어온 건 너희가 아니냐, 어디서 정의로운 척하느냐, 기사단을 악당으로 내몰 생각이냐…… 안타깝게도 이곳에는 그렇게 따지는 사람조차 없었다.

옆에 있는 엘가가 못 말리는 악동을 보는 눈빛으로 쳐다볼 정도였다. 「폐하…… 그렇게까지 하셔야겠습니까?」라는 심정이 고스란히 드러났다.

다만, 신전 기사단에게는 아주 잘 먹히는 도발이었다.

"어리석은 이교놈들을 모조리 죽여라아아아!"

격분한 신전 기사단이 불같은 기세로 돌격해 왔다.

"좋아, 격추해."

비장감이라고는 찾아볼 수 없는 명령. 하지만 마왕군 2,500명은 일사천리로 움직였다.

단체로 발사하는 마력 칼날은 이미 거대한 벽이나 다름없었다.

당연히 모든 공격에는 『마참』 효과가 실렸다. 『승화 보주』 장착은 더 말할 필요도 없으리라.

"크윽, 성개를 찢어?!"

사도화와 제2 성개의 방어력에도 전혀 밀리지 않았다.

동문 하늘이 호를 그리는 색색의 마력 칼날로 뒤덮인 광경은 한마디로 압권이었다.

인간족보다 훨씬 적은 인구로 남쪽 대륙 일대를 지배하는 종족의 무서움이 유감없이 발휘되고 있었다.

너무나 빽빽한 밀도, 공격의 압박에 도저히 앞으로 나아갈 수 없었다.

"후후후, 교회 세력을 태워 죽이니까 속이 다 시원해."

"어허, 레스티나 장군. 경솔한 언행은 삼가게."

레스티나의 염창과 엘가의 뇌창은 특히 강력했다. 한 방으로 확실하게 기사 하나의 목숨을 앗아갔다. 그리고 역시 마왕은 마왕이었다.

"이 극악무도한 것들! 그리도 도시를 전쟁터로 만들고 싶더냐! 하지만 나, 마왕 라수르가 있는 한 무고한 백성에게는 손가락 하나 대지 못한다!"

"폐하…… 자중하십시오. 조금 속 보입니다."

"어? 그래? 오히려 엘가도 같이 하는 편이 좋지 않아?"

"……제가 따라오기를 잘했군요."

"그게 무슨 소리야?!"

언동이 연극 같아서 놀리는 것처럼 보이는데 섬뜩한 핏빛 마검을 휘두를 때마다 반드시 누군가가 참수당했다. 마치 검으로 빨려들듯 기사들의 목이 날아갔다.

모습은 흡사 죄인을 처형하는 단두대였다.

돌파할 수 없다. 하비에르는 머리를 쥐어뜯고 싶어졌다.

하지만 어떻게 보면 당연한 결과였다. 여기 있는 자들은 마왕군에서 선발된 정예 부대니까. 바꿔 말하면 백광 기사단과 비견되는 전력이며, 설령 사도화했어도 신전 기사단으로는 역부족이란 것을 누구나 알고 있었다. 그렇기에 원군이 오는 것 또한 당연한 결과였다.

"예디 마커의 이름으로 명한다. —『멈춰라』."

"윽."

라수르가 우뚝 멈췄다. 그 순간, 뒤쪽에 솟은 방벽 안에서 라수르의 머리를 노리고 제2 성퇴가 내리꽂혔다.

"폐하!"

언제나 라수르 근처를 경계하던 엘가가 늦지 않고 끼어들었다.

할버드를 들어 막아 낸 공격은 믿어지지 않을 만큼 강력했다. 몸을 받치는 두 다리 아래로 방벽에 금이 갔다.

자세히 보니 제2 성퇴를 잡은 것은 방벽 일부가 변화한 거대한 팔이었고 성퇴 자체도 암석이 덕지덕지 붙어 질량이 폭발적으로 상승해 있었다.

"우오오오오!"

기합과 함께 특기인 신체 강화를 최대한 활용해 거대 성퇴를 튕겨 냈다. 그와 동시에 레스티나가 발견했다. 방벽 내부 건물 옥상에 서서 자신들을 올려다보는 호광 기사를.

검은 머리로 눈을 가린 음침한 여기사가 제2 성장을 들고 있었다.

"너로군!"

분노가 이끄는 대로 쌍검을 뽑아 달려든다. 하지만 그건 악수였다.

"—『멈춰라』!"

고유 마법 『성고(聖告)』. 말소리에 담긴 강렬한 암시가 혼백까지 간섭한다.

"이건?!"

공중에서 장벽을 디뎌야 했던 발이 허공으로 쑥 빠졌다. 비참하게 떨어지려는 그녀에게로 제2 성장에서 『분해의 흰 광탄』이 날아든다.

직격하기 직전, 검은 팔이 레스티나를 획 감았다. 그리고 방벽 위로 끌어 올리며 백 개의 그림자 창으로 예디를 폭격한 것은 라수르였다.

"엘가가 방심은 금물이래, 레스티나."

"네, 넵."

정신을 차리자 마왕의 품에 안겨 있었다. 레스티나의 얼굴이 불에 달군 것처럼 빨개졌다.

"폐하, 농담하실 때입니까? 위험한 것이 튀어나왔습니다."

레스티나를 놔주고 방벽 밖을 보자 그 말대로였다.

땅이 요동치고 있었다. 주변 대지를 모조리 먹어 치우듯 꿈틀대며 엄청난 속도로 융기했다.

그리고 나타난 것은 키가 30미터는 될 거대 골렘이었다.

전체적으로 금속광택을 띤 이유는 땅속 광석을 연성했기 때문일까?

―고유 마법 『거신병』.

호광 기사 오탈을 안으로 흡수한 그것은 초거대 갑주라고 봐야 할까?

대질량의 거암 성퇴가 치켜 올라간다. 목적은 뻔했다.

지금은 장애물일 뿐인 방벽을 부수고 아군에게 길을 터줄 생각이다.

"내 쪽으로 와줘서 기쁘군."

라수르는 웃었다. 새끼손가락에 낀 『보물고』가 빛난다.

그리고 일어난 일에 기사들은, 아니, 마왕군조차 눈을 의심했다.

백 드롭이었다.

갑자기 거신병 뒤에 나타난 비슷한 크기의 전신 검은 갑주 골렘 『검은 기사왕』이 거신병의 허리를 꽉 잡더니, 백 드롭을 쓴 것이었다.

수백 톤에 이를 거구가 하늘을 날아 뒤통수부터 대지에 처박힌 충격에 지축이 흔들렸다.

땅에선 피아를 불문하고 넘어지는 자가 속출했고, 하늘에선 충격파에 균형을 잃은 기사단이 추락했다. 마인족도 몇 명 방벽에서 떨어져 눈물을 머금고 장벽 발판에 매달렸다.

"흐하하핫! 어떠냐, 굉장하지! 오스카 오르크스에게 보여주고 싶군! 그도 이런 흉내는 못 낼 거야. 역시 아티팩트는 내가 더 잘 다뤄!"

어마어마한 흙먼지가 피어올라 거인들을 감추고, 누구도 충격에서 헤어나지 못하는 와중에 유난히 큰 웃음을 터뜨리는 모습이 그야말로 마왕님이었다.

사실 전에 밀레디에게 『아티팩트 사용자』라수르보다 『아티팩트 창조자』오스카가 더 대단하다는 말을 들었는데, 의외로 마음에 담아 뒀나 보다.

"흠. 빌려 놓길 잘했군요."

"대단한 혜안입니다, 라수르 님!"

둥개둥개 칭찬해주는 두 장군. 반 이상은 진심이었다.

거대 골렘 사용자에 관한 정보는 열차 습격 사건 때 얻었다. 이번 전투에 참전한다면 십중팔구 재료가 풍부한 신도 밖 평원에 대기할 것이라는 게 만장일치로 내린 결론이었다.

그렇다면 신전 기사단과 싸울 자에게 검은 기사왕을 맡기는 것이 최선책.

그래서 라수르가 손을 들었다. 방긋 웃으면서.

『우리 성벽을 박살 낸 그거, 내가 더 잘 쓰니까 빌려줘』라면서.

당연히 오스카의 안경이 정체 모를 빛을 반사해 번쩍였다고 한다.

어쨌거나 추측은 들어맞았다. 경우에 따라서는 서쪽이나 남쪽을 지원하러 가야 했는데 운이 좋았다.

그때, 강렬한 은광이 퍼졌다. 왕궁 상공과 남문 하늘에. 사도의 강림이었다.

그리고 거기에 정신이 팔린 순간.

"제2 성창 기동. —『카무이 일극』!"

흰 섬광이 동쪽 거리를 갈랐다.

동문을 안쪽에서 때린 그것은 분해 마법이 부여된 궁극의 『찌르기』였다.

견고하고 마력을 튕겨 내는 성질까지 있는 문이 얇은 나무 판자를 파성추로 때린 것처럼 날아가 버렸다.

동쪽 거리에서 공격 자세를 유지하는 자는 호광 기사 아진.

남문에서 온 지원군 같았다.

"지금입니다! 분발하세요! 위아래에서 동시에 밀어붙이는 겁니다!"

자신들의 방벽을 더는 이용당할 수는 없다며 하비에르가 목청을 키웠다.

검은 기사와 중장 마수군이 반격하며 한층 더 날뛰지만, 죽음을 두려워하지 않는 병사들이 혼란에서 벗어나 동귀어진할 각오로 몰려들면 전부 막아 낼 재간이 없었다. 그사이에 남은 기사들은 문으로 달려갔다.

그리하여 단번에 천 명 가까운 기사가 신도 내로 귀환하는 데 성공했다.

"아진 님! 중앙 광장 거목에도 구멍을 내주십시오! 백성을 이용하면 적들도 섣불리 움직이지 못합니다!"

자국민을 방패로 쓰는 것도 개의치 않는 말.

그것이 괴로운 선택이 아니라는 것은 그녀의 눈을 보면 누구나 알 수 있었다.

신의 적을 해치우는 데 도움이 된다면 명예로운 일. 싸울 힘이 없다면 적어도 목숨으로 신앙을 증명하라. 그것이 당연한 일이며 인간 된 도리다.

"우려한 대로야."

자욱한 먼지 속에서 거대한 타워 실드가 튀어나왔다. 검은 기사왕으로 소환해 던진 그것을 벽으로 삼아 우선 유입을 막았다.

"레스티나! 기사단을 막아라! 백성을 지켜라! 엘가는 저 호광 기사를 해치워라!"

""예!""

레스티나가 부대를 이끌어 기사단을 쫓았고, 엘가가 일직선으로 아진에게 내달렸다.

"용감한 동포들이여! 어떻게 되든 단기 결전이다. 힘을 아끼지 마라. 이 자리에서 사력을 다해라! 마탄이 끊겨서는 안 된다! 마인족의 강인함을, 우리의 긍지를 역사에 새겨라!"

폭발 같은 함성이 터졌다.

흙먼지를 흡수하는 것처럼 걷으며 거신병이 일어섰다. 온몸에서 증기처럼 흰 마력을 뿜어냈다.

하비에르, 예디, 신전 기사단도 흰 마력을 방출했다.

그리고…….

"투쟁의 시간이다. ―이그니스!"

마왕의 피를 닮은 붉은 마력이 그 모든 것을 가로막았다.

―신도, 서문.

다른 전장과 마찬가지로 고함과 비명이 난무했다.

다만, 절반은 방벽 내부, 서쪽 거리에서 나고 있었다.

서문이 이미 돌파당한 것이다.

"크으, 쓰레기 같은 자식!"

문에서 조금 떨어진 거리에서 기사단을 막던 발프가 참다 못해 욕을 내뱉었다.

뒤쪽 건물 창가에는 겁에 질린 노부부. 앞쪽에는 거리낌 없이 『천상섬』을 쏘는 기사.

기사가 웃었다. 어차피 안 피할 것을 안다며.

사실 그랬다. 피할 수 없었다. 팔을 교차해 방어 자세를 잡자 경갑 안쪽에서 흘러나온 메탈 버틀럼이 방벽이 되어줬다.

거기에 빛의 참격이 격돌한다.

"으오오옷!"

고유 마법 『부신』을 발동했다. 매우 좁은 범위로 단 몇 초밖에 쓸 수 없는 중력 조작이지만, 직격하는 순간 전력으로 비틀자 『천상섬』이 건물 옥상을 파괴하며 하늘로 날아갔다.

그와 함께 발프도 충격에 떠밀려 창을 깨고 건물 안으로 날아갔다.

"으, 으아아! 나, 나가! 짐승이 어딜 감히!"

"기사님, 살려주십시오!"

노부부 중 남편이 꽃병을 던지고 아내가 기사에게 도움을 요청했다.

"그 기사가 죽으려고 하잖아!"

창틀 잔해를 차 버리고 꽃병을 대충 쳐 내며 노부인에게 달려갔다.

"무, 무슨 짓이야!"

"지키는 거야!"

허를 찔린 것처럼 굳은 노인을 무시하고 부부를 양 옆구리에 낀 채 방구석으로 대피했다. 그 직후, 조금 전까지 있던 곳으로 빛의 참격이 통과했다.

틀림없이 노부부가 있던 자리였다.

부인은 얼이 빠졌다. 도움을 요청했을 때 기사님과 눈이 맞았는데, 왜?

"어, 어쩔 수 없지……. 기사님을 도울 수 있다면, 내 한목숨쯤!"

남편은 전부 이해한 모양이었다. 숨이 거칠어지며 신에게 순교의 기도를 올렸다.

한편, 발프는 허리 파우치에서 『환문』을 꺼냈다.

"할아버지, 그러지 말고 조금만 더 살아 봐. 할머니랑 같이."

노부부는 어리둥절하게, 마치 다른 세계의 말이라도 들은 것 같은 표정을 지었다.

그들은 그때 처음으로 발프의 얼굴을 똑바로 봤다.

아들과 비슷한 나이였다. 난감한 듯 눈썹을 팔자로 떴고, 용맹하긴 하나 무섭지는 않았다. 이야기로만 듣던 피에 굶주린 짐승 같은 분위기도 아니었다. 굳이 인간과 다른 점을 찾자면 늑대 귀 정도일까…….

무슨 말을 하려고 했을까. 부인이 입을 열었다. 하지만 그전에 전이가 발동했다.

"중앙 광장에서 가만히 기다려. 더는 우리 싸움에 말려들게 하지 않을게. 미안."

사과의 말을 끝으로 노부부의 시야는 중앙 광장과 인파로 바뀌었다.

부부는 당분간 말을 나누지 못했다.

비웃으며 자신들을 죽이려고 한 기사님.

미안한 얼굴로 살아 달라고 말한 수인 전사.

가능하다면 잊고 싶다는 생각이 들 만큼 복잡한 심경이었다.

주변을 보자 여기저기서 소용돌이치는 공간이 생기더니 남녀노소가 나타났다.

화내는 자가 있는가 하면 벌벌 떠는 자도 있었다. 하지만 가장 많은 것은…… 아마 자신들과 같은 표정을 지은 사람들일 것이다.

노부부는 서로의 얼굴을 보며 그렇게 생각했다.

한편, 노부부를 무사히 대피시킨 발프는…….

"크학!"

산탄처럼 날아든 건물 잔해에 두들겨 맞고 있었다.

노부부가 살던 건물이 갑자기 압축한 것처럼 무너져서 탈출했더니, 그 잔해들이 의지를 가진 것처럼 발프를 덮친 것이었다.

"전사장님!"

"엄호해라!"

웅인 전사가 비래하는 잔해와 발프 사이에 서서 『검은 방패』로 막았다.

그사이에 재정비한 발프가 피를 토하면서 범인에게 돌격했다.

"귀찮은 기술 쓰지 마!"

"내가 할 말이다. 붙어서 싸워줄 생각 없어."

제4군 부단장 비톨이 헬름 슬릿 사이로 날카로운 안광을 보였다.

그가 악단의 지휘자처럼 손을 흔들자 주변 잔해가 방패 전사들을 피해 발프에게로 몰려들었다.

비톨의 고유 마법 『염동』. 시야에 들어온 대상을 자신의 마력으로 감싸면 자유자재로 움직일 수 있다. 마력을 가진 상대라면 저항하기 쉽다는 단점이 있으나, 단순하면서도 강력한 힘이었다. 사도화한 지금이라면 더더욱.

실제로 서문이 돌파당한 원인 중 하나가 이것이었다. 밖에서 손쉽게 빗장을 풀어 문을 열어 버렸다.

그리고 또 하나의 원인은…….

"신은 우리의 안녕일지니. 그 절대성은 우리의 평온이로다."

마치 설법이라도 외는 것처럼, 파견된 후 쭉 입을 놀리는 맹인 호광 기사 디스였다.

그가 유유히 전장을 거닐자 근처에 있던 수인 전사들의 얼굴이 움찔 경련했다. 차츰 경련이 커지고 이가 덜덜 떨리기 시작했다.

―고유 마법 『종말 교의』.

공황 상태를 부여하는 범위형 고유 마법이었다. 공포의 대상이 있지는 않았다. 환각을 보는 것도 아니었다. 다만, 형용하기 어려운 공포가 정신을 지배할 뿐. 『쇠벌 집행』조차 무효화하는 장비를 갖췄는데도 이를 막아 내지는 못했다.

그 탓에 많은 수인 전사가 제 실력을 발휘하지 못했고, 결국 여기까지 돌파당한 것이다.

"정신 바짝 차려라, 전사들이여! 미래를 결정짓는 싸움이다! 목숨을 아끼지 마라!"

심 전단장의 독려가 울렸다. 이어서 발을 번쩍 들어 땅을 내리치자 충격 조작 고유 마법 『전진』이 땅을 타고 디스를 노렸다.

직격하면 대지가 분화한 듯한 충격이 디스를 날려 버릴 테지만, 그렇게 쉬운 상대였다면 여기까지 밀리지도 않았다.

"신의 슬하는 안주의 땅."

퉁! 제2 성장으로 땅을 찍으니 희게 빛나는 구체 결계가 생성됐다. 『분해의 흰 결계』였다.

아나나 다를까, 심의 충격파는 흰 결계를 흔드는 데 그쳤다.

'소비 마력 때문인가? 상시 발동하지 않아서 그나마 다행이지만……'

맹인인 것은 확실했다. 애초에 눈구멍에 눈알이 없었다. 그런데 보이는 것처럼 공격을 막았다. 잠깐이라도 발을 묶기 위해, 그리고 힘을 소모시키기 위해, 심은 포기하지 않고 연이어 충격파를 보냈다.

그러다가 주변을 돌아보니 이미 서문에서 100미터는 밀려나 있었다.

하늘은 닐케와 비공 전사단이 결사 항전으로 막아주고 있지만, 골목으로 우회하는 세력을 막으려면 부대를 더 나눠야 했다.

필연적으로 대로를 지키는 병력이 줄어들어 밀리는 속도에 점차 가속이 붙는다.

돌파는 시간문제였다.

'원래 단기 결전 말고는 승산이 없었지만…… 제길, 그 단기 간조차 전선을 유지하지 못하면 아무 의미가 없어!'

수인이 약하다고는 생각하지 않는다. 하지만 전사 대부분이 마법이라는 강력한 무기를 갖지 못한 것은 엄연한 사실. 태생적으로 뛰어난 신체 능력이 이들의 강점이며, 그 강점을 최대한 살릴 수 있는 곳은 숲속이었다. 상대방이 마음껏 마법을 쓸 수 있는 전장이라면 불리할 수밖에 없었다.

심은 그 사실을 오늘만큼 뼈저리게 느낀 적이 없었다.

수많은 강력한 아티팩트가 전사들을 지키고, 파격적인 무기가 사도화한 기사들을 꺾을 힘을 줬지만…….

『으에에엥, 진짜 폐하 마법 없이 싸워야 해요~?』

전장에서 한심하게 질질 짜는 소리가 울렸다.

위치를 파악할 수 없는 특수한 발성법으로 우는소리를 하는 스이였다.

"투정 그만 부려! 여기보다 예배당이 더 사지다!"

원거리에서 승화 마법을 부리려면 매개체가 될 흰 안개와 그것을 생성할 식물, 『수해 현계』가 필요했다. 당연히 시간이 걸리며, 우선할 곳은 백광 기사단과 싸우는 대예배당이었다.

그렇지만 자기 몸이 최우선인 퀸 오브 쓰레기 토끼에게 그런 논리는 통하지 않는다.

『어유, 쓸모없어~. 폐하 진짜 쓸모없네~!』

"이 녀석이, 폐하한테 어디서 그딴 망발을!"

『오히려 기뻐할걸요? 제 존경심은 폐하의 성적 취향을 안 그 날 하늘나라로 떠났어요.』

"그, 그건, 그래도! 에잇!"

화풀이로 『전진』! 에워싸던 신전 기사를 한꺼번에 격퇴!

그래. 폐하의 사적인 취미는 솔직히, 조금…… 눈 뜨고 봐 주기 힘들다!

게다가 아군이 아직 와해되지 않은 이유는 의심할 여지없이 스이 덕분이었다. 혼자 벌써 세 자릿수 킬 수를 올렸다. 보이지 않는 암살자의 실력을 유감없이 발휘해서.

분하게도 수해 밖에서는 스이가 수인 최강이라는 결과가 증명된 셈이었다.

그래서 폐하에 대한 폭언에도 타박하기 힘들다!

대신 천벌……은 아니지만, 적어도 스이가 투덜댈 여유는 없어졌다.

"무섭구나, 무서워. 보이는 모든 것이 무섭구나."

그래서 눈을 파냈고, 그런데 귀가 잘 들리게 되어…….

"참으로 흉한 소리로다. 보이지 않는 사악함에게 신의 철퇴를."

아무리 설법에 묻힌 작은 소리라도 다 들린다. 알아듣는다. 적의 본심을.

"—『종말 교의』."

세계의 종말을 두려워하라. 두렵기에 세계의 종말을 막아라.

이 세상 모든 것이 두려운 기사의 말. 교의보다는 엄살에 가까운 말이 집중적으로, 지향성을 갖고 스이를 포착했다.

"힉, 으아."

커튼이 바람에 날려 드러나듯, 스이가 전장 한복판에 나타났다. 눈동자 초점이 흔들리고, 이가 딱딱 부딪치며, 불안에 몸을 웅크린 모습으로.

"저 토인을 쳐라!"

"안 돼! 스이를 지켜라!"

비톨이 호령하고, 심이 초조하게 지시했다.

최대 위협을 제거할 절호의 기회라고 기사들이 쇄도한다. 그것을 막으려고 수인 전사들이 서둘러 달려온다. 하지만 산 넘어 산, 또 한 명의 호광 기사가 지원군으로 도착했다.

흰 깃털 난사와 거대한 『천상섬』으로 수인 전사들이 한꺼번에 날아갔다.

스이가 헉 소리를 내며 반쯤 본능적으로 몸을 던졌다. 목이 희미하게 베여 피가 주룩 흘러내렸다.

엉덩방아를 찧으며 돌아본 스이의 눈에는 한 여기사가 비쳤다. 전에 계곡에서 본 제2 성검을 쓰는 그 기사, 아물지 않는 상처를 주는 고유 마법 『성흔』 사용자 필라였다.

메탈 버틀럼으로 방어했는데도 불구하고 그녀는 흐르는 물처럼 안으로 파고들었다. 피하지 않았으면 목이 달아났을지도 모른다. 그것을 이해했기 때문에 스이의 공포가 절망적으로 부풀어 올랐다.

심과 발프가 구하기에도 늦었다.

제2 성검을 감싼 흰 빛이 시시각각 커지고 압축되길 반복했다.『분해의 흰 칼날』의 위력을 극한까지 끌어 올리며 필라가 서서히 다가온다.

그 모습이 지금 스이에게는『죽음』그 자체로 보였다.

두려움을 견디지 못하고 머리를 감싸며 웅크렸다. 끝내 정신이 벼랑 끝까지 내몰린 스이는……

"아군에게 맞히지 마라! 발사아아!"

무수한 브레스와 마탄이 쏟아졌다.

그것들을 흰 칼날로 베며 필라가 물러섰다. 이어서 더욱 강력한 작열 브레스가 디스를 덮쳤고, 그쪽도 흰 결계로 보호하는데 정신이 팔렸다.

"지원이 왔군! 살았어!"

하늘에 마룡을 이끄는 마가레타와 슈네 전사들이 있었다.

수인 전사들의 사기가 폭발했다. 함성으로 창에 금이 갈 정도였다.

그런 가운데, 스이만이라도 처치하려는지 필라가 피격될 각오로 돌진하나, 갑자기 바닥을 태울 기세로 제동을 걸었다.

무슨 연유인지, 본능이 다가가면 안 된다고 호소했다.

"스이! 무사해?! 일단 이탈—"

"키힛."

심의 지시는 작디작은 기괴한 목소리에 끊겼다. 곰 귀가 오싹하게 곤두섰다.

흐느적거리며 일어선 스이를 보고 주위 기사들이, 왠지 수인 전사들까지도 제자리에 멈췄다.

"무서운 거어. 죽여 버릴 거야아."

목이 옆으로 뚝 꺾였다. 눈은 수축되어 빛을 잃었고 입은 초승달처럼 찢어졌다.

얼굴은 미소녀라서 완전히 맛이 간 눈이나 사이코패스 같은 얼굴이 도리어 무서웠다.

다시 키힛, 하고 찢어지는 웃음소리가 들린 순간, 스이가 사라졌다.

녹아들 듯 사라지는 은형술과는 달랐다. 정말로 휙 사라졌다.

"윽, 뒤에!"

디스가 지금까지 들은 적 없는 급박한 목소리로 외쳤다. 필라가 반사적으로 뒤를 베지만, 그건 착각이었다.

"비톨 부단장!"

"응?"

등이 무거웠다. 격전을 벌이던 발프의 얼굴에선 핏기가 가셨다. 목 양쪽이 이상하게 뜨거워지고……

"머리이, 내놔요오."

그 직후, 천지가 뒤집혔다. 무슨 일이 벌어졌는지 이해한 것은 공중에서 자신을 내려다봤을 때였다. 분수처럼 피를 뿜는 머리 없는 몸과 등에 달라붙어 양손의 나이프를 휘두른— 피칠갑 토끼를.

머리 없이 쓰러지는 기사를 찬 스이가 모습도 숨기지 않고 필라에게 육박했다.

정면에서 뛰어들어 제2 성검을 메탈 버틀럼이 든 옷으로 휘감고, 언제 입에 머금었는지 모를 녹색 액체를 뿜었다.

"크악, 부식독?! 이 짐승이!"

"같이 녹아요. 히히히힛."

필라의 얼굴 절반이 문드러졌다.

그런 맹독을 입에 머금으면 스이라고 무사할 리 없다. 그런데 뭐가 우스운지 킬킬 웃은 스이는 그대로 필라를 잡고 넘어뜨렸다.

필라가 탈출하려고 깃털을 난사하지만, 이 토끼는 고통도 느끼지 않는 것처럼 피투성이가 되어서도 떨어질 기미가 없었다.

스이가 『보물고』로 허공에 불러낸 작은 병을 입으로 낚아챘다. 그것을 깨물어 부수더니…….

"으읍?!"

필라의 입술을 훔쳤다. 그리고 억지로 부식독을 주입했다. 두 사람의 입이 흰 연기를 뿜으며 짓물러 변색해 갔다.

전장이 얼어붙을 만큼 엽기적이고 괴악한 광경이었다.

눈을 뒤집고 경련하는 필라에게서 스이가 얼굴을 획 들자 주변 사람들이, 심지어 아군까지도 소스라치며 뒤로 물러났다. 그리고…….

"다 죽어어, 무서우니까아!"

아래 절반이 녹아내린 얼굴로 웃으면서 소리치는 미친 토끼에게 너 나 할 것 없이 한마음으로 외쳤다.

"""""네가 더 무서워어어어어!"""""

상대를 공황에 빠뜨리는 디스의 마법에 아마 스이가 발광한 모양이었다.

아무튼 슈네 전사의 지원과 미친 토끼의 활약(?)으로 서문의 전황은 다시 균형을 되찾았다.

―신도, 왕궁 근처 상공.

"좌현, 세 척이 돌파를 시도합니다! 진로, 중앙 광장!"

"에잇, 그럴 줄 알았다! 우선적으로 격추해!"

신국 비공선단과 격렬한 제공권 싸움을 벌이는 마장 잠함궁 락 엘레인.

그곳 함교에서 노성 같은 목소리가 울려 퍼졌다.

총장 살루스가 중앙 함장석에서 몸을 반쯤 내밀며 지시를 내리자 승무원이 신속하게 대응했다. 락 엘레인의 선수 양현에서 거대한 마탄이 발사됐다.

크게 우회하여 중앙 광장으로 향하던 비공선 여섯 척의 선미가 폭발하며 고도를 떨어뜨렸다.

지상의 건물에 추락하는 게 아닌가 싶었으나, 마탄에 내포된 마력이 해방되며 비공선을 감싸 낙하 속도를 늦췄다.

락 엘레인에도 이용된 부유 결계였다.

"미카엘라!"

"……괜찮아요!"

함장석 옆, 즉석으로 설치된 자리에서 미카엘라가 목청을 키웠다.

질끈 감은 눈, 흥건한 땀, 조금 거칠어진 호흡.

온몸의 신경을 곤두세운 집중 때문이며, 『영혼의 눈』이 공간을 초월해 민간인 유무를 확인하는 증거이기도 했다.

"……! 팀! 4구역 5번이요!"

『갑니다!』

함내 통신을 통해 미카엘라가 소리쳤다. 대답한 사람은 선저에 대기하는 팀 로켓이었다.

바닥에 열린 해치로 오금이 저리는 높이에서 도시를 내려다봤다.

그 해치로 고유 마법 『조수 애호』로 강화한 전서조 이소니얼을 내보냈다.

새는 한쪽 다리에 통신용 링이 장착되어 팀의 지시대로 목적지로 향했다. 그리고 뒷골목에서 죽자 살자 도망치는 가족을 발견하고, 부리에 문 『환문』을 떨어뜨려 그들을 중앙 광장으로 보냈다.

미카엘라의 탐색 능력과 팀의 전송 능력을 이용한 피난이었다.

"총장님! 역시 동향이 변했어요!"

처음에는 총본산으로 가려는 움직임과 방벽 밖을 도와주러 가려는 움직임이 있었다. 하지만 지금은 둘 다 아니었다. 락엘레인을 격추하려는 움직임과 중앙 광장으로 가려는 움직임으로 변화했다.

"중앙 광장을 해방해서 백성을 온 도시에 풀 속셈이구면……."

혹은 직접 인질로 잡거나. 교회라면 그러고도 남는다.

신의 이름을 빌리면 교회 관계자가 하는 모든 행위가 정의니까.

"누가 침공자고 누가 수비대인지 원."

저절로 푸념이 나와 머리를 흔들고 잡념을 떨쳐냈다.

"뱃머리를 돌려라! 목표, 중앙 광장 상공!"

"초, 총장님! 그러면 광장에서 싸움이!"

"이대로 가면 물량 공세에 밀린다! 돌파는 시간문제야! 게다가 녀석들이라면 최악의 경우 나무 벽을 파괴하려고 원거리 포격을 할지도 몰라! 그러면 이 배의 결계를 최대로 펼쳐서 틀어막는 수밖에!"

내부에 있는 백성의 안전 따위 고려하지 않고 방해되는 거목을 제거해 혼란에 빠진 백성을 분산시킨다. 그게 해방자의 움직임을 막는 가장 간단한 방법이었다.

포격으로 백성이 날아가는 광경을 상상한 승무원들이 몸을 부르르 떨며 명령을 수행했다.

속도를 높인 락 엘레인을 따라오던 비공선단이 갑자기 거목으로 조준을 변경했다. 살루스의 의도를 깨달은 듯했다.

"검은 벽 전부 분리! 배를 옆으로 돌려! 선체도 방패로 쓴다!"

외벽이 분리되어 공중에 정렬했다. 그 뒤에서 락 엘레인이 거대한 선체를 옆으로 돌렸다.

그 직후, 100척이 넘는 비공선에서 일제히 빛의 포격이 발사됐다.

"충격에 대비하라!"

살루스의 고함이 함내 전체 통신으로 전달되자마자 락 엘레인에 격진이 일었다.

몇 사람이 의자에서 튕겨 나가 바닥이나 벽에 거세게 부딪쳤다.

방패가 된 우현에서 연기가 피어오르고 선체에서 끼기긱 소리가 울렸다. 한 척으로 신국의 모든 공군을 끌어모은 상황이었다. 총력전으로 저장 마력은 이미 절반도 남지 않았고, 외벽도 무장도 40퍼센트가 손상됐다. 하지만 락 엘레인은 꿋꿋이 버텨 냈다.

"훌륭해! 결계를 최대 출력으로! 중앙 광장을 감싸라!"

우수한 승무원은 즉시 반응했다. 머리에서 피를 흘리면서도 그들은 조작판으로 뛰어들었다. 락 엘레인이 두른 빛이 원기둥 형태로 변해 중앙 광장 전체를 감쌌다.

"다들 무사해? 엄청난 충격이었는데."

세 남자가 함교로 들어왔다. 마포 하나를 맡던 셜리가 튀어 오르다시피 일어섰다.

"아빠!"

"셜리…… 네가 여기 왜 탔어?"

"아 좀! 보자마자 하는 소리가 그거야?! 눈치가 없어!"

걱정되니까 탔지, 라고 함교 승무원이 모두 한심하게 쳐다봤다. 다른 두 사람― 바하르와 커그도 같은 눈빛이었다.

처형 대상자가 구조된 곳은 바로 이곳, 락 엘레인이었다.

그들에게 추적 조치가 되어 있을 경우, 『검은 문』의 전이 거리가 대폭 늘어났다고는 하나, 적에게 쫓길 가능성이 있었다.

그렇다면 차라리 락 엘레인 안에 있는 편이 안전하다고 생각한 것이다.

　오스카가 설치한 치료실로 전이되어 만신창이였던 몸도 어느 정도 나은 듯 보였다.

　리건이 더벅머리를 더 헝클어지도록 긁었다.

　"미안. 보다시피 무사해. 고맙구나, 셜리."

　"……응."

　부녀의 대화는 거기서 끝이었다. 셜리는 눈물 번진 눈을 소매로 벅벅 닦고 바로 자기 일을 재개했다.

　"상황은 어때?"

　바하르가 함장석 등받이에 기대어 물었다. 아직 걷는 것도 힘에 부쳐 보였다. 하지만 무법 도시의 두목으로서 자존심이 있는지 가만히 있지는 못한 모양이었다.

　"조금 밀리고 있어."

　"위험하잖아."

　"병력 차이는 처음부터 알고 있었네. 버티는 사이에 결판을 내는 전격전이지."

　다가오는 비공선단과 다시 포격을 주고받으며 살루스는 담담하게 설명했다.

　그 목소리와 표정에는 어떤 그림자도 드리우지 않았다. 그런 그때, 한층 격렬한 충격이 선체를 때렸다. 넘어질 뻔한 바하르를 커그와 리건이 서둘러 바쳤다.

　"큭, 뭐야! 무슨 일이냐!"

"선체 후미 파손! 아니, 일부 소실? 이건…… 사도입니다!"

"아직도 있나!"

낙관하지는 않았다. 하지만 그만한 존재를 이미 셋이나 처치하지 않았는가. 자연스럽게 제발 끝이기를 바라고 있었건만…….

살루스가 자기도 모르는 사이에 팔걸이를 쾅 내리쳤다.

하지만 상황은 생각보다 더욱 나빴다. 커그와 리건이 전율한 표정으로 말했다.

"이봐, 저것도 사도 아냐?"

"왕궁에도 행차하셨군요……."

함교는 전면이 투명한 벽으로 이루어져 주위가 잘 보였다.

왕궁 상공도, 남쪽 하늘도, 거기에 나타난 은빛도.

"넷…… 큭, 사도에게 집중포화! 결계만은 사수해야 한다!"

왕궁 상공에 둘, 남쪽에도 하나. 그리고 이 배를 공격하는 하나.

오스카가 외벽의 물리 방어력을 높여주지 않았으면 진작 치즈처럼 구멍이 숭숭 뚫렸을 것이다.

"커그 선생! 할 수 있다면 수리를 부탁하네! 리건, 바하르 선생은 파손된 구역으로 가서 구조를 도와주게! 치료실로 옮기기만 하면 돼!"

방벽으로 막아도 관통하는 포격은 있었다. 그러니까 부상자가 많을 것이다.

그렇게 말하는 살루스에게 세 사람은 고개를 끄덕이고 떠나려는데…… 그전에.

"총장님!"

사도가 함교 앞으로 왔다. 차가운 미모가, 무기물 같은 눈이 살루스를 똑바로 바라봤다.

앞으로 내민 대검 끝으로 은색 빛이 모여들었다.

'그냥은 안 당한다!'

투명한 벽이 급속도로 닫혔다. 메탈 버틀럼 격벽이었다.

그 밖에도 공간 차단형 다중 결계가 순식간에 구축되고, 거기에 분해 포격이 직격했다.

버텨진다. 함교는 오스카가 병적으로 방어에 신경 쓴 곳이니까.

영상 전송이 가능한 통신기 『천망』을 응용한 외부 영상 투사 기능으로 폐쇄된 함교 안에서 외부 풍경이 비쳤다.

물결치는 메탈 버틀럼 방벽이 빠르게 소멸되어 가고, 다중 결계가 분해와 재생을 반복해 저장 마력이 엄청난 속도로 줄어들었다.

"메탈 버틀럼, 결계용 저장 마력, 모두 60퍼센트 소비!"

"발동 가능 시간, 앞으로 20초!"

"그럼 전면 마포에 마력 집중 15초! 강력한 일격으로 날려 버려라!"

살루스의 고함이 메아리쳤다.

그리고 사도가 맞고 날아갔다. 함교가 당혹감에 휩싸였다. 왜냐면 아직 안 쐈으니까.

그 원인, 사도와 교대한 것처럼 나타난 것은…….

"라우스 공!"

살루스가 만면희색으로 외친 대로, 라우스였다. 메이스로 날려 버린 듯했다.

"엉?"

바하르가 의아한 목소리를 흘렸다. 그럴 만도 했다. 그야…….

"잠깐만! 그럼 저기서 싸우는 건 누구야?!"

남쪽 하늘에도 사도가 있고, 그 사도와 싸우는 것도 라우스였다.

메탈 버틀럼 방벽이 해제되는 가운데, 구원하러 온 두 번째 라우스가 메이스를 휘둘렀다.

날아간 속도 그대로 유턴해 돌아온 사도에게.

"늘어났어?!"

커그가 놀라서 소리친 대로 메이스가 늘어났고…….

"꺾였어?!"

리건이 눈을 크게 뜨고 말한 대로 채찍처럼 사도를 감았다.

그리고 낚싯대를 건져 올리듯 남쪽으로 냅다 던져 버렸다.

두 번째 라우스는 자기가 책임지겠다는 양 엄지를 들어 보였다.

그리고는 공중을 차서 대포알처럼 남쪽 전장으로 돌아갔다. 공중에서 은색 날개로 급제동을 걸고 반격하려던 사도를 두들겨 패면서.

"후우, 살았구먼."

대단히 훌륭한 리액션을 보여준 세 아저씨에게 쓴웃음을

지으며 살루스가 좌석에 몸을 푹 기댔다. 계속해서 비공선단을 상대하며, 미카엘라가 거목 벽 근처까지 온 기사 분대를 발견하여 그쪽도 대응했다.

그제야 당혹스러움과 경악에서 돌아온 세 아저씨가 한숨 쉬었다.

그리고 마음을 가다듬어 자신들이 할 수 있는 일을 하고자 발길을 돌렸다.

"······오스카 쪽은 괜찮겠지?"

커그가 무심코 물었다. 자식을 걱정하는 아버지의 마음이리라.

아쉽게도 전이와 함께 통신도 방해받아 총본산의 상황은 알 수 없었다.

살루스는 낙관도 비관도 하지 않고 온화한 웃음을 돌려줬다.

"우리가 할 수 있는 일은, 믿는 것뿐일세."

"······그래, 그렇지."

바하르와 리건도 소리 없이 웃고 함교를 떠났다.

─신도, 남문.

전투 초기, 중장 마수와 검은 기사 혼성군이 기습과 난전을 벌였으나, 이 전장에서만큼은 그 혼전도 금방 수습되었다.

신전 기사단 총대장 릴리스 아카인드가 있었기 때문이었다.

테라스에 참례하여 교회의 위용을 보이라는 명령에 다른 군단장은 부관에게 현장을 맡겼으나, 그녀는 홀로 탄원하여 전선 대기를 허락받았다. 그리고 그 판단이 옳았다고 증명해 보였다.

그렇게 혼성군을 포위 섬멸하려던 때.

키메예스 총대사교와 호광 기사 아진이 배교자 라우스와 함께 전장 한복판에 나타나는 예기치 못한 사태가 벌어졌다.

놀라기는 했으나, 이 대결을 미치도록 원해 오던 릴리스가 아니던가. 키메예스를 노리는 라우스에게, 아진을 엄호하는 방식으로 집중 공격을 지시했다.

하지만 라우스가 예상보다 훨씬 강해서 막히고 말았다.

그러는 사이에 중앙 광장의 기사들이 점점 전이해 오고, 류티리스와 근위 전사단, 해방자들이 달려왔다.

피아의 병력 차이는 오히려 벌어졌다. 하지만 전황은 역전되고 말았다.

류티리스가 빠르게 전개한 옅은 안개와 승화 마법 때문이었다.

수호장은 대수 우아 아르트의 일부며 거기서 발생한 옅은 안개는 순식간에 전장을 감쌌다. 시야 확보는 어렵지 않으나, 인식 저해는 더욱 강해진 탓에 기사단의 전술이 줄줄이 파탄 났다.

혼성군도 폭발적으로 강화되어 다른 사람이 된 것처럼 포위를 뚫고 역습에 나섰다. 그리고 릴리스 본인도 라우스에게는 접근조차 하지 못하는 실정이었다.

"비켜라! 잡졸에게는 관심 없다!"

온몸으로 강렬한 스파크를 튀기는 릴리스가 인내심이 바닥난 얼굴로 고함쳤다.

"아뇨, 제 상대가 되어 주셔야겠습니다! 총대장 각하……
아니, 릴리스 아카인드!"

지휘를 해야만 한다. 가장 속도가 빠른 자신이 아군을 지원
해야 한다.

무엇보다 라우스 번이 저 앞에 있다! 칼을 휘두르지 않고는
배길 수 없다!

그런데 막아서는 적을 물리칠 수 없다. 떨쳐낼 수 없다!

범부에 불과했던 라인하이트 아셰의 공격권에서 벗어날 수
없다!

"배신자 자식. 어떻게 네가 용사일 수 있지! 가증스러운 것!"

짜증을 번개로 변환한다. 자력을 이용한 초고속 이동으로
등 뒤로 돌아가, 벤다.

하지만 어깨 너머로 돌린 성검에 막혔다. 계속 이런 식이었
다. 이미 몇 합이나 나눴는데 견고한 성벽과 싸우는 것처럼
초고속 검격이 전부 막혔다. 더군다나……

"―『천상섬』!"

"―『천상섬』!"

동시에 날아간 빛의 참격은 충돌하자마자 잠깐 줄다리기를
하다가 릴리스 쪽으로 밀려났다.

'이게 진품과 모조품의 차이인가!'

자기 손에 있는 제2 성검을 흘겨보고 이를 갈았다.

동시에 전율하기도 했다. 라인하이트의 검술, 체술, 그리고
전투력에.

몇 개월 전까지는 후 불기만 해도 날아갈 잔챙이였다는 게 믿어지지 않았다. 심지어 겨우 5분 싸웠을 뿐인데 릴리스의 검이 점점 읽히고 있었다.

이게 용사인가.

이게 성검이 선택한 자인가.

왜, 왜 신의 병사인 우리를 고르지 않나! 왜 하필 배신자인가!

그런 무의미한 의문과 울분이 마음속에서 포화됐다.

"라우스 번을, 나는, 이 손으로!"

"라우스 님은 지금 부자 싸움 중입니다. 외부인은 빠져주시죠."

카임과 셀름이 뛰어든 것은 조금 전 일이었다.

멀지 않은 곳에서 그 둘은 라우스에게 덤비고 있었다. 살의가 이곳까지 전해졌다. 하지만 어쩐지 라우스에게는 여유가 있어 보여서 『죽고 죽이는 싸움』같지 않았다.

정말로 부자 싸움이라는 말이 딱 들어맞을지도 모른다.

그래서 릴리스는 격앙했다. 마음속이 엉망진창이었다. 책장이 전부 넘어진 도서관처럼. 그저 라우스에게 고통을 주고 싶은 기분에 사로잡혔다.

고통을 주고, 용서를 빌게 하고, 그리고……

"이제 힘을 아끼지 않겠다."

조용한 음성. 하지만 눈에는 격정 어린 번갯불이 번뜩였다.

―고유 마법 『뇌공 종형』.

번개가 릴리스를 감쌌다. 끊임없이 천둥이 쳤다.

그 직후, 모습을 보인 것은 번개의 화신이 된 릴리스, 사도화로 도달한 극치였다.

진짜 『신의 사도』에도 밀리지 않을 위압감이 라인하이트를 덮쳤다.

그래서 떨릴 것 같은 몸을 꾸짖고 약해지는 마음을 용기로 찍어 눌렀다.

"성검, 힘을 빌려줘. —『한계 돌파 패궤』!"

똑같이 비장의 수단을 꺼냈다. 성검이 사용자의 마음에 부응하듯 항성처럼 빛나며, 마치 빛 그 자체가 된 것처럼 변했다.

"거기서 비켜라, 용사아아!"

"절대로 못 보낸다! 나는 저분의 호위 기사니까!"

뇌광과 광휘의 충돌은 신화에 나오는 전투를 방불케 했다.

한편, 류티리스는 남문 정면에 진을 치고 있었다.

아군과 적군이 뒤섞인 격전지에서 거대한 장벽을 펼쳐 방벽을 보호하지만, 안개와 승화 마법을 쓰느라 집중 상태에 들어가서 미동도 하지 않았다.

"무슨 수를 써서라도 여왕의 목을 쳐라! 안개와 승화를 풀지 않으면 피해가 가중된다!"

키메예스의 질타가 전장을 가로질렀다.

호기롭게 떵떵거리지만, 그는 앞쪽에 사교단을 세우고 그 외곽을 제2 성순 기사로 둘러싼 밀집 진형 속에서 보호받는 중이었다. 그것으로도 모자랐는지, 모든 제2 성순이 『분해의 흰 결계』를 전개하여 즉석 요새나 다름없었다.

그만큼 잘 알고 있다는 뜻이리라.

그만큼 진심으로 경계한다는 뜻이리라.

류티리스를 지키는 과거 최강의 기사를. 지금은 최악의 난적이 된 그를.

얼른 제2 성장으로 안개가 없는 공간을 만들어 들어오게 한 기사는 약 1,500명. 그 외에는 승화한 혼성군을 상대하느라 여념이 없었다.

불행 중 다행인 점은 아진과 함께, 어떤 의미로는 라우스에게 가장 유효한 전력— 카임과 셀름이 있다는 것이었다.

"우오옷, 죽어라! 라우스 번!"

"이번에야말로!"

카임이 악귀 같은 얼굴로 라우스에게 달려들고, 셀름이 『분해의 흰 포격』을 쐈다.

계곡에서 싸웠을 때보다 몇 배는 상승한 전투력은 경이적이었다. 하지만……

"진정해라."

한마디. 그리고 일격. 메이스의 『마식』으로 흰 포격을 흩어 버리고, 카임의 검격을 의수로 잡아 몸째 던졌다.

"아들들이랑 할 말이 있다. 빠져주게."

"으윽."

아진의 제2 성창 공격을 메이스로 쳐 냈다. 동시에 발동하는 『충혼』.

사도화 전이라면 틀림없이 정신을 잃었을 위력에 아진은 견디지 못하고 후퇴했다.

그 틈에 류티리스에게 공중 강습을 꾀한 부대를 파리라도 쫓듯 『천상섬 백익(百翼)』으로 격추했다.

"머릿수로 밀어라! 우회해라! 대부분은 짐승일 뿐이다!"

키메예스의 고함을 듣고 기사들이 양익에서 류티리스에게로 몰려들었다. 그들은 이미 죽음을 각오한 표정이었다. 목숨을 돌보지 않고, 오직 신을 위해서 돌격한다.

하지만 지키는 사람은 라우스가 다가 아니었다. 그래서 쉽게는 도착할 수 없었다.

"본분을 다하라! 폐하에게 손가락 하나 닿아서는 안 된다!"

크레이드가 이끄는 근위 전사단 500명.

"백광 기사에 비하면 별거 아니야! 쫄지 마!"

"이리 왕, 기사 여러분♪ 누나가 뜨겁게 안아줄겜!"

"젠장, 겨우 스노벨한테서 떨어졌는데 왜 다른 괴물이랑 같이 있어야 해? 무슨 고문이야?"

레오나르도, 마인족이자 미스터 레이디의 원조 징벨 언니가 이끄는 해방자 100여 명, 징벨의 애제자 스노벨에게 훈련받은 킵슨 및 안디카의 무법자 전투원 30여 명이 죽음을 불사하고 막았으니까.

레오나르도의 순수한 무술 『심장 파괴』가 기사들에게 최소 부정맥을 일으켰고, 안디카 전투원이 미스터 레이디의 허그에서 벗어나려고 갈고닦은 회피 기술이 기사들을 농락했다.

마인족이면서 마법 적성이 없지만, 「마법으로 파괴하나 근육으로 파괴하나 똑같앙!」이라는 진리에 도달한 이단아가 미끈거리는 땀을 흩뿌리며 거암 같은 주먹을 휘둘렀다. 그리고 끈적한 눈빛으로 기사들을 품평한다!

"뭐냐, 이 괴물은!"

"도망쳐! 잡히면 큰일 난다!"

순교를 각오한 기사들조차 겁먹게 하는 괴물. 비키니 아머와 코트도 그 공포에 박차를 가했다. 참고로 경고한 사람은 킵슨이었다. 트라우마가 떠올라서 부지불식간에 외친 듯했다. 안디카 전투원들도 같은 심정 같았다.

"얘들앙? 안아준다?"

징벨이 깜찍하고 모독적인 윙크를 날렸다. 왠지 입맛까지 다시며.

""""""넵, 아닙니다! 죽을 각오로 싸우겠습니다, 맴!"""""

안디카 전투원들이 『한계 돌파』라도 한 것처럼 기사들을 쓰러뜨려 나갔다.

하지만 곧 모두 인상을 찌푸렸다.

기사가 줄어들지 않기 때문이었다.

안개와 혼성군에게서 벗어난 기사가 다시 참전했기 때문, 은 아니었다.

"죽음을 상기하라! 주를 위하여 영혼의 마지막 한 방울까지 바쳐 불사의 군단이 되어라!"

불사의 군단이 되어 돌격한다. 그건 단순한 정신론이 아니었다.

—고유 마법 『시병단(屍兵團)』.

죽음의 안식을 허락하지 않고 육체가 완전히 붕괴할 때까지 싸우게 하는 키메예스의 마법이었다.

그가 있는 한 신전 기사단의 전투 지속 능력은 떨어지지 않는다.

피투성이, 상처투성이, 사지 결손도 그대로. 눈이 뒤집힌 채 끝없이 공격해 오는 시체들. 개중에는 머리가 없어도 계속 싸우는 시체까지 있었다. 그야말로 지옥에서나 볼 광경이었다.

'역시 이렇게 나오나……'

카임과 셀름을 상대하면서 라우스는 냉정하게 분석했다.

당연히 키메예스의 고유 마법은 라우스도 알고 있었다. 사전에 전해 들어서 해방자도 동요하지는 않지만, 예전보다 증대된 효과 범위와 숫자는 굉장히 위험했다.

라우스와 류티리스가 인질 구출이 끝난 뒤에도 여기 있는 이유가 그 때문이었다.

"어딜 보나!"

아진의 파괴적인 실드 배시를 피한 직후, 제2 성검에 분해 마력을 두른 카임의 『분해의 흰 칼날』이 라우스의 머리 위로 날아왔다.

동시에 셀름의 『박광쇄』가 라우스의 두 팔과 몸을 꽉 옭아맨다.

카임 회심의 일격이 라우스를 두 동강 냈다.

공격한 장본인이 놀랄 정도로 허무하게 끝……났을 리 없었다.

"뭐, 야?!"

카임이 화들짝 놀라고, 셀름과 아진도 눈을 크게 떴다.

"힘을 아끼고 싶었지만, 하는 수 없군."

"키메예스만은 확실하게 처리해야 해."

같은 목소리. 같은 얼굴. 같은 장비.

카임이 절단한 라우스가 두 쪽으로 갈라져 두 명의 라우스가 됐다.

—혼백 마법 『그림자』.

쉽게 말하면 분신을 만드는 마법이지만, 결코 환영이 아니었다. 고밀도 마력과 복제 혼백으로 본체와 동등한 실력과 내구력을 자랑하는 실체였다.

혼백 마법의 진수 『생물이 가진 비물질에 간섭하는 능력』을 이해한 라우스의 새로운 힘이었다.

또 한 명의 라우스는 넋이 나간 카임에게서 등을 돌려 키메예스의 밀집 진형으로 돌격했다.

잠깐 고민한 아진은 카임과 셀름보다 키메예스를 잃는 게 위험하다고 판단했는지 바로 뒤를 쫓았다.

라우스는 그것을 딱히 막을 생각이 없었다. 류터리스 쪽은 다른 자신에게 맡긴 뒤 아들들과 마주했다.

"카임, 셀름."

"큭, 내 이름을 부르지 마."

"더러운 배교자 주제에."

증오로 일그러진 두 사람의 표정에 라우스의 가슴은 얼음을 쏟아부은 것처럼 차게 식었다.

하지만 눈은 피하지 않았다.

신에게 어린 두 아들을 보내도록 가만히 보고만 있었던 것은 자신이다.

어쩔 수 없다고 도망친 결과가 지금 이 두 명이다.

"미안했다."

작게 숨을 들이켜는 소리가 둘.

"한심한 아버지라서 미안했다. 지켜주지 못해서 미안했다. 두고 가서, 미안했다."

"그게 아니잖아! 네가 후회할 건 신을 배신했다는 사실이야!"

"아무것도 모르는군요. 우리가 당신에게 『아버지』이기를 바란다고 생각하나요?"

카임과 셀름이 눈을 부라리며 분노를 드러냈다.

카임이 달려든다. 셀름이 섬광을 쏜다. 그것을 막으며 라우스는 씁쓸하게 웃었다.

"그렇지. 이제 와서 아버지 행세를 하기는……."

하지만, 이라고 라우스는 덧붙였다. 카임이 사선으로 베는 검을 막고 코등이싸움을 벌이며.

무심코 주눅이 들 만큼 강한 눈빛으로.

"배신한 건 내가 아니다."

"뭐라고?"

"신이야말로 우리를 배신했지. 그 존재에게 인간은 장난감 말에 불과해."

"그럴 리가 있나요. 신은 신실한 자를 사랑합니다. 백번 양보해서 그렇다고 해도, 그게 어쨌다는 거죠? 신이 그러기를 바란다면 그게 전부입니다."

"그게 전부라고 말하는 이 비뚤어진 세상을, 나는 바로잡고 싶구나."

카임과 셀름은 이해할 수 없다, 말이 안 통한다며 혀를 찼다.

일단 거리를 벌리고 함께 흰 깃털로 십자 포화를 감행한다. 고속 회전하는 메이스로 방어하며 라우스는 이를 악물었다.

마음은 통하지 않았다. 세례라는 이름으로 몇 년에 걸쳐 주입된 가치관은 쉽게 뒤집을 수 없다고, 새삼스럽게 현실을 인식했다. 그렇지만, 그래도⋯⋯.

"살았으면 한다."

포기할 이유는 되지 못한다. 다시는 아들들의 미래를 포기하고 싶지 않다.

"신이 바란다면 너희는 기꺼이 목숨을 바치겠지?"

"당연하지. 그거야말로 궁극적인 신앙."

"순교는 명예입니다."

"하지만 나는 싫구나."

싫다. 어린애 같은 말에 카임과 셀름은 기가 찬 표정을 지었다.

이런 투정 같은, 논리도 뭣도 없는 발언을 할 줄은 상상도 하지 못했다. 설마 라우스로 변장한 다른 사람이 아닌가, 하는 생각이 들 정도였다.

기분이 나빠서 깃털을 쏘며 준비한 『분해의 흰 포격』을 발사했다.

"신만이 아니다. 너희가 다른 누군가의 사정으로 죽는 건 용납할 수 없어."

"네 허가 따위 아무도 안 바란다고!"

『분해의 흰 포격』을 회피한 직후, 카임에게서 특대형 『천상섬』이 날아들었다. 메이스로 마력 충격파를 쏴서 궤도를 틀고, 최상급 범위 마법을 쏘려던 셀름의 제2 성장에 메이스의 기능인 『신축자재』를 발동했다.

"알아줬으면 한다!"

영혼을 담아 외치며 『늘어나는 찌르기』로 셀름을 날려 버렸다.

"카임! 셀름! 너희의 인생은 온전히 너희의 것이다! 그 의미를, 알아다오!"

"아, 아까부터 무슨 헛소리를—."

"사람은 신을 위해 태어난 게 아니야! 사람은 자기 행복을 위해서 태어나는 거다!"

"신을 위한 삶이 행복이잖습니까!"

이토록 필사적인 라우스 번의 얼굴은 이제껏 한 번도 본 적 없었다.

분노와 증오로 가득하던 마음속에 당혹감이 섞이기 시작했다.

"그게 너희의 자유로운 의사에서 나온 생각이라면, 더는 아무 말도 안 하마. 하지만 아니지 않느냐? 너희에게는 교회밖에 없었어. 신앙 말고 다른 길이 없었다고! 원래는 무한한 미래가 있었을 텐데, 누구나 나면서부터 가지는 권리를 갖지 못했어!"

그것은 즉, 『선택』.

자신의 의지로 고르고 결정하는 것. 어떤 태생이든, 어떤 환경이든, 그것만은 누구에게나 주어져야 마땅할 권리다.

"카임, 셀름. 너희는 지금까지 뭔가를 선택할 기회가 있었느냐?"

두 사람이 멈췄다. 마치 보이지 않는 사슬에 묶인 것처럼. 알아서는 안 될 뭔가를 깨달은 것처럼.

"닥쳐…… 닥쳐어! 네가 말할 자격은 없어!"

"아, 정말, 닥치세요! 당신 헛소리는 지긋지긋해요!"

되살아난 살의가 라우스를 향했다. 하지만 그것은 어딘지 모르게 제 분을 주체하지 못하는 어린아이 같았다.

라우스는 계속해서 몇 년이나 하지 못한 말을 전하려고 했다.

하지만 전장에서 부자 싸움이 허락되는 시간은 끝을 고하고 말았다.

은빛 기둥이 섰다.

또 다른 라우스를 노린 것이다.

카임과 셀름이 반사적으로 눈을 돌리자 키메예스의 밀집 진형이 와해되고 있었다. 아진도 밀려 날아갔는지 엉뚱한 곳에서 일어나는 참이었다. 제2 성순 파편이 사방에 흩어졌고 한쪽 팔도 힘없이 늘어졌다.

은빛 기둥은 막 키메예스를 박살 내리던 라우스와 그 사이에 끼어든 모양이었다.

그리고,『신의 사도』가 강림했다.

하늘에서 내려다보는 사도에게 키메예스는 감격의 눈물을 흘렸고, 기사들은 사기가 치솟았다. 사도의 시선이 아진을 향했다.

"동문을 지키러 가십시오."

명에 떨어지기 무섭게 아진은 바람처럼 떠났다.

그리고 흰 입자가 돌풍에 실려 전장 전체에 흩뿌려졌다.

"키메예스 님! 안개 제거를 완료했습니다!"

"잘했다!"

안개가 사라져 갔다. 사교단이 준비하던『분해의 흰 바람』이 안개를 무효화한 것이었다.

키메예스의 고유 마법이 흰빛과 함께 퍼졌다. 혼성군에게 쓰러진 기사들이 실로 조종하는 인형처럼 어색하게 몸을 일으켰다.

"안 좋은데……."

레오나르도가 식은땀을 흘렸다.

"아직 멀었어. 믿어, 레오나르도."

옆에 선 크레이드가 격려했다. 피투성이에 한쪽 팔은 부러진 상태였다. 근위 전사단도 30퍼센트를 잃었다.

그래도 그들은 흔들리지 않았다. 그저 여왕 폐하의 근위 전사로서 자리를 지킬 뿐이었다.

레오나르도는 헷, 하고 웃고는 주먹을 고쳐 쥐었다.

"맞앙♪ 아직 우리는 아껴 둔 수단이 있잖니."

"그래도 슬슬 뭐라도 안 하면 쌈 싸 먹히겠는데?"

킵슨이 거친 숨을 내쉬면서 말한 바로 그때였다.

"오래 기다리셨죠?"

맑은 바람 같은 여왕의 목소리가, 대망의 목소리가 들렸다.

레오나르도가 참지 못하고 짧은 웃음을 터뜨렸다.

다음 순간, 눈을 번쩍 뜬 류티리스가 연둣빛 마력을 터뜨렸다.

나선을 그리고 하늘을 찔렀다. 너무나 강대한 마력과 압박감에 함성을 내지르던 기사들이 입을 다물었다.

그 직후, 『수해 현계』 주문이 낭랑하게 울렸다.

수인들도 본 적 없는 미소가 류티리스의 입가에 떠올랐다.

늠름하면서도 요염한, 어리석은 적대자를 내려다보는 듯한 그런 미소.

수호장을 우아하게 휘두르자 대지가 우르르 진동하더니 류티리스 뒤쪽, 남문 앞에 거대한 나무가 솟구쳤다.

그것뿐이라면 중앙 광장에서 본 거목 벽과 다를 바가 없으리라.

하지만 달랐다. 금속을 덮은 것 같은 뿌리가 춤추고, 가지가 휘어 살포시 여왕을 태웠다.

위로 위로 올라간다. 방벽을 넘어서 더 높은 하늘로.

그런 거대한 나무가 총 열 그루.

아름다운 여왕이 눈을 가늘게 뜬 순간, 거대 나무에서도 마력이 발산됐다.

"─『마수(魔樹) 현현』."

수호장이 조용히 지상을 가리켰다.

그러자 기사단 아래에서 강철처럼 단단한 뿌리들이 가시처럼 치솟았고, 가지는 채찍이 되어 일대를 휩쓸었으며, 예리한 회전 톱날이 된 잎이 쏟아졌다.

생성 마법과 변성 마법, 그리고 혼백 마법을 합쳐 창조한 씨앗에서, 수호장의 힘을 받아 태어난 마물 『마수 트렌트』.

포학한 괴수 같은 거목이지만, 그 진짜 힘은 따로 있었다. 바로 고유 마법 『마력 흡입』이다.

대지에서 자연 마력을 끌어당겨 어머니인 여왕의 마력으로 바꿔 환원한다.

이로써 5킬로미터 앞 대예배당으로 『수해 현계』를 쓸 수 있게 됐다.

"그런다고 뭔가 달라지나요?"

동요가 퍼지는 전장에 감정이 느껴지지 않는 음성이 퍼졌다. 사도였다.

마물 따위는 분해하면 그만이라며 은빛을 손 앞에 집중시켰다.

"설마 제가 이 정도 일을 못 해서 시간을 들인 줄 아시나요? 후훗."

새어 나온 웃음소리는 어쩐지 비웃음 같았다.

어쩌면 저번 전쟁에서 소중한 대수 우아 아르트를 상처 입힌 보복일까.

"저는 싸움을 잘 못해요."

그러니까 적어도 자신들이 사라질 전장에 최선의 지원을 남긴다.

"―『금역 해방』."

대예배당의 동료에게. 그건 계속 해 오던 일이다. 그래서 시간을 들여 파악한 적에게도.

"―『천부봉금(天賦封禁)』."

파문처럼 퍼진 연둣빛 마력이 적들을 남김없이 집어삼켰다.

"……이건."

사도가 미세하게 미간에 주름을 잡았다.

모든 교회 병력이 대폭 힘을 잃었다고 꿰뚫어 봤으니까.

승화 마법이 능력을 상승시키는 원리는 그 진수가 『정보에 간섭하는 능력』이기 때문이었다. 비유하자면 1이라는 힘에 1을 더하여 2로 만드는 셈이었다.

그렇다면 반대로 줄이는 것도 불가능하지 않을 터. 단순히 더하는 것보다 고쳐 쓰는 편이 훨씬 어려워서 문자 그대로 신기의 영역이었다. 만 명이 넘는 적의 정보를 파악하고 고쳐 쓰는 데는 상당한 시간이 필요했다.

"거의 사도화 전 상태로 돌아왔을 거예요."

"상관없습니다. 당신을 제거하면 끝이니까요."

"아니, 네 상대는 나다."

사도가 분해 포격을 쏘지만, 류티리스 앞으로 두 번째 라우스가 끼어들어 의수를 내밀었다.

그러자 그 의수에 창궁색 마력이 깃들고, 가지런히 모은 두 손가락을 위로 휙 들자 의수를 중심으로 발생한 중력장에 의해 분해 포격은 하늘 멀리 빗겨 나갔다.

"잡설은 필요 없다. 한꺼번에 상대해주지."

사도가 놀란 것처럼 눈을 돌리자 락 엘레인을 습격하던 사도가 라우스에게, 바로 세 번째 라우스에게 내던져지고 있었다.

다시 시선을 되돌리자 라우스가 의수 손가락을 까딱거렸다.

"왜 그러지? 눈치 보지 말고 덤벼라."

사도의 눈이 슥 가늘어졌다. 짜증이 난 듯 보이는 건 착각일까?

"다음은 사지를 전부 없애 드리죠."

은색 날개를 퍼덕인다. 잔상을 거느리며 급속도로 접근하는 사도에게 라우스도 공중을 박차서 돌격했다.

"총대사교는 제가 맡을게요! 사도에게 집중해 주세요! 라우 씨!"

"카임과 셀름 앞에서 그렇게 부르면 진짜 가만 안 둬!"

그런 충고를 남기고.

한편, 아들들과 대치하는 라우스는…….

"형님! 사도님께서 싸우고 계십니다! 본체만이라도 여기 묶어 둬야 해요!"

"그래! 사력을 다하자!"

라우스의 눈꼬리가 슬프게 처졌다.

그렇지만 알고는 있었다. 대화를 몇 마디 나눈다고 메워질 끝이 아님을.

그래도 조금은 느끼는 바가 있었으리라고 믿고 표정을 바꿨다.

최강의 기사로 불리던 표정으로.

"미안하구나. 시간이 다 됐어."

짙은 어둠 같은 마력이 소용돌이쳤다. 그 오싹할 정도의 밀도와 압력에 두 사람은 반사적으로 뒤로 물러섰다.

"이건 내 욕심이다. 이기적이라고 원망해도 된다."

그래도 소중한 아들들을 더 이상 신의 곁에 둘 수 없기에…….

"—『제1 한계, 돌파』."

""뭐?""

둥.

밤의 어둠이 파동처럼 퍼졌다. 카임과 셀름의 눈이 동그래졌다.

홀로 자신들과 아진을 압도하지 않았던가? 사도화한 기사들을 거들떠보지도 않고 키메예스의 밀집 진형까지 깨부수지 않았던가?

물론 승화 마법 덕분이기도 하겠지만, 『한계 돌파』의 힘이 틀림없다. 지금도 하늘에서 사도와 호각으로 싸우고 있지 않은가.

그렇다면 발동하지 않았을 리 없다. 발동하지 않았다면, 그러고도 그토록 강했다면, 그건…….

"괴물인가…….

"최강이라고 불리는 데는 그만한 이유가 있는 법이다."

시간만 벌면 계곡에서 싸웠을 때처럼 피폐해져 승산이 있다고 생각했는데…….

"이건 잘못됐어! 네까짓 게, 이럴 수는!"

셀름이 두려운 표정으로 흰 날개를 퍼덕였다. 카임도 자포자기한 표정으로 제2 성검을 치켜들었고—.

"—『정불』."

정신을 차리자 인식을 따돌리는 속도로 접근한 라우스가 이마에 살며시 손을 얹고 있었다.

문득 머릿속이 가벼워지고, 쓰러지는 자기 몸이 보였다.

"해방자에게 보호해 달라고 의뢰했다. 나중에 다시 이야기하자꾸나."

혼백을 뽑는 마법으로 유체와 육체가 분리된 것이었다.

자신들의 몸을 받쳐 다정하게 눕히는 라우스에게 두 사람은 무슨 말을 하려고 하나, 할 말을 찾지 못하고 이내 고개를 숙였다.

"제발 지금은 지켜봐다오. 우리가 할 일을. 그리고 가능하다면—."

어깨 너머로 돌아보며 절절한 감정이 전해지는 아버지의 얼굴로, 라우스는 말했다.

"교회 밖을, 진짜 세계를 너희 눈에 담았으면 좋겠구나."

날아오른 라우스의 등을 멍하게 보며 카임은 무의식중에 자기 이마를 손으로 짚었다. 유체라서 아무 감각도 없을 텐데, 왠지 따뜻한 느낌이 들었다.

셀름은 사도화의 힘을 잃고 반광란 상태로 죽은 자를 조종하는 키메예스와 동료끼리 목숨을 맡기고 싸우는 해방자들을 보고 왠지 직시하기 힘든 감정에 휩싸였다.

어쨌든 두 사람이 할 수 있는 일은 없었다.

이 순간이 되어서야 처음으로 두 사람은 라우스의 말에 따라 가만히 하늘을 올려다봤다.

"······한계 돌파 상승률이 올랐어?"

공중전을 펼치는 사도 둘과 분신 둘.

본체가 쓴『제1 한계 돌파』로 상승한 전투력 앞에서 사도가 의문을 입에 올렸다.

그리고 그 짐작이 맞았다. 전에는 최대 다섯 배인 상승률을 8분할로 나눠 썼지만, 지금은『제1 한계』만으로 통상『한계 돌파』에 맞먹는 힘— 세 배의 힘을 발휘했고, 최대 열 배까지 늘어난다. 그래서······.

"―『제3 한계, 돌파』."

예전의 최대치인 다섯 배까지는 너끈히 도달했다. 아무런 부담도 없을 정도로.

"큿, 패궤 수준을 망설임도 없이."

두 사도의 표적이 마침 지상에서 올라온 본체로 넘어갔다.

한 사도가 깃털로 덮어 버리듯 난사하고, 다른 한 사도가 분해 포격을 쐈다.

라우스는 분신을 불러들여 방어하며, 허리칼 자세인 메이스로 깃털을 쏘는 사도를 노렸다.

강궁으로 쏜 화살처럼 늘어난 메이스를 사도가 대검으로 막았다. 하지만 신축하는 힘은 계산하지 못했는지 큭 소리를 내며 튕겨 나갔다.

그 사도를 분신 둘에게 맡기고 라우스는 포격을 쏘는 사도에게로 몸을 돌렸다. ……그렇게 사도가 인식한 순간, 이미 그는 눈앞에.

"이 속도는?"

"혀 깨문다?"

휘두른 메이스는 사도의 동체 시력으로도 흐릿하게 보였다. 쌍대검의 넓은 칼 몸으로 막지만, 강렬한 충격에 칼을 놓칠 뻔했다.

"승화 마법과 병행하면 이렇게나 강해지나요. ─윽."

"혀 깨문다고 했지."

방어가 늦었다. 내리친 메이스가 사도의 머리를 강타했다. 그것만으로 충격파가 퍼질 정도의 위력이었다.

하지만 추락하지는 않았다. 메이스 반대쪽 끝으로 즉시 후려 올렸으니까. 이번에는 턱을 맞고 허리가 뒤로 꺾였다.

사도의 육체 강도로도 시야가 흔들렸다.

그런데도 은색 깃털을 사방으로 쏘는 점이 사도의 놀라운 부분이지만.

"웃."

하지만 라우스도 대단했다. 그 와중에 또 메이스를 휘두른다. 막대한 마력을 담아, 그 마력을 남김없이 충격파로 전환했다. 거의 폭음이 울리며 은색 깃털이 흩어졌다.

사도가 자세를 바로잡았을 때는 이미 배에 의수가 꽂혀 있었다.

사도의 몸이 기역 자로 꺾였다. 마력 충격파에 더해 의수에 부가된 『진천』 기능이 체내를 휘저었다.

본디 완력도 대단해서 복부 갑옷이 깨지고 충격이 등으로 관통했다.

사도의 안광이 날카로워졌다. 쌍대검을 버리고 라우스의 두 어깨를 가공할 힘으로 붙잡았다. 은빛 날개로 감싸서 안쪽을 분해 마력으로 소멸시키기— 전에.

"흡!"

라우스 혼신의 박치기가 작렬했다. 깡, 하고 육체와 육체가 부딪쳐서는 날 수 없는 소리가 나며 사도가 다시 허리를 젖혔다.

지체 없이 밀어차기를 때려 박았다. 그것도 갑옷이 뚫린 배에.

사도가 날아가면서 쌍대검을 재소환하지만, 쫓아온 라우스가 메이스를 빙빙 돌려 두 손목을 박살 냈다.

여기에도 공간 진동이 부가됐지만, 애초에 사도의 몸은 웬만한 공격에는 상처도 나지 않는 성개 수준의 강도를 자랑한다. 그것을 타격으로 부수다니…….

"인간의 범주를 초월했어요!"

"허어, 혼이 없어도 그런 표정을 지을 줄 아나?"

초조함일까, 공포일까. 어느 쪽이든 일그러진 사도의 얼굴은 관자놀이를 노린 메이스에 의해 더 일그러졌다.

뚝, 하고 반대쪽으로 목이 꺾였다. 발악으로 발차기를 해 보지만, 그 다리가 의수 주먹을 맞고 부러졌다. 일단 재정비하려고 초고속 비행을—.

"못 간다."

사도가 말도 안 되게 강한 것은 자명한 일이었다. 하늘을 초고속 비행으로 종횡무진 누비며 원거리 공격만 하면 라우스로서는 손을 대기 어려웠다.

그래서 첫 공격을 맞히고 붙으면 다시는 놓치지 않고, 놓쳐서도 안 된다.

"우오오오오오오!"

우렁찬 기합이 신도 남쪽 하늘에 울려 퍼졌다.

원형 충격파가 겹겹이 포개지는 압도적인 연격.

한순간의 반격도 허용하지 않는 공격은 말 그대로 난타였다.

예술적인 무예도, 가공할 마법도 없었다. 그저 혼을 불태워 힘을 끌어내고 무자비한 폭력으로 신위의 구현체를 박살 낸다.

"키, 아, 오오."

"흐음!"

낡은 양철 인형이 삐걱대는 듯한 목소리를 흘러나왔다. 사지가 엉뚱한 방향으로 꺾였고 전신 골격이 비틀릴 대로 비틀린 사도가 무방비한 몸을 드러냈다.

거기에 두 기합소리가 겹쳤고, 똑같은 몰골이 된 다른 사도가 내던져져 날아들었다.

아니, 두 명에게 당한 탓인지 그 사도의 상태가 더 심각했다. 라우스 본체가 상대하던 사도가 아직 깃털을 쏘려고 하는데 비해, 다른 사도는 정말로 부서진 인형처럼 꼼작도 하지 않았다.

그런 두 사도가 공중에서 격돌해 추락한 순간, 바로 위에 나타난 라우스는 메이스를 역수로 치켜들고―.

"―『최종 한계, 돌파』!"

순간적으로 최대 한계 돌파를 행사했다. 동시에 큰 통나무 같은 최대 크기의 메이스로 찍었다. 질량이 폭발적으로 증가하고 번개처럼 늘어난 초거대 메이스는 낙하 중인 두 사도를 한 번에 타격하고 그대로 남쪽 거리에 꽂혔다.

난타로 분해 방어를 쓸 여지도 주지 않고 정통으로 꽂힌 일격. 과연 그 결과는…….

"흠. 제3 한계로 충분했나…….."

거대한 구멍 속에는 비틀린 사도의 잔해만 남아 있었다.

메이스와 분신을 회수하고 라우스가 가슴을 쓸어내렸다.

쉴 시간도 없이 서둘러 류티리스가 싸우는 곳으로 돌아갔다.

그러자 키메예스와 사교들이 마수 뿌리에 잡혀 사도와 같은 꼴로 죽은 모습이 눈에 들어왔다.

류티리스에게 눈길을 주자 자랑하듯 가슴을 쭉 펴고 있었다.

무심결에 실소하며 주변을 돌아보니 아직 전투는 끝나지 않았으나, 신전 기사단의 움직임은 눈에 보일 정도로 둔했고 전황은 완벽한 우세였다.

이미 이 전장은 레오나르도와 크레이드에게 맡겨도 될 듯하다.

그렇게 판단하고 류터리스에게 돌아선 라우스에게 멀리서 말을 거는 자가 있었다.

"……왜…… 왜냐……."

돌아본 곳에는 릴리스가 있었다. 사선으로 깊이 베인 몸에서는 척 보기에도 치사량의 피가 흘러나왔다. 그 공허한 표정이 아직 라우스를 바라보고 있었다.

그 뒤쪽에는 이를 꽉 깨물고 그녀의 마지막 모습을 지켜보는 라인하이트가 있었다.

승부가 난 모양이었다.

하지만 라인하이트는 숨통을 끊지 않았다. 분명히 이 시간을 위해서.

릴리스가 무너져 내렸다. 무릎 꿇고 하늘을 보며 쓰러진다.

전의를 완전히 상실했고 목숨은 풍전등화였다.

라우스는 주변 전투를 무시하고 릴리스 옆에 무릎 꿇었다.

"왜…… 왜, 배신했나요…… 라우스 님……."

"릴리스 총대장……."

쿨럭 피를 토한 릴리스가 뭔가를 찾는 것처럼 허공으로 손을 뻗었다. 이미 눈이 보이지 않는 듯했다. 하지만 왠지 미약하게 고개를 저었고…….

라우스는 릴리스의 손을 잡았다.

"미안하다, 릴리스. 나는 소중한 것을, 버릴 수 없었어."

과연 들렸을까.

릴리스의 눈동자에서 문득 빛이 사라졌다. 손에서 힘이 빠졌다.

그녀가 라우스에게 어떤 감정을 품었는지는 알 수 없었다.

그래도 만약 자신이 더 옛날부터 저항하기로 마음먹었다면 그녀도 라우스 번이 버리지 못할 소중한 사람 중 하나였을지도 모른다.

그런 생각을 한 라우스는 살며시 쓰다듬듯 그녀의 눈을 감겨줬다.

―당신이, 신의 나라에 태어나지 않으면 좋았을 것을.

그런 말이 들린 기분이었다.

비난하는 말일 텐데, 왜일까.

정말 그렇다며, 라우스는 평온하게 미소 지었다.

원망은 조금 섞였으나, 그 말도 놀라울 만큼 평온했기 때문일지도 모른다.

"라우스 님."

"라인하이트. 이 전장을 맡기마. 내가 돌아올 때까지 신도의 백성을 지켜다오. ……그리고 아들들도."

"예. 반드시 지키겠습니다."

전부 이해한 라인하이트는 라우스의 미련을 덜어주려는 것처럼 패기 있게 명을 받들었다.

"라우 씨."

"내가 그렇게 부르지…… 에잇, 됐다! 가자, 류!"

공주님처럼 안아들까…… 하다가 그럴 가치도 없다며 어깨에 둘러메고 뛰었다.

레오나르도 및 수인 전사들의 불경한 미소를 배웅 인사 삼으며 라우스는 서둘러 왕궁 앞 반드르에게로 날아갔다.

—신산, 고도 8천 미터.

장엄한 대신전의 상공이 흑점에 덮였다. 국소적 호우처럼 쏟아지는 것은 천 자루의 마검이었다.

교황 루시루플의 선전 포고에 대한 첫 응답이 그것이었다.

옥상에 집결한 호광 기사단이 날개를 펼쳐 일제히 산개했다.

하지만 루시루플과 제2 성순 기사 네 명만은 움직이지 않았다.

"—『성역』."

"—『유성 성채』."

"—『응보의 방패』."

"—『성전(聖纏) 가호』."

공간 차단, 공격을 감쇄하는 소용돌이 결계, 반사, 『금강』 계열 최상위 방어라는 사중 보호가 제2 성순 자체의 결계와 어우러져 루시루플을 둘러쌌다.

그 직후, 오스카의 개막 인사가 대신전 옥상에 작렬했다.

동시에 분해 포격이 밀레디 일행을 네 방향에서 덮쳤다.

그것을 밀레디가 중력구로 궤도를 틀어서, 날아오르는 호광 기사단에게 돌려줬다.

하지만 그들의 반응 속도, 비행 능력은 보통이 아니었다. 즉석에서 나선을 그리는 공중 기동으로 피하고, 이어서 카운터까지 날렸다.

거대한 빛의 참격과 관통 특화 빛의 창, 해일 같은 충격파에 한 방 한 방이 최상급 파괴력을 가진 빛의 화살.

하나하나가 개인의 무력 수준을 벗어났다.

루시루플이 발동한 『성전 선언』인지 뭔지가 사도화의 능력을 더욱 끌어 올린 모양이었다. 그 상승률은 어쩌면 승화 마법과 동등할지도 몰랐다.

"아티팩트가 없었으면 위험했겠어!"

승화와 상태 이상 방어 아티팩트를 장비해서 평상시 수준으로 감쇠를 억제하고 있었다. 그것을 실감하며 밀레디는 창궁색 마력을 끌어냈다.

"—『괴겁』."

무자비한 광범위 초중력장이 호광 기사단과 그들의 공격까지도 찍어 눌렀다.

"『이교 부정』이라고 했었나!"

자신들의 힘을 감쇠하는 루시루플의 두 번째 계략.

메일은 그 이름을 언급하며 밀레디의 뒤로 돌아갔다.

찰나에 교차하는 사복도와 제2 성창.

"아! 아프잖아."

가슴을 뚫려 인상을 찌푸린 메일 앞에서 눈을 크게 뜬 기사의 머리가 날아갔다. 왕궁 테라스에서 본 얼굴이었다. 교황을 안쪽으로 피난시킨, 단거리 전이 능력 소유자일 것이다.

"고마워, 메르 언니. 그거 사용했어?"

"응, 항상 발동 중이야. 시야가 어질어질해서 속이 안 좋아."

전이 능력자의 기습을 사전에 감지하는 재생 마법『미래시』의 힘이었다.『시간에 간섭하는 능력』이라는 진수에 도달한 결과, 몇 초 앞의 광경을 현실에 겹쳐볼 수 있게 됐다.

"그런데 오스카, 메버 방어가 뚫렸는데?"

"완전히 막을 수는 없나……. 그만큼 강화했는데 말이야."

오스카는 분석하면서 검은 건틀릿을 낀 손을 휙 흔들었다. 그러자…….

"이건, 금속 실?!"

"공간 고정까지!"

어느샌가 공중에 엉킨 거미줄이 사방에서 접근하던 사도 넷을 옭아맸다.

제아무리 사도라도『곡광』과『인식 저해』를 부여해 공기에 녹아들 만큼 얇은 극세사는 간파하지 못했나 보다.

더불어 금속 실 어느 부분에나 임의로『공간 고정』이 가능해서 한 번 얽히면 쉽게는 풀지 못하는 강인한 구속구가 된다.

살짝 안색이 변한 사도들이 당장 분해 마력을 최대로 발산했다. 이러면 불과 2초도 버티기 어렵다. 하지만 그 정도면 밀레디가『흑천궁』을 쓰고도 남을 시간이었다.

"—『흑천궁』."

동서남북 네 곳의 하늘에 검게 소용돌이치는 궁극의 흉성이 창조됐다. 네 사도가 필사적으로 압력을 견디는 신음 소리가 흘러나왔다.

감쇠 탓인지 바로 소멸시킬 수 없어서 밀레디가 눈살을 찌푸렸다.

그 약간의 시간이 사도들의 조기 전멸을 막고 있었다.

"성가신 마법이군."

『괴겁』에서 누구보다 빨리 탈출해 같은 고도로 올라온 달리온이 성창을 내질렀다.

끝부분에서 발사된 섬광 네 줄기가 각각 다른 궤도를 그리며 『흑천궁』에 직격했다.

"뭐?! 이건 또 뭐야!"

흉성이 사라졌다. 마치 밀레디 본인이 해제한 것처럼.

그게 아니라는 사실은 당황한 기색이 역력한 밀레디를 보면 알 수 있었다.

"밀레디! 오스카!"

메일의 경고가 날카롭게 고막을 때려 허둥지둥 옆으로 붙었다.

"―『파성벽』!"

메일이 물 지붕을 만든 동시에 허공에서 거대한 낙뢰가 떨어졌다.

강렬한 섬광이 눈을 새하얗게 물들이고 귀를 찢는 천둥이 울려 퍼졌다.

불순물이 전혀 없는 두꺼운 물 장막이 절연체가 되어 뇌격을 막았지만, 충격까지 없애지는 못했다. 물이 폭발하듯 튀었다.

"―『절상』."

간발의 차로 『파성벽』 자체를 재생해 참사를 막았지만, 상상 이상의 파괴력에 메일의 안색이 굳었다.

"미래시 만세!"

"그래도 지금 건 무시하지 못할 위력이야."

"오랜만에 간담이 서늘했어. 정신을 잃으면 재생도 못 해."

그런 대화를 하는 사이에 땅에 처박혔던 기사들이 올라왔다.

맑았던 하늘에 갑자기 먹구름이 끼더니 바람이 강해지고 우레가 울었다. 폭풍이 다가오고 있었다.

"빠르게 설명할게."

기사들이 흰 마력을 둘렀다. 릴리스와 제바르처럼 육체가 완전히 변화하는 고유 마법 『염화』, 『풍화』, 『빙화』를 발동하는 자도 있었다.

그중에서 달리온은 혼자 금색 마력을 내뿜었다.

"방금 흑천궁이 사라진 건 저 사람의 고유 마법 『황금률』 때문이야."

"그게 뭐야?"

오스카가 애매하게 웃으며 검은 안경의 신기능 『정보 간파』로 얻은 지식을 전달했다. 류티리스가 습득한 새 마법 『정보 간파』만큼 정확하지는 않지만, 그 기능도 충분히 위험한 정보를 캐내줬다.

"쉽게 말하면 상대 마법을 모방하는 고유 마법이야."

"치사해!"

"그러네. 그러면 우리 마법도 쓸 수 있다는 말이야?"

"신대 마법까지 바로 똑같이 쓰지는 못할 거야. 적어도 동시에 여러 마법은 모방할 수 없나 봐."

해제 정도는 가능한가 보지만, 이라고 덧붙이는 오스카에게 밀레디가 펄펄 뛰고 메일은 머리를 쥐어뜯었다. 하지만 위험한 정보는 계속 추가됐다.

대신전 옥상에서 은백색 빛이 솟아 하늘을 찔렀다. 루시루플이었다. 마검 천 자루가 꽂혀 구멍투성이인 대신전과 달리, 역시나 그는 수호 기사 네 명과 함께 아무 피해를 입지 않았다.

"저렇게 파괴해도 안 멈추나……."

사실 마검은 신전을 파괴해 『이교 부정』과 『성전 선언』을 막으려는 의도였지만, 결과를 보아 어딘가에 따로 발동기가 있는 모양이었다.

그렇게 분석하는 사이에도 직경 5킬로미터까지 퍼진 먹구름에서 우박 섞인 회오리가 몇 개나 발생했고, 번개가 하늘을 찢을 것 같은 격해졌다.

"온다!"

메일의 경고와 동시에 만뢰가 쏟아졌다. 발을 멈추면 집중포화를 받을 것 같아서 일행은 세 방향으로 산개해 피했다.

"저건 『천패』, 루시루플 교황의 고유 마법이고—."

"기후 조작이겠지! 보면 알아!"

"남자애들은 원래 설명하기 좋아해, 밀레디! 「와, 대단해~」라고 하면 좋아할 거야!"

"너무 무시하는 거 아니야?!"

농담은 여기까지. 밀레디가 기사들에게 포위됐다. 순백색 빛은 전원 분해 공격 준비를 마쳤다는 증거였다.

"얕보지 맛!"

초질량의 검은 금속구 『검은 구슬』 몇 개를 『보물고』에서 소환해, 자신을 중심으로 고속으로 회전시켰다.

―전기 『파흑(破黑) 위성』.

밀레디라는 모성을 중심으로 초고속 공전하는 물리적 공방 일체의 위성들.

함부로 뛰어든 기사들이 말 그대로 구슬치기처럼 튕겨 날아갔다.

모든 검은 구슬을 곡예를 하다시피 피한 달리온과 사도 둘이 파고들었다.

『절화』를 벼락 대책으로 이용해 최고 속도로 날았다.

달리온에게 접근을 허락하면 제대로 싸우기 힘들 것이다.

그래서, 스르륵.

삼중 호천 날개옷이 풀려 떨어진 다음 순간, 한 장은 마치 높은 파도처럼 퍼지고, 다른 두 장은 이무기처럼 꾸물거리며 달리온을 휘감았다. 성창에도 달라붙어 공격까지 막았다.

날아오는 사도와 술래잡기가 시작됐다. 창궁색 빛줄기와 은색 빛줄기가 번개와 회오리 사이에서 도그파이트를 벌인다.

그것을 시야 한쪽에 담으며 메일이 신경질적으로 외쳤다.

"아잇, 짜증 나게!"

염화 기사와 빙화 기사, 그리고 풍화 기사의 파상 공세.

자기 공격은 맞지 않는데 메일은 순식간에 숯덩이가 되거나 동상으로 괴사를 맛보고, 온몸이 난자당한다. 쿨럭 피를 토하면서도 재생 마법으로 즉시 복원하지만······.

"마력 의존도가 높다! 전투 자체는 별 볼 일 없어! 죽을 때까지 죽여라!"

그런 호령이 들렸다. 메일의 이마에 핏줄이 섰다.

"그럼 누나의 영역으로 초대해줄게!"

—영역 창조『공중 해랑』.

지름 300미터 크기의 구체 바다가 출현했다.

기사 십수 명과 다가오던 사도 하나도 갇혀 강력한 수압과 격류 속에서 허우적댔다. 죽지 않은 것만으로도 대단했다. 큰 피해가 없는 사도가 분해 마력을 발산해 물 자체를 없애 버리지만, 결국에는 칼로 물 베기일 뿐. 바로 재생해서 도망칠 여지를 주지 않는다.

잠시 메일과 사도가『공중 해랑』붕괴와 재생으로 싸움을 이어갔다.

"오오오 구우운~!"

한편, 천둥과 번개 사이로 밀레디의 약간 한심한 목소리가 울려 퍼졌다.

달리온이 호천 날개옷을 떨쳐 내고 밀레디를 다시 추격해 왔기 때문이었다.

분해 포격 난사와 틈만 나면 날아오는 중력 마법 해제 섬광. 정확히 밀레디를 노리는 번개 때문에『절화』는 벌써 허용량을 넘길 것 같았다.

"어떻게 좀 해줘! 밀레디 살짝 위험하단 말이야~!"

"바빠! 검은 구슬로 버텨!"

검은 구슬은 단순한 물리 포탄이 아니었다. 신대 마법 방해는 몇 번이나 경험한 바였다. 당연히 대책을 세웠고, 검은 구슬의 본래 역할도 중력 마법 발동을 보조하는 데 있었다. 검은 구슬을 기점으로 삼으면, 밀레디 본인이 발동과 제어를 방해받아도 어느 정도 무시할 수 있었다.

"매정해! 오 군이 매정해! 밀레디라면 좋아 죽으면서!"

"시끄러워! 바쁘다고 하잖아! 나중에 해!"

일단 시키는 대로 검은 구슬로 주변 중력 방향을 무작위로 바꾸며 적의 접근을 방해했다. 그사이에 새로 꺼낸 호천 날개옷으로 나머지 공격도 버텨 냈다.

그 와중에 오스카에게 혼나서 그런지 밀레디가 살짝 시무룩했다.

분명 몰아붙이고 있는데 왠지 노닥대는 커플을 본 것 같아서 달리온의 얼굴이 짜증으로 움찔거렸다.

분노가 실렸는지, 아니면 성창의 기능인지, 늘어난 빛의 창이 검은 구슬과 날개옷과 메탈 버틀럼까지 관통해 밀레디의 옆구리를 스쳤다.

"으이익, 이 녀석! 밀레디를 벗기고 헉헉거릴 생각이지! 변태 단장님! 꺄아악, 변태짓 당한다! 아니, 벌써 당했어!"

난리 법석을 떨면서도 다섯 종류 이상의 중급 마법을 수백, 수천 발씩 난사하고 마법 기술 『천란(天亂)』을 전방위로 쏴 댔다. 사도와 달리온 외에는 그 누구도 접근할 수 없었다. 그 기량에 솔직히 달리온은 혀를 내둘렀다. 굉장히 짜증 나지만.

한편, 오스카도 밀레디의 시끄러운 소리에 잠깐 정신이 팔렸지만, 대부분의 의식은 검은 안경 너머로 흘러드는 정보에 가 있었다.

'어디지? 어디 있어?'

주위에 『검은 기사 백수전귀』열 기를 소환해 전방위를 지키도록 진형을 짰다. 당연히 변성 마법과 혼백 마법을 병합한 완전 자율형 골렘이었다. 게다가…….

─전기『마검 난무』.

마검 100자루가 종횡무진으로 주위 기사를 덮쳤다. 『마참』, 『공간 절단』, 『자율 비행과 추적』 기능을 부여한 100자루 한정 특제 마검이었다.

그만큼 준비해도 호광 기사를 완전히 막을 수는 없었다.

"내성 장비를 갖춰도 이 정도야? 강력하네."

왼쪽 어깻죽지부터 목 아랫부분이 석화됐다. 오른쪽 반신에는 마비. 마안 소유자와 잠깐 눈이 마주친 것만으로 이 모양이었다. 반대로 마검은 점점 파괴됐고, 부상자도 회복 고유 마법으로 치료되어 점차 전선으로 복귀했다.

그리고 가장 성가신 부분은 역시 마검도 백수전귀도 개의치 않는 존재.

"같은 수법은 두 번 통하지 않습니다."

금속 실 함정마저 이미 간파한 사도였다. 잔상을 남기며 다시 오스카에게 육박했다.

"그럼 다른 수법을 써야지."

정수리를 수직으로 내리치는 대검을 검은 우산으로 막고, 옆으로 휘두른 다른 대검을 건틀릿으로 붙잡아 막았다. 『마식』과 초고밀도 연성 덕분에 가까스로 대항할 수 있었다.

근력은 금속 실과 메탈 버틀럼을 복합한 검은 코트를 강화 외골격처럼 사용해 보조하고, 속도는 검은 안경의 지각 승화 능력으로 따라잡았다.

미동도 없이 공격을 받아 낸 오스카에게 놀랄 틈도 없이 코트 자락이 휘날리며 늘어났다. 한쪽 팔을 휘감아 옆으로 당기고 검은 우산으로 마력 충격파를 쏘니 기어이 사도의 손에서 대검이 빠져나갔다.

검은 우산이 사선으로 사도를 덮친다.

키이이이이이잉, 하는 몹시 귀에 거슬리는 소리를 내며.

"크윽, 그건!"

"다행이야. 그 갑옷 같은 육체도 잘리나 보네."

사도가 위험을 느끼고 물러났다. 오른쪽 어깨부터 왼쪽 옆 구리까지 생살이 갈려 나갔다.

원인은 『고속 회전하는 사슬톱』이었다. 검은 우산이 변형하는 신기능으로, 우산살을 따라서 『마참』이 부여된 작은 날붙이 사슬이 회전해 대상을 깎아 낸다.

상황이 좋지 않다고 알아차렸는지, 달리온이 고함치며 급속 도로 방향을 전환했다.

"오스카 오르크스다! 표적을 놈으로 변경한다!"

성가시니까. 그것도 물론 하나의 이유였다.

밀레디와 메일과 달리 오스카는 직접적인 마법이나 무술에 의존하지 않았다. 그 전투력의 원천은 아티팩트. 이는 『이교부정』의 감쇠 효과에 별 영향을 받지 않는다는 뜻이었다.

하지만 밀레디와 메일에 비하면 죽이기 쉽다. 성가신 정도에 비하면 훨씬.

명령에 따라서 세 기사가 목숨을 버렸다.

백수전귀의 진형에 억지로 구멍을 뚫고 단장이 갈 길을 만들기 위해.

당연히 사도도 다친 몸이라고는 생각할 수 없는 속도로 돌진했다.

밀레디가 얼른 최상급 뇌창을 던져 엄호했다.

"거기서 보고 있어라."

동료가 죽는 모습을. 그런 속뜻을 내비치며, 마법 분산 지대를 생성하는 고유 마법 『마력 정화』를 가진 기사 쏜이 사선에 끼어들었다.

어마어마한 위력을 완전히 죽이지 못해 맞고 날아가지만, 단장의 진격을 엄호한다는 목적은 달성했다.

동시에 무리해서 강력한 마법에 정신을 할애한 탓에 밀레디는 마침내 호천 날개옷을 찢은 사도에게 접근을 허락하고 말았다.

얼른 검은 구슬을 방패로 쓰지만, 지근거리에서 분해 깃털

연사를 맞아 여기저기서 피가 튀었다. 메탈 버틀럼 덕에 얕은 상처로 그치고, 메일이 빠르게 재생해주지만, 오스카를 엄호하기에는 늦었다.

'오 군!'

눈이 맞았다. 성창의 권능이 모든 방어를 관통해 오스카의 옆구리를 찌르지만…….

'찾았다. 맡겨 둬.'

동요하지 않았다. 말은 하지 않아도 그의 의지가 전해졌다.

그 후, 오스카는 아래쪽으로 튕겨 날아갔다. 달리온이 성창을 뽑음과 동시에 성순의 마력 충격파를 발동하며 가격한 탓이었다.

순간적으로 달리온에게 금속 실을 감아 공간 고정을 쓴 덕분에 위력은 줄었지만, 그래도 어지간한 사람이라면 온몸이 부서졌을 것이다.

이어서 마무리를 하려고 따라붙은 사도에게 분해 포격까지 맞고 말았다.

그래도 밀레디의 마음에 불안은 없었다.

'부탁할게, 오 군!'

굳게 믿고 돌아오기를 기다린다.

한편, 오스카는…….

'바라던 상황이긴 한데, 다시 하라면 절대 안 해.'

격통을 잊으려고 속으로 투덜대는 중이었다.

"성창의 권능은 예상 밖이지만!"

눈앞으로 다가온 분해 포격에 검은 우산을 펼쳐 내민다. 직격.

맹렬한 속도로 다시 날아간 오스카가 대신전 안쪽에 선 첨탑 하나에 등부터 격돌했다.

"컥!"

외벽이 거미줄 모양으로 깨지고 충격으로 폐가 텅 비었다. 옆구리에선 피가 샜다.

격돌한 충격을 메탈 버틀럼이 완화해 줬지만, 그래도 까딱 잘못했으면 정신을 잃을 뻔했다.

어금니에 힘을 주고 분해 포격을 받아 내는 검은 우산만 놓치지 않았다.

"한 줌의 재가 될 때까지 계속될 겁니다."

"친절하기도 하셔라."

끊기지 않는 분해 포격의 압력과 외벽에 끼어 도망치지도 못하고, 결국에는 검은 우산이 한계에 달해 망가지기 시작했다. 『보물고』에서 소재를 전송해 즉석에서 수리하지만, 균형은 붕괴하는 방향으로 기울었다.

등 뒤 첨탑까지 여파로 표면이 분해되어 오스카는 점점 안쪽으로 파묻혔고…….

기어이 검은 우산이 소멸했다. 첨탑 벽도 무너져 오스카는 내부에 처박혔다.

"……질기네요. 아직도 원형이 남아 있다니."

그렇게 혼잣말하며 사도가 뒤이어 첨탑 안쪽으로 돌격했다.

오스카는 보이지 않았다.

다만, 바닥에 구멍이 뚫려 있었다. 분명 아래로 내려갔다. 첨탑은 총 20층 구조며, 지금 있는 곳은 7층쯤이었다. 한 2층만 내려가면 대신전으로 통하는 문도 있었다.

"헛된 발악을."

완치될 때까지 시간을 벌 생각일까. 비참하다고 생각하며 사도는 곧장 추적에 나섰다.

의외로 구멍은 최하층까지 나 있었고, 오스카는 대신전으로 도망가지도 않고 그곳에 있었다.

"포기했나요."

은빛을 발하는 사도의 질문에 오스카는 대답하지 않았다.

벽에 기대어 검은 우산도, 방패도 없이 옆구리에 손을 댄 채 눈을 감고 있었다.

무언의 긍정으로 받아들이고 사도는 한쪽 손을 내밀었다.

"당신은 나쁘지 않은 말이었습니다."

그건 전별이었을까. 분해 포격이 오스카의 심장을 향해 발사됐다.

"좋아, 생성 완료."

가벼운 말투였다. 마치 사도의 이야기는 듣지도 않았던 것처럼.

오스카가 한쪽 건틀릿을 내밀었다.

"무슨!"

틀림없이 그건 사도가 진심으로 경악한 순간이었다.

당연하다. 최강의 공격이, 세상 만물을 분해하는 마력이 상쇄됐으니까. 건틀릿에서 나온 태양빛 포격에.

"협력해 줘서 고마워."

한 손으로 안경을 올렸다. 입가에 진심 어린 감사의 미소를 머금고.

"설마 분해 마법을 아티팩트에?!"

정답, 이라고 말하듯 오스카가 어깨를 으쓱했다.

실제로 백 점짜리 답이었다. 건틀릿의 진짜 역할은 바로 이것.

생성 마법의 진수는 『무기질에 간섭하는 능력』이며, 생성 마법이란 마법적 성질을 가진 광물을 만드는 마법이다. 보통 다른 신대 마법 사용자의 협력으로 아티팩트를 만들 때도 실제로 사용하게 한 뒤 그것을 광물에 부여한다.

그래서 생각해 낸 방법이 적의 마법을 받아서 그대로 아티팩트로 만들어 훔치는 것.

물론 쉽지는 않았다. 전투 중에는 실현하기 어려운 조건이 여럿 있었다.

하지만 해내고야 말았다. 오스카 오르크스는 희대의 연성사니까.

분해 마법을 검은 우산으로 막으며 『마식』으로 흡수하고, 동시에 검은 안경의 『정보 간파』로 분석한 정보를 건틀릿으로 보내 생성 마법 발동.

그 결과 완성된 것이 분해 마법을 부여한 한 쌍의 건틀릿이었다.

"주인님께서 내려주신 신성한 힘을!"

"화났어?"

그렇게 말하면서 오스카는 뒤쪽 벽에 매몰되어 갔다. 연성으로 구멍을 뚫고, 몸이 들어간 뒤에는 원래대로 되돌렸다.

"도망갈 생각 마십시오!"

"안 도망가."

오스카가 벽 안쪽으로 사라졌다. 분해 포격이 벽에 직격한다. 하지만……

"분해되지 않아?!"

사도가 외친 동시에 방에 지진이 일었다. 그러더니 위이이이이이잉, 하고 귀에 거슬리는 금속음이 사방팔방에서 들렸다.

벽이 차츰 변형해 빠져나갈 구멍도 없는 회전날이 되어 버렸다.

바닥에도 회전날이 생겨 사도는 뛰어올라 체공했다. 들어왔던 천장의 구멍도, 원래 있던 계단도 전부 막히고 회전날로 변해 있었다.

그런데 이번에는 방 전체가 찬란한 태양빛을 내며 단숨에 축소되기 시작했다.

분해 포격을 쏴서 탈출을 시도하나……

"방 전체에 분해 마력을 입혔나요……"

상쇄되어 파괴할 수 없었다. 쌍대검으로 베어도 보지만, 회전날에 튕기거나 부서져도 즉시 연성으로 복구됐다.

—영역 창조 『장난감 상자』.

"장난 좋아하지? 마음껏 놀아. 즐겁게 탈출법을 궁리하는 이 데스 게임을."

"오스카 오르크스!!"

전부 작전의 일부였다. 그렇게 이해한 사도는 울부짖었다. 도저히 감정이 없다고는 생각할 수 없는, 목이 찢어질 듯한 목소리로. 그게 마지막이었다. 끝내 사도는 나오지 못했다.

안을 확인할 생각도 들지 않았다. 『정보 간파』로 알 수 있는데 굳이 징그러운 광경을 보고 싶지 않았다. 오스카는 별 감흥도 없이 돌아서서 내달렸다.

손에 넣은 최강의 공격으로 고전의 원인을 파괴하기 위하여.

한편, 하늘의 싸움은 격화일로를 달리고 있었다.

"으악! 호잇!"

"정말, 바퀴벌레처럼 잽싸다니까!"

호천 날개옷을 완전히 잃고 검은 구슬도 절반 이상 파괴되어 얕은 상처가 제법 생긴 밀레디와 결국 『공중 해랑』을 잃고 화살과 창에 마구 찔리는 메일.

"자, 춤춰라! 더 춤춰라! 주가 바라시는 대로!"

우세라고 생각했는지, 루시루플의 표정이 희열로 구겨졌다.

곧바로 수십, 수백 개의 낙뢰가 폭풍우와 함께 두 사람을 덮쳤다. 폭풍은 점점 격해지고 호흡은 시시각각 힘들어지는데 우박 탄환까지 틈만 나면 육체를 때렸다. 두 사람에게서 아침놀 빛이 꺼질 새가 없었다.

이대로 가면 정말로 메일의 마력이 동나는 순간 끝장이었다.

그런데 그때, 회오리에 숨었던 사도가 밀레디의 등을 노리고 튀어나왔다. 적을 칠 절호의 기회인데도 불구하고…… 사도가 멈췄다.

""""……?!""""

다른 두 사도도 마찬가지였다. 시선이 일제히 대신전으로 향했다. 믿어지지 않는 것을 목격한 것처럼.

"사, 사도님?"

루시루플이 자신에게 눈을 돌렸다고 생각해 당황한 표정이었다.

달리온과 기사들도 사도들의 기묘한 분위기에 덩달아 공격을 멈췄다.

"우리 마법을."

"오스카 오르크스."

밀레디와 메일의 입꼬리가 씩 올라간 직후, 대신전을 감싸던 은백색 빛이 사라졌다.

"뭐냐?!"

루시루플이 동요를 드러냈다. 달리온과 기사들도 주먹을 쥐었다 폈다 하며 실감하고 낭패라는 표정을 지었다. 그에 반해…….

"푸하하핫, 내 세상이 왔다! 거기 할아버지, 할아버지! 지금 기분이 어때? 절대적 우위가 뒤집히면 어떤 기분이 들어~? 말 좀 해 봐! 말 좀 해 보라니까!"

"물올랐구나, 밀레디! 깐족미가 하늘도 뚫겠어!"

밀레디는 이보다 더할 수 없을 만큼 열 받는 표정으로 웃어

젖혔고, 메일은 신나게 박수치며 활짝 웃었다.

이유는 하나였다. 『성전 선언』과 『이교 부정』이 깨졌기 때문이었다.

"그게 어쨌다는 거냐. 조건이 대등해졌을 뿐이다."

달리온이 냉엄하게 내뱉었다.

해야 할 일은 똑같다. 신을 위해서 한목숨 바칠 뿐! 호광 기사단이 일제히 행동에 나섰다.

"옳다. 신이 이 성전을 바라신다! 그렇다면 신에게 간택받은 『말』로서 본분을 다하리라!"

루시루플도 다시 낙뢰를 비처럼 떨어뜨렸다.

단숨에 몰아친다는 기세로 달리온과 기사들, 그리고 무표정으로 돌아온 사도까지 쇄도했다.

하지만 그들이 모여들기 직전에 밀레디는 『검은 문 열쇠』로 전이했다. 『검은 문』을 가진 메일 곁으로. 완벽한 타이밍에 오스카도 합류했다.

"메일. 할 수 있지?"

"그럼~. 누나만 믿으렴."

오스카가 사도의 분해 포격을 분해 포격으로 막고, 밀레디가 남은 검은 구슬을 전부 써서 달려드는 기사들을 방해했다.

그 잠깐 동안 눈을 감고 집중하던 메일이 눈을 번쩍 떴다.

"영역 창조—『유유완완(悠悠緩緩)』."

아침놀 마력이 구형으로 퍼지고, 오스카와 밀레디의 방해를 돌파한 달리온과 사도 셋의 움직임이 멈췄다.

아니, 급격하게 속도가 떨어져서 그렇게 보였을 뿐이고 실제로는 보행 속도 수준으로 전진하기는 했다. 그렇지만 모든 이가 초고속 전투를 벌이는 이곳에서는 소걸음이 따로 없었다.

신마법『유유완완』. 반경 50미터 범위의 시간 흐름을 늦추는 저속 영역을 창조하는 마법이었다.

달리온이 가만히 눈을 찌푸렸다.『황금률』을 발동해 복사 대상을 밀레디에게서 메일로 변경하고 저속 영역을 무효화한다.

하지만 아주 조금 늦었다. 오스카가 양손에 낀 건틀릿을 뻗어 분해 포격을 쐈다.

달리온이 할 수 있는 일은 얼른 성순을 드는 것뿐이었다. 그리고 그 어떤 성순이라도 신이 내린 최강의 포격에는 이기지 못하는 법이다.

"크악!"

비명을 퍼지며 성순은 달리온의 왼팔과 함께 가루가 되어 사라졌다.

그렇지만 방패병으로서 제 역할은 했다. 사도 셋이 좌우와 아래에서 곡선을 그리며 우회한다.

"메일, 아래쪽 녀석이야."

검은 안경의 정보를 전달하자 밀레디가 번개를 막으며 좌우 사도에게 상급 마법을 난사하는 마법 기술『적란(積亂)』을 사용해 발을 묶었다.

그사이에 메일이 사복도를 늘렸다. 칼이 100개의 와이어와 칼날로 분리되어 그물처럼 퍼져 아래쪽 사도를 옭아맸다.

"이까짓 것."

"—『괴각』."

"으윽?!"

사도의 왼팔이 갑자기 사라졌다. 갑옷이 심하게 파손되고 몸은 화상 흉터처럼 부어올랐다.

"만나서 반가워, 에르스트. 그리고 잘 가."

과거의 상처를 재생하는 마법에 당한 것은 전에 사막에서 용암 운석을 맞은 에르스트였다. 급격한 피해로 멈춘 그녀의 머리 위에 대량의 토사가 쏟아졌다.

"—『절상』."

그 모래들이 복원됐다. 거대한 초고밀도 봉인석 암석으로. 사전에 파괴해 둔 것이었다. 필요해지면 순식간에 복원해 『바위 감옥』으로 쓰기 위해서.

"우오오오오!"

우렁찬 기합이 터졌다. 기사 쏜이 『마력 정화』로 밀레디의 마법을 저해하며 돌격해 왔다.

뒤에는 지금껏 본 적 없을 만큼 빛나는 성창을 든 달리온이 있고, 다른 기사도 단장을 엄호하려고 몰려들었다.

그 절반을 건재한 백수전귀 다섯 기로 방해하며 오스카가 쏜과 대치했다.

안경이 살짝 빛났다.

'이미 봤다. 정체를 알면 어린애 장난이지.'

눈을 감고 나이즈가 『안경 빔』이라고 말하던 섬광에 대비했

다. 보지 않아도 기적을 느끼면 문제없다. 목숨을 돌보지 않고 돌격하면 사도화로 넓어진 자신의 영역에 충분히 밀레디와 메일이 들어온다.

멈추지 말았어야 했다고 오스카는 내심 비웃으며…….

"—『충혼』."

"윽?!"

혼백에 가해진 충격으로 머리가 흔들리고 마법 제어가 풀렸다.

그리고 마력 분산 지대가 사라진 동시에 귀에 들리는 그 말.

"초 안경 빔!"

뭔가 이상한 말이 하나 늘었다. 그렇게 생각한 후, 섬광이 쏜의 눈에 직방으로 꽂혔다.

후방으로 물러나서 회복해야 한다고 냉정하게 생각하지만, 왠지 의식까지 어둠 속으로 꺼졌다.

마지막 순간, 쏜은 다른 기사의 혼을 통한 염화로 그 원인을 알았다.

안경 빔이…… 단순한 섬광이 아니라 『카무이』급 파괴 광선이 되었음을.

참고로 초 안경 빔은 정확히는 마법이 아니라 태양열을 이용한 물리적 광선이다. 안경 다리걸이에 열을 보관하는 부분이 있고, 한 발뿐이지만 발사할 때를 제외하면 마력에 의존하지 않는 광선을 쏠 수 있다. 즉, 쏜은 어떻게 대응했어도 당했을 것이다.

안경으로 태양 광선을 발사하는 남자, 오스카 오르크스에게.

"무서워! 오 군 안경 살인 병기."

"추해! 오스카는 작명 센스 진짜 별로더라."

"불평하지 마!"

"이봐, 오스카! 오스카, 보라고! 난 그런 기능 몰라! 내 안경에도 있는 거냐?! 버전 업은 언제 해주지?!"

"나이즈, 너…… 언제부터 안경 신자가 됐어?!"

"대단해요, 오스 씨! 안경을 제패하는 자가 세계를 제패하네요!"

"전장이다. 다들 차분해져라."

『이교 부정』이 해제되어 전이가 가능하다고 느끼기 무섭게 나이즈와 반드르가 달려와 줬다. 그리고 오자마자 꽥꽥댔다.

그것을 본 라우스가 한숨을 푹 쉬고, 류티리스에게 빨리 승화 마법을 쓰라고 등을 탁 쳤다.

"라, 라우 씨도 제법 손이 맵네요. ―『극천 해방』."

지금 류티리스가 쓸 수 있는 최고위 승화가 일행을 감쌌다.

"싸워라! 싸워라아아! 신을 위하여! 지고한 성전을!"

루시루플의 광기에 찬 고함이 울렸다.

그에 응답하듯 달리온과 기사들이 움직이고, 두 사도는 마력을 발산하고, 뇌운이 우레를―

"나는 말했어. 잘 시간이라고."

밀레디가 조금 전까지 보이던 명랑한 분위기가 사라졌다.

한 손을 든다. 창궁색 마력이 나선을 그리며 하늘을 뚫었다. 가공할 마력이 어둑한 하계를 비추고 먹구름이 점차 걷혔다.

"루시루플 교황. 하늘은 네 뜻에 따를 만큼 호락호락하지 않아."

"네 이놈!"

감쇠 효과가 없어지고 류티리스의 승화 마법을 온전히 받은 밀레디라면 기후 조작 특화 능력자가 상대여도 밀릴 리가 없었다.

"막으세요! 지금이 순교할 때입니다!"

"전원에게 명한다! 죽음으로 적을 쳐라!"

사도와 달리온의 명령에 잔존한 기사들이 일제히 달려들었다.

하지만 그들의 이빨은 닿지 않았다.

밀레디 라이센의 동료 찾기 여행. 그 결실인 여섯 명의 동료.

그들이 리더에게 닿는 것을 허락지 않았으니까.

오스카가 분해 포격으로 요격하고 금속 실을 무수하게 뿌려 기사들을 묶었다.

범위가 늘어나고 지향성도 가진 메일의 저속 영역이 한 사도와 기사 수십 명을 한 번에 붙잡았다.

나이즈의 공간적 거리 확장이 사도의 접근을 불허하고 공간 격진으로 기사들을 깨부쉈다.

반드르는 그사이를 빠져나온 기사들에게 『인룡화』로 대응하며, 류티리스가 다중 결계로 방어에 나섰다.

달리온이 『황금률』로 복사한 승화 마법을 발동해 성창을 휘둘렀지만, 그 승화 마법에 더해 『최종 한계 돌파』로 능력을 열 배로 끌어 올린 라우스에게는 미치지 못했다.

그 결과, 먹구름이 완전히 걷히고 빛나는 태양이 온 산을, 하계를 비췄다.

"─『전천(全天) 별 떨구기』."

본래 그것은 마법 기술의 명칭. 최상급 마법 난사를 뜻한다.

하지만 지금 그 기술은 이름 그대로의 의미를 가진다.

반짝이는 햇빛에 섞여 작은 별들이 하늘을 수놓았다.

"상공 경계! 대피!"

사도의 경고는 공허한 외침이었다.

왜냐하면 해방자 여섯 명의 기술이 그 누구도 이 전역에서 벗어나게 놔두지 않았으니까.

그 직후, 중력 마법에 끌려 내려온 우주의 돌이 떨어졌다.

유성우였다. 불타서 작아졌지만, 하나하나가 주먹만 한 운석들이 총본산에 쏟아졌다.

고막이 터질 듯한 꽹음. 격진으로 흔들리는 【신산】. 붕괴하는 대신전과 추락하는 기사들.

완벽하게 제어된 유성우는 당연히 밀레디 일행에게는 스치지도 않았다.

단 한 명, 달리온만이 공간 마법을 복사해서 공간 차단 결계로 방어를 굳히고 있지만……

바로 옆으로 쑥 뻗은 나이즈의 손이 공간을 넘어 달리온을 잡았고, 결계 안쪽에 직접 『대진천』을 발동했다. 결계라는 『경계』는 지금 나이즈에게 의미가 없었다.

그리고.

한순간 같기도, 영원 같기도 한 처절한 최후의 일격이 끝났을 때, 총본산이 자랑하던 신의 위광은 완전히 무너져 있었다.

기사단은 전멸했다.

방어도 제대로 하지 못한 두 사도도, 승화한 공간 격진을 직접 맞은 달리온도 모두 땅에 떨어졌다.

밀레디가 숨을 후 쉬었다.

말은 하지 않았다. 시원한 바람이 상기된 볼을 어루만지는 감각만을 느꼈다.

자욱하던 먼지가 점차 걷혔다.

"밀레디, 저거."

"응?"

대신전 잔해 속에서 움직이는 자가 있었다. 밀레디가 그 옆으로 내려갔다.

"크, 크힉, 하핫."

망가진 인형 같은 꼴로 잔해 사이에서 기어 나오는 루시루플이었다.

"내, 내내내, 내려다보는가…… 이단자!"

한때는 신비롭기까지 했던 정숙한 교황은 온데간데없었다.

"신, 으은, 절대적이다! 뼈저, 뼈저리게 깨달아라!"

광기의 웃음이 울려 퍼졌다.

밀레디는 교황을 조용히 내려다보고, 물었다.

"우리는, 사람은 신의 장난감이야? 자기 의지로 살아가는 게 죄야?"

"죄, 죄! 당연히 죄, 다아아! 대죄, 다! 유희의, 말이 되는 것! 최, 최최, 최고의…… 최고의…… 기……쁘음!"

신은 절대적. 사람은 신의 소유물. 그러니까 사람을 어떻게 하건 신의 마음.

사람에게 자유롭게 살아갈 권리 따위 없다.

그런 소리를 웃으면서 말하고, 떠들 만큼 떠들고, 성광 교회의 교황이자 신국의 왕은 숨을 거뒀다.

"응. 그러니까 개혁의 종을 울릴 거야."

혼자 중얼거린 밀레디는 다시 하늘로 올라갔다.

동료가 이미 성당 앞에 모여 있었다. 극채색 결계는 역시 흠집 하나 없이 건재했다. 나이즈가 돌파를 시도하지만, 꿈쩍도 하지 않았다.

"류, 정보 간파는 네가 더 정확해. 견해를 들려줘."

"……모르겠어요. 어느 신대 마법의 이치에도 들어맞지 않아요. 그저 『성역에 범접하지 말지어다』라는 의지만 보여요."

류티리스가 곤혹스럽게 머리를 저었다.

"괜찮아!"

밀레디는 씩 웃고 성당으로 손을 내밀었다.

마력을 끌어 모았다. 어느 때보다 강하고 크고 섬세하게, 그러면서도 대담하게.

밀레디의 두 어깨와 등에 동료들이 손을 올렸다.

자신의 마력을 양도한다. 기도를 담아서.

"간다. ―『흑천궁』!"

특대형 흉성이 성당을 통째로 삼켰다.

대기가 휘돌고, 흔들리고, 스파크를 튀기며 잔해를 넘어 땅 거죽까지 벗기며 빨아들였다.

밀레디는 세밀하게 제어할 여력이 없었다. 나이즈가 결계를 펼쳐 일행을 지켰다.

하지만 그래도 극채색 결계는 성당을 굳건하게 지키고 있었다.

그건 의심할 여지없이 인간의 힘을 초월한 무언가였다.

"하아아아아아아아아압!"

밀레디의 함성이 영봉 하늘에 메아리쳤다.

이게 안 되면 방법이 없다. 그래도 실패하리라고는 아무도 생각하지 않았다.

믿으니까, 밀레디를.

진심으로 바라고 있으니까, 개혁의 성공을.

그러니까 외쳤다. 한 점 망설임 없이, 한마음으로, 세계를 바꿔 놓을 만큼 강하게.

스스로 생각해 누구와도 손을 맞잡을 수 있는 미래를!

사람의 손에 다시 자유로운 의사를!

신의 저주를 벗어날—.

""""""해방을!""""""

그때, 신비한 감각이 일곱 명을 이었다.

입을 맞추지도 않았는데 함께 외친 말.

지금까지 느껴본 적 없는 강력한 공감대가 있었다.

심대하고 강인한, 절대로 흔들리지 않는 의지가 있었다.

모두의 마음이 하나가 되고, 이어진 의지가 어떤 큰 힘으로 세계에 태어나는 감각에 휩싸였다.

가능하다. 그렇게 확신이 생긴 그 순간.

"가라아아아아아아아아!"

극채색 결계에 쩍 금이 갔다.

마치 누군가의 의지가 이들의 의지에 진 것처럼.

그리고 공기가 붕 휘돈 직후, 『흑천궁』은 단숨에 줄어들었다.

성당이 주위 지형과 함께 차곡차곡 접히듯 깨지고—.

그 후에는 칼데라처럼 둥글게 구멍 난 산만 남아 있었다.

…….

…….

…….

잠시 아무도 입을 열지 않았고 거친 숨만 고막을 흔들었다.

마력과 마력뿐 아니라 몸 안에서 에너지라는 에너지는 모두 빠져나간 듯한, 엄청난 피로감이 몸을 짓눌렀다. 전혀 예상하지 못한 결과였다.

그래도 밀레디는 조용히 하늘을 노려봤다.

신을 하계와 잇던 백악의 외기둥은 소멸했다. 신의 의지를 끊었다.

자, 어떻게 나올 거냐. 강림해서 싸울 텐가? 우리는, 사람은 도망치지 않는다!

아니면 하계와의 연결이 끊겨서 아무것도 못하나?

가능성이 없지는 않다. 결계의 견고함은 상식을 벗어난 수준이었다. 바꿔 말하면 그만큼 중요하다는 뜻이다.

그게 아니라면, 어서 덤벼라!

밀레디와 함께 동료들도 무언의 의지를 본 적 없는 신에게 드러냈다.

밀레디 일행의 호흡이 진정될 때만큼 시간이 지났다.

어떤 이변도 없었다.

"······끝났나?"

라우스가 조금 넋을 놓은 표정으로 중얼거리자 밀레디가 겨우 시선을 지상으로 되돌렸다. 돌아서서 동료를 한 명씩 보고는······.

"우후후, 해냈어!"

활짝 웃음을 터뜨리고 양손을 들었다.

다른 동료는 잠시 서로를 돌아보다가, 똑같이 웃으며 그 손에 하이파이브했다.

─왕궁, 대예배당.

백광 기사단과 해방자, 해적단 혼성 부대의 사투에 결판이 나려고 하고 있었다.

세 군단장도 진작 쓰러졌고 대장급 인물도 대부분 사망했다. 그리고 호광 기사 트레스와 세이스도 전투 도중 갑자기 뭔가에 놀란 것처럼 위를 올려다보는 치명적인 실수를 저질렀고······.

"너희 편이 지니까 놀랍냐?"

"드디어 허점을 보이셨군."

지금 배드와 크리스의 공격에 목이 달아났다.

이미 대장 중 남은 사람은 레라이에 사단장뿐이었다. 그녀도 이미 큰 부상을 입었고 무기도 잃어, 200명도 남지 않은 잔존 부대를 지휘하는 것도 빠듯해 보였다.

그에 비해 해방자도 약 200명이 돌아오지 못할 사람이 됐고, 메탈 버틀럼을 비롯한 방어 수단 대부분을 잃었지만…… 사기가 달랐다. 절대에 대한 맹신을 뒤집으려는 반항의 의지는 피폐가 극에 달한 지금도 그들의 마음을 뜨겁게 불태우고 있었다. 그런데 그때.

『세계에 고합니다. 나는 밀레디 라이센. 반교회 조직 「해방자」의 리더입니다.』

해방자들의 입가에 미소가 떠올랐다.

백광 기사들이 눈을 동그랗게 뜨고 무너진 벽을— 신도 상공을 보고 있었다.

그곳에는…….

—신도 동쪽.

"나 참, 귀찮은 녀석들."

레스티나 장군과 부하 마인들은 중앙 광장을 둘러싼 거목 벽 앞에서 거의 방진을 짠 것처럼 기사단과 싸우고 있었다.

아무리 쓰러뜨려도 「모든 것은 신을 위하여!」, 「순교 만세!」라며 미친 듯이 돌격하는 기사단에게 정신적 피로가 엿보이기 시작했다.

"장군님, 해방자의 통신입니다! 바로 근처에 아직 세 명! 가족이라고 합니다!"

"뭐라고?!"

그렇게 말하는 사이에 저 앞 뒷골목에서 세 사람이 뛰쳐나왔다. 작은 여자애와 부부였다. 중앙 광장은 안전하다고 생각했는지, 스스로 피난해 온 모양이었다.

물론 락 엘레인의 결계도 있어서 쉽게는 들어가지 못한다.

그리고 백성을 방패로 삼는 작전을 쓰는 기사단에게 그 가족은 넝쿨째 굴러든 호박이었다.

"잡아라!"

기사 두 명이 가족에게 달려갔다. 아마 처음에는 구조하러 온다고 생각했으리라. 하지만 이내 가족의 얼굴에는 공포가 떠올랐다. 기사들의 얼굴이 광기와 악의로 점철된 탓에.

신앙을 위해서라면 목숨을 바쳐서 협력하라. 머리로는 이해해도 부부의 몸은 퍼뜩 딸을 감싸고 있었다.

"정말로 귀찮게 하네!"

꽝음과 열파. 가까운 곳에서 느껴진 위험에 부부는 더욱 몸을 움츠렸다. 하지만 소녀는 부모의 팔 사이로 그것을 보고 있었다.

자신들에게 등을 보이고 붉은 화염을 몸에 두른 자를.

"역시 감쌌어!"

"기회다! 집중 공격!"

빛의 참격을 날리는 기사들을 상대로 한 발짝도 물러나지 않고, 그 불타는 쌍검으로 모든 것을 베어 버리는 모습을.

부하 마인이 협공해 그 기사들을 쓰러뜨렸다.

레스티나는 숨을 몰아쉬며 『보물고』에서 『환문』을 꺼내 가족에게 돌아섰다. 휘날리는 붉은 머리와 처음 보는 갈색 피부가 눈부신 불꽃에 비친 모습은…….

"예쁘다…….''

"으응?"

어차피 지금까지 구한 자들과 똑같이 공포나 혐오, 구해줬다는 것조차 이해하지 못하는 눈길을 보낼 것이다.

그렇게 생각하던 레스티나는 소녀가 흘린 말에 무심코 손을 멈췄다.

그사이에 소녀가 부모님의 팔에서 빠져나와 레스티나에게 달려왔다.

"어, 어어? 뭐, 뭐야?!"

레스티나는 기사들이 자살 돌격을 할 때도 보이지 않은 동요를 내비치며 허둥지둥 뒤로 물러났다.

그런 레스티나 앞에서 소녀는 주머니에 든 돌멩이를 꺼냈다. 아무런 특징도 없는 돌멩이지만, 조금 삐뚠 하트 모양처럼 보이기도 했다.

"줄게!"

"으엑, 뭐야! 무슨 의도야!"

"……? 구해줘서 고마워! 예쁜 언니!"

그러면서 레스티나의 손을 잡고, 분명히 소녀에게는 비밀 보물일 조그만 하트 돌멩이를 쥐어줬다.

잠깐 굳어 있던 레스티나는 손바닥에 놓인 돌멩이를 신기하게 들여다보았다. 그리고 소녀에게 무슨 말을 건네려고 했다. 하지만 무슨 말을 해야 좋을지 몰라서 우물쭈물하다가 결국 꺼낸 말이…….

"흐, 흥. 좋아, 받아주지! 하지만 착각하지 마! 나는 명예를 아는 마인족! 인간에게 정을 준 건 아니야!"

어린애한테 무슨 그런 소리를……. 부하들의 눈총이 꽂히는 것도 모르고 레스티나는 볼을 붉히며 고개를 팽 돌렸다.

그때, 느닷없이 목소리가 울려 퍼졌다. 짜증 나는 라이센의 공주였다.

"우와아, 저게 뭐야!"

위를 올려다보니 중앙 광장 북쪽에 밀레디가 나타나 있었다.

그녀 뒤에는 여섯 명의 신대 마법 사용자들도 함께였다.

그들은 태양을 등지고 높디높은 영봉 정상을 배경으로 공중에 떠 있었다.

반대편이 비쳐 보이는 것으로 보아 모종의 방법으로 영상을 투사한 듯했다.

『우리는 교황과 호광 기사단, 그리고 신의 사도를 타도했습니다.』

정중하게, 한마디마다 마음을 담아서 말을 이었다.

중앙 광장의 소란이 멎고 쇄도하던 기사들까지 입을 벌린 채 멈춰 있었다.

"타도?"

"……나쁜 녀석을, 무찔렀다는 뜻이야."

고개를 갸웃거리는 소녀에게 레스티나가 설명했다. 『환문』은 아직 쓰지 않고 보류했다.

왠지 이 소녀와 함께 이야기를 듣고 싶다는 생각이 들어서였다.

—신도, 동문.

"허억허억, 살았군. 고맙네, 용사 양반."

"후우후우, 제가 할 말이죠. 엘가 장군님."

엘가와 라인하이트는 쓰러진 기사 아진과 예디 앞에서 사이좋게 무릎 꿇고 숨을 헐떡였다.

"움직일 수 있겠나요?"

"하하, 이 노물에게는 좀 버겁구먼."

엘가는 중상이었다. 라인하이트의 회복 마법으로 목숨에 지장은 없으나, 걷기도 여의치 않았다. 라인하이트 또한 만신창이였다. 방어구는 죄다 부서졌고 탈력감에 온몸이 후들거렸다.

"설마 용사에게 부축받는 날이 올 줄이야. 오래 살고 볼 일이야."

"저도 설마 마인 장군과 함께 싸우는 날이 올 줄은 몰랐어요."

복잡하고 낯간지러운 심정에 둘은 어색하게 웃었다. 몸이 움직일 때까지 조금 시간이 걸리겠지만, 걱정은 하지 않아도 될 것 같았다.

"이런, 끝났나?"

"다행이야…… 밀레디 씨."

『전 세계 여러분. 오늘 있었던 사건을 보고 어떻게 느끼셨나요?』

공중에 투영된 밀레디 일행을 올려다보며 두 사람은 부드럽게 눈웃음 지었다.

―동문 외벽.

"저건, 뭐야……?"

기사 오탈과 거신병이 무너지고 검은 기사왕도 붕괴해 가는 전장에서 하비에르가 당황한 표정을 보였다. 대답한 사람은 아주 즐거운 눈치인 라수르였다.

"『천망』이라는 아티팩트라는군."

"천…… 뭐라고?"

"『천망』. 먼 곳에 영상과 목소리를 전하는 아티팩트. 이게 무슨 의미인지 알겠어?"

눈을 찌푸리고 고민하다가, 설마설마하며 딸꾹질했다.

『기사들의 행동을 보고, 루시루플 교황의 말을 듣고 어떻게 생각하셨나요?』

어떻게 생각하는가. 만약 **그런 거라면** 전 세계 사람들은.

핏기가 가시는 소리가 들린 기분이었다. 하비에르는 자기 예상이 틀렸다는 답을 듣고 싶어서 라수르를 응시했다.

라수르는 화가 날 만큼 가볍게 어깨를 으쓱였다.

"지금쯤 전 세계 나라, 도시, 마을까지 난리가 났을 거야. 우리 싸움을 처음부터 끝까지 보여줬으니까."

그렇다. 이것이 영상 송신 기능이 달린 통신기, 『천망』의 최종 목표였다.

해방자와 교회의 싸움을 전 세계에 여과 없이 보여주는 것.

밀레디의 말을, 변혁의 종소리를 온 대륙에 전달하는 것.

"지금 당장 멈춰야 해!"

하비에르가 날아가려는데 코앞으로 핏빛 마력 칼날이 지나갔다.

"소용없어. 너도 얌전히 경청이나 해."

그러면서 미소 짓는 라수르를 하비에르는 죽일 듯이 노려봤다.

─중앙 광장 상공, 락 엘레인.

비공선단도 정지한 가운데, 살루스는 함교라는 특등석에서 밀레디 일행을 바라봤다.

"동분서주한 보람이 있구먼그래."

전 세계 마을에 이 광경을 보여주기 위해서는 영상 투영용 『천망』을 설치해야 했다. 물론 중앙 광장에서도 전투 영상은 쭉 흘러나오고 있었다.

『신은 절대적이고 사람은 그의 장난감 말. 무슨 짓을 당해도 기꺼이 받아들여야 한다. 납득할 수 있나요?』

밀레디에게 당연하다는 야유와 욕설이 날아들었다. 분노와 증오로 인상을 찌푸린 자도 많았다.

하지만 타국 백성은 가만히 귀를 기울였고, 신민 중에서도 진지한 표정으로 밀레디를 보는 사람들이 있었다.

『저는…… 저는 납득할 수 없어요! 할 수 없으니까, 이 세계를 바꾸고 싶었어요!』

각국 수뇌들은 이미 어떤 각오를 한 듯한, 뭔가를 이해한 듯한 표정이었다.

그 성과에 살루스는 안도의 한숨을 쉬며 함장석에 깊이 몸을 묻었다.

"힘내라, 밀레디."

옆자리에서 미카엘라가 보낸 응원을, 자신도 나지막하게 따라 하며.

―신도, 서문.

"개혁, 성공할까요?"

제정신으로 돌아온 스이가 기사단을 주시하며 심 옆에 섰다.

밀레디가 마인족과 오랜 세월 이어진 전쟁조차 신의 유희였다는 등 신의 진실을 폭로했다. 거기에 귀를 기울이면서 심은 애매모호한 미소를 지었다.

"글쎄. 그렇게 쉽게 변할 거면 아무도 이 고생 안 했겠지."

"네에?"

"하지만 뭐라도 하지 않으면 아무것도 안 변해. 진짜 싸움은 지금부터지."

"아, 그래도 전 이제 일 안 할 거예요?"

심은 상관없다며, 지금까지의 노고를 치하해 스이의 머리를 벅벅 문질렀다.

『신앙을 버리라고는 하지 않을게요. 그래도…….』

절실한 소녀의 목소리가 어디까지나 퍼져 나갈 것처럼 울렸다.

도시 전체가 시간이 멈춘 것처럼 정적에 휩싸였다. 아무도 그녀의 말을 무시하지 못하는 것을 손바닥 들여다보듯 알 수 있었다.

그 말에 연설 같은 『꾸밈』이 없기 때문이리라.

순수하고 절실한 염원이 담긴 『의지 있는 말』이기 때문이리라.

『신의 마음으로 모든 게 결정되는 세계, 역사와 결별하지 않으실래요? 사람의 역사와 삶을, 사람의 의지로 만들어 가지 않으실래요? 한 사람으로서—.』

살아남은 기사들은 이다음에 어떻게 할 생각일까. 슈네 일족이 있다고는 하나, 전사단은 장비를 거의 다 소진해서 아슬아슬한 상황이었다.

심은 경계를 풀지 않으면서 조용히 양상을 지켜봤다.

—총본산이 있었던 곳.

"자유로운 의사를 가지고 살아가지 않으실래요오오오!"

마지막으로 크게 혼신의 마음을 담아서 외치고 밀레디는 입을 다물었다.

하고 싶은 말은 했다. 해방자가 어떤 의지를 갖고 일어났는지, 어떤 미래를 그리는지.

전해졌을까.

사람들의 마음에 변화가 있었을까.

조금이라도 느끼는 바가 있었을까.

하늘을 올려다보고 호흡을 정돈하며 일말의 불안을 느꼈다.

뒤에서 시선이 느껴져서 돌아보자 최고의 동료들이 따스한 눈빛을 보내고 있었다.

괜찮다. 말로 하지 않아도 마음이 전해졌다.

이제부터는 구체적인 이야기를 할 차례였다.

신전 기사단에게 즉시 정전을 요구하자. 불응하여 마지막까지 순교를 택한다면 싸울 것이고, 좌절해서 포기한다면 구속해서 왕궁 감옥에 투옥한다.

왕궁을 개방해 각국 수뇌를 한자리에 모으자. 향후 방침을 합의하며 신도 사람들의 처우를 결정한다. 결전 전 비밀회담에서 정한 대로.

밀레디는 아직 전 세계가 주목하는 것을 잊고 볼을 양손으로 짝 쳤다.

심기일전, 미래를 위한 한 걸음을 내딛자─라고 생각한 바로 그때.

『에히트의 이름으로 명한다. ─「입을 다물어라」.』

남자인지 여자인지 모를 목소리가 내려왔다.

밀레디가 목을 붙잡고 혼란에 빠져 입을 뻐끔거렸다.

다른 이들도 퍼뜩 밀레디를 부르려고 하나, 목소리가 나오지 않는다는 것을 깨달았다.

『이어 명한다. ―「**부복하라**」.』

저절로 무릎이 꺾였다. 머리가 떨어지고 이마가 땅에 닿으려고 했다.

혼이 얼어붙는 듯한 무시무시한 위압감과 발 디딜 곳을 잃은 것 같은 불안정한 정신이 육체를 명령에 따르도록 강제했다.

하지만 그것만은 할 수 없었다. 보고 있다. 전 세계 사람들이 자신들을. 신 앞에 무릎 꿇는 모습만은 절대로 보여선 안된다. 그러니까…….

"크으, 으으으으으으으!"

라우스의 포효와 함께 어둠색 파문이 퍼졌다. 그러자 저주에서 해방된 일행이 숨을 확 토했다. 그들이 일제히 하늘을 노려봤다.

"에히트!"

신의 뜻은 끊어지지 않았다. 백악의 외기둥 따위 처음부터 필요 없었던 것이다.

끝까지 사람을 우롱하는 존재였다. 구태여 마음을 털어놓은 뒤에 무릎 꿇게 하려는 점이 특히.

하늘에 은백색 소용돌이가 생겼다. 장엄하고 신비로운 광경이지만, 왠지 모르게 소름이 끼쳤다.

『재미가 없군. 참으로 한심해.』

진심으로 실망스러운 음성이었다.

『기대에 못 미쳐.』

사투에 이은 사투. 희극 같은 비극. 양 진영이 모두 소중한 것을 잃고 비탄에 잠겨 절망하는 광경을 바랐건만.

막상 뚜껑을 열어 보니 해방자가, 아니, 밀레디 일행이 너무 강했다.

『이번 시대는 실패야.』

시간을 들여 준비했지만 실제로 해 보니까 재미없는 게임을 버리듯 사소하게, 이 시대의 비극과 싸움을 비평했다.

그 구역질 날 만큼 냉담한 말에 밀레디가 격분했다.

"그럼 내려와서 우리랑 싸워! 신 행세에 빠진 쓰레기한테 사람이 얼마나 강한지 알려줄 테니까!"

불손한 말일 텐데도 에히트는 『얼마나 강한지?』라며 잠깐 생각하는 기색을 보이더니…….

『……흠, 그래. 그거 괜찮군.』

왠지 분위기를 바꿔 즐거운 목소리로 답했다. 밀레디의 마음이 술렁거렸다. 뭔가 치명적인 실수를 한 기분이 들어서.

『꼭 알려다오. 너무 많은 것을 본 말이 찾아낸 너무 강한 말아.』

상징을 모조리 파괴하고 수하를 거의 전멸시켰는데도 역시 신은 신인 것일까. 에히트는 밀레디를 대등하게 보지 않았다. 대등하지 않으니까 감흥이 일지 않고 강림할 이유조차 찾지 못한다. 마주해서 자웅을 겨루는 것은 더욱 말이 안 된다.

대신 신으로서 『시험』할 뿐이다. 시끄럽게 짖는 강아지와 놀아주듯.

『발버둥 쳐 봐라. 나의 무료함을 달래기 위해서 마지막까지.』

"무슨—."

밀레디의 말은 끊겼다. 경계하던 여섯 명이 눈을 크게 떴다.

천공에 뜬 은백색 소용돌이에서 『신의 사도』가 출현한 까닭에.

열이나 스물 정도가 아니었다. 백이나 천도 아니었다. 하늘을 메워 버릴 만큼 어마어마한 수였다.

"큭, 류!"

"네! —『극천 해방』!"

"—『흑천궁』!"

성당마저 삼켰던 특대형 흉성이 다시 태어났다. 이번에는 한 번에 500명 넘는 사도를 집어삼키고 소멸했다.

상상하지 못한 것은 아니었다. 신이 강림하지 않을 것도, 그럴 경우 사도로 물량 공세를 펼칠 가능성도.

천을 가뿐히 넘는 숫자는 상상 이상이었지만, 나오는 곳을 안다면 문제없다. 그곳까지 집어삼키면 그만이다. 최강의 중력 마법에서 벗어날 방법은 없으니까. 수천 명이라도 전부 사라질 때까지 싸우겠다.

하지만 그런 밀레디의 전의를 비웃는 것처럼…….

"위험해! 아무 곳에서나 나와?!"

오스카가 검은 안경에 비친 영상을 보고 표정이 다급해졌다. 『천망』을 넣은 렌즈에는 지상이 비치고 있었는데, 신도 상공에도 은백색 소용돌이가 발생한 것이었다.

"나즈! 신이 있는 곳으로! 저 소용돌이 안으로!"

"하고 있어! 그런데…… 제길. 미안!"

초조함과 분한 감정을 드러낸 나이즈를 보고 깨달았다. 경계 간섭의 진수를 깨우친 나이즈조차 신의 영역에는 닿을 수 없다는 것을.

소용돌이 안쪽의 영혼도 감지할 수 없었다. 정보를 간파할 수도, 소용돌이 자체를 없앨 수도 없었다. 신대 마법의 이치를 초월한 무언가가 그곳에 있었다.

일행의 표정이 안 좋아졌다. 신을 얕보지는 않았다. 공개 처형만 없었다면 신과 싸울 방법이나 확실히 이기기 위한 정보도 수집했을 것이다.

하지만 『지금 우리라면』이라고 마음속 한편으로 자만한 것도 사실이었다.

안일했다! 밀레디는 이를 갈면서도 전의를 표출했다.

"에히트, 겁먹었어?! 안에 틀어박혀서 인형한테 전부 떠넘기는 신을 누가 믿을 거 같아?! 싸우지 않으면 너한테 미래는 없어!"

『착각도 유분수지.』

냉소하며 에히트는 고했다.

『내가 미래다.』

어떤 형태로든, 번영도 쇠퇴도, 창조도 붕괴도 모두 내가 결정한다고.

『오히려 네게 묻겠다, 밀레디 라이센. 너에게 미래는 있는가?』

봐라, 신도가 전쟁터가 됐다. 무고한 백성이 말려들고 있지 않느냐? 에둘러 그렇게 말하는 에히트의 목소리에는 즐거움이 묻어났다. 밀레디는 입술을 깨물었다. 피가 날 만큼 강하게.

그 떨리는 어깨에 따뜻한 손이 닿았다. 오스카의 손이었다.

"밀레디. 우리는 최대 목표를 달성했어."

냉정한 목소리에 자신의 마음도 차분해지는 것이 느껴졌다.

"구할 사람을 구했고, 전할 말을 전했어. 그렇지?"

그 말이 맞다. 분한 마음은 있었다. 가능하면 지금 신을 물리치고 싶었다.

그래도 신의 영역에 도달할 수 없는 이상, 사도를 쏟아내는 소용돌이는 멈출 수 없고 난전은 불가피하다. 그러면 신도의 사람들을 지켜 낼 수 없다.

대의와 숙원을 위해서라도 백성을 희생할 수는 없다. 그건 해방자의 근간을 부정하는 짓이다.

"철수!"

밀레디의 결단이 통신기를 통해 지상 병력에게도 전달됐다.

『그러마, 밀레디. 철수 계획 2면 되겠지?』

살루스도 철수가 답이라고 판단했는지, 지시가 떨어지기 무섭게 확인했다.

참고로 철수 계획 2란 지금 같은 사태를 가정한 작전이었다. 밀레디 일행과 락 엘레인이 미끼가 되고, 다른 인원은 『검은 문』으로 세계 방방곡곡으로 찢어져 잠복한다.

『공주, 아직 끝나지 않았어. 재회를 기대할게.』

『폐하, 이곳은 맡겨주십시오. 밀레디 공, 살아서 또 만납시다.』

『야, 밀레디. 말 잘하더라? 우리도 할 만큼은 했어. 세계는 분명히 바뀔 거야. 가슴 쭉 펴고 도망치자고!』

라수르, 심, 배드에게서 통신이 들어왔다. 라우스의 혼백 감지가 그들의 철수를 확인했다. 그 보고를 듣고 밀레디는 『흑천궁』을 없앴다.

"금방 돌아올 거야. 반드시 널 타도하겠어."

에히트는 답하지 않았다. 그저 웃음소리만 길게 메아리치고 있었다.

락 엘레인 함교에 살루스의 고함이 울렸다.

"철수 상황은?!"

신도 상공에 발생한 은백색 소용돌이에서 이미 어마어마한 수의 사도가 범람하고 있었다.

살아남은 기사단은 환성을 질렀지만, 중앙 광장에 있는 백성들은 모두 끔찍한 것을 보는 눈길이었다. 불안과 공포에 사로잡힌 분위기였다.

"철수 확인! 문제없습니다!"

『검은 문』을 통한 신속한 철수도 계획 중 일부였다. 모두 무사히 신도에서 탈출한 듯했다.

"좋아, 전이 준비 개시!"

락 엘레인은 왕궁으로 속도를 높여 돌진했다.

사도의 공격을 막으며 중앙 광장을 지킬 자신은 없으니까 떨어지는 편이 상책이었다.

"결계 소실! 잔존 마력 20퍼센트!"

"장갑 75퍼센트 상실! 벌집이 됐습니다!"

"추진력 저하! 이대로 가다간!"

잇달아 심각한 손상 보고가 올라왔다. 그리고 은백색 소용돌이로 검게 소용돌이치는 별이 겹쳤다. 이어서 주변에 있던 사도가 충격에 날아가거나 거대 메이스에 나가떨어졌다.

밀레디 일행이 돌아온 것이었다. 대신 8천 미터 상공에서도 적란운이 떨어지는 것처럼 사도 무리가 몰려왔다.

『사루 할아버지, 빨리빨리!』

"안다, 알아! 전이는?!"

"이제 곧…… 마력 충전 완료! 가능합니다!"

"좋아, 돌진해!"

락 엘레인이 가속해 왕궁으로 돌격했다. 하지만 다시 충각 돌격을 하려는 목적은 아니었다. 배에 탑재된 거대 게이트가 기동하고 뱃머리 끝에서 공간이 휘돌았다.

밀레디 일행이 후방을 지키는 동안 락 엘레인은 전속력으로 게이트로 뛰어들었고…… 풍경이 바뀌었다. 무사히 전이한 증거였다.

전이한 곳은 【신산】 북쪽 300킬로미터 지점, 바다까지 약 50킬로미터 떨어진 곳이었다.

검은 연기를 뿜고 곳곳에 바람구멍이 난 상태로 북쪽 바다까지 일직선으로 이동했다.

얼마 후, 함교 앞 갑판으로 밀레디 일행도 전이해 왔다.

밀레디가 가슴을 꽉 움켜쥐었다.

신에게 도달하지 못해 분함, 목숨을 잃은 적지 않은 동료에 대한 애절함, 철수하는 동료에 대한 걱정. 여러 감정이 뒤죽박죽 섞여 흘러넘친 듯한 표정이었다.

"……더 기뻐해도 될 텐데."

계획은 거의 성공했다. 동료를 구조하고, 신의 진실을 폭로하고, 교회의 절대 신화를 깨고, 해방자의 의도도 전달했으니까.

그렇지만 그리 쉽게 감정을 정리할 수 있는 사람은 자신 같은 노인뿐일 거라며 자조했다.

잠시 모든 이가 저마다 감상에 빠져 조용한 시간이 흘렀다. 하지만 휴식 겸 주어진 시간도 오래 가지 않아 끝을 고했다. 갑자기 밀레디가 돌아보더니 소리쳤다.

『사루 할아버지! 놈들이 와!』

순식간에 함교는 팽팽한 긴장감에 휩싸였다.

"전이 준비!"

"마력 부족! 불가능합니다!"

살루스의 지시에 비장한 대답이 돌아왔다.

『철수 계획 2-2!』

"들었지! 준비해!"

락 엘레인이 비명을 지르는 것처럼 삐걱댔다. 살루스는 조금만 더 버텨 달라며 팔걸이를 문지르고 험악한 눈으로 밖을 쏘아봤다.

은색 섬광이 유성우처럼 배를 추월해 갔다. 천이 넘는 사도 무리였다.

『이 녀석들, 락 엘레인을 노리고?!』

오스카가 언성을 높였다.

확실히 밀레디 일행을 추격했다기보다 락 엘레인을 파괴하려는 목적 같았다. 혹은 그 안에 있는 탑승원들이거나.

『신이 또 그 악랄한 머리를 굴렸겠지!』

반드르가 변신해 빙룡의 거구와 비늘로 공격을 받아 내며 브레스로 반격했다.

나이즈가 공간 확장과 결계로, 메일은 저속 영역으로 공격을 막고 밀레디와 오스카는 중력 마법과 분해 포격으로, 라우스는 분신을 보내 맞섰다. 류티리스가 뒤에서 지원했다.

하지만 새삼 자신들이 상상 이상으로 피폐해졌다고 자각했다.

결전 때만큼의 출력이 나오지 않았다. 원인은 분명했다. 그 『성역 결계 깨기』다.

한순간이라도 긴장을 놓으면 바로 방어선이 뚫릴 것이다. 배를 수리할 여유가 없었다.

"다들 힘내! **바다까지** 얼마 안 남았어!"

밀레디의 말에 더욱 분발했다. 배에 탄 동료를 반드시 지켜 내겠다고.

영원처럼 느껴지는 수십 분이 지나고, 차마 막지 못한 포격으로 선체가 끝내 부력마저 잃으며 고도를 낮추기 시작했을 무렵.

"총장님! 효과 범위에 들어왔습니다!"

대망의 바다가 보였다. 사루스가 전체 통신으로 외쳤다.

"탈출하라!"

『검은 문』을 이용한 긴급 탈출이었다. 목적지는 해안 바위 뒤에 숨겨 둔 다른 한 척의 배. 오스카가 락 엘레인을 참고로 뜯어고쳐 제2 마장 잠함으로 거듭난 메르지네 호였다.

크기는 3분의 1. 모든 승무원이 타기에는 좁지만, 찬밥 더운밥 가릴 때가 아니었다. 혹시 모를 사태에 대비해 락 엘레인을 미끼로 쓰는 작전이었다.

『밀레디, 우리도 나가마!』

살루스의 통신을 받고 밀레디는 라우스를 봤다. 라우스가 혼백 감지로 락 엘레인에 남은 사람이 없다고 확인하고 고개를 끄덕였다.

"됐어, 도망가자!"

밀레디가 외친 순간, 일행도 일제히 나이즈에게 모여 전이로 사라졌다.

그 직후, 마장 잠함궁 락 엘레인은 수많은 은빛에 꿰뚫려 그 오랜 역사에 종지부를 찍었다.

한편, 완전히 금속제 소형 락 엘레인처럼 탈바꿈한 마장 메르지네 호 함교에서 해방자들은 숨을 죽이고 있었다.

북쪽 바다는 백수십 킬로미터에 걸쳐 얕은 바다가 이어진다. 깊이 잠수할 수 없어서 사도들이 귀환할 때까지 이곳에 숨어 있어야 했다.

멀리서 락 엘레인이 추락해 집중포화를 받는 모습이 보였다. 반생을 보낸 장소가 철저하게 파괴되는 모습을 보고 살루스에게서 애수가 감돌았다.

이윽고 분해 포격의 빛이 하나둘 꺼졌고…….

제발 돌아가 달라고 해방자들이 기도하는 가운데, 미카엘라가 흠칫했다.

"와요! 들렸어요!"

"사루 할아버지! 전속력으로 도망쳐! 얕은 곳을 빠져나가서 깊이 잠수하면 아직!"

"밀레디…….'

"더 말하면 가만 안 둬! 사루 할아버지!"

밀레디의 노성이 함교에 울렸다. 뭐라고 말하려는지는 뻔하니까.

사도는 집요할 정도로 락 엘레인을 노렸다. 그럼 이번에도 표적은 승무원들. 밀레디 일행만이라면 도망칠 수 있다고 생각하는 것이 자연스러운 귀결이었다.

함교에 있는 사람들이 만장일치로 각오를 다진 표정이 밀레디에게는 참을 수 없이 두려웠다. 제발 그런 표정 짓지 말라고 마음이 절규했다.

그렇지만 슬슬 한계가 다가오는 것도 분명했고…….

"이런 데서 포기할 거 같아?!"

밀레디의 이글거리는 눈빛이 몰려오는 사도 무리를 노려봤다. 신대 마법 사용자 여섯 명도 끝까지 함께하겠다며, 숨을 헐

떡이면서도 전투에 대비했다.

　그 순간이었다.

　『『『『크롸아아아아아아아!』』』』』

　막강한 포효와 함께 수천 줄기 섬광이 사도들을 덮쳤다.

　모두 상황을 이해하지 못하고 당황한 가운데, 미카엘라가 소리쳤다.

　"이건…… 용 무리예요! 동쪽에서 용이 엄청난 수로 몰려와요!"

　밀레디 일행이 일제히 동쪽 하늘을 봤다. 그리고 5천은 될 법한 웅장한 용 무리를 발견했다.

　"잠깐, 아니야. 저건—."

　피가 절반 섞였기 때문일까, 반드르는 알 수 있었다. 저건 단순한 용 무리가 아니라고. 용 5천 마리는 모두 『용화』한 모습. 그렇다, 그들은…….

　『용왕 폐하의 명에 따라 구하러 왔다. 아스트란 용왕국 국군, 용장 그라이스 슈네다.』

　용인족이었다. 브레스 벽이 사도를 막는 동안 아름다운 남색 비늘을 가진 빙룡이 배 옆으로 날아와 위엄 있는 목소리로 정체를 밝혔다.

　"슈네?"

　밀레디가, 아니, 모든 사람이 어리둥절하게 반드르를 봤다.

　그라이스의 용안도 돌처럼 굳은 반드르를 보더니 왠지 부드럽게 가늘어졌다.

　『손자를 죽게 내버려 둘 수는 없지. 서둘러 도망쳐라.』

의문과 당혹감이 범람한 강처럼 흘러넘치지만, 한 가지 확실한 점은…… 더는 동료를 잃지 않아도 된다는 것이었다.

해방자가 철수한 뒤 대예배당.

"레라이에 님! 정신 차리십시오! 지금 치료하겠습니다!"

백광 기사 한 명이 유일하게 살아남은 대장, 레라이에 사단장을 필사적으로 치료했다. 기침과 함께 피가 튀어나오고 시야가 흐릿해지는 와중에도 레라이에는 물었다.

"상황, 은?"

"기뻐하십시오. 신께선 역시 우리를 저버리지 않았습니다. 무한에 가까운 사도님이 강림하셔서 놈들은 버티지 못하고 후퇴했습니다."

"단, 장님……들은?"

"……납치된 것으로 보입니다. 아무튼 더는 말하지 마십시오. 치료에 전념하셔야 합니다."

지휘권자가 사라진 백광 기사단은 이미 괴멸 상태다. 여기서 레라이에까지 잃을 순 없다. 어둠 속에서 길잡이를 잃는 게 아닌가 하는 불안마저 든다.

그런 부하의 마음을 느낀 레라이에는 군말 없이 그에게 따랐다. 눈을 감고 마음을 가라앉혀…….

"……? 으윽?! 크아, 뭐, 뭐야, 누가?! 그만!"

"레라이에 님?! 왜 그러십니까?!"

레라이에가 난데없이 머리를 끌어안고 뒹굴어 댔다. 주변이 소란스러워지고 다른 생존자도 치료를 돕고자 달려왔다. 하지만 레라이에의 몸부림은 이내 잦아들었다.

"레, 레라이에 님?"

기사가 머뭇거리며 말을 걸었다. 눈을 감았던 레라이에는 잠깐 뜸을 들였다가 눈을 떴다.

"아무것도 아니다. 서둘러 치료해라."

억양 없는 목소리. 어딘지 모르게 기시감을 느끼는 차가운 눈빛. 거기에 당황하면서도 반론을 허용하지 않는 위압감을 느끼고 기사는 신속히 치료를 재개했다.

약 5분 후, 중상 부위가 아물자 레라이에는 그만 됐다며 자리에서 일어났다. 그러고는 생존자 확인을 서두르라는 지시를 내리고 본인은 붕괴한 벽 쪽으로 걸어갔다.

소란스러운 소리가 메아리치는 신도를 내려다봤다. 다섯 사도가 거목 벽을 분해하는 모습이 보였다.

뒤에서 인기척을 느꼈다. 잘 아는 무시무시한 기척.

"무사하셨습니까, 에르스트 님."

"……우리 사도는 하나이자 전체. 불멸의 존재이기에 무사한 게 당연하죠."

옆에 나란히 선 자는 메일의 봉인석 거암에 갇혔던 에르스트였다. 『괴각』으로 당한 상처도 보이지 않았다.

"겸손하시군요. 당신은 첫 번째 사도시지 않습니까. 주의 애착을 받으신 몸입니다."

에르스트는 거기에 답하지 않았다. 두 번이나 주인을 번거롭게 한 탓에 마음이 불편했는지도 모른다. 마치 복수하듯 반문했다.

"그쪽이야말로 무사하셨나요? 전부 잃었는데."

"참 곤란하게 됐습니다. 설마 전멸할 줄이야. 세월이 지날수록 강력한 고유 마법 사용자가 줄어듭니다. 다시 같은 수준으로 모으기는 불가능할지도 모르겠군요."

"그게 아니라 당신의 혼 말입니다."

아, 하며 레라이에는 가슴에 손을 올리고 고개를 살며시 갸웃거렸다.

"조금 잃었지만, 문제없이 통합했습니다. 어찌 됐든 성검을 찾을 때까지는 죽을 수 없죠. ……**그녀는** 내 거니까."

마지막 한마디를 할 때만 소름 끼치는 집착과 광기가 얼굴을 내밀었다. 에르스트는 그러냐며 짧게 답하고 마지막으로 용건을 전했다.

"해방자는 당분간 방치합니다. 마지막 여흥은 이쪽에서 준비하겠어요. 당신은 현재 상황을 수습하세요."

"예."

에르스트는 은색 날개를 퍼덕여 떠났다.

"저, 저기, 레라이에 님?"

도중부터 지시를 구하려고 뒤에 대기하던 기사들이 방금 대화에 당혹감을 드러내고 있었다. 레라이에가 그들을 돌아보고 말했다.

"그 이름은 버렸다. 지금부터 나를 이렇게 불러라. —달리온 커즈라고."

기사들의 당혹감이 더 커진 것은 굳이 말할 필요도 없으리라.

결전으로부터 열흘이 지난 날 오후.

멋진 2층 목조 저택의 툇마루에서 밀레디가 맨다리를 흔들거리고 있었다.

평소 입던 옷이 아니라 청록색 홑옷을 넓은 띠로 묶은 복장— 이 나라에서 유카타라고 불리는 옷을 입었고 머리는 풀어 놓았다.

멍하게 정원을 보고는 있지만, 아름다운 산수정원을 감상하는 분위기도 아니었다.

생각에 빠진 것도 같기도 하고, 아무 생각이 없는 것 같기도 하고.

차분해 보이기도 하고, 초조해 보이기도 하고.

뭐가 됐든 평소 천진난만 무한 깐족쟁이와는 거리가 멀었다. 뭐라고 말을 걸기 어려운 분위기였다.

"오스카, 가서 자빠뜨리고 키스라도 해 봐."

"나보고 죽으라고?"

"충격 요법이야."

살짝 거리를 둔 안쪽 복도 모서리에서 메일이 오스카의 청록색 유카타를 꾹꾹 당겼다.

"제법 진정됐잖아?"

"그렇긴 한데…… 왠지 보고 있기 힘들어서 그래."

메일이 고민스럽게 팔짱을 꼈다. 하늘색 유카타로 흘러내릴 것 같은 가슴이 굉장히 자극적이었다. 게다가 민소매지, 아래 기장도 짧지, 심지어는 제대로 여미고 다니지도 않아서 최근 이 저택에 있는 뭇 남성에게 많은 고민거리를 안겨줬다.

"지금 밀레디에게는 아무것도 안 하는 시간도 필요해. 아니지, 그건 우리도 그런가?"

"아무튼 기다리는 거 말곤 답이 없겠네⋯⋯."

오스카는 벽에 기대서 하늘을 올려다봤다. 표정은 안경이 눈부셔 보이지 않지만, 왠지 밀레디와 비슷할 것 같다는 생각이 들었다.

신과의 격차를 줄이는 방법. 아직 확인되지 않는 일부 동료의 안위.

우려와 초조로 애가 타지만, 메일 말대로 지금은 기다릴 수밖에 없었다.

정체불명의 탈진 상태에 걸린 일곱 명과 처형 대상자 200명, 포로였던 자들은 요양이 필요했고, 철수 중인 동료에게 무슨 일이 생겼을 때도 정보가 모이는 임시 본부, 마장 메르지네 호 옆에 있어야 대응하기 쉬웠다.

"용왕국의 역사는 길어. 뭔가 단서가 있을 거야."

그게 용왕국이 구하러 온 이유며 지금 이러고 있는 이유였다.

용왕의 목적은 다름 아닌 밀레디 일행이 결전에서 얻은 신의 정보. 그리고 용왕국 천년의 역사 중 가장 신을 타도할 가능성이 높은 밀레디 일행 보호였다.

밀레디 일행을 살리기 위해서 용왕국 국군은 전멸도 불사할 각오였다고 한다. 다행인지 불행인지, 사도가 도중에 물러나서 살아남았지만.

　그런고로, 용왕국은 현재 얻은 정보를 토대로 고문서를 조사하는 데 총력을 기울이고 있었다. 그동안 밀레디 일행은 용장의 저택에 머물게 됐다.

　하지만 기세가 꺾였다고 해야 할까? 마음은 허한데 뭐라도 해야 할 것 같은 복잡한 심경에 일행은 답답함을 떨치지 못했다.

　"이럴 줄 알았으면 처음부터 용왕국과도 교류할 걸 그랬어."

　"공개 처형 때문에 시간적 여유가 없었잖아. 부질없는 후회야."

　용왕국은 수백 킬로미터에 이르는 천혜의 요새 【북쪽 산맥지대】로 둘러싸여 있다.

　정확한 위치도 옛날에 딱 한 번 방문한 밀레디밖에 모른다.

　『천망』 배치, 신장비 숙달, 철수 시 잠복처 준비. 각국 수뇌들과 비밀리 회담.

　할 일이 산더미처럼 많았지만, 시간제한은 지나치게 짧았다.

　그것도 그렇다며 메일은 어깨를 으쓱였다. 그리고 문득 생각난 것처럼 쓸데없는 짓을 하려고 했다.

　"조사관들한테 간식이라도 가져다줄래. 미녀의 배려로 사기 충전이야."

　"제발 그러지 마. 가면 정신만 산만해져. 선물 받은 옷이라고 멋대로 개조한 그 유카타를 봐. 그렇게 살을 다 드러내면 이 나라 문화로는 속옷이나 다름없대. 메일, 넌 여기서 그냥 변태야."

"누가 변태래!"

메일이 속옷이 보일 듯한 킥으로 오스카를 패는데…….

"둘이서 뭐 하는 거지?"

복도 뒤에서 나이즈가 찾아왔다. 상아색 유카타를 말끔하게 차려입었다.

말없이 턱짓하는 메일을 의아하게 보다가 모퉁이로 얼굴을 내밀고는, 바로 이해했다.

"오스카, 달콤한 말이라도 속삭여주고 와. 특기잖아?"

"너희는 나를 뭐라고 생각하는 거야?"

"'신사인 척 여자 홀리는 놈.'"

"쳐 죽인다?"

떨리는 손으로 안경을 고쳐 쓰고 화제 전환을 시도했다.

"다른 사람들은?"

"오늘은 심 전단장에게서 연락이 왔어. 공화국군은 서로 안부 확인이 됐다는군."

"수해로 돌아갔어?"

"발프와 크레이드, 그리고 전사 대부분은. 스이는 엔트리스에, 심과 닐케, 남은 전사들은 연방과 공국 경계의 은신처에 있다는군."

"스이는 신국의 동향을 살필 생각인가?"

"……아마도. 어느샌가 사라졌다고 하더군."

"어머, 그 애라면 신물 나서 도망친 거 아니야?"

"심이 먼 산을 보는 눈빛이긴 했지……."

오죽하겠는가. 일하기 싫어서 동료들에게서 떨어졌을 가능성이 크다.

세 사람이 함께 한숨 쉬었다. 오스카는 다시 화제를 돌려 손가락으로 셈했다.

"그럼 배드와 마셜, 크리스 쪽…… 디네와도 연락이 닿았지?"

"마가레타 쪽도. 성모향 경비를 맡아준다니까 일단 한시름 놨어. 이제 연락이 된 사람은 전체 중 60퍼센트 정도일까? 마왕군이 조금 걱정이야."

"북쪽 대륙에서는 눈에 띄니까. 라이센 대협곡을 무사히 넘으면 연락이 올 텐데, 남쪽 대륙과의 경계니까 경비가 삼엄할 거야. 신중하게 움직이고 있겠지."

마장 메르지네 호의 대형 『천망』으로 해방자들이 각지의 안부를 수시로 확인하는 중이었다.

류티리스는 옆에서 그 작업을 도왔다. 이 왕도 안에서는 산맥 지대가 방해해서 『천망』 통신이 닿지 않아 승화 마법으로 출력을 높여야만 했다.

아직 추격이 올 기미는 없고, 딱히 문제도 발생하지 않았다.

"……왜 움직이지 않을까."

나이즈가 그늘 진 표정으로 나직하게 의문을 표했다. 추격을 말한다고 깨닫고 메일과 오스카도 복잡한 표정을 지었다.

"교회 병력을 너무 많이 잃어서……는 이유가 못 되겠지?"

"사도가 그만큼 있으면 상관없지."

"신의 위엄은 강해졌지만, 신앙은 확실하게 흔들렸어. 배드의 보고에 따르면 각지에서 신이나 교회에 대한 회의감과 불안, 일부 지역에서는 의분이 확산되는 추세라고 해."

"지금 사도만 동원해서 『사냥』을 하면 민심을 완전히 잃으니까? 신앙이 아니라 공포 통치가 돼서? 신앙이 그렇게 중요한가?"

"아니면 우리가 어떻게 발악할지 보고 싶다거나?"

"결전이 불만족스러웠다고 하니까 그것도 일리는 있지…….
미안, 괜한 말을 꺼냈군."

지금 고민해도 답이 없는 문제였다. 우선은 문헌 조사부터 해야 한다.

신에게 무슨 의도가 있는지는 모르겠지만, 시간을 준다면 최대한 활용할 뿐이다.

그렇게 이야기를 마치고 서로 힘없이 웃었다.

그리고 이 고즈넉한 정원에서 보내는 조용한 시간이 밀레디의 마음을 조금이라도 치유하기를 바라며, 당분간 혼자 있게 두자고 합의한 순간…….

타다다닥! 분위기 깨는 발소리가 복도를 두들겼다.

"으엑?! 반?!"

"밀레디! 미안한데 숨겨줘!"

오스카 그룹의 반대쪽 복도로 달려온 반드르가 놀라는 밀레디 앞으로 헤드 퍼스트 슬라이딩을 했다.

남색 유카타가 흐트러져도 개의치 않고 자연스럽게 정원으로 다이빙, 밀레디 다리 사이로 기어 툇마루 밑으로 들어갔다.

다른 각도로 보면 밀레디의 다리 사이에 머리를 들이미는 짓이었다. 「꺄악?!」 하는 귀여운 비명까지 들리자 오스카가 안경에 손을 올린다.

받아라, 변태! 살인 안경 빔! 이라며 태양빛 광선을 쏘기 전에 메일이 뒤통수를 때리고 나이즈가 다리를 거는 기막힌 연계로 제지했다.

덕분에 안면을 처박으며 바닥에 구멍 두 개를 뚫는 데 그쳤다.

그사이, 이번에는 타박타박 귀여운 발소리가 다가왔다.

"어머나, 밀레디 씨! 이런 곳에서 뭐 해?"

"아, 니에시카 씨."

찾아온 사람은 연보라색 머리와 눈동자에 쪽빛 기모노를 입은 30대 중반 외모의 여성이었다.

이름은 니에시카 슈네. 이 저택의 주인인 그라이스 슈네의 부인이었다.

"아…… 예쁜 정원이구나 싶어서 그냥 빈둥대고 있었어요."

"어머나, 기뻐라. 정원사에게도 전해주렴. 그리고 빈둥대는 것도 중요하지."

밀레디 옆에 다소곳이 앉아 태평하게 미소 짓는 모습은 품위가 있고 아름다웠다.

"저……."

"우후후."

싱글싱글, 싱글싱글. 그리고 머리를 쓰다듬는다.

슈네 부인의 부드러운 분위기와 머리를 쓰다듬는 다정한

손길에 웬일로 밀레디가 어쩔 줄 모르며 쭈뼛거렸다.

"옷, 잘 어울려. 나중에 머리도 쪽질까? 잘 어울리는 비녀가 있어. 밀레디 씨는 기품이 있으니까 차분한 무늬의 겉옷도 같이."

"그, 그러실 것까지는. 지금 있는 것만으로도 충분해요."

"밀레디 씨도 참. 그렇게 사양할 필요 없어. 할머니가 쓸쓸해서 그래."

"할머니라뇨."

"300년 넘게 살았으면 다 노인이야."

왠지 이 사람 앞에서는 저자세가 됐다. 실제로 다른 여섯 명도 마찬가지였다.

신세를 지니까. 용왕국에서도 최고위 명가니까. 그런 이유도 있지만 역시 주된 원인은 인품일 것이다.

사실 부인뿐 아니라 이 용왕국 사람들은 모두 그랬다.

입국 당시, 처형 대상자였던 안디카 주민이나 직공 중에는 사악한 용의 전설을 듣고 자라서 전전긍긍하는 이도 많았지만, 조금만 대화를 나누자 그들의 온화한 성질과 세세한 배려심, 깊은 속이 전해져서 지금은 편안함과 친밀감을 느낄 정도였다.

그리고 자연스럽게 자세를 바로 하게 되는 경의도.

"아차, 미안해. 내가 혼자만의 시간을 방해했네."

"그냥 할 일이 없어서 여기 있었을 뿐이에요."

"그러니? 나이를 먹으면 말이 많아져서 탈이야. 너무 귀찮게 생각하지 마렴."

부인은 귀엽게 호호 웃고는 천천히 한 손을 들었다. 그리고……

"흠!"

"으아아!"

단단한 목재 복도를 주먹으로 뚫어 버리고 반드르를 단번에 낚아챘다. 무섭다. 밀레디가 힉 비명을 질렀다.

"너무하잖니, 반. 왜 할머니한테서 숨으려고 하니?"

"따, 딱히 숨은 건……"

한 손으로 목깃을 잡혀 상반신만 마루에서 나온 반드르가 고양이처럼 매달려 있었다. 눈을 못 마주친다. 아니, 밀레디에게 도움을 요청하고 있다!

"얘가, 사람이랑 대화할 때는 눈을 봐야지."

"앗, 네. 죄송합니다."

불손과 독설이 기본 사양인 마왕의 동생이 순한 양처럼 고분고분했다.

웬만해선 보기 힘든 광경이었다. 하지만 이 상황에서 도와줄 수 있을 리도 없다. 밀레디는 눈을 맞추지 않으려고 하면서도 힐끔힐끔 곁눈질했다. 복도 모퉁이에서도 머리 셋 달린 토템폴이 훔쳐보고 있었다.

"그냥 귀를 파주려고 했을 뿐이잖니."

"아니, 그게, 나는 그럴 나이가……"

"부끄러워할 필요 없어, 반. 할머니한테는 어리광 부려도 돼."

들어 올렸던 반드르를 끌어안는다. 더불어 옳지옳지, 하며 머리를 쓰다듬자 「어흑」이라는 괴상한 소리를 냈다. 너무나도 마음이 편안해서 그대로 몸을 맡길 뻔하다가…… 옆에서 밀레디가 입꼬리를 주체하지 못하고 히죽대는 꼴을 발견했다.

"흠!"

할머니와 꼭 닮은 소리를 내며 포옹을 뿌리친다! 그런데 이게 웬걸, 정신이 들자 무릎베개를 하고 있었다.

온갖 무예에 통달한 달인인데! 무슨 짓을 당했는지도 모르겠다!

반드르가 수치심과 편안함, 혹은 분한 마음이 뒤죽박죽되어 내적 갈등을 겪는데 황당해하는 목소리가 들렸다.

"니에시카, 뭐 해?"

"어머, 당신. 반이 어찌나 부끄럼도 많고 기운도 좋은지 내가 애먹고 있어."

"도무지 애먹는 것처럼 보이진 않는데. 오히려 기뻐 보이는데."

"우후후."

한숨을 푹 쉰 사람은 슈네 가문의 당주 그라이스였다.

군청색 머리에 눈동자. 반드르와 같은 남색 기모노를 입은 미중년. 언제나 미간에 주름이 잡힌 엄격한 분위기의 장군이었다.

반드르의 동공이 지진이라도 난 것처럼 떨렸다. 일어나고 싶은데 절묘한 손기술로 누르니 옴짝달싹할 수 없다!

"네 나쁜 버릇이야. 사술카도 『엄마, 귀찮아!』라며 도망 다

녔잖아."

고양이에게 귀엽다고 치근대다가 결국 고양이가 도망가는 타입. 그게 니에시카 씨였다.

"미안하다, 반."

"아뇨……."

원래는 말수가 많지 않은 두 사람이었다. 얼굴은 자주 보지만, 분위기는 영 어색했다.

딱 그거다. 평소에 출장만 다니다가 오랜만에 휴가를 얻은 아버지와 어린자식의 관계.

절대로 나쁜 사이는 아니지만, 무슨 말을 해야 될지 모르는, 그런 서먹한 분위기였다.

"하여튼 당신도 참. 어쩜 이리 말주변이 없을까? 사실은 반이랑 얘기를 더 나누고 싶으면서. 어젯밤에도 아끼던 술을 들고 어슬렁거리—"

"말하지 마."

그라이스 씨의 귀 끝이 빨개졌다.

이런 모습을 보면 누구든 알 수 있었다. 그라이스와 니에시카가 반드르에게 남다른 애정이 있다는 것을.

사술카 슈네, 그라이스와 니에시카의 딸이 세상에 남기고 간 혈연. 슈네 가문 직계 손자.

뜻하지 않게 찾은 아이는 조부모뿐 아니라 친척과 종자 일족, 더 나아가서는 사용인에게도 열렬한 환영을 받았다.

혼혈이란 점도, 그 피가 전 마왕의 것인 점도 전혀 상관하지 않고.

하지만 그게 반드르가 괴로운 표정을 짓는 원인이기도 했다.

저택으로 초대받은 날 밤, 반드르는 두 사람과 아침까지 이야기를 나누었다. 태어나서 지금까지 있었던 일, 그리고 사술카의 죽음까지도 숨김없이.

사술카를 죽음으로 몰아넣은 것은 폭주한 자신이었다고.

이런 환영을 받을 자격이 없다고. 하지만…….

"……저는……."

무슨 말을 하려다가 멈췄다. 그라이스의 큰 손이 반드르의 머리를 쓰다듬었고, 고개를 들자 부드러운 눈웃음이 보였으니까.

밀레디가 「나, 나 여기 있어도 되나?」라며 거북하게 작은 엉덩이를 들썩이는 모습을 보고 그라이스는 용건을 떠올리며 헛기침했다.

"폐하께서 점심식사에 초대하셨네. 갈 텐가?"

밀레디를 보던 시선이 모퉁이의 토템폴 3인방에게로 흘러갔다.

반드르는 머리 위에 『?!』를 띄우더니 브릿지 자세로 수치심에 몸부림쳤다. 거의 발작 수준이다.

3인방은 히죽거리며 기꺼이 초청에 응했다.

영광스럽게도 군부 최고위 용장 각하께 안내를 받으며 밀레디 일행은 식사 장소로 향했다.

가는 길에 보인 아름다운 거리 풍광은 좋은 눈요깃거리였다.

용왕국 왕도는 거대한 칼데라 같은 분지에 있지만, 주변이 암석뿐인데 비해 그곳만 초목이 무성하고 강이 흘러 마치 다른 세상 같았다.

주택은 전부 목조고 아무리 커도 3층을 넘기지 않았다. 건축 양식에도 다른 곳에서는 볼 수 없는 소박하고 고즈넉한 정취가 있었다.

왕궁도 마찬가지였다. 호화찬란함과는 거리가 멀고 높이도 3층이었다.

다만, 붉게 칠한 문, 자갈 깔린 넓은 산수정원은 아주 아름다웠고 안쪽에 자리한 대궐은 어딘지 모르게 신성한 인상을 줬다. 그대로 빨려 들어가서 신의 세계를 헤매게 되지 않을까 싶을 정도였다.

건물로 들어가서 신발을 벗는 익숙하지 않은 관습에 따랐다. 발바닥으로 느껴지는 매끄러운 나무의 감촉이 간지러우면서도 마음을 가라앉혔다.

그 와중에 메일은 빙판을 타듯 쭉쭉 미끄러지고 있었다. 나이즈가 못난 아이를 보듯 측은한 눈길을 보낸다.

그러는 사이 회식장에 도착했다.

미닫이문 안쪽에서 북적거리는 소리가 들렸다.

"그래서 나는 그라이스가 부러워. 그만큼 영특한 아이가 또 어디 있겠나."

반드르가 움찔했다.

"아니! 우리 밀레디가 제일일세!"

밀레디의 볼이 화끈거렸다.

"다 자기 분야가 있는 거야. 물론, 우리 오스카는 모든 분야에 뛰어나지만."

오스카가 목을 끅끅댔다.

"뭘 모르시네. 누가 그 녀석들을 받쳐줬는데. 메일을 빼놓고 해방자를 논할 수나 있나? 역시 리쥬의 딸이야. 세계에 이름을 떨치다니, 대단한 여자가 됐어—."

메일이 빠직 핏줄을 세웠다. 쾅쾅 걸어가서 일행이 말릴 새도 없이 문을 차서 날려 버렸다.

실내에 있던 사람들이 벼락이라도 맞은 것처럼 놀라는데, 메일은 「앗, 망했다」라고 얼굴에 쓰여 있는 남자— 바하르에게 일직선으로 다가갔다. 그리고 정수리를 팔꿈치로 내리꽂는다.

"아아악! 뭐 하는 짓이야!"

"아버지 행세해서 열 받아서 쳤다! 왜?"

"바로 손부터 나가는 점은 전혀 리쥬랑 안 닮았어."

"OK. 오늘이 당신 제삿날이야. 지금까지 입은 상처, 전부 재생해 줄게."

"하지 마, 이 망나니야!"

오스카의 금속 실이 메일을 칭칭 감아 끌어당겼다. 밀레디가 허둥지둥 머리를 숙였다.

"용왕 폐하, 우리 메르 언니가 철이 없어서 죄송합니다!"

긴 탁자의 상석에 어두운 금색 머리와 눈동자를 가진 진중한 인상의 남자가 있었다. 연령은 그라이스와 엇비슷해 보이며 그보다 체격은 말랐지만, 자연스레 왕의 품격이 배어났다.

단, 사람을 위축시키는 분위기는 아니었다. 웅대한 산맥을 보며 자연의 위대함에 감탄하는 느낌에 비슷했다.

용왕— 트라구디 아우기스 아스트란은 송구스러워하는 밀레디에게 인자한 미소를 지어 보였다.

"신경 쓸 것 없소, 밀레디 양."

그 목소리 또한 낮고 차분하여 알아듣기 쉽고, 귀에 잘 들어왔다.

"오히려 부러워. 내 딸은 그렇게 친밀하게 대해주지 않아."

"저기요, 폐하. 실례지만, 저는 이 인간 딸이 아니—"

"메르 언니, 앉아."

밀레디가 방긋 웃는 얼굴로 홱 돌아봤다. 「무, 무서워, 밀레디」라며 바로 꼬리를 내리는 메일 언니. 일단 용왕에게까지 누나인 척하면 안 된다는 상식은 있나 보지만, 거리낌은 거의 없었다. 역시 해적 여제. 호걸의 기상이다.

트라구디의 쾌활한 웃음이 방에 울렸다.

너그러운 분이라서 다행이다……. 가슴을 쓸어내리며 일행도 자리에 앉았다.

오스카가 커그에게, 밀레디는 살루스에게 은근슬쩍 창피하다고 눈총을 쐈다.

메일도 못마땅하게 콧방귀를 뀌며 바하르를 쏘아봤다.

아저씨들은 능청맞게 눈을 돌리고 있지만.

트라구디는 점점 더 즐겁게 웃었다.

"그런데 라우스 공은 어찌 됐나?"

자리를 돌아본 트라구디가 고개를 갸웃거렸다. 류티리스를 찾지 않는 이유는 마장 메르지네 호에 함께 있던 살루스가 늦게 온다고 전했기 때문이었다.

밀레디가 대표로 대답했다.

"가족과 같이 있을 거예요."

"……흠. 어려운 문제군."

가족. 마장 메르지네 호에는 신도에서 데리고 나온 라우스의 가족이 타고 있었다.

네 사람은 교외에 저택을 제공받았고, 라우스는 거기서 가족과 계속 대화하고 있었다. 아니, 정확히는 대화를 시도한다고 해야 할까?

네 사람은 해방자와 용인에게 혐오감과 적의를 품었고, 라우스의 마음도 아직 전해졌다고 말하기 어려웠다. 카임과 셀름과는 식사와 수련, 산책 정도는 함께하는 모양이지만, 그들의 속내는 여전히 알 수 없었다.

용왕국도 당연히 감시는 하고 있으며, 그 보고를 들은 트라구디는 눈을 내리깔았다. 밀레디가 말했다.

"폐하의 관용에 감사드립니다."

"어린아이 둘에 싸움과는 인연이 없는 여성 두 명이야. 그런 걸 관용이라고 불러선 안 돼."

시녀가 식사를 차려주는 사이, 트라구디는 쓸쓸히 웃었다.

참고로 카임과 셀름에게는 『천부봉금』을 부여한 아티팩트 팔찌를 채워 사도화의 힘을 못 쓰게 해 뒀다. 지금은 말 그대로 어린아이 두 명에 불과했다.

"그럼 들지."

트라구디가 분위기를 환기하려는 것처럼 식사를 시작했다.

잠시 요리를 음미하는 시간이 이어졌다.

용왕국의 분위기처럼, 대륙 귀족이 좋아할 호화로운 장식은 없었다.

하지만 오장육부에 스미는 정감 있고 따뜻한 요리들이었다.

이 요리에서도, 용왕국의 거리 풍경에서도 이들 용인족의 기질이 드러난다.

그렇게 생각하며 밀레디는 용왕을 훔쳐봤다.

3년 전, 밀레디는 이곳을 방문한 적이 있었다. 우연이었다. 새로운 은신처 후보지를 찾던 때, 진로상에 용왕국이 있어서 그들의 감시망에 걸린 것이었다.

자신들보다 자유롭게 하늘을 나는 소녀는 용인들에게도 틀림없이 놀라운 존재였으리라. 그들은 흥미를 보이며 우여곡절 끝에 밀레디를 이 궁궐로 초대했다.

전래동화 속 존재. 그것도 교회가 말하는 『사악한 용』과는 정반대의 기질이었다.

밀레디가 『해방자』가 되어 달라고 부탁한 것은 당연한 수순이었지만…… 거절당했다.

당시 밀레디와 『해방자』에게는 용왕국을 움직일 만한 힘이 없었다. 변혁을 주장해도 그 실현 가능성을 제시하지 못했으니까. 그리고…….

"우리는『악룡』이니까."

그것도 이유였다. 꿈에서 깨듯 밀레디가 과거에서 돌아왔다.

살루스와 트라구디가 천연덕스럽게 이야기를 나누고 있었다. 살루스가 정식으로 맹약을 맺을 생각은 없느냐고 잡담의 일환으로 물은 모양이었다.

"네, 사정은 압니다. 밀레디에게 들었죠. 당시에는 배려해주셔서 감사합니다."

『악룡』이란 존재는 마인족과도 처지가 다소 달랐다.

사상으로 대립하는 구체적인 적이 아니다. 오랜 악연이 있지도 않다.

으레 사람들이 상상하는『악룡』이었다.

한때 밀레디가 협력을 구했을 때 손을 잡았다면「봐라. 역시 악룡의 앞잡이다. 혼돈을 초래하는 사교도다!」라고 편견과 반발을 샀을지도 모른다.

그러면 해방자의 이념을 전파할 여지도 없었을 것이다.

하지만 신에 대한 절대적 신앙심이 세계 규모로 흔들린 지금이라면 사정이 다르다.

"손을 잡을 생각이 없다면 초대하지도 않았어. 용왕국은 그대들의 변혁 정신에 진심으로 경의를 표하며 찬동하는 바네."

그것은 옛날에 밀레디가 들었던 것과 똑같은 말이었다. 하지만, 의미는 반대였다.

"폐하…… 진심으로 감사드립니다."

기뻐서 표정을 주체할 수 없었다. 그런 밀레디를 보고 일행도 파안했다. 살루스도 안도의 한숨을 내쉬었다.

"너희는 희망이야. 신에게 지배되어 온 세계를 해방할 인류의 소중한 희망. 그러니까……."

그러면서 싱긋 웃은 트라구디는…….

"처음 만났을 때 나에게『널 내 애완동물 만들어주마!』라고 말한 건 신경 쓰지 않아도 돼, 밀레디 양."

"부흡?!"

폭탄을 투척했다. 정확히는 밀레디의 흑역사를 폭로했다.

밀레디뿐 아니라 죄다 사레가 들려 쿨럭댔다.

"야, 얀마, 밀레디! 너 무슨 소릴!"

"아, 아아, 아니야, 반! 다 사정이 있어서!"

"밀레디. 앞으로 너를 어떻게 대해야 할지 잘 모르겠어……"

"오 군?! 이상하게 생각하지 말래도?!"

"밀레디. 너, 그래 놓고 언니를 무례하다고 욕했니?"

"이미 예의고 자시고 사람으로서 인격이 의심되는군."

"아아앗, 메르 언니랑 나즈도 이야기 좀 들어봐!"

밀레디가 절규하고 회식장은 혼돈의 도가니로 빠져들었다.

그 모습을 싱글싱글 바라보는 용왕님도 꽤나 성격이 고약하시다. 그라이스가 한숨과 함께 진언했다.

"폐하, 장난이 지나치십니다."

"좋지 않은가. 여기 온 뒤로 쭉 얌전한 모습밖에 보질 못했어. 너도 밀레디 양은 천진난만한 모습이 어울린다고 생각하지? 그리고 거짓말도 아니고 말이야."

"용인의 존재를 숨기려고 용화 상태로 첫 만남에 나간 탓 아닙니까. 마물인 척하신 것이 잘못입니다."

"허허, 그런 일이었구먼. 우리 애한테 요상한 취미가 있는 줄 알고 식겁했어."

식은땀을 흘리던 살루스가 천만다행이라며 가슴을 쓸어내렸다.

그런데 그때, 방금 막 고친 미닫이문이 또 부서질 듯 난폭하게 열렸다.

트라구디와 같은 머리색과 눈동자를 가진 여성이었다. 허리까지 오는 긴 머리에 날카로운 눈매가 인상적이었다.

그 여성은 눈을 동그랗게 뜬 밀레디 일행을 보고 냉랭한 어조로 말했다.

"언제까지 여기 계실 거죠?"

트라구디가 엄하게 노려본다.

"시블. 무례함이 도를 넘었구나. 사과드려라."

"실례했어요, 아버지. 하지만 워낙 소란스러워서요. 놀 시간이 있으면 가서 변혁이든 뭐든 하면 될 텐데, 라는 생각이 들더라고요. 이러는 사이에도 우리나라가 말려들 위험은 커져 가는데 말이죠."

쏘아붙이듯 단숨에 긴 말을 쏟아낸 여성은 다름 아닌 트라구디의 친딸이었다. 요컨대, 용왕국의 왕녀. 이름은 시블이라고 한다.

해방자를 초대했다고 에둘러 비난하는 딸에게 트라구디가

머리를 저었다.

"네 애국심을 누가 모르겠느냐. 나도 그런 네가 기특하다. 하지만 그 배타적인 사고방식은 용인의 이념에 반하는 것이야. 몇 번이나 일러줬을 텐데?"

"쇄국하는 나라의 왕이 할 말인가요?"

"그건 세상에 혼란을 부르지 않기 위함이다. 너도 알지 않느냐."

"세상에 혼란을 부르는 패거리라면 거기 있네요."

"시블."

트라구디의 분위기가 험악해졌다. 공기가 전기라도 통하는 것처럼 찌릿찌릿 떨렸다.

조용히 깔린 긴박한 분위기에 밀레디가 허겁지겁 끼어들었다.

"소란 피워서 죄송해요. 조사가 끝나면 바로 떠날 테니—."

"3년 전, 당신이 왔을 때부터 안 좋은 예감이 들었어요."

"네?"

용안으로 변한 시블의 눈이 분노를 담아 밀레디를 노려봤다.

"당신 때문에 조국에 비극이 일어난다면…… 나는 절대로 널 용서 안 해!"

"그만 됐다! 나가거라!"

"아버지! 왜 몰라주시죠! 용인의 이념이 어쨌다는 건가요! 중요한 건 동포의 목숨이잖아요?!"

이미 질릴 만큼 나눈 대화였을 것이다. 적어도 손님 앞에서는 되풀이하고 싶지 않을 만큼. 트라구디는 깊은 한숨을 쉬었다.

"그라이스, 미안하지만 도와주게."

"아닙니다. ……전하, 가시죠."

"시중 따위 필요 없어요!"

시블은 눈물을 그렁거리며 트라구디를 노려보고 방에서 뛰쳐나갔다. 그라이스가 예를 올린 뒤 그녀를 쫓았다.

"미안하네. 못 볼 것을 보였군. 변명이지만…… 옛날에는 저러지 않았어. 제 어미를 잃고 애가 변했지."

자세한 이야기는 하지 않지만, 왕비는 인간에게 죽었다고 한다. 그것도 목숨을 구해주려고 특별히 입국을 허가한 인간에게.

용인의 고결함이 위험을 불러들였고 어린 시블의 호기심이 도화선에 불을 붙인 모양이었다.

그 후로 시블은 동족의 생명을 지키기 위해서라면 무슨 짓이든 허용된다는 극단론을 내세우게 됐다.

트라구디의 표정에 후회와 고뇌가 번졌다. 그도 용왕이기 이전에 한 사람의 남편, 한 사람의 아버지였다.

"폐하……."

밀레디가 걱정스럽게 꺼낸 말에 트라구디가 번쩍 정신을 차리고 멋쩍게 웃었다. ―그 직후.

"언~니~! 사랑하는 류가 왔답니다~♡ 밟아주셔요!"

끈적거리는 목소리를 내는 변태가 만세를 부르며 뛰어들었다. 그러다 방 분위기를 보고 얼어붙었다. 만세한 채로 1초, 2초…….

"저, 저는 그냥 늦게 온 벌을 받고 싶어서……."

변명이 무의미했다. 아니, 안 하느니 못하다.

"믿어져? 저게 트라구디 폐하랑 같은 일국의 왕이야."

오스카의 말에 가라앉았던 분위기도 어찌어찌 살아났다.

그 후, 류티리스도 회식에 참가해 메일의 방치 플레이로 헉헉대고 용왕은 표정이 굳어갈 무렵.

"폐하! 회식 중에 실례하겠습니다!"

문헌 조사관이 뛰어들었다. 무슨 일이냐고 물어볼 것도 없었다.

밀레디 일행은 낯빛을 바꾸고 일어섰다.

장소를 옮겨 궁궐의 한 방.

"의지를 마법으로?"

밀레디가 당황스러운 표정을 지었다. 다른 이들도 마찬가지였다.

조사관에게 보고를 듣던 트라구디가 상석에서 무게 있는 고개를 끄덕였다.

"성당을 지키는 극채색 결계. 거기서 류티리스 여왕께서 파악한 정보와 『의지』. 그리고 예상치 못한 탈력감을 불러일으킨 그대들의 결계 파괴."

그것들을 종합해 문헌과 대조한 결과, 한 옛날이야기가 발굴됐다.

흔해빠진 용사와 마왕의 싸움.

아직 신들이 지상에 있었다는 신화의 시대. 당대 용사는 한 여성을 지키고 싶다는 일심으로 의지를 힘으로 바꾸어 강대한 마왕과 싸웠다.

"그 이야기에 나오는 용사의 결계가 극채색으로 묘사된다. 용사의 간절한 의지가 궁극의 가호가 됐다는 거야."

"하지만…… 폐하. 그건 이야기를 재미있게 꾸미려는 상상 속 마법이 아닙니까?"

말을 신중하게 고르며 물은 사람은 소식을 듣고 달려온 라우스였다.

주인공이 강력한 힘을 얻고 악당에 맞선다는 건 흔한 패턴이었다.

트라구디는 긍정했다.

"그래. 역사보다는 옛날이야기에 가깝지. 그래서 우리도 중시하지 않았어."

애초에 신도 등장하지 않았다.

나오는 것은 이야기의 설정으로 흔히 사용되는 『대수』와 『여신』.

"여신? 에히트가 아니라?"

오스카의 혼잣말 같은 의문에 트라구디가 대답했다.

"에히트라는 이름은 나오지 않았어. 놈에게 성별이 있는지 알 수 없으니까 맞을 수도 있지만."

어쨌거나 신경 쓸 부분은 그게 아니었다.

"『성역에 범접하지 말지어다』. 용사가 한 말이야."

"류가 본 정보와 똑같네?"

"몸이 떨릴 정도로 강한 마음이었어요."

류티리스가 부르르 뜨는 가운데, 트라구디는 일행을 쭉 둘러봤다.

"그대들이 결계를 깨고 느낀 피로는 정말로 마력 소모 때문이었나?"

"그건⋯⋯."

밀레디가 신중하게 말을 꺼냈다. 감각과 기억의 끈 더듬어 오르며.

"그때 굉장히, 마음이 든든했어."

밀레디가 자기 동료들을 돌아봤다.

"마력이나 승화 마법이 다가 아니었어. 아, 다들 곁에 있구나. 혼자가 아니구나. 같은 마음으로 함께 맞서고 있구나. 그런 느낌이 들었어."

지금까지 느낀 적 없는 일체감을 느꼈다고, 밀레디는 조금 쑥스럽게 말했다.

"나도 뭔지 알겠어. 마음이 하나가 된다는 게 이런 거구나, 싶었어."

"네, 저도 느꼈어요. 우리 일곱 명이라면 뭐든 할 수 있다고 생각했어요."

"나도다. 미지의 결계 앞에서 왠지 확신이 섰지."

"나도 그랬어. 오직 해방을 바라는 마음이 겹쳐진 기분이더군."

"이봐, 설마 우리가 옛날이야기에 나오는 마법을 썼다는 소리야?"

반드르는 표정만 봐도 「그런 허황된 소리를 믿냐?」라고 말하고픈 눈치였다.

오스카가 안경을 밀어 올리며 크게 숨을 내쉬었다.

"그래도 폐하의 질문에는 이렇게 답할 수밖에 없어. 마력 소모만으로는 설명되지 않는다, 라고. 결계를 깼을 때, 나는 몸에서 기력이 몽땅 빠져나간 느낌이었어. 다들 똑같지 않아?"

일행이 깊은 생각에 빠져 방에 침묵이 깔렸다.

그때, 방해되지 않도록 귀만 기울이던 중노년들이 입을 열었다.

"고민해도 소용없지 않냐."

"그래. 단서는 찾았잖아. 그게 뭐든 일단 파고들어 봐야지."

"용왕 폐하. 그 뒤 용사는 어떻게 됐죠?"

바하르가 묻자 트라구디는 고민스럽게 고개를 저었다.

"그걸 알 수가 없어. 이 이야기는 용사가 마왕을 쫓아 여행을 떠나는 부분에서 끝나."

그러니까 성역은 수호했고, 마왕도 쫓아냈으며, 용사는 결판을 내러 여행을 떠났다고 다들 상상만 했다고 한다.

"……수해로 돌아갈까요?"

류티리스가 제안했다.

대수도 성역도 수해와 관련된 단어다. 수해의 여왕인 류티리스가 모르는 일은 거의 없지만, 조사하려면 현지가 가장 좋을 것이다.

그렇게 생각했지만, 트라구디가 제지했다.

"아니, 그대들은 남서쪽 끝, 『감벽의 대지』로 가야 해."

일행은 서로를 돌아보는데, 밀레디는 혼자 머릿속 전구가 반짝인 표정을 지었다.

"흡혈귀 나라로 가라는 말씀이신가요?"

"그래. 그 종족은 우리 용인보다 오랜 역사를 지녔어."

용왕국은 과거, 쇄국하기 전 여러 차례 박해를 받았다. 그때마다 잃어버린 문헌이나 전승, 구전도 많았다.

하지만 흡혈귀족은 예로부터 철저한 쇄국주의를 펼쳐 왔다. 전승이라면 그들이 더 잘 보존했을 것이다. 트라구디의 설명에 일행은 모두 수긍했다.

"다만, 그대들도 알겠지만……."

워낙 폐쇄적인 곳이다. 궁극의 배타주의. 협력 이전에 나라에 들어가지도 못할 가능성이 크다.

"으음, 그래도 언니가 가면 어떻게든 되지 않을까?"

응? 다들 의문 섞인 시선을 던지자 메일이 자기 눈동자를 가리켰다.

"잊었어? 메일 언니는 흡혈귀 피가 절반 섞였잖니."

""""아."""""

밀레디, 오스카, 나이즈, 그리고 반드르가 눈을 깜빡깜빡했다.

"그랬어요?! 왜 아무도 알려주지 않으셨어요!"

"뭐?! 리쥬의 옛날 남자가 흡혈귀였다고!"

사랑하는 언니의 새로운 정보에 류티리스가 흥분했고, 바하르가 딱히 알고 싶지 않았던 정보에 이를 빠드득 갈았다.

메일은 류티리스를 무시하고 바하르를 슥 손가락질했다. 그리고 마음껏 허리를 젖히고 씨이익 웃었다.

"어머니는 아버지를 사랑하셨대! 너 말고!"

"이, 이 꼬맹이가!"

바하르 이마에 핏줄이 불룩불룩 튀어나왔다. 커그가 어깨를 탁탁 치며 위로했다.

"그, 그래도 메르 언니 아버지는 존귀한 신분이었지? 그러니까 리쥬 씨는 피해를 주기 싫어서 스스로 안디카로 간 거고. 어쩌면 그 후로 큰일이 났을 수도……."

"그러면 더 좋지. 보잘것없는 존재는 거들떠보지도 않지만, 눈엣가시는 무시할 수 없어. 후후후."

"무법자의 딸답구먼."

살루스가 느끼는 바가 있다는 듯 중얼거렸다. 그게 무슨 뜻이냐며 바하르와 메일이 눈을 부라린다. 피가 섞이지 않았는데도 영락없는 부모와 자식 같았다.

"흠. 뜻하지 않은 연결고리일지도 모르겠군. 그러면 어떻게 하겠나, 해방자 리더?"

트라구디의 질문에 밀레디는 메일을 걱정스레 쳐다봤으나, 메일이 머리를 톡톡 두드려주자 고개를 끄덕였다. 다른 동료들도 반대하지 않는지 힘찬 눈빛을 보냈다.

밀레디는 결단했다.

"갈게요. 가장 오래된 나라, 더스티아 왕국에."

그날 저녁.

트라구디 외에도 여러 용인이 궁궐에 모여 밀레디 일행을 둘러싸고 배웅했다. 살루스를 비롯한 나머지 인원은 계속해서 용왕국을 임시 거점으로 쓰게 되므로 똑같이 배웅하는 쪽에 섰다.

"벌써 가는구나, 반."

"……네. 죄송합니다."

조금 떨어진 곳에서 니에시카가 시무룩하게 어깨를 늘어뜨렸다. 뭐라고 말해야 좋을지 몰라서 눈만 굴리는 반드르의 어깨에 바위처럼 단단한 손이 올라왔다.

"또 오거라."

그라이스의 무뚝뚝하지만 다정한 눈빛에 마음은 더욱 괴로워졌다.

"저…… 제게는 일족이……."

진짜 슈네 일족과는 무관한, 어머니에게 이름만 빌린 반드르의 가족. 그들이 있는 곳이 자신이 돌아갈 곳이다.

"미련하긴."

어깨를 잡는 손아귀에 힘이 들어갔다. 아플 정도로 강한 힘이었다. 하지만…….

"네 가족은 우리 가족이다. 이번에는 모두 데리고 돌아오라는 말이다."

무척 따스하고 마음이 놓여 자기도 모르게 기대고 싶어진다.

"반. 그 아이, 사슬카 때문에 죄책감을 느낀다면, 이제 그만두렴."

이번에는 니에시카가 반드르의 손을 잡았다.

"그 아이는 자기가 원해서 바깥 세계로 나갔어. 조사관으로서 세계를 돌아보겠다고 자기 의지로 선택했어. 너를 낳아 키우고 가족을 만든 것도, 다 그 아이가 선택한 거야."

그 아이가 한 번이라도 긍지를 잃은 적이 있었니? 온화한 표정으로 그렇게 묻는 니에시카에게 반드르는 조용히 고개를 저었다.

"어머니는 언제나 고결했어요. 용인이라는 자각을 잃은 적은 한 번도 없습니다."

확실하게 단언했다. 니에시카도, 그라이스도 그 말을 마음에 새기는 것처럼 잠시 눈을 감았다. 그리고……

"그럼 너도 가슴을 펴고 살아라. 자랑스러운 용인, 사슬카슈네가 목숨을 바친 건 잘못이 아니라고."

"우리는 자랑스러워. 그 아이도, 힘든 상황에서도 이렇게 멋지게 큰 너도. 그러니까, 알겠지?"

눈물이 나올 것 같았다. 그래도 출발 전에 한심한 꼴을 보여줄 순 없었다.

"다녀오겠습니다. 그리고 돌아오겠습니다. 제 가족을 데리고. ……할아버지, 할머니."

두 사람의 눈을 똑바로 보며 처음으로 그렇게 불렀다.

그라이스와 니에시카는 그야말로 꽃이 피듯 활짝 웃었다.

"폐하, 죄송하지만 가족을 부탁드리겠습니다."

"라우스 공, 안심하시게. 그대의 가족은 용왕의 이름을 걸고 보호하지. 언젠가 반드시 서로를 이해하는 날이 온다고 나도 믿고 있네."

"하해와 같은 은혜, 황송하기 그지없습니다."

라우스와 트라구디가 굳게 악수를 나눴다. 라우스의 가족도 이곳에 계속 남는다. 며칠 후에는 대리로 부른 샤름과 라인하이트도 올 것이다.

"그럼 갈까? 트라구디 폐하. 협력해 주셔서 감사합니다."

"밀레디 양. 너의, 너희의 미래에 빛이 함께하기를."

일행은 미소를 지으며 서로 눈빛을 교환했다. 나이즈가 게이트를 열었다.

열렬한 격려 속에서 밀레디 일행은 다시 앞으로 나아간다.

불확실한 희망을 거머쥐기 위하여.

남쪽 대륙, 마왕국 영토 북방에 위치한 산간 지대.

그곳 계곡 옆에서 밀레디 일행은 야영하고 있었다.

흡혈귀의 나라【더스티아 왕국】— 통칭『귀국(鬼國)』은 대륙 중심을 기준으로 용왕국 대각선상에 있다. 북동쪽 끝에 용왕국이 있다면 서남쪽 끝에 귀국이 있는 셈이다.

아득히 먼 거리였다. 가능하다면 남서쪽으로 일직선으로 가고 싶었다.

그런데도 군이 남하한 이유는 그곳에 기다리는 사람이 있어서였다.

졸졸 흐르는 계곡물과 벌레들의 연주를 음악 삼아 밀레디 일행이 모닥불 앞에서 식후 차를 즐기는데, 문득 라우스가 고개를 들었다. 기다리던 사람이 온 모양이었다.

5분 정도 지나고 이끼 낀 바위 뒤에서 사람 그림자가 나왔다.

"……늦었나?"

검은 옷으로 몸을 가린 2인조였다. 둘 다 20대 초반을 보이며 머리도 똑같이 검은색, 올백과 미역 같은 곱슬머리였다. 기척이 거의 느껴지지 않고 검은 옷 때문에 야음에 녹아들 것 같은 반면, 얼굴은 도자기처럼 희고 눈은 선명한 붉은색으로 빛났다. 멀리서 보면 얼굴만 떠다니는 것 같아서 으스스했다.

"아니, 우리도 방금 도착했어."

딱히 경계하는 기색도 없이 오스카가 바위를 연성해 앉을 자리를 마련했다.

"우리보다 일찍 도착할 줄은 몰랐군."

"북쪽 산맥에서 여기까지, 그 먼 거리를 대체 어떻게……."

두 사람은 감탄스러우면서도 황당하게 자리에 앉았다. 나이즈가 음식이 남았다고 권하나, 그들은 고개를 저어 거절했다.

"둘 다 정말로 이제 괜찮아?"

어딘지 모르게 긴장감이 느껴지는 두 사람에게 밀레디가 싱긋이 웃으며 말을 걸었다. 이어서 반드르가 착잡하고 미안하게, 굳은 안색으로 위로했다.

"……내가 말할 자격은 없겠지만, 무리하지는 마. 라우스가 정신적 부담을 덜어줘도 너희가 마왕성에서 받은 고통은 상상을 초월할 테니까."

이 두 사람은 전에 밀레디 일행을 고전시킨 『대 신대 마법사용자 부대 키메라』의 흡혈귀 콤비였다. 마왕성에서 회색 옷과 피험자를 구조할 때, 해방자는 그들도 함께 데리고 나왔다.

올백 머리가 『암살검 검은 옷』 모건 커티스.

곱슬머리가 『건틀릿 검은 옷』 네블라이 피스트.

『천망』으로 귀국에 간다고 각지에 연락했을 때, 성모향에서 요양 중이던 두 사람이 통신으로 동행을 요청했다. 그들에게는 조국이었다. 밀레디 일행으로서도 오히려 기쁜 제안이었다.

그렇지만 그들은 가혹한 실험과 육체 개조, 오래도록 의지가 속박되어 심신 쇠약 상태였고……

"배려는 이미 충분히 받았다. 해방자에게는 지은 죄도 있고 갚아야 할 은혜도 있어."

"그래. 사실 좀, 불편해."

모건이 말하자 네블라이도 멋쩍게 웃었다.

"……하지만 너희는 내 변성 마법 때문에 조국으로…… 그……."

돌아가기 힘들어지지 않았는가. 반드르는 차마 그 말을 꺼내기가 힘들었다.

"마인족과 수인족의 특성이 융합된 몸으로는 조국에 있을 수 없다고 했던가?"

"혈통을 중시하는 폐쇄적인 종족이라고 하니까요."

확인하듯 라우스와 류티리스가 둘을 바라봤다.

빙설 지대 경계에 있는 숲에서 한 달간 요양할 때, 원한다면 귀국까지 보내주겠다고 묻자 두 사람은 그렇게 대답한 바 있었다.

전해 들은 이야기를 꺼낸 두 사람에게 반드르가 인상을 찌푸린다.

하지만 반대로 모건과 네블라이는 더 멋쩍은 표정이 됐다.

"그 얘기 말이다만, 미안하다. 반은 거짓말이었어."

다들 눈을 동그랗게 떴다. 밀레디가 당황해서 물었다.

"거짓말? 어, 뭐가?"

"조국으로 돌아갈 수 없다는 말. 그리고……."

"트라우마로 더는 싸울 수 없다는 얘기도."

사실 해방자라고 키메라 부대를 전혀 경계하지 않은 건 아니었다.

누가 뭐래도 중력, 공간, 재생, 혼백 마법을 방해하고 중화하는 데다가 수인의 신체 능력과 마인의 마법 적성을 겸비했으며, 흡혈로 빠른 회복과 유사 한계 돌파까지 가능한 초인들이었다.

행여 착란을 일으켜 폭주하거나 회복하자마자 흡혈귀 우월주의 사상에 따라서 다른 종족을 피 제공자, 나쁘게 말해 식량으로 여겨 덮치면 굉장히 위험하다.

그래서 남쪽 숲에 있을 때는 틈틈이 만나서 그들의 언동을 확인했었다.

그런 은연중 경계심을 느끼던 두 사람은 어느 날 스스로 나서서 부탁했다.

『은인을 해할 만큼 흡혈귀는 염치없는 종족이 아니다. 나가라고 한다면 나가겠지만, 갈 곳이 없다. 정신적으로 싸울 힘도 없다. 그러니까 가능하면 이곳에 머무르게 해 달라.』

실제로 본인들 말대로 정신적으로 피폐한 상태여서 조그만 소리에도 겁먹고는 했지만, 콜린과 아이들의 헌신적인 간호 덕분에 조금씩 마음을 열고 있었다.

결론부터 말하면 공화국 전쟁이 발발됐을 때, 밀레디 일행이 의심 없이 떠난 것이 그들을 믿는다는 증거였다.

라우스에게 정신 관리를 받고 꽤 회복했을 때도 귀향 의사는 없어서 싸우지 않는 평화로운 삶을 바란다고만 생각했다. 왜냐면 그들도…….

"서, 설마. 콜린을 성모라고 말한 것도 거짓말이었어?!"

"그럴 리가. 그 애는 성모야. 틀림없어."

"그 애한테서 떨어지는 게 유일한 미련이야. 안 돼. 생각하니까 금단 증상이 생길 거 같아."

오스카에게 정색하고 반론할 만큼 콜린 광신자니까.

"우리 아들 샤름도 그러더니, 그 아이는 마성이라도 있나."

"""성모라고 했잖아!"""

반 오빠까지 합세해서 소리쳤다. 여자들이 혐오스럽게 쳐다본다. 뭐가 문제인지 모르겠다.

모건이 살짝 볼을 붉히며 헛기침했다.

"우리는 이제 싸울 수 있어. 눈칫밥을 먹겠지만, 받아줄 분을 알아."

"그래도 돌아가지 않은 데는 이유가 있지?"

고개를 끄덕이며 이번에는 네블라이가 대답했다.

"지금으로부터 약 3년 전, 우리는 어떤 분께 밀명을 받았어. 긴 여행이 될 수색 임무였지. 출국하자마자 마왕군에게 습격받았지만."

"수색? 찾는 사람이라도 있었어?"

밀레디의 질문에 네블라이는 긍정하며 메일에게 눈길을 보냈다. 매우 닮은 붉은 눈동자가 서로를 들여다봤다. 그제야 밀레디 일행이 놀란 표정을 지었다.

"어머? 혹시 나?"

"네. 아마도요."

"아마도?"

"스무 살 전후. 해인과 흡혈귀의 특징을 가졌을 가능성이 크다."

확실히 메일에게 부합하는 조건이었다.

하지만 그보다 두 사람이 말투를 바꾼 점이 신경 쓰였다.

"……어머니는 아버지가 고귀한 신분이었다고 하셨어. 설마 그 아버지란 사람이?"

"아뇨. 우리의 주인님은…… 폐하가 아닙니다."

메일이 뒤통수를 맞은 표정이 되고, 다른 일행도 「폐하?!」라며 놀라움을 드러냈다.

당연하다. 그 말인즉.

"내 아버지가 더스티아의 왕이야?"

"주인님의 예측이 맞다면요. 우리 주인님은 알파드 일 더스티아 왕태자 전하십니다."

"당신은 알레산드 일 더스티아 국왕 폐하의 딸, 왕가의 직계 자손입니다."

모건과 네블라이의 진지한 눈빛에 잠시 아무도 말을 꺼내지 못했다.

그런 가운데, 오스카가 문득 뭔가 깨달은 것처럼 조심조심 나이즈에게 물었다.

"……나이즈. 너, 사실 샤르드 연합국의 고위 계층인 거 아니지?"

"갑자기 왜 그러지? 변경 마을 출신이라고 얘기했을 텐데."

"마음의 벗이여!"

"정말로 왜 그래?!"

그야 이곳에 있는 인간들은 마왕의 동생, 공화국 여왕, 신국 최상위 명가의 당주, 제국 전 백작 영애다. 거기에 이번에는 귀국 왕족까지.

빈민가 고아, 마을 주민과는 격차가 너무 심하지 않은가.

"나이즈. 메일은 배신했지만 우리는 평생 친구야."

"왜일까. 기쁜 말일 텐데 슬퍼지는군."

"웬 트집이람. 그렇게 안 봤는데 출신 같은 거 신경 써?"

"오, 오 군! 출생은 중요한 게 아니야! 그리고 봐! 오 군은 『성모의 오빠』잖아!"

"……미안하다, 나이즈."

"왜 사과해? 내용에 따라서는 안경 깨 버린다."

모건과 네블라이는 이 상황에 적응하지 못했다. 뭐야, 이 분위기? 진지한 이야기 하는 중 아니었나? 라는 표정이었다. 과연 묘한 분위기를 바꾸려는 배려였을까, 아니면 그냥 본심이 나온 것일까.

지적은 하지 않고 라우스가 화제를 되돌렸다.

"그 왕태자 전하가 왜 메일을 찾지?"

"이유는 못 들었어. 애초에 실존하는지도 확실하지 않았으니까."

"하지만 추측은 할 수 있지. 그게 우리가 은신처에 머문 이유 중 하나야."

"혹시 그거야? 왕가의 핏줄에 혼혈은 인정할 수 없다, 찾아서 죽여라?"

"전하는 그런 분이 아니다!"

모건이 버럭 외친 소리가 계곡 물소리까지 죽이며 메아리쳤다. 메일이 어깨를 움츠렸다.

"미안. 딱히 아버지한테 악감정이 있는 건 아냐. 평범하게 생각해서 나 같은 자식을 꺼리겠거니 생각했을 뿐이야."

"아닙니다. 저야말로 언성을 높여서 죄송합니다."

격앙했던 모건이 머쓱하게 머리를 긁적였다.

"괜찮아. 오히려 존대는 쓰지 마. 나는 더스티아 왕가의 메일이 아냐. 메르지네 해적단의 메일 메르지네지."

모건과 네블라이는 서로를 빤히 바라보다가 어깨에서 힘을 뺐다. 그리고 다시 이야기를 시작했다.

3년 전 알레산드는 큰 병에 걸려 앓아누웠고 만일의 사태에 대비해 차기 왕위 계승자를 지목했다.

그게 알파드였다. 장남 스뱃 왕자를 제치고 그가 지목된 것이다.

괴짜에 방탕아 기질이 있던 동생이 선택받을 줄은 누구도 예상하지 못했던 일이다.

알파드 본인이 아버지를 찾아가 형이 더 어울린다고 몇 번이나 재고를 요구했을 정도로.

하지만 무슨 까닭에선지 알레산드는 완강히 고집을 꺾지 않았다.

시간이 지날수록 마음이 급해진 알파드는 어느 날 심복이자 죽마고우인 모건과 네블라이를 불러 부탁했다.

아버지에게 숨겨둔 자식이 있을지도 모른다. 아버지가 대관식 전에 바깥 세계에서 사랑한 여성과 낳은 아이. 그 아이를 찾아 달라.

"설마……."

메일이 인상을 팍 썼다. 모건이 난감한 표정으로 고개를 끄덕였다.

"확실히 말씀하시지는 않았어. 하지만 우리 예상으로는 당신에게 왕위를 양보하려는 생각 같아."

"전하께선 왕만은 되고 싶지 않다고 하셨으니까. 어떻게 폐하의 과거를 아셨는지는 몰라도, 과거 사랑한 여성의 아이라면 폐하도 마음을 바꾸실 거라고 생각한 모양이셔."

당연하지만 흡혈귀는 대부분 순혈주의며 대를 거듭한 순수 혈통을 중시한다. 그러니 왕족에 혼혈이 있다면 스캔들은 피할 수 없다. 이 사실이 드러나는 날 나라가 발칵 뒤집힌다.

그래서 알아보고 싶었다. 메일이라는 여성이 어떤 자인지를. 그 인간성을.

우연히도 저주에서 해방해준 자들 중 한 명이 찾던 사람이었다. 이런 행운을 놓칠 수는 없었다. 은신처에 있으면 일일이 따라다니지 않아도 메일의 정보가 들어온다. 흡혈귀면서 역사적 사건에 개입해 조국을 위험에 빠뜨릴 필요도 없다.

그게 은신처에 머물겠다고 자처한 이유였다.

"······메르 언니네 어머니는 메르 언니를 지키려고 떠났어."

"밀레디?"

양손으로 잡은 컵을 들여다보며 밀레디가 불쾌한 목소리를 냈다.

"이기적이야."

"어디까지나 우리 상상이다."

모건이 해명하지만, 밀레디의 못마땅한 표정은 변하지 않았다.

메일의 눈이 달콤하게 녹아내리듯 가늘어졌다. 밀레디 옆으로 와서 팔을 두르고 자기 가슴으로 끌어당겼다. 그리고 머리를 쓰다듬는다.

"앗, 왜 이래."

"어머, 언니만 치사해요! 저도요!"

오스카를 밀치고 반대편에 앉아 자기도 찰싹 붙었다. 양옆에서 거유에 끼여 부대끼는 밀레디가 「싸, 싸우자는 거야?!」라고 새빨개진 얼굴로 소리쳤다.

라우스가 입꼬리를 올리고 웃으며 이야기를 정리했다.

"아무튼 왕족과 인맥이 있어서 나쁠 건 없어."

"그렇지. 저쪽 의도는 몰라도 우리 목적을 생각하면 바라마지않던 연줄이야."

"스벳 왕자와 순혈주의자는 경계해야겠지만. 동생에게 왕권이 넘어가게 됐고 왕가의 피를 이은 숨겨둔 아이까지 나타난다. 나라가 뒤집어질 거야."

"뭐, 그래 봤자지. 무법자들의 도시를 폭력으로 빼앗으려고

한 해적 여제잖아? 나는 오히려 메일이 사리사욕을 채우려고
흉계를 꾸미지 않을지 걱정이군."

"""그건 그래."""

여자들이 흘겨보는 눈에서 「야, 남자들, 안 닥쳐?」라는 목소
리가 들리는 것 같았다.

"이, 일단 감벽의 대지를 넘겠다면 우리가 안내할 수 있어. 그
리고 방법은 비밀이지만 전하와 연락할 생각이다. 괜찮겠지?"

"3년이나 지나서 될지는 모르겠지만."

거유의 폭력에서 탈출한 밀레디가 고개를 끄덕였다.

"응. 기분 나쁘게 말해서 미안. 서로 이해가 일치하니까 잘
해 보자!"

"그래. 잘 부탁한다."

"신은 우리 흡혈귀에게도 숙적이니까 전하도 방해하시진 않
을 거야. 그렇게 우둔한 사람은 아니니까."

단순한 충성이 아닌 호감이 느껴졌다. 그 점이 전해져 일행
은 조금 마음이 놓였다.

그로부터 며칠 후.

밀레디 일행은 마침내 대륙 남서쪽 끝에 도착했다.

거대한 계단밭 같은 암회색 대지 위에 푸르른 녹음과 물,
그리고 도시가 있었다.

떨어지는 폭포로 물안개가 피어나고 여기저기 무지개가 걸
렸다.

저 먼 곳에는 웅대한 산맥과 숲도 펼쳐졌다.

과연 누가 믿겠는가.

설마 이런 낙원 같은 곳이 걷히지 않는 옅은 안개로 덮인 위험 지대―【감벽의 대지】깊은 곳에 있는 사악한 흡혈귀의 나라라고.

대지와 같은 암회색인 아름다운 건축물이 널찍하게 계단식으로 늘어선 도시, 그중 가장 높은 곳에 장엄한 왕성이 있었다.

그곳 테라스에 아름다운 무지개색 드레스를 입은 귀부인이 있었다. 파도처럼 넘실거리는 애시 블론드 머리카락과 진홍색 눈동자에 숨 막히도록 요염한 미녀였다.

도시를 내려다보지만, 약하게 빛나는 눈동자에는 사실 다른 풍경이 비치고 있었다.

"아무 일 없이 쫓아 낼 수 있다면 좋을 텐데……."

한숨에서 피로와 근심이 묻어났다.

귀부인의 눈동자에는 안개 깔린 강과 호수, 진흙 속 연꽃 같은 녹색 대지와 침수된 산림이 보였다.

왕성에서 500킬로미터나 앞에 있는 【감벽의 대지】복판의 풍경이었다.

동물이나 마물과 오감을 공유하는 고유 마법 『사역마 계약』으로 습지에 대기하는 작은 새 사역마의 시각을 공유한 것이었다. 어눌하나마 원격으로 대화도 가능했다.

【감벽의 대지】는 귀국의 방파제다.

깊이를 모를 늪과 유독 가스 분출구 등 천연 함정이 수도 없이 많고, 바닥이 불안정하며 멀리 내다볼 수도 없다. 강은 여러 지류가 미로처럼 얽혀 기기괴괴한 흐름을 형성하고 강력한 마물까지 득실거렸다.

더불어 이 위험 지대는 굉장히 광대하다. 남쪽 대륙 남서부 일대를 곡선으로 잘라 낸 듯한 띠 모양의 지역으로, 폭은 평균 200킬로미터나 된다.

그리고 이곳을 돌파해도 가장 안쪽에 기다리는 것은 깎아지르는 절벽과 그 위에 상주하는 각 영지의 국경 경비대고, 거기에 더해 이 땅을 수호하는 왕가의 비보도 있다.

그래서 『침입자 발견』이라는 보고가 와도 그들에게 맡겨 두면 그만이다. 그만일 텐데…….

묘하게 불길한 예감이 들어서 지켜보지 않을 수 없었다.

어쩌면 이틀 전에 온 급보— 가장 가까운 마왕국 마을에 침투한 첩보원이 보낸 바깥 세계에서 일어난 대사건이 원인인지도 모르지만…….

결과부터 말하자면, 그 예감은 맞았다.

경비병과 다투는 침입자 중 한 명을 본 순간, 귀부인은 숨쉬는 것도 잊었다. 눈이 한 점에 고정됐다.

동족으로 보이는 두 명은 괜찮다. 아는 얼굴이다. 이상하리만큼 강하고 몇 년 전부터 행방불명이어서 신경은 쓰인다. 보고로 들었던 신대 마법 사용자 같은 이들이 함께 내방한 것도 큰 사건이다. 하지만 논리적 사고도 위정자의 판단력도 전부 머릿속에서 날아가 버렸다.

눈이. 그 붉은 눈동자가.

"지금 당장 전투를 중지하세요!"

부지불식간에 목이 찢어지도록 소리쳤다. 방에 대기하던 시녀가 무슨 일인가 하고 당황하는 것이 전해졌다.

"아니아 일 더스티아의 이름으로 명합니다!"

당황한 것은 시각을 공유한 반대편도 마찬가지였다.

"그 아이를— 아니, 전원이라도 괜찮아요. 데리고 오세요."

도중에 숙녀답지 못했다고 깨닫고 서둘러 심호흡했다.

차분한 어조로 명확하게 지시하자 경비병들이 어리둥절하면서도 따르는 모습이 보였다.

귀국 왕비는 조금 복잡한 표정을 보이더니 가슴에 손을 얹고 눈을 감았다. 잠시 후 눈을 떴을 때, 그녀는 왕비에 어울리는 위엄과 기품을 되찾고 돌아섰다.

남편이 정말로 사랑한 여자의 딸을 맞이하기 위해.

절벽 위 요새 광장에서.

두 여자가 말없이 서로를 바라봤다. 대략 5분을, 선 채로.

메일과 왕비 아니아였다.

놀랍게도 이 요새로 안내되어 대기하라고 지시받은 뒤, 한나절 정도 지나서 왕비가 직접 행차했다. 호위병도 거의 거느리지 않고 검은 거대 수리를 타고.

왕성에서 이곳까지 300킬로미터는 된다. 다시 말해 강행군이다.

귀인 중의 귀인이 할 행동이 아니었다. 왕비가 나타난 순간, 분위기가 험악하던 병사들이 넋이 나가 버릴 만큼 말이 안 됐다.

그리고 그 아니아 왕비는 병사들이 말리는데도 무시하고 이 방으로 와서 메일과 눈싸움을 시작한 것이다.

솔직히 이해할 수 없는 분위기 때문에 아무도 끼어들지 못했다. 신대 마법 사용자가 와서 직접 나선 줄 알았는데 이 모양이었다. 밀레디 일행도 당황스러울 따름이었다.

그런 가운데, 메일이 마침내 입을 열었다.

"만나서 반가워. 메일 메르지네야. 내가 누군지 확신했나 봐?"

방 절반을 채운 병사들이 웅성거렸다. 험악한 분위기가 돌아왔다. 왕비님께 이 무슨 불손한 말버릇이냐며.

하지만 왕비는 꾸짖지도 않고 물끄러미 메일의 눈동자를 바라본 채였다.

"그래, 반갑구나…… 리쥬의 딸아이야."

병사들은 의아하게 생각하지만, 밀레디 일행은 식은땀이 확났다.

『어, 어떡해, 오 군! 이거 그거지? 출생의 비밀로 진흙탕 싸움!』

『나한테 묻지 마! 모건, 어떻게 된 거야?!』

『모, 몰라! 왕비님이 아신다는 말은 나도 못 들었어!』

『앗, 맞아요! 이 자리는 최고령에 기혼자인 라우 씨가 수습을!』

『훗, 이미 가정을 말아먹은 무능한 가장이라도 괜찮다면…….』

『라우스는 안 되겠군. 눈이 맛이 갔어.』

『가장으로서 자신감이 박살 났나……. 용왕국에서 무슨 일이 있었던 거야?』

병사들이 못 듣게 『염화 통신』 아티팩트로 숙덕대는데 아니아 왕비가 마침내 움직임을 보였다. 병사들에게 방에서 나가도록 명하고 밀레디 일행과 나눌 대화를 아무도 들어서는 안된다고 경고했다.

"안 됩니다, 왕비님!"

"커티스 남작가의 모건과 피스트 자작가의 네블라이는 알파드 전하의 부하입니다. 심지어 3년 전부터 행방을 감춘 사람들 아닙니까!"

"그 둘이 이런 추악한 모습이 되어 불법 입국을 돕고 있습니다. 놈들에게 무슨 짓을 당했으면!"

"악독한 적인 건 분명합니다! 부디 다시 생각해 주십시오!"

듣자 듣자 하니 너무한다. 그래도 키메라화의 원인도 불법 입국도 엄연한 사실이다.

그래서 반박할 수 없다!

밀레디 일행은 땀을 삐질삐질 흘리면서 차마 고개를 들지 못했다.

척 봐도 찔리는 구석이 많은 분위기에 병사들이 더더욱 눈을 부라린다!

"『진의의 재단』은 이자들을 받아줬어."

그건 왕가에 전해지는 비보의 이름이었다. 왕성에서 원형으로 존재하는 중계탑과 절벽을 따라서 일정 간격으로 존재하는 각 영지의 요새를 기점으로 펼쳐진 보이지 않는 결계.

악의나 적의를 가진 자는 왕족이 반드시 감지하여 침입을 막을 수 있다.

아니아 왕비가 한순간 라우스를 본 이유는 혼백 마법으로 결계를 속였을 가능성을 생각해서일까. 하지만 그녀는 결국 아무 말도 하지 않았다.

"왕가의 기밀에 관련된 이야기도 있어. 무엇보다."

한 번 말을 끊은 아니아 왕비는 냉철한 표정으로 병사들을 돌아봤다.

"신대 마법 사용자가 일곱 명. 진심으로 덤비면 호위는 무의미해. 내가 대응할 안건이니까 이자들이 이성적일 때 물러나도록 해."

"그, 그건…… 아니, 알겠습니다. 가까운 곳에 대기하겠사오니 필요하면 언제든 불러주십시오."

"그래. 고마워."

굴욕이겠지. 지켜야 할 국모가 너희로는 역부족이라고 말했으니까.

하지만 그들은 우수하고 현실을 볼 줄 알았다. 왕비의 말은 옳다. 분하지만 그 말대로 하는 수밖에 없다.

"우, 우리가 천재지변이라도 되는 것처럼 말씀하시는데 정말로 해칠 생각은 없거든요. 미, 믿어주면 좋겠는데~, 아하하. ……넵, 죄송합니다."

밀레디가 실없이 웃으며 주장하지만, 병사들에게선 감정을 억누르느라 필사적인 눈빛만 돌아와서 바로 꼬리를 내렸다.

그게 조금이나마 분풀이가 됐는지, 병사들은 내키지 않아 하면서도 방을 나갔다.

아니아 왕비가 무영창으로 방 전체를 바람으로 휘감았다. 아마 방음 마법일 것이다.

그녀는 1인용 소파에 앉으며 밀레디 일행에게도 앉으라고 권했다.

모건과 네블라이는 직립부동이었다. 동족들이 배신자로 보는 눈빛, 경멸 섞인 감정을 보여도 표정 하나 바꾸지 않았지만, 지금은 눈에 보일 정도로 긴장했다.

"우선."

아니아 왕비의 눈이 아주 잠깐 모건과 네블라이를 향하지만, 그녀의 표정은 메일과 마주했을 때와 달리 완전히 위정자의 얼굴이 되어 있었다.

"해방자라고 했나요? 당신들의 용건을 듣도록 하죠."

밀레디도 조직의 리더로서 표정을 고치고 자세를 바로잡았다.

그리고 자기소개와 함께 『해방자』라는 조직과 지금까지 행한 일, 그리고 『신을 타도할 단서를 찾으러 왔다』라는 목적을 간결하게 설명했다.

아니아 왕비는 턱에 검지를 대고 생각에 빠졌다.

잠시 숨소리도 들리지 않는 정적이 흘렀다.

가만히 아니아 왕비를 바라보던 이들은 남녀불문 그 아름다움에 새삼 감탄했다.

그야말로 예술품. 『신의 사도』에 밀리지 않는, 인간을 초월한 조형미. 이렇게 말없이 가만히 있으면 정교한 도자기 인형 같다는 생각마저 들었다.

위엄과 기품이 그녀를 성숙한 여성으로 보이게끔 하지만, 순진한 웃음이라도 짓는다면 소녀로 보였을지도 모른다.

무의식중에 다들 예술품을 감상하는 분위기로 쳐다보는데, 생각 정리가 끝났는지 아니아 왕비가 다시 움직였다.

밀레디 일행도 꿈에서 깬 것처럼 현실로 돌아왔다.

"결론부터 말하면."

아니아 왕비가 조용한 음성으로 일행을 한 명씩 돌아봤다. 긴장으로 입술을 꽉 다문 밀레디에게 마지막으로 시선을 멈추고 그녀는 말했다.

"기대에 부응할 수 없겠네요."

무거운 분위기가 깔리고, 밀레디는 이를 악물며 애원했다.

"……귀중하다는 건 알아요. 하지만 흡혈귀를 사악하다고 박해하는 에히트는 당신들에게도 숙적일 거예요. 이해관계는 일치하지 않나요?"

딱히 더스티아 왕가가 보유한 지식을 전부 내놓으라는 이야기는 아니다.

그저 용왕국에서 얻은 정보를 보완할 무언가를, 작은 실마리를 구하고 싶을 뿐이다.

그렇게 몸을 앞으로 내밀며 호소하는 밀레디를 아니아 왕비는 손을 내밀어 제지했다.

"착각하지 마시죠."

"네?"

"지금 왕가에는 방대한 역사의 기억과 지식을 전할 방법이 없어요."

무슨 뜻인지 몰라 일행은 의아하게 서로를 바라봤다.

"그리고 그게 당신들을 받아들인 이유예요."

직접 말하지는 않지만, 뭔가 왕가에 문제가 있다는 뜻. 그리고 그걸 해결하는 조건으로 협력할 수도 있다는 암시였다.

"어머, 나한테 싫은 소리라도 한마디 할 줄 알았더니. 오는 길에는 새를 통해서 그렇게 뜨거운 시선을 보냈으면서. 이러면 내가 꼭 자의식 과잉 같잖아?"

눈치 따위 보지 않는 메일 누님은 언제 어디서든 눈치가 없다.

오잉? 아니아 왕비의 상태가…….

왠지 뺨을 붉히고 부끄러운 듯 눈을 내리까는데?

굉장히 가녀리고 아리따운 매력이 흘러나왔다. 남자들이 일제히 눈을 엉뚱한 방향으로 돌린다. 계속 보면 왠지 빠져들 것 같아서. 상대는 유부녀인데도!

밀레디의 싸늘한 눈빛이 오스카에게 꽂혔다.

"네 눈동자가…… 그 사람과 꼭 닮았으니까."

어딘지 모르게 변명 같은 말이었다. 위정자의 가면이 벗겨지고 메일을 보는 눈에는 그리움과 애틋함이 깃든 것처럼 보였다.

"그건…….'

"그래. 네 아버지 이야기야."

바로 인정했다. 모건과 네블라이는 눈알이 튀어나올 만큼 놀라고 있었다.

"알고 있네?"

"아니. 너를 보고 확신했어."

메일은 눈을 찌푸리고 아니아 왕비는 허공에 시선을 뒀다.

"대관식 전날, 나는 봤어."

방에 틀어박힌 알레산드가 걱정되어, 아무도 들이지 말라는 엄명이 있었는데도 사역마를 써서 몰래 상태를 보러 갔다.

"봤다고? 뭘?"

"그 초상화를 사랑스럽게 바라보는 모습을. 그걸 괴롭게 찢어 버리는 모습을."

"그건, 설마……"

그게 무엇인지 짐작하고 눈을 동그랗게 뜨는 메일에게 아니아 왕비가 다시 눈을 맞췄다.

"넌, 너희 어머니를 빼다 박았어."

그 눈빛이 무엇인지, 메일을 포함해 그 누구도 표현할 수 없었다.

나쁜 감정도 좋은 감정도 전부 끌어안고 포화된 듯한 눈동자였다.

이런 눈으로 남자를 바라본다면, 그는 분명히 깊이 빠져들어 다시는 그녀에게서 헤어 나오지 못하리라는 생각이 들 정도로.

"『미안하다, 리쥬』. 그렇게 중얼거리고 있었어."

누구냐고는 끝내 듣지 묻지 못했다.

다만, 봐서는 안 되는 것을 보고 말았다고만 깨달았다.

"……그래도 사랑했구나."

"그래, 마음속 깊이. 비록 정략결혼이어도, 지금까지도, 앞으로도 쭉."

메일은 아무 말도 하지 않았다. 똑바로 아니아 왕비를 바라볼 뿐이었다.

아무도 그 사이에 끼어들지 못하고 다시 두 사람이 마주 보는 시간을 조용히 기다렸다.

곧 조금도 흔들리지 않는 메일의 붉은 눈에서 무엇을 봤는지, 아니아 왕비는 처연하게 웃고 고개를 저었다. 메일이 혼잣말처럼 말했다.

"폐하랑 나를 만나게 하고 싶지 않구나."

"아니. 만나게 해주고 싶었어. 그래도 이젠 못 해."

굳이 『아버지』가 아니라 『폐하』라고 부른 메일에게 눈을 가늘게 뜨며 아니아 왕비가 전했다.

"알레산드 님은 2년 전에 돌아가셨어."

모건과 네블라이에게서 경악과 비탄 섞인 소리가 흘러나왔다. 그건 밀레디 일행도 마찬가지였다.

"……돌아가셔?"

"그래, 병환으로. 고통 없이, 잠드는 것처럼."

"그래?"

무슨 생각을 하는지, 메일은 짧게 대답하고 살짝 눈을 깔았다. 그게 메일이 명복을 비는 방식인지는 모르지만, 아니아 왕비에게는 그렇게 보였나 보다. 미세하게 눈꼬리를 내리고 온화한 표정을 보였다.

"와, 왕비 전하. 감히 끼어드는 무례를 용서하십시오. 폐하께서, 폐하께서 승하하셨다면…… 알파드 님께선 이미 즉위하셨습니까?"

모건이 노골적으로 동요하며 물었다.

메일을 위로하던 일행도, 아니아 왕비도 감상에서 벗어났다.

"미안해. 이야기가 옆길로 샜구나."

그렇게 운을 떼며 아니아 왕비는 더욱 충격적인 사실을 입에 올렸다.

"알파드는 지금 행방불명이야."

"……?! 그, 그그그, 그게 어떻게 된 거지요?!"

"사랑의 도피였어."

"아니, 정말로 어떻게 된 겁니까?!"

"요약하면 알레산드 님과 내 성격을 전부 물려받고, 유별난 방향으로 폭발한 느낌?"

""전혀 모르겠습니다.""

정말로 전혀 모르겠다. 차기 국왕으로 지명된 차남이 여자와 도망쳐 실종이라니.

왕족의 의무 따위 내다 버린 주인의 행동에 모건과 네블라이는 머리를 쥐어뜯었다.

"저, 혹시 그것도 협력할 수 없는 이유와 관계가 있나요?"

밀레디가 조심조심 묻자 아니아 왕비는 한숨 섞어 긍정했다.

"설명하기 전에 확인할게. 모건, 네블라이. 너희는 3년 전 어디서 뭘 했어? 그 모습을 보아 알파드에게 협력해서 숨겨준 건 아니지?"

"당치도 않습니다."

간신히 마음을 가라앉히고 모건이 지금까지 있었던 일을 설명했다.

실험과 육체 개조 이야기에는 아니아 왕비도 안쓰러운 표정을 지었다.

"고귀한 혈통에 무슨 만행을. 커티스와 피스트는 유서 깊은 순혈 가계인데……."

그러면서 두 사람에게 살짝 혐오감을 내비쳤다. 하지만 그것도 정말로 잠깐뿐이었다.

아차 싶은지 인상을 찌푸리더니…….

"미안해. 너희 마음도, 그 아이를 향한 충성심도 변하지 않았는데 지독한 모욕이었어."

놀랍게도 고개 숙여 사과했다. 묵묵히 견디기로 각오한 모건과 네블라이도 이 반응에는 대경실색했다.

"아, 아닙니다! 저희는 전혀!"

"고개를 들어주십시오, 왕비님!"

당연하지만 아니아 왕비의 집안은 순혈 중의 순혈. 멀어도 왕족의 피가 섞인 공작가며, 귀국에서 가장 존귀한 혈통 중 하나다.

즉, 그녀는 전형적이고 전통적은 흡혈귀족의 사상에 따른다.

혈통을 중시하고 대를 거듭한 핏줄의 역사에는 경의를 표한다. 혼혈은 더러우며 멸시의 대상. 혼혈이 존재하면 부모도 자식도 더는 더스티아의 고귀한 일족으로 인정받지 못한다.

그렇게 생각하면 알레산드의 비밀을 어렴풋이 알면서도 묵인한 아니아 왕비의 사랑에는 오싹한 느낌마저 들었다.

하지만 그런 그녀이기에 모건과 네블라이를 받아줄 수 있었으리라.

동시에 그건 참회이기도 한 모양이었다.

"아니, 반성해야 해. 적어도 알레산드 님을 사랑한 나는. 내 허물은 숨긴 채 그 아이를, 알파드를 몰아세웠으니까."

그렇게 말한 아니아 왕비는 눈을 깔고 후회하듯, 쥐어짜듯 말했다.

알파드에게는 몇 년 전부터 애인이 있었다는 것.

그 애인은 인간 소녀였다는 것.

알레산드가 죽은 뒤, 왕위 계승을 요구했을 때 그 사실을 공표한 것.

그리고 그녀와 혼인을 인정해주지 않으면 절대로 『왕위 계승 의식』을 치르지 않겠다고 선언한 것.

모건과 네블라이가 이해했다고 고개를 끄덕였다.

"그렇군……. 그래서 전하께선 메일 님을 찾으라고……."

"선왕의 비밀을 메일 님으로 증명하고 전례가 있다고 주장하려고 하셨구나."

아니면 정말로 왕위를 넘기고 싶었는지도 모른다.

아무튼 순혈 외 귀족을 인정하지 않는 귀국의 경직된 가치관을 타파하기 위해서 알파드 전하는 메일을 찾고 싶었으리라.

"이곳은 흡혈귀족의 성역이라고 생각했는데, 알파드 전하도 밖으로 나간 적이 있으셨나요?"

류티리스가 애초에 소녀와 어디서 만났는지 의아해했다.

"우리나라에는 『인간 마을』이 있어."

"……그건, 뭐죠?"

밀레디의 어조가 살짝 낮아졌다. 최악의 가능성이 머리를 스쳤을 것이다.

"나름대로 대우는 받고 있어. 밖에서 살아갈 수 없는 인간들을 숨겨주는 대가로 무리가 가지 않는 선에서 혈세를 받아. 인간족 피가 우리한테 가장 잘 맞으니까."

오스카가 자기도 모르게 끼어들었다.

"그건…… 혹시 이단자로 지정된 사람들인가요?"

"그런 사람들도 있어."

지금은 대가 이어져 대부분 귀국 출신이지만. 그렇게 보충하는 아니아 왕비 앞에서 일행은 서로를 돌아봤다. 해방자 말고도, 아니, 그보다 훨씬 전부터 보호된 이단자들이 있다는 이야기에 안도감 비슷한 감정이 솟아났다.

"하지만 왕태자면서 사랑의 도피라니……."

모건과 네블라이 일로 겸연히 바닥만 보던 반드르가 말끝을 흐렸다.

그래도 아니아 왕비는 그 뒤에 숨은 「무책임하지 않은가?」라는 말을 알아차렸나 보다. 미모에 괴로운 감정이 떠올랐다.

"사랑하는 사람이 암살당할 뻔했으니 그야 도망치겠지."

"암살?!"

"생각보다 사정이 심각하네."

밀레디와 오스카, 다른 사람들도 표정이 험악해졌다.

일부 고위 귀족의 소행이라고 한다. 그리고 형인 스벳은 사전에 그 사실을 알고도 묵인했다고……

"알파드는 습격을 눈치채고 애인을 지켰어. 암살자들을 물리쳐 주모자를 캐내고 당장 그들 저택에 쳐들어가서 초주검을 만들어 놨어……"

"해, 행동력이 대단하네요."

밀레디가 생각을 그대로 중얼거리자 다른 일행도 전적으로 동의했다. 하지만 이야기는 거기서 끝이 아니었다.

"그리고 그들 사유재산을 강탈한 뒤, 저택을 파괴해서 허허벌판으로 만들고……"

""""""강도?!""""""

일곱 명이 사이좋게 외쳤다. 모건과 네블라이는 먼 산을 바라볼 뿐. 전하라면 한다, 라는 얼굴이었다.

하지만 알파드 전하의 분노는 그 정도로 식지 않은 모양이었다.

"주모자들을 알몸으로 벗기고 치욕적으로 포박해 거리 한복판에 버렸어. 그들의 죄를 피로 바닥에 적어서."

"발상이 악랄해!"

밀레디가 비명처럼 소리쳤다. 고위 귀족이라면 솔직히 죽기보다 괴로웠을 것이다. 말 그대로 산지옥을 맛봤을 게 틀림없다.

메일은 「오오, 왕자님치고는 제법인걸?」이라며 감탄하고, 류티리스가 「어쩜! 살짝 두근거렸어요」라며 흥분했다. 라우스가 『미니 충혼』으로 두 사람 입을 봉했다.

"그대로 행방을 감추고 2년이 지난 지금도 찾지 못했어. 지금은 스벳이 국왕 대리로 국정을 맡는 중이야."

아니아 왕비도 그를 보좌해 국무를 본다고 했다.

"분명 알파드는 스벳이 묵인했다는 걸 알아. 원래 스벳과 알파드는 원래 사이가 나빴어. 스벳의 일방적인 적대심이었지만, 그 사건이 결정적으로 둘을 갈라놨어."

용서할 수 없었겠지, 라고 아니아 왕비는 덧붙였다.

알파드뿐 아니라 스벳도.

매사에 진지하고 순혈주의에 충실하며 노력을 게을리하지 않는 형과 자유분방하고 혈통에 얽매이지 않으며 놀기 좋아하는 동생. 성격이 맞지 않는 건 옛날부터였다.

거기에 예상을 뒤엎은 차기 국왕 지명, 그것도 모자라서 동생은 인간 소녀를 왕비로 인정하지 않으면 왕이 되지 않겠다고 선언했다. 자신의 모든 것을 부정당한 기분이었으리라.

"특히 그 아이는 순혈주의 중에서도 지상파(至上派)니까."

지상파란 흡혈귀족이 가장 우수한 종족이라는 선민의식을 가진 파벌이다. 지나치게 진지한 성격과 지나치게 강한 책임감으로 머리가 굳은 모양이었다.

"일단 이것부터 알아줘. 우리 순혈주의는 차별주의가 아니다."

모건이 끼어들었다. 밀레디 일행이 선입견으로 잘못된 인상을 갖지 않도록.

"흡혈귀족은 오랜 역사를 자랑으로 여긴다. 혈통은 그 증거지. 하지만 그게 꼭 다른 종족을 멸시하는 방향으로 이어지지는 않아."

"자긍심이 있다는 것뿐이지?"

밀레디의 이해력에 모건은 미소를 지으며 고개를 끄덕였다. 네블라이가 설명을 보탰다.

"덧붙이자면 동족을 신에게서 지키기 위한 사상이기도 해."

"신에게서 지켜?"

"흡혈귀족끼리는 아이를 낳기 힘들어. 그래서 모든 종족 중에서 가장 인구가 적지. 한마디로 희귀하다는 뜻이야."

수가 많고 얼마든지 불어나는 장난감과 함부로 쓰기 아까운 귀한 장난감.

신이 손을 대기 쉬운 것은 어느 쪽인가?

쉽게 말해 순혈주의란 「괜찮아요? 막 다루면 우리 멸종합니다?」라는 은연중의 위협, 출생률 조절을 이용한 생존전략이다.

아니아 왕비가 고민스러운 한숨을 쉬며 입을 열었다.

"알파드는, 나도 안 좋게 생각할 거야."

"네? 설마 왕비님도 묵인하셨나요?"

밀레디가 충격을 받은 것처럼 묻자 아니아 왕비는 고개를 저었다.

"아니. 몰랐어. 그래도 그 아이가 선언했을 때부터 예상은 했어. 누가 화근을 없애려고 할 거라고. 그래도 나는 가만히 있었어."

"왜……."

"기대해 버렸어. 그 아이는 강하니까 분명히 애인을 지켜 낼 거라고. 그래도 동시에 그 관계가 얼마나 위험한지 실감하리라고."

"……우리 어머니가 스스로 떠난 것처럼? 아니면 폐하가 포기한 것처럼?"

"맞아."

"아까 한 말을 이제 이해했어. 부모의 성격을 물려받긴 했는데, 상상 이상이었네."

아니아 왕비는 이야기 흐름을 돌리려고 크게 숨을 내쉬었다.

"왕위 계승에 관해 이야기할까? 그게 당신들이 바라는 것일 테니까."

그렇게 서두를 놓고 아니아 왕비가 말하기를, 더스티아 왕으로 즉위하려면 선왕의 지명 말고도 조건이 있다고 한다.

왕위 계승 의식. 그 의식을 통과하지 않으면 왕으로 인정받지 못한다는 것이었다.

"왕성 지하 가장 깊숙한 곳에 마법진이 있어."

접촉한 자의 기억을 정밀히 조사해 왕의 자질을 파악하고, 인정받으면 하늘을 찌르는 빛기둥이 국민에게 새로운 왕의 탄생을 알리는 신대의 마법진.

알파드는 의식을 거부했고, 스벳은 왕으로 인정받지 못했다.

"왕위 계승 의식으로 인정받으면 마법진은 『지식의 창고』를 건네줘."

"설마 그게……."

밀레디가 난처하게 됐다는 듯 애매한 표정으로 묻자, 아니아 왕비가 고개를 끄덕였다.

"대대로 왕이 계승하는 방대한 역사 기록. 그걸 머릿속에 직접 새긴다고 해."

"그랬구나. 그래서 지금은 알려줄 수 없다고……."

왕위가 공석이니까. 귀국이 보관하는 방대한 지식과 기록은 문서가 아니라 모두 왕의 머릿속에 있다.

"이건…… 예상 밖이군. 곤란한걸."

오스카가 안경을 올리며 눈썹을 팔자로 떴다.

"기억을 확인한다면 안 되겠네. 왕가의 피만으로 된다면 언니가 냉큼 가서 지식만 훔쳐 오면 되는데……."

메일 누님이 어처구니없는 소리를 꺼냈다.

왕비님과 모건, 네블라이도 눈을 댕그랗게 떴다. 밀레디 일행은 「죄송합니다! 평생 해적질만 한 사람이라!」라며 얼굴을 들지 못했다. 라우스의 『조용히 하세요 충혼』이 메일의 고약한 심보를 가격했다.

"어흠. 그래서 당신들에게 의뢰하고 싶어."

겨우 밀레디 일행을 받아들인 이유를 밝힌 아니아 왕비는 손가락을 딱 튕겼다.

비밀 회담은 여기까지라는 의미일까.

아니아 왕비가 방음용 바람 결계를 풀고 동행하던 시녀를 불렀다.

흑발에 차가운 인상을 주는 시녀는 미리 알고 있던 것처럼 카트를 밀며 들어왔다. 그 위에는 김과 향기가 피어오르는 차가 있었다.

그녀는 우아하지만 굉장히 빠른 솜씨로 차를 나눠주고 깍듯이 인사한 뒤 벽 쪽으로 물러났다. 그러자 밀레디 일행도 놀랄 만큼 기척이 희미해졌다.

"후, 훌륭해……"

메이드광 오스카가 무심결에 그 능력을 칭찬했다. 시녀가 살짝 놀라더니 은은한 미소로 화답한다.

밀레디도 싱긋 웃었다. 가슴이 서늘해지는 웃음이었다.

오스카는 말없이 차를 들었다. 안경이 고맙게도 뿌옇게 흐려졌다.

아니아 왕비는 조금 흥미가 동한 눈치면서도 목을 축이고 의뢰 내용을 밝혔다.

"알파드를 찾아서 데리고 와줄래?"

"그러면 우리가 찾는 지식을 알려준다는 말씀이죠?"

"그래. 알파드는 우리가 설득할게. 화해하고 싶어."

"스벳 전하도, 같은 생각이십니까?"

모건이 확인하니 아니아 왕비가 긍정했다.

"방금 말했다시피 왕위 계승 의식에서 인정받지 못하면 더스티아의 왕이 될 수 없어. 백성은 절대로 스벳을 왕으로 인정하지 않아."

왕좌는 이미 2년이나 공석이었다. 민심에는 불안과 불만이 쌓였고 귀족들은 실권을 장악하려는 움직임을 보였다. 불안한 기류가 온 나라에 만연해 있었다.

이 2년 사이에 스벳은 확실하게 깨달았다. 자신에게 왕의 자질이 부족하다는 것을.

피폐할 대로 피폐해졌건만, 국정을 내팽개칠 수는 없어서 무리를 거듭하고 있었다.

"스벳도 화해하고 싶어 해. 사고방식도, 조금 변했어."

다만, 이라며 아니아 왕비는 두통을 참는 것처럼 말했다.

"2년 동안 계속 수색했지만, 알파드를 찾지 못했어. 그리고 찾아도 도망가기로 작정하면 아무도 못 막아."

"그건……."

왜? 라고 물으려던 밀레디의 의문에는 모건이 씁쓸하게 웃으며 답했다.

"강하기 때문입니다."

"강해?"

"네. 정말로, 이해되지 않을 만큼."

"3년 전에도 숙련된 장교들을 홀로 찍어 누를 정도였어."

귀국 최강이 누구냐고 물으면 그의 이름이 빠지지 않는다고 한다.

그런 이유로 아니아 왕비가 지푸라기라도 잡는 심정으로 밀레디 일행을 돌아봤다.

"당신들을 받아들이면 민심은 더 악화될지도 몰라. 그래도 위태로운 조국을 구하기 위해서 힘을 빌리고 싶어."

신대 마법 사용자가 무려 일곱 명이다. 이래도 도망친다면 더 무슨 수가 있으랴.

"어때? 거래한다고 생각해도 될까?"

아니아 왕비는 고개를 갸웃거렸다.

대답은 당연히 정해져 있었다.

"그런 연유로, 야반도주한 왕자님을 수색하게 됐어."

『맙소사. 멋지잖아, 그 왕자님! 진짜 사나이로군!』

『천망』에 비치는 형, 라수르의 유쾌한 반응을 보고 반드르는 그럴 줄 알았다며 한숨 쉬었다.

오늘도 하늘이 푸르다. 쾌청하다. 산 정상에서 보는 『감벽의 대지』는 아름답다.

뒤에서 귀국 병사들과 나이즈의 대화가 들려 왔다.

"이, 이봐. 저게 정말로 마왕이야?"

"심정은 이해한다. 하지만 마왕이야."

"그 해맑은 악동 같은 남자가?"

"그래."

"이럴 수가. 스스로 메일 공의 의자가 되겠다는 수해 여왕도 그렇고, 대체…… 바깥 세계는 괜찮은 건가?"

"아니, 뭐, 괜찮지 않으니까 이곳을 찾아왔지."

"어머! 말씀이 지나치시네요! 저는 그냥—."

"류는 잠깐 조용히 해줘."

"……?! 나즈 씨도 요즘 저한테 매정해요…… 허억허억."

"바, 바깥 세계는 무섭군, 아니, 큰일이군."

귀국에서 『천망』으로 통신할 수 없다고 판명된 것은 아니아 왕비와 회담을 마친 후였다. 듣기로는 『진의의 재단』이 외부와의 통신을 방해하기 때문이라고 한다.

어쩔 수 없이 반드르와 나이즈, 류티리스는 현황을 보고하러 대습지 밖까지 나왔다. 물론 감시 겸 안내자인 귀국 병사들도 함께였다.

대륙 끝자락이라서 어차피 전체 통신이 안 되므로 나오긴 나와야 했지만, 안위 확인이 늦어지던 마왕군이 대습지 북쪽에 있는 【전선 지대】 요새에 도착한 덕분에 멀리 나가지 않고도 연락이 닿았다. 다른 동료에게는 라수르가 전달해줄 것이다.

그 대가(?)로 흡혈귀족 사이에서 마왕의 이미지가 와장창 무너지고 말았지만.

영상 뒤쪽에서 엘가가 자포자기한 눈빛으로 허공을 쳐다봤다. 레스티나도 「라수르 님, 조금만 위엄을!」이라며 안절부절 못했다.

이대로 가다가는 마인족 전체의 위신이 추락할지도 모른다……. 하지만 반드르가 현재 상황과 향후 계획을 보고한 직후, 라수르의 분위기가 180도 바뀌었다.

영상 너머로도 알 수 있는 압도적 왕의 위엄에 흡혈귀들은 숨이 턱 막히는 기분이었다.

『그쪽 사정은 알았어. 이번에는 우리 쪽 정보를 전할까.』

"……무슨 일이 있었나 보군, 형님."

굳은 표정으로 고개를 끄덕한 라수르가 며칠 전에 각국 수도에서 교회가 발표한 내용을 전했다.

『새 교황이 선임됐어. ……이름은 달리온 커즈.』

"그럴 리가! 놈은 죽었어!"

『맞아. 호광 기사단이 전멸한 건 세상이 다 알아. 그런데도 살아남은 사교나 추기경이 아니라 굳이 달리온이라는 이름이 나왔어. 굉장히 느낌이 안 좋아. 공식 발표로는 살아남았다고 하지만, 자세한 정보는 알려지지 않았지. 지금 해방자 첩보 부대가 진위를 확인하는 중이야.』

"……교회는 무슨 속셈이지?"

『알 수 없어. 하지만 반, 서두르는 편이 좋을지도 몰라. 내 감이 계속 경종을 울리고 있어. 뭔가 좋지 않은 일이 일어난다며.』

"……형님의 감은 잘 들어맞지. 알았어. 밀레디에게 전할게. ……형님, 조심해야 해."

『홋, 누구한테 하는 소리야? 나 마왕이야.』

마지막으로 라수르는 위엄 있는 마왕의 얼굴에서 본래 악동의 얼굴로 돌아와 어깨를 으쓱했다.

그 후, 동료의 안부 확인이 거의 끝났다는 희소식에 조금 마음이 가벼워진 반드르가 통신을 끊었다. 돌아보니 나이즈와 류티리스도 혁명가다운 얼굴을 보여줬다.

귀국 병사들은 그런 해방자들을 보고 격동하는 바깥 세계의 시류에 압도되어 마른침을 꿀꺽 삼켰다.

수색은 다음 날 새벽부터 시작됐다.

밀레디가 비행을 담당하고, 라우스가 혼백 감지를 최대로 넓혀 수색, 메일이 회복하는 3인 팀이었다.

그 외에 모건과 오스카와 나이즈, 네블라이와 반드르와 류티리스가 팀을 이루어 세 방향으로 나뉘었다.

알파드와 어릴 적부터 함께 지낸 두 사람은 옛 추억이 있는 곳을 돌아보기로 했다. 오스카와 류티리스가 나뉜 이유는 각자 『정보 간파』로 은신 마법 따위를 들춰내기 위함이었다.

밀레디는 라수르의 전언을 듣고 한시바삐 알파드를 찾겠다고 다짐하면서도, 그와는 별개로 히죽히죽 웃으며 메일을 봤다.

"차암, 메르 언니도. 이제 그만 기분 풀어~."

"무슨 기분?"

"하룻밤 내내 왕비님한테 잔소리 들었다고 삐칠 것까진 없잖아~♪ 아무리 찍소리도 못했다지만 말이야! 근데 아버지 후처한테 귀여움받는 기분은— 아얏!"

밀레디가 순식간에 날아든 물 채찍을 얼굴에 맞고 날아갔다. 그 와중에도 라우스와 메일에게 건 중력 마법은 조금도 흐트러지지 않는 것을 보면 정말 기가 막힌 제어 능력이다.

"그러고 보니 요즘은 영 깐족대질 않았네? 그리워서 그만 손이 나갔어."

"너희, 진지하게 해라."

최대 넓이로 펼친 혼백 감지로 동물이나 마물의 혼까지 놓치지 않고 처리하느라 꽤나 힘들어 보이는 라우스가 이마에 핏줄을 세웠다.

"그치만, 라우~. 도와달라고 열심히 눈짓하는 메르 언니, 웃기— 아니, 귀엽지 않았어?"

"특이하게도 어린아이 같기는 했지."

"아니, 라우스까지 그러기야?"

"어른 이름을 함부로 부르면 안 된다고 혼나지 않았던가?"

"윽."

정말로 특이하게도, 메일은 말문이 막혔다.

실은 요새에서 회담을 마친 후, 정식으로 거래에 응한 밀레디 일행은 왕성으로 안내받았다.

수색 계획 수립 외에, 나라 전체를 들쑤시고 다녀야 하므로 국왕 대리인 스벳에게 인사도 해야 했고 알파드를 찾은 뒤의 계획도 짜야 했으니까.

스벳과 극히 일부 측근에게만 사정이 전달됐고, 알파드가 돌아온다면 믿어 보겠다며 밀레디 일행의 체류가 인정되었다. 하지만 메일의 정체가 밝혀졌을 때는⋯⋯.

일단 스벳 전하에게는 혼백 마법 『진혼』 연사가 필요했다고만 말해 두겠다.

그러는 사이에 밤이 되어 일행은 왕성에서 식사를 하고 침실로 안내받았다.

그런데 그때부터였다.

아니아 왕비가 유난스럽게 메일에게 말을 걸었다.

식사 예절이 잘못됐네~, 말투에 품위가 없네~, 어른에게 태도가 불량하네 등등.

처음에는 역시 미운 감정이 있어서 괴롭히는구나 싶었지만……

"대단했지? 좋아하는 음식은 뭐냐, 디저트는 뭐가 좋냐, 액세서리는 뭘 좋아하냐…… 꼬치꼬치 캐물었잖아."

그렇다. 아무리 봐도 괴롭히려는 의도가 아니라 선의이자 호의였다.

종국에는 여자애가 그렇게 살을 드러내면 되겠냐며 시녀에게 드레스를 왕창 들고 오게 시켜 입혀 보거나 선물하려고 했다.

"혹시 다른 의도가 있는지 시녀를 슬쩍 떠봤지. 그랬더니 아니아 왕비는 쭉 딸을 가지고 싶어 했다고—."

"아아아~, 안 들려어어~!"

"정숙의 대명사 같은 사람인데 그렇게 들뜬 모습은 오랜만에 본다더군."

"아이참, 그만하래도!"

메일 누님이 버럭 언성을 높였다. 얼굴이 뽀로통하다.

"머리가 어떻게 됐나 봐. 숨겨 둔 애라고, 숨겨 둔 애! 보통 싫어하든지, 최소한 꺼리잖아! 그런데…… 나중 가서는 이러지 마라, 저러지 마라, 품위를 갖춰라, 매너를 지켜라! 어머니가 슬퍼하시네 뭐네, 그놈의 오지랖! 종알종알종알종알, 잔소리를 얼마나 해야 직성이 풀리는 거야!"

왜일까. 속사포처럼 불만을 토하는데…….

"말로는 그래도 싫어하진 않지?"

"반항기 아이로군. 이러면서『누나』행세라니, 우습— 아얏."

라우스의 머리를 물 채찍이 찰싹 때렸다. 젖은 머리가 햇빛을 반사해 밀레디가「내 눈?!」이라며 비명을 지른다.

놀림받는 건 익숙하지 않은 메일 누님이 본격적으로 삐치기 시작해서 밀레디와 라우스는 실소를 목구멍으로 삼켰다.

어젯밤 아니아 왕비를 따라서 알레산드의 묘에 꽃을 바치러 간 뒤, 두 사람은 당분간 돌아오지 않았다. 아버지에 관한 이야기를 들었으리라고 쉽게 상상은 가지만.

겉으로는 평소와 다를 바 없지만, 과연 메일의 속마음도 그럴까.

"마음 써줘서 고마워. 언니는 오늘 컨디션 최고야."

밀레디와 라우스의 의도는 이미 들킨 모양이었다.

어쨌든 처음에는 걱정했던 메일의 출생과 귀국의 관계는 예상외로 무난하게 수습됐다. 메일의 새침한 옆얼굴을 보며 밀레디는 기쁘게 웃고 의기양양하게 외쳤다.

"만사가 순조로워! 우리라면 알파드 전하를 찾는 것도 식은 죽 먹기니까!"

그리고 사흘 후.

"……못 찾겠어!"

밀레디가 퀭한 눈으로 머리를 쥐어뜯고 있었다. 눈앞에 차려진 저녁 식사도 목으로 넘어가지 않았다.

다른 일행도 같은 심정인지라 말라비틀어진 생선 같은 표정들을 짓고 있었다.

동석한 아니아 왕비와 스벳 전하도 아련한 눈빛으로 허공을 주시했다. 그 마음 잘 안다며, 지난 2년을 추억하는 모양이었다.

"혹시나 해서 하는 말인데, 그 녀석 딴 나라로 넘어간 건 아닌지……?"

식사 자리가 얼어붙었다. 아직 스무 살밖에 되지 않았는데 이미 금색 앞머리가 살짝 V자를 그리는 은테 안경의 국왕 대리 스벳에게로 모두 녹슨 양철 인형처럼 고개를 돌렸다.

"아, 아니, 어디까지나 그럴 가능성도 있다는 말이다."

"그래도 만약 그렇다면 답이 없어."

메일이 무심코 천장을 봤다. 아니라고 믿고 싶다. 그건 알파드가 완전히 조국을 버렸다는 뜻이니까. 그리고 수색이 거의 불가능해지니까.

"……그러고 보니 습지대는 전혀 안 뒤졌죠?"

류티리스가 문득 생각나서 말했으나, 그런 위험지대에 사람이 있을 리 있겠냐고 다들 일소에 부치려다가 퍼뜩 깨달았다.

"알파드 전하라면 습지대도 위험지대가 아니지 않을까?"

그렇게 말한 사람은 오스카였다. 스벳이 지레 질린 표정으로 덧붙였다.

"북서쪽 바다에 접한 습지대는 순찰도 거의 하지 않는 곳이다. 삼림이 많고 독자적 생태계가 형성되어 습지대 중에서도 특히 위험한 곳인데……."

그런 곳으로 밀입국할 바에 배를 타고 바다로 우회하는 편이 낫다. 그래서 경계도 느슨하다.

다들 눈빛을 교환했다. 다음 수색 장소가 결정된 순간이었다.

이튿날, 다시 세 팀으로 나뉘어 습지대 북서쪽 일대를 수색한 일행은 설마설마하던 예측이 들어맞았다고 알게 됐다.

"……추적자인가?"

밀레디 그룹이 드디어 알파드를 발견한 것이다.

환술과 인식 방해를 조합한 결계는 이질감이 전혀 없었고 마력 흔적도 느껴지지 않았다. 혼백 감지나 정보 간파가 없다면 코앞에 두고도 모를 수준이었다.

해안에 다가가자 호수와 강, 숲의 나무에 둘러싸인 조용한 장소며, 안쪽에는 넝쿨이나 꽃으로 장식된 통나무집과 직접 만든 그네, 널찍한 밭이 있었다.

그리고 한 아름다운 귀공자도.

짧게 깎은 빛나는 금발에 아니아 왕비가 떠오르는 예술품 같은 외모, 옷을 입어도 알 수 있는 균형 잡힌 조각 같은 몸매.

다만, 밀짚모자와 멜빵바지 차림에 목에는 수건을 걸치고 괭이를 어깨에 진 농가 스타일이지만. 베테랑 농부 느낌이 풀풀 났다.

"저, 말씀 좀 묻겠는데…… 알파드 전하, 맞으시죠?"

"그래. 날 아는 것 보면 역시 길을 잃은 사람은 아니군?"

경계하듯 눈이 가늘어졌다. 하지만 농부 스타일이다.

위압감이 살을 찌르고 분위기도 험악했지만, 흰 피부를 더럽힌 고귀한 노동의 흔적이 구수한 친근감을 줘서 긴박한 느낌이 영 살지 않았다.

"앗, 네. 아니아 왕비님의 의뢰로 당신을 찾았어요."

"흠?"

알파드가 미심쩍게 바라봤다. 왜 바깥 세계 사람을 썼는지 모르겠다는 눈치였다.

진홍색 눈동자가 감정이라도 하듯 밀레디, 메일, 라우스를 순서대로 돌아봤다.

메일을 보고 한순간 뭔가 느낀 것처럼 시선을 멈추지만, 곧 라우스가 통나무집을 보고 눈을 살짝 찌푸린 순간— 굉음이 터졌다.

"어?"

"뭐야?!"

밀레디와 메일이 당황하며 돌아보자 주먹을 쭉 뻗은 알파드와 팔을 교차해 뒤쪽 나무에 처박힌 라우스가 있었다.

"쳇, 네 얼굴을 모를 줄 알았나? 백광 기사단 단장!"

알파드의 기운이 단숨에 팽창했다. 임전 태세였다.

"잠깐! 나는 이제 교회 기사가 아니야! 지금은 해방자, 교회 저항 조직에 몸담았다!"

"교회 저항 조직? 백광 단장이? 하, 그걸 곧이곧대로 믿을 만큼 어수룩하진 않아. 게다가 지금 무슨 마법을 쓰려고 했지? 집 안을 노리고."

라우스는 속으로 아뿔싸 하고 자신의 안일함을 욕했다.

그 말대로 혼백 감지 마법을 쓰려고 했다. 집 안에 인기척이 둘 느껴졌기 때문에. 한 명은 그의 애인일 테고, 그럼 남은 한 명은? 혹시 누가 이 기회를 틈타 침입했다면? 그렇게 생각해서였다.

그리고 설마 감지될 줄은 생각지도 못했다. 밀레디 수준으로 마법에 예민했다.

"잠깐만요! 오해예요, 전하! 이야기를 들어주세요!"

"내 사랑하는 사람을 죽이려고 했을 때와 같은 소리를 하는군!"

다음 순간, 허공에 출현한 것은 하늘의 별만큼 많은 화염탄. 심지어 하나하나에 상급 마법의 위력이 압축되었다.

가히 밀레디의 마법 기술 『적란』에 필적하는 기량이었다. 더군다나……

"진정하라니깐."

메일이 물 방벽을 치려고 했다. 물이 풍부한 곳이라서 주위 강이나 호수를 이용—.

"어라?!"

할 수 없었다. 메일의 마력이 튕겨 나가서 물에 침투하지 못했다.

"여기는 내 영역이라고."

우수한 자일수록 주변 사물을 효율적으로 이용한다. 그렇다면 거기에 맞춰 대책을 세우는 게 당연하지 않은가. 그런 뜻을 내포한 지적에 메일은 살짝 표정을 굳혔다.

화염탄이 호우처럼 쏟아져 내렸다. 이어서 주위 지면이 진흙 인형으로 변해 일행의 하반신을 붙잡고, 물풀과 주변 초목이 늘어나서 상반신까지 구속한다.

—마법 기술 『영역 지배』.

기술을 당하고 나서야 깨달았다. 이 일대의 자연에는 알파드의 마력이 침투해 있었다. 타인의 간섭을 튕겨 낼 정도로 짙게. 그것을 이용해 마치 류티리스처럼 자연을 뜻대로 조종하는 능력을 깨우친 모양이었다.

"우리 라우가 잘못했어! 그래도 정말 해를 끼칠 생각은 아니야!"

"그래? 그럼 도망쳐도 불만 없겠지?"

"그건 안 돼!"

시간적 여유가 없었다. 여기서 놓치면 다시 찾을 기약이 없다. 밀레디는 하는 수 없이 중력 마법을 썼다. 화염탄이 전부 벽에 부딪친 것처럼 땅으로 떨어졌다.

알파드가 눈을 동그랗게 뜨지만, 동요도 한순간뿐. 손을 땅으로 가져갔다.

"—『뇌사(雷蛇)』."

어느새 퍼진 물을 매개로 아무도 도망칠 수 없는 뇌격이 날아들었다.

세 사람은 반사적으로 방벽을 세우지만, 밀착한 클레이 골렘과 풀의 수분까지는 어찌하지 못하고 경직되고 말았다.

순식간에 중력 마법 특성을 이해하고 가장 방어하기 어려운 방법을 선택하는 전투 센스에는 혀를 내두를 수밖에 없었다.

무섭게도 그 완벽한 타이밍에 바늘처럼 가느다란 가지가 질풍을 타고 발사됐다. 가지에는 수액이 발려 있었다. 분명 독극물이다.

눈에 띄지 않게, 필요한 타이밍에 필요 최소한의 공격을 재빠르고 정확하게.

어지간한 상대라면 무슨 짓을 당했는지도 모른 채 무력화될 것이다. 물론 여기 있는 셋은 『어지간한 상대』가 아니지만.

밀레디의 중력 마법이 가지를 전부 떨어뜨리고.

"미안하지만 우리도 절박하다! 세계의 운명이 걸렸어!"

라우스의 『충혼』이 퍼져 알파드의 움직임을 막고.

"누나 진짜 화낸다?"

메일이 『보물고』에 있던 물을 소환해 직격하는 순간 물 감옥을 만드는 홍수를 일으켰다. 원래부터 무력을 행사해서라도 데리고 오라고 고용됐다. 다치지 않을 만큼만 반격하면 된다.

하지만 그 정도로는 조금 부족했나 보다.

"쳇, 엄청난 실력자군."

"어?!"

메일의 물 감옥이 순식간에 흩어져 버렸다. 아니, 단순히 흩어진 수준이 아니다. 세 사람은 곧바로 이 현상을 간파했다.

─마법 기술 『해체』.

마법이란 원거리에서 쏠 경우, 반드시 구성을 유지하는 『핵』이 존재한다.

설계도라고도 할 수 있는 그것을 알파드는 단 1초도 되지 않는 시간에 해석하고 마법 구성 자체를 해체한 것이었다.

모건이 이해가 안 될 정도로 강하다고 한 이유를 알겠다.

센스만으로는 이럴 수 없다. 방대한 마법 지식에 끊임없는 반복 훈련으로 조건 반사처럼 숙달해야 비로소 성립하는 묘기였다.

당혹감이 세 사람을 멈춰 세웠다. 그 틈에 알파드는 머리 위로 푸른 지옥 불의 바다를 만들어 냈다.

거대한 푸른 불덩어리를 날리는 최상급 공격 마법 『창염』과 일대를 불바다로 만드는 『겁화랑』의 복합 기술. 모든 것을 잿더미로 바꾸는 섬멸의 바다 『창천랑』.

"앗, 그런 거 쏘면 전하도 무사할 순─!"

오히려 알파드만 무사하지 못할 가능성도 있었다. 설마 자포자기했나 하고 당황하는 일행에게 알파드는 고개를 저었다.

"걱정하지 마. 크게 다치진 않을 테니까."

혹시 겉만 거창한 타입? 아니면 다른 의도가 있나? 조금 안심하는 일행에게 알파드는 매력적인 웃음을 지으며 말했다.

"적어도 나는."

"우리는?!"

푸른 불바다를 쓰레기라도 버리듯 휙 던졌다. 주변 숲이 순식간에 증발해 간다. 급속도로 강과 호수에서 수증기가 퍼지고 생물을 사멸시키는 작열 공간이 탄생했다.

"너희야 위험하지! 여기서 확실하게 처리해 주마!"

"왜 그렇게 살기등등해!"

"아이참, 융통성이 없어!"

"그보다 방심하지 마라! 무슨 짓을 할지 몰라!"

그렇게 소리치면서도 세 사람은 『창천랑』에 대처했다. 아마 이 마법은 대처당하는 것을 전제로 썼으리라. 진짜 목적은 메일의 간섭을 튕겨 내는 수증기 장막이며, 거기에 숨어서 치명적인 공격이 온다—.

"으음?! 아차, 속임수다!"

라우스가 소리쳤다. 그리고 동시에 지시했다.

"밀레디! 상관없다! 주변 일대를 집어삼켜라!"

의도는 모르겠지만, 아무튼 라우스를 믿고 『절화』를 사용했다. 수증기도 불바다도 그 속으로 전부 빨려 들어간다.

알파드가 범위 안에 있었다면 무사하지 못했겠지만…… 괜한 걱정이었다. 알파드는 이미 해안선에 있었으니까.

""……""

밀레디와 메일이 눈만 깜빡거렸다. 그만큼 살기등등하게 「반드시 죽이겠다!」라고 선언해 놓고 마법을 쏜 즉시 냅다 도망칠 줄은 누가 알았으랴.

주먹을 치켜들고 함성을 지르며 뒤로 달리기를 한 셈이었다.

"종잡을 수 없군, 저 왕자님."

라우스의 목소리에는 감탄이 묻어났다.

알파드 옆에는 흑발에 소박한 분위기의 여성이 있었다. 그리고 그녀의 팔에는 한두 살이나 됐을까 싶은 어린아이가 안겨 있었다.

알파드가 돌아보고 이것도 안 통하냐며 낭패라는 얼굴을 보였다.

그는 처음부터 감정적으로 싸우지 않았다.

적의가 없다는 얘기에 귀를 기울일 이성도 남아 있었다.

하지만 상대는 교회 최강의 기사와 중력 간섭자.

라우스의 첫 마법도 발동은 감지했으나, 만약 그게 공격 마법이었다면 과연 막아 냈을지 의심스러웠다. 게다가 절박하게 도주를 막으려고 들었다.

알파드에겐 공포였다.

머리가 승산이 없다고 말한다. 그리고 저들의 손이 닿는 곳에 사랑하는 가족이 있다.

이야기를 들어도 조건에 불응했을 경우, 이 절박한 자들이 가족에게 손을 대지 않는다는 보장이 있는가? 도저히 허용할 수 없는 공포였다.

그래서 왕성한 투지를 내비친 후, 가족의 안전만이라도 확보하려고 내뺄 계획을 세웠던 것이다.

도주하기 전에 들킨 알파드가 옷에서 보석을 꺼내 마력을 담았고—.

"밀레디! 아래다! 틀어막아!"

"으아앗—『화천』!"

땅에서 맹렬한 마력 반응이 느껴졌다. 세 사람은 즉시 뛰어오르며 초중력을 생성했다.

그러자 지면이 폭발해 솟아오르려다가 단번에 꺼졌다.

섬뜩한 부비트랩이었다.

"정말로 방심할 수 없는 왕자님이야."

돌아보니 해안 북쪽에서 거대한 흑수리가 날아와 착륙한 참이었다. 그리고 통나무집을 기점으로 감옥 같은 다중 결계가 펼쳐져 있었다. 아무래도 안에 강력한 아티팩트가 있는 듯했다. 그것도 『흑천궁』이라도 쓰지 않으면 깨지지 않을 수준이었다.

"철저하군."

"감탄할 때가 아니야!"

"아, 속 터져! 저자세로 나가주니까 끝도 없이 대들잖아!"

메일 누님의 인내가 한계에 달했다. 숨을 쭉 들이켜고는……

"알파드으으~! 계속 날 찾았잖아! 만나러 왔는데 모른 척하다니, 너무해!"

오해 사기 딱 좋은 소리를 외쳤다.

아니나 다를까, 흑발 여성이 멈칫했다.

"아, 알 님? 저게 무슨 말이에요?"

당혹스럽게 묻는 소리가 작게 들렸다.

하지만 의도적인 가정 붕괴를 유도하는 악마의 소행에, 현재 진행형으로 가정이 붕괴 중인 라우스가 전율한 눈빛을 보내나, 메일은 눈도 깜짝하지 않고 말을 이어갔다.

"네가 바라던 딸이 여기 있어어어!"

"메르 언니! 말 좀 골라서 해!"

"이 녀석, 악마인가!"

메일 본인이 알파드가 바라던 아버지의 딸이니까 틀린 말은 아니었다. 치명적으로 설명이 부족할 뿐. 모르는 사람이 들으면 메일이 낳은 알파드의 딸이 있다고 오해할 발언이었다. 악마다.

하지만 알파드는 강했다.

"저런 여자 몰라."

단칼에 잘랐다. 정말? 고개를 갸웃거리는 연인에게 한 치 동요도 없이 고개를 끄덕이고, 더 나아가서 메일을 손가락질하며 큰 소리로 주장했다.

"봐, 셀레네! 저 여자의 숨길 수 없는 악성을!"

"뭐?"

놀라는 목소리는 메일의 것이었다. 셀레네 양도 어리둥절하게 메일을 봤다.

"저건 전형적인 악녀야. 나태하고 자기중심적, 욕망에 충실하고 가학적 취향까지 있어 보이는군."

"다 맞혔어?!"

"밀레디?!"

"집안일 따위 해 보지도 않았겠지. 요리라도 했다가는 구역질 나는 이계 물질을 생산하고 사망자가 나올지도 모를 소동을 빚을 거야! 그렇다고 일을 하지도 않아! 일할 바에 깡패처럼 남을 털어먹을 타입이지!"

"미쳤어, 완벽한 분석이야!"

"최고급 이불이 있으면 줘 봐. 굼벵이처럼 돌돌 말고 평생 안 나올 거다!"

"보고 온 것 같아!"

밀레디에게서 절찬이 터져 나왔다. 알파드 전하의 통찰력은 신대 마법급이라고!

메일 누님이 예상하지 못한 카운터를 맞고 부들댔다.

"저런 여자에게 내가 끌릴 거라고 생각해? 이렇게 멋진 셀레네를 두고?"

"알 님……."

"잘난 구석이 단 하나도 없잖아. 저 여자는, 아니, 전 세계를 뒤져도 셀레네의 매력을 이길 여자는 한 명도 없어. 예나 지금이나, 그리고 앞으로도 내 사랑은 셀레네 하나뿐이야."

"아, 알 님도 참, 항상 과장이 심하셔……."

셀레네 양이 볼을 빨갛게 물들이고 꼼지락댔다. 팔에서 흔들리는 아기는 세상 편안해 보인다.

"우리가 대체 뭘 보는 거지?"

라우스의 눈에서 빛이 사라졌다. 그사이에도 알파드는 포옹하는 척 은근슬쩍 흑수리에 셀레네와 아이를 태우지만, 갑자기 들린 그리운 목소리에 동작을 멈췄다.

"전하! 기다려주십시오!"

드디어 사전에 연락했던 다른 수색조가 도착한 것이다.

알파드의 눈이 유령이라도 본 것처럼 커졌다.

"모건! 네블라이! 너희, 살아 있었어?!"

두 사람이 조금 거리를 두고 무릎 꿇었다. 그 뒤에는 오스카와 반드르, 류티리스가 섰고, 나이즈가 결계를 뚫고 밀레디팀을 전이시켰다.

알파드의 표정에 긴박감이 떠올랐다. 식은땀이 볼을 타고 흘렀다.

"전하! 지금 막 귀환했습니다. 예정이 크게 늦어진 점, 머리 숙여 사죄드립니다. 하지만 밀명은 완수하였음을 보고드립니다."

"완수해? 아, 그렇군. 저 사람이……."

알파드가 메일을 보는 눈빛이 변했다.

"듣고 보니 특징이 일치하는군. ……당신 어머니의 성함은?"

"리쥬야."

"그래…… 늦었지만, 이렇게 불러야 할까? 누님이라고."

"메일 누나라고 부르렴."

알파드는 윙크하는 메일을 휙 무시했다. 메일의 이마에 핏줄이 불거졌다.

"저기, 알 님? 누님이라면 설마 그?"

묘한 분위기를 깨달았는지, 울음을 터뜨린 아이를 어르며 셀레네가 물었다.

나이는 열여덟이나 열아홉쯤. 애교 있는 외모지만, 어딘지 모르게 시골 처자 티가 났다. 마력도 육체도 단련된 것처럼 보이지는 않았다.

"그래, 셀레네. 전에 설명했지? 실존했나 보군. 처음 봤을 때부터 이상한 기시감이 들었는데……."

백광 기사단 단장의 존재감에 묻혀 버렸다며 자조했다.

셀레네는 허둥지둥 흑수리에서 내려 메일에게 머리를 숙였다.

"알파드의 아내인 셀레네라고 해요, 형님."

메일은 무심코 감탄사를 흘렸다.

귀국 마을 출신일 텐데 태도가 아주 당당하기 때문이었다. 왕족의 아내를 자처하면서도 자격지심은 전혀 느껴지지 않았다.

심지어 그건 선택받았다는 오만함에서 나온 자신감이 아님을, 메일의 눈을 똑바로 바라보는 다갈색 눈동자가 말해줬다.

그녀에게는 알파드의 아내로서 자긍심과 각오, 아이에게 부끄럼 없는 어머니가 되려는 기개가 있었다.

옳거니, 단순한 시골 처자는 아니다. 비유하자면 황야에 홀로 꿋꿋이 피어난 들꽃 같은 매력이 있었다.

"반가워, 셀레네. 언니 이름은 메일 메르지네야. 해적단 선장이란다."

"해인족이시니까요."

셀레네는 왠지 한마디로 납득하고, 존경의 눈빛까지 보냈다.

밀레디 일행이 뭔가 이상하다고 느끼며 고개를 갸웃거렸다.

"그 아이는?"

"네, 알바노르라고 해요. 아직 한 살인 남자애예요."

"알바노르…… 멋진 이름이야."

"감사합니다. 오래된 말로『새벽의 달』이라는 의미예요."

"어머나, 더 멋진걸? 흑발에 금색 메시도 있고, 너 어린데 멋쟁이구나?"

어느샌가 울음을 그친 알바노르가 메일을 흥미로운 눈으로 바라보았다. 모건과 네블라이는 놀라움과 기쁨이 섞인 표정이고, 밀레디 일행도 사랑스러운 아기를 보며 훈훈하게 미소 지었다.

덕분에 알파드의 경계도 상당히 풀렸다.

한 번 심호흡해서 마음을 가라앉힌 후, 모건과 네블라이를 다시 보고 인상을 찌푸렸다. 혐오가 아니라 후회와 죄책감에 얼룩진 표정으로.

"너희…… 무슨 일이 있었던 거야?"

"설명하자면 길어집니다. 육체는 보시다시피 이 모양이지만, 부디 믿어주십시오. 저희 충성과 우애는 결코 변치 않았음을!"

"이 사람들의 이야기를 들어주십시오. 지금 세계는 격동의 시기를 겪고 있습니다. 저희는 그걸 직접 보고 왔습니다. 전하의 힘이 필요할 때입니다! 부탁드립니다!"

"그럼 고개 숙여 말하지 마. 얼굴을 들고 내 눈을 보고 말해."

모건과 네블라이가 고개를 들어 올곧은 눈빛을 보냈다.

그 눈을 뚫어지게 마주 본 알파드는 곧 어깨에서 힘을 뺐다.

"잘 돌아왔어, 모건, 네블라이. 내가 억지를 부려서 험한 꼴을 당했군. 정말로 미안하다. 너희가 살아 있어서…… 정말로 다행이야."

무릎을 꿇고 두 사람을 끌어안았다. 떨리는 어깨가 그의 근심이 얼마나 컸는지 말해줬다. 모건과 네블라이도 마침내 돌아왔다고 실감했는지, 눈망울이 살짝 젖어 들었다.

곧 알파드가 일어나서 밀레디 일행을 죽 둘러봤다.

백광 기사단 단장에 아버지의 숨겨 둔 자식. 중력 간섭자에 마인인지 용인인지 모를 자. 전신 아티팩트와 결계 무시하는 인간, 그리고 기품 있는 삼인족.

"어차피 도망치기는 글렀군. 게다가 피한다고 될 상황 같지도 않고. ……좋다, 모건과 네블라이를 믿고 이야기를 들어보지."

쓴웃음을 지은 알파드에게 밀레디 일행은 안도의 한숨을 내쉬었다.

그 후, 통나무집으로 자리를 옮겨 1시간쯤 지났을 무렵.

"그래. 설마 1년 사이에 세계가 이토록 변했을 줄이야."

현재 상황과 사정을 들은 알파드는 한 번 머리를 정리하듯 천장을 봤다.

옆에 착 달라붙은 셀레네가 품에서 잠든 알바노르를 어루만지며 알파드를 걱정스럽게 보고 있었다.

"신을 타도할 천재일우의 기회라. 일국의 왕위 계승으로 다툴 때가 아니군. 좋아. 전적으로 협력하지."

"저, 정말로요? 괜찮아요?"

너무 쉽게 승낙을 받아서 되레 밀레디가 당황하고 말았다. 놀란 건 다른 이들도 마찬가지였다.

"그래. 정신 나간 이상주의자의 망언이라면 몰라도 실제로 해치울 가능성이 있다고 했지? 그렇다면 여기에 협력하지 않는 건 인류를 배신하는 행위라고 생각해."

그러면서 알파드가 옆에 앉은 셀레네와 아이를 사랑스럽게 바라봤다.

"소중한 사람들이 건강하게 살아가려면 신은 없는 편이 나아."

"알 님……."

"셀레네……."

뭉게뭉게 핑크빛 뭔가가 피어오르는 기분이었다. 나이즈가 떫은 홍차를 조용히 내려놨다. 아마 지금 마셔도 단맛밖에 나지 않을 것이다.

"그럼 전하, 드디어 왕위를 계승하시는군요?"

모건이 기대를 담아 물었다.

"안 할 건데?"

엥? 다들 눈을 댕그랗게 떴다.

"셀레네를 인정하지 않는 나라에서 내가 왜 왕을 해야 하지?"

아주 당연하다는 듯한 태도였다. 마치 보편타당한 상식을 들려주는 것처럼.

어? 우리가 이상한가? 라고 깜빡 넘어갈 뻔했다.

"하, 하지만 전하! 지금 조국은 불안으로 휘청거리고 있습니다!"

"내 알 바 아니야."

"알 바 아니라뇨! 당신은 또 그런 소릴!"

"고집 피우실 때가 아니라고요!"

"시끄러워! 너희, 잘 들어!"

어릴 때로 돌아간 것처럼 가타부타 소리치는 모건과 네블라이에게 알파드는 손가락을 쭉 내밀고 세상의 진리(?)를 소리 높여 설파했다.

"셀레네와 알바노르의 목숨은 모든 흡혈귀의 목숨보다 중해! 자명한 사실이잖아!"

"그게 왕족이 할 소리야?!"

"이 괴짜 왕자! 또 예상 밖의 짓만 골라서 하지!"

다 같이 일어서서 「뭘 쳐다봐? 불만 있냐?」라며 양아치처럼 눈싸움을 벌이는 세 친구들.

밀레디 일행이 어쩔 줄 모르고 사모님에게 도와달라고 눈짓하지만, 정작 셀레네는 「알 넘도 차암」이라며 황홀한 표정이었다.

안 되겠다. 역시 이 사람, 살짝 이상하다. 포기하고 밀레디가 다짜고짜 끼어들었다.

"왕비님께서 『지식의 창고』는 왕위 계승 의식으로만 얻을 수 있다고 하셨어요. 에히트 타도에 협력하신다면 계승을 해주셔야 해요."

"그래, 계승은 하지. 그리고 바로 다음 왕을 지목할 거다."

"네?"

"원한다면 메일에게 주지. 그러면 구두로 설명할 필요도 없고, 메일은 『지식의 창고』에 왕권까지 얻어. 나는 가족을 위험에 빠뜨리지 않아도 되고. 봐, 윈윈이지?"

"'바보예요오오오?!'"

모건과 네블라이가 절규했다.

한순간 알바노르가 칭얼대는 소리를 내다가 이내 셀레네의 가슴에 얼굴을 파묻고 꿈나라로 돌아갔다.

제법 대범한 아이다. 그래도 애 앞에서 소리치면 쓰겠는가. 셀레네 엄마의 웃는 얼굴이 모건과 네블라이에게 꽂혔다. 무언의 압박이 대단하다. 왕비 같다. 두 사람은 즉시 싹싹 빌었다.

메일이 목소리를 살짝 낮추며 물었다.

"애초에 내가 계승할 수는 있어? 스벳도 안 된다는데?"

"그건 『선왕의 지명』이라는 전제 조건을 통과하지 못해서야."

요컨대, 일단 알파드가 왕위를 계승하고 바로 스벳을 지명하면 통과된다는 뜻이었다. 전례가 없어서 확실하지는 않지만.

"마법진은 왕의 자질을 보지만, 그건 딱히 특별한 능력이 아니야. 왕은 혼자지만 혼자서는 나라를 지킬 수 없지. 주변 사람들이 돕고 싶다고 생각하는 자라면 충분해."

마법진이 보는 것은 『독재자가 될 가능성』이다. 예를 들어 『왕의 지명』이 위협이나 세뇌가 아닌지, 계승자에게 악의가 있는지를 확인한다.

"사실 나는 1년만 있다가 나가서 형님께 왕위를 넘길 예정이었어."

"그, 그랬어요?"

놀라는 모건과 사람들에게 알파드는 사정을 설명했다.

"내가 숨은 이유는 당시 셀레네가 임신한 상태였기 때문이야. 암살 대상이 됐는데 마음 놓고 애를 낳겠어?"

"그건, 그러네요."

"그래서 1년쯤 놔두면 형님도 여러모로 깨달을 거라고 생각했지. 고지식하지만 노력가에 능력도 있는 사람이니까."

동시에 영토 내 수색으로 찾지 못하면 자연스럽게 대습지로 눈을 돌릴 터다. 아마 1년 정도면 들키겠지. 그렇게 예측했는데 왜 2년이나 걸렸냐는 얼굴로 알파드가 눈을 흘겼다.

"왕족의 책무를 내팽개친 얼간이 따위 모른다! 라고 의절했을 가능성도 생각했어. 어찌어찌 잘 풀려서 왕위 계승 의식 없이도 백성들에게 인정받았을지도 모른다고."

"저기요, 전하. 보통 위험 지대 중에서도 가장 위험한 곳에 애인을 데리고 숨는다고는 아무도 생각하지 않아요."

"아니, 난데?"

"큭, 그렇게 말하면 할 말이 없군요. 왜 그 생각을 못 했지!"

왕도 왕태자도 없어서 그만큼 집무에 치여 살았다는 증거다.

스벳과 아니아 왕비의 피로에 전 낯빛을 떠올리고 측은한 표정을 짓는 일행에게 알파드는 어깨를 으쓱였다.

"본래 주제로 돌아가지. 사실 마법진이 인정하지 않아도 문제없어. 메일이 계승했다고 발표하면 돼. 들키지 않으면 거짓말도 진실인 법이야. 우린 운명 공동체군."

모두 전율했다. 이 인간, 대국민 사기극으로 물귀신 작전을 펼 생각이다!

모건과 네블라이가 「아앗, 또 전하가 가당찮은 소리를!」, 「그래도 결국은 잘 풀리니까 항상 반박을 못 해!」라며 머리를 쥐어뜯고 있었다.

늘 괴짜 같은 해결책을 제시하지만, 신기하게도 결과적으로는 잘 풀린다고 한다.

"애초에 메일을 찾게 한 이유도 아바마마의 비밀을 쥐고 협박— 크흠, 설득하기 위해서였어."

"지금 협박이라고 했어! 이 사람, 친아버지를 협박할 생각이었어! 셀레네 씨, 소감 한마디 부탁합니다!"

"마음먹으면 가차 없는 알 님, 멋져욧."

"안 돼. 셀레네 씨는 무조건 좋대. 이 사람들, 위험한 부부잖아!"

밀레디도 머리를 감싼 옆에서 메일이 뭔가 생각에 빠졌다.

"나를 아버지에게 데리고 가서 폭로당하기 싫으면 왕위 지명을 변경하라고 협박할 생각이었다고? 그래도 너는 어머니 이름을 알고 있었잖아. 결국 아버지가 말했어?"

"순서대로 설명할까."

알파드는 훨씬 오래전부터 『아버지에게는 옛날 바깥 세계에서 사랑한 여자가 있지 않을까?』라고 의심은 했었다.

젊은 시절 알레산드는 그림 그리기를 좋아했고, 원래 왕위 계승권이 낮아 왕위에 오를 예정도 없어서 그림을 그리러 바깥 세계를 여행했다는 건 유명한 일화였다.

그런데 예상치 못한 사태로 즉위한 뒤로는 붓에 손도 대지 않게 됐다. 이유를 묻자 그는 그리고 싶은 것이 없어졌다고 답했다.

알파드의 날카로운 통찰력은 그것이 거짓말이라고 꿰뚫어 봤다. 그리고 딱 한 번 그 이야기를 듣던 아니아 왕비가 묘한 반응을 보인 것도 인상에 남아 있었다.

"평소부터 아바마마는 순혈의 위대함을 말하지 않으셨지. 귀족 녀석들이 동의를 구해도 애매하게 웃고 마셨어. 이쯤 되니까 혹시나 싶더군."

왜냐면 알파드 본인이 다른 종족 여성에게 마음을 줬으니까.

"확신한 건 아바마마께 셀레네에 관해 밝혔을 때야."

왕위 지명 후, 수차례에 걸쳐 설득해도 들어주지 않아서 이실직고한 것이다. 위험은 감수하고 싶지 않았지만, 이는 틀림없이 왕가의 스캔들이었다. 아무리 아버지라도 의견을 굽힐 수밖에 없다고 생각했다.

"의절도 각오했지만, 아바마마는 그냥 『그러냐』라고만 답하고 결국 지명은 철회하지 않으셨어."

착각이 아니라면 살며시 웃은 것처럼도 보였다. 마치 피는 속일 수 없다고 생각하는 것처럼. 그래서 확신하고 『그럼 숨겨둔 자식도 있지 않을까?』라고 생각했다.

"하지만 1년이 지나도 모건과 네블라이는 연락이 없었고, 몇 번 수색도 해 봤지만 전부 헛수고였어."

"잠깐만요. 설마 전하께서 직접?"

"당연하지. 원래 내 억지를 부려서 벌인 일이야. 무엇보다 친구를 버릴 수야 있나."

모건과 네블라이가 굉장히 복잡한 표정을 짓고 있었다.

기쁜 마음과 제발 입장을 생각해서 위험한 짓을 하지 말라고 쓴소리하고 싶은 마음이 혼재한 얼굴이었다.

"그러는 사이에 아바마마의 용태가 급격히 나빠졌어."

이 못 말리는 방탕 왕자라며 노려보는 두 사람에게서 시선을 돌리며 알파드는 말을 이었다.

"숨겨 둔 자식은, 찾을 가망이 없다. 하지만 설득과는 별개로 아바마마의 마음을 알고 싶어졌어."

알레산드 본인도 비슷한 길을 걷는 아들에게 죽기 전 한 번쯤은 가슴 깊은 곳에 간직한 마음을 털어놓고 싶었는지도 모른다. 그는 떠나기 전에 리쥬에 관해서만 말해줬다.

"끝까지 숨겨 둔 자식만은 없다고 하셨지만."

"……리쥬 씨가 떠난 이유를 마지막까지 존중하고 싶었을 거야."

밀레디가 부드럽게 표정을 펴고 메일의 손을 잡았다. 분명히 그럴 거라고 메일도 생각했다. 아버지도 메일을 멀리해서 지키려고 했으리라고.

그런 두 사람을 평온한 눈으로 바라보며 알파드도 생각했다.

"내게 기대하셨는지도 몰라. 흡혈귀의 가치관을 바꿔주기를."

그래서 각오했다. 한 번은 주위를 설득해 보려고 했다. 셀레네와의 혼인을 왕위 계승 조건으로 걸고 귀족들과 터놓고 대화하려고 했다.

하지만 동족들은 문자 그대로 죽이려고 달려들었다.

살짝 무거워진 분위기 속에서 밀레디가 조심조심 말했다.

"저, 알파드 전하. 왕비님과 스벳 전하께서 사과하고 싶다고, 돌아와 달라고 하셨어요. 물론 셀레네 씨도 받아주겠다고 하셨고요."

"그래…… 형님도……."

아주 조금, 알파드는 감정을 삼키는 듯한 분위기를 보였다.

암살을 묵인한 형에 대한 미움이 사라지지는 않았다. 그래도 자신의 행동이 형을 내몬 것도 알고 있었다.

"알 님."

살며시 손을 잡힌 알파드는 자기도 모르게 숙였던 고개를 들었다.

미소 짓는 아내의 얼굴이 있었다.

"마음에 여유가 없어서, 움직이지 못할 때도 있어요."

묵과한 것이지 인정한 것은 아니다, 틀림없이.

"아주버님도 어머님도, 알 님 가족이잖아요? 그러니까 괜찮아요."

"……그래, 그렇지."

손을 마주 잡고 아내와 아들의 이마에 키스했다.

"그래도 나는 왕은 되지 않아."

셀레네는 난감하게, 못 말리는 사람이라는 눈으로 바라봤다.

알파드는 셀레네에게서 눈을 떼고, 왠지 불편해 보이는 밀레디 일행에게 피식 웃었다.

"쇠뿔도 단김에 빼야지. 해방자가 필요한 정보를 구하러 가
볼까."

그리고 분위기를 바꿔 일어났다.

그날 밤.

밀레디 일행은 왕성 지하에 있었다. 셀레네와 알바노르, 모
건과 네블라이, 그리고 아니아 왕비와 스벳 왕자도 함께였다.

석조 미궁 같은 통로를 빠져나와 10층 정도 내려간 곳에 있
는 넓은 방이었다.

『선왕의 지명』을 받지 않은 자가 오면 기동하는 고대의 문지
기― 골렘을 알파드가 가뿐히 물리친 참이었다. 「빠빠, 대다
내!」라고 칭찬하는 아들에게 창피한 승리의 포즈를 잡는다.

이곳 앞에 『계승의 방』이 있었다.

원칙을 따지자면 귀족을 소집하고 백성에게 포고한 뒤 『왕
위 계승 의식』을 시작하지만, 이번에는 이곳에 있는 자들끼리
은밀히 진행하기로 했다.

셀레네와 알바노르가 부를 마찰은 불 보듯 뻔하고, 거기에
대응하다가는 밀레디 일행이 정보를 얻을 수 없기 때문이었다.

참고로 왕가의 가족 갈등이 해결됐느냐고 묻는다면…….

지금 알바노르를 안고 있는 아니아 왕비를 보면 답은 저절
로 나온다.

알바노르는 아니아 왕비 뺨이 마음에 들었나 보다. 「하무

니, 대대내!」라며 방금 배운 호칭을 말하며 도자기 같은 왕비의 뺨을 찰싹찰싹 쳐서 아버지의 활약을 자랑했다.

아니아 왕비는 「그래, 아빠는 대단하구나」라며 귀여워 죽겠다는 얼굴이었다. 한 번 안아 든 후로 잠시도 손자에게서 눈을 떼지 않아 방금 싸움도 보지 않았으면서…….

사실 스벳에게는 아직 자식이 없어서 아니아 왕비에게는 처음 본 손주였다. 그 감동으로 순혈주의도 깨끗하게 잊은 모양이었다.

스벳도 어머니가 이런 표정을 지을 줄은 몰랐는지 놀라는 눈치였다.

어쨌거나 마침내 강철 문을 열고 『계승의 방』으로 들어섰다.

안은 원기둥 형태의 방이었다. 들어간 순간 벽에 박힌 보석이 빛나고 방 중앙에 복잡기괴한 마법진이 떠올랐다.

"저거군."

특별한 감회도 없는지 알파드는 성큼성큼 마법진으로 들어갔다.

스벳은 분위기 잡는 척이라도 할 수 없냐는 말이 목구멍까지 올라온 얼굴이었다. 거기에 다들 공감한다는 표정으로 이해를 표했다.

"으와, 마마! 이뻐!"

"어머, 알바노르. 하무니는 안 예쁘니?"

"하무니! 이뻐!"

"후후후. 고마워, 알바노르."

"아니. 그, 어머님? 외모가 아니라 계승 의식 이야기예요."

손주 바보가 되었던 아니아 왕비가 겨우 현실로 복귀했다.

알바노르가 까르르 웃는 소리를 배경음 삼아 다른 이들도 오오, 하며 탄사를 흘렸다.

그만큼 눈앞에 펼쳐진 광경은 아름다웠다.

작은 빛들이 퍼져 빛나는 나선이 알파드를 감쌌다.

마법진의 빛이 갈수록 강해지더니 갑자기 빛기둥이 치솟았다.

빛은 석조 천장을 투과해『계승의 방』을 빛의 바다로 바꿔 놓았다. 아름다운 빛 가루가 난무하는 모습은 환상적이며 그 중심에 선 알파드도 다른 생각을 잊게 할 만큼 위용스러웠다.

이야말로『왕』의 위엄.

밖에서는 빛기둥이 왕성을 뚫고 하늘로 올라 더스티아 전토에 새로운 왕의 탄생을 알리고 있으리라.

곧 공기로 녹아들 듯 빛이 사라지고 미간에 주름을 잡고 눈을 감았던 알파드도 천천히 눈을 떴다.

아직 약한 빛을 띤 그 앞에서 모건과 네블라이는 자연스럽게 한쪽 무릎을 꿇었다.

아니아 왕비는 감동한 것처럼 눈을 가늘게 뜨고, 스벳도 고집스럽게 짊어졌던 무거운 짐을 드디어 자기 의지로 내려놓은 듯 후련한 표정을 지었다. 그런데…….

"그럼 어쩔까? 메일과 형님 중에 누가 계승할래?"

외부인인 밀레디 일행조차 새로운 왕의 탄생에 감동하는 판국에 정작 본인은 놀라울 정도로 무덤덤했다.

역시 왕위를 계승할 생각은 없나 보다.

그것을 깨닫고 아니아 왕비는 눈을 내리떴다. 스벳도 착잡한 표정이었다.

"나는 밀레디가 하자는 대로 할래. 리더, 어때? 흡혈귀를 통솔하는 힘, 필요해?"

"필요 없어."

밀레디의 눈은 메일이 아니라 알파드에게 향해 있었다.

"해방자가 필요한 건 신을 타도할 방법뿐이야."

귀국을 책임질 수는 없다고 명확하게 의사를 밝혔다.

"무엇보다 메르 언니한테 나라를 넘겨? 제정신인지 의심스러워."

"밀레디?"

"맞는 말이군. 내 생각도 그래."

"잠깐 나 좀 볼까? 너, 동생 주제에 건방지다?"

핏줄을 세우고 사복도에 손대는 메일을 라우스와 반드르가 뒤쪽에서 구속했다.

"그렇게 됐으니까 형님을 다음 왕으로—."

"잠깐만!"

알파드의 지명을 막은 사람은 다른 누구도 아닌 스벳이었다.

"왕은 너야. 알파드."

"아니, 형님이 돼야 해. 내가 지명을 받았을 때부터 쭉 말했잖아?"

"2년 사이에!"

스벳이 쥐어짠 목소리가 메아리쳤다. 알파드를 보는 눈에 괴로운 기색이 엿보였다. 그게 후회와 죄책감이란 것은 누가 봐도 알 수 있었다.

"2년 사이에, 자각했어. 나는 왕으로서 역부족이야."

"그렇지는—."

"내가 알아, 알파드. 아주 잘 알았어. 나는, 마음이 너무 약해."

무슨 일이 있어도 동하지 않는다. 동조 압력에도 아랑곳하지 않는다. 확고한 자기 생각을 갖고 거대한 나무처럼 곧게 서 있다.

거리로 나가서 방탕하게 노는 것 같지만, 결국 마지막에는 백성에게 웃음을 준다.

그게 알파드 일 더스티아였다.

전투력이 전부가 아니다. 사람으로서 강인하다.

그 강인함에 백성이 끌리는 것이다.

그래서 백성의 불안은 사라지지 않는다. 스벳이 선두에 서도 『왕좌는 공석』이라는 인식은 끝내 불식되지 않는다. 아마 계승의 빛이 솟아올라도 그건 변치 않았으리라.

"배우면 모든 답을 알 수 있을 거라고 생각했어. 배우지 않는 너를 깔봤지. 그래도 아니었어. 정말로 배워야 할 건 책에만 있지 않고 현실에 있어. 너는 필요한 것을 제대로 배웠던 거야."

나에게는 그런 안목도 없다. 스벳이 어깨를 늘어뜨리나, 알파드는 고개를 저었다.

"형님이 너무 진지할 뿐이야. 형님만큼 책임감과 애국심이 뛰어난 사람은 없어."

스벳은 그때 처음으로 동생의 자조로 일그러진 얼굴을 봤다.

"나는 조국보다 단 한 사람, 내가 사랑하는 여자를 고르는 놈이야. 아바마마와는 다르지. 전부 버리는 한이 있어도 셀레네와 알바노르는 포기할 수 없어."

그것이 바로 왕으로 부적합하다는 가장 큰 증명이었다.

"왕족 자격이 없지."

그러면서 알파드는 모건과 네블라이에게 눈썹을 내리떴다.

"미안하다. 나는 너희가 충의를 바칠 사람이 못 돼. 실망해도 좋아. 우정까지 잃는 건 슬프지만."

"웬 호들갑이세요. 그런 존경심은 원래 없었다고요."

"이 녀석들, 만만치 않군."

농담을 하면서도 모건과 네블라이는 뭔가 호소하려고 했다.

하지만 알파드가 처자식을 바라보는 표정 앞에서 결국 아무 말도 하지 못했다.

아니아 왕비도 입을 다물었다. 밀레디 일행은 이대로 괜찮을지 서로를 돌아보지만, 타국 내정에 간섭할 수는 없는 노릇이라고 끝내 말을 꺼내지 못했다.

"그럼 해방자가 기다리던 순간이군. 지금 바로—."

"정말로 괜찮나요?"

갑자기 울린 조용한 목소리는 셀레네의 것이었다.

모든 이목을 모은 셀레네는 아니아 왕비 곁으로 가서 양손을 내밀었다. 아니아 왕비는 당연히 따라야 하는 것처럼 자연스럽게 손자를 돌려줬다.

어리둥절한 아들을 안고, 마치 그녀가 왕족이라도 되는 분위기로 알파드 앞으로 걸어갔다.

"사랑해줘서 고마워요, 알 님. 저랑 이 아이는 세상에서 제일 행복한 사람이에요."

그렇게 말하고 미소 짓는 셀레네는 단순한 평민이라고는 믿을 수 없을 만큼 아름다웠다. 동시에 알파드는 설마 하는 마음에 사로잡혔다.

메일의 어머니처럼 떠날 생각이 아닌가, 하고.

하지만 셀레네는 과연 괴짜 왕자가 고른 여자였다.

"하지만 그렇게 한심한 표정을 보면서까지 사랑받고 싶진 않아요."

"셀레네……."

핑곗거리로 쓰지 말라고 꾸짖는 것 같아서 알파드는 말문이 막혔다.

"전부 소중하죠?"

나라도 국민도, 형과 어머니도. 그러니까 사랑하는 연인이 암살될 뻔하고도 나라를 떠나지는 않았다. 형이 왕위를 계승할 날을 기다렸다.

"저는 약해서 보호받을 수밖에 없어요. 그러니까 이건 제 욕심이지만……."

셀레네가 알바노르와 함께 사랑하는 남편에게 기댔다.

"우리를 위해서 소중한 것을 버리며 살지 마세요. 우리도 당신을 사랑하니까."

그러니까, 라며 한 번 더 물었다.

"정말로 괜찮나요?"

"……."

똑바로 바라보는 아내의 눈길에 알파드는 무심코 천장을 올려다봤다.

거기에 스벳이 다가와서 어깨에 손을 올렸다. 말은 하지 않지만, 그 눈동자가 널 지탱해 주겠다고 말해줬다. 아니아 왕비의 눈빛이 부드러워져 알파드의 마음을 떠받쳐주는 것을 알 수 있었다.

"알 님이 우리를 지켜줘요. 우리가 알 님을 받쳐줄게요. 그러면 이 나라는 분명히 괜찮을 거예요."

사랑하는 아내의 미소가 마지막 결정타가 되었다.

그날, 귀족과 백성들은 알파드의 귀환과 왕위 계승 소식을 접했다.

당연히 셀레네와 알바노르의 존재 때문에 귀족들은 격노에 가깝게 규탄했지만…… 의외로 백성 대부분은 이들을 인정했고 축복하는 사람도 많았다.

틈만 나면 거리를 거닐며 백성과 교류한 알파드의 인격, 그가 없어진 뒤 실감한 커다란 빈자리, 그리고 아니아 왕비와 스벳 왕자의 진심으로 축복한다는 발표 덕분에 경직된 가치관이 조금 풀어진 게 분명했다.

당연히 귀국의 인간들은 축제 분위기였다.

그리고 그렇게 백성들에게 지지를 받으면서 부부는 함께 공언했다.

"암살해도 돼요. 단, 저와 아들이 죽으면 부군은 틀림없이 이성을 잃으시겠죠. 복수귀가 되어 전부 몰살하고 다닐 텐데, 자신 있으면 해 보세요."

"왕이 되어주지. 단, 내 아내와 아이에게 허튼수작을 부리면 이번엔 진짜 버린다. 아예 나라를 지워 버릴 테니까 각오가 됐으면 해 봐."

상황이 이렇게 되자 백성이 귀족을 감시하는 지경에 이르러 일단 즉각적인 반발은 막을 수 있었다.

누구나 생각했다.

셀레네 왕비…… 정말로 평민 출신인가요? 라고.

흡혈귀의 새로운 왕이 탄생한 시각, 신국 총본산 옛터에는 수많은 사람이 집합해 있었다.

불바다처럼 붉은 저녁 하늘 아래, 원래는 대신전 문이 있던 곳에 법의를 입은 여성이 서 있었다. 사교 한 명이 그녀에게 머뭇머뭇 말을 걸었다.

"교, 교황 성하."

말없이 돌아본 자는 백광 기사단 사단장이었던 레라이에 애거슨— 지금은 달리온 커즈를 자칭하는 신 교황이었다.

"측량이 끝났습니다."

대신전 재건 계획. 그것을 위해 모인 기술자와 교회 관계자들도 두려워하듯, 혹은 아직 당혹감이 빠지지 않은 표정으로 달리온을 바라봤다.

"좋다. 타국 내방자들은 자국으로 돌아갔나?"

"예. 그렇게 보고받았습니다."

"신도도 왕궁도 어느 정도 정리됐다. 대청소도 슬슬 마무리 단계로군."

"……외람되오나, 성하……."

뭔가 하고 싶은 말이 있어 보이는 사교에게 고개를 갸웃거렸다.

"총본산 재건은 분명히 중요한 사안이오나……."

"안다. 이단자들 때문이겠지?"

"그와 더불어 세계에 불신이 퍼지고 있습니다……. 신국 전체가, 아니, 세계가 휘청거리옵니다."

교황으로 즉위했으나, 하는 일이라고는 결전 후 뒷정리뿐이었다.

애초에 달리온이라고 이름을 바꾼 것도 이해되지 않고, 사도님이 그녀를 새 교황으로 임명한 것도 그들에겐 다소 불만이었다. 일개 기사 따위가, 라고 생각하는 고위 성직자도 많았다. 이 사교 또한 그중 한 명이었다.

달리온은 문득 웃음을 지었다.

"말했잖나. 대청소도 막바지라고."

"네?"

이해하지 못하는 사교에게 등을 보이며 달리온은 한쪽 팔을 들었다.

그 직후 나타난 것은 그날 본 은백색 소용돌이.

동요가 퍼졌다. 개중에는 놀라 자빠지는 자도 있었다.

그들에게 개의치 않고 달리온은 눈을 찌푸려 멀리 내다봤다.

"마지막 여흥이다. 어디 발버둥 쳐 봐라. 가엾은 말들아."

그 혼잣말은 묻혀 버렸다. 은색 유성우가 세계로 퍼져 나가는 놀라운 광경과 비명인지 환성인지 모를 소란 속에.

"달리온 커즈가 초대 용사?"

밀레디의 당황스러운 목소리가 더스티아 왕의 방에 울렸다.

완전 방음이 된 이곳에는 알파드와 밀레디 일행뿐이었다.

"본인인지는 알 수 없어. 천 년도 전의 일이니까. 하지만『지식의 창고』에 따르면 초대 용사는 달리온 커즈라는 청년이고, 혼을 나눠서 타인에게 옮겨 타는 불사신 같은 능력이 있다고 해."

그게 사실이라면 호광 기사단이 모두 달리온이었을 가능성도 있었다.

용왕국에서 들은 이야기를 물은 결과, 돌아온 대답은 충격적이었다.

그 옛날이야기는 단순한 옛날이야기가 아니었다.

이야기에 등장하는 용사가 달리온이며, 마왕이란 신 에히트를 가리켰다.

달리온이 지켰던 『성역』은 역시나 수해였고 구체적으로는

『대수 우아 아르트』, 아니, 더 정확히 말하면…….

"대수의 화신 『여신 우아 아르트』. 그 혼이 성검에 깃들어 용사와 함께 악신에 맞선다……. 수해의 여왕인 제가 몰랐다는 게 수치스러워요."

그것이 바로 달리온이 지켰던 것. 류티리스에게서 한숨을 닮은 탄식이 흘러나왔다.

"하지만 이상하지?"

"그래. 만약 본인이라면 왜 지금은 신의 기사가 됐지?"

오스카와 나이즈가 험악한 표정으로 묻자 의외로 메일이 대답했다.

"여신님이 소중해서 그런 거 아니야?"

"메르 언니? 무슨 말이야?"

"……모르겠어? 에히트가 멀쩡하잖아."

그 말로 모두 깨달았다.

이야기 마지막 부분, 사라진 성역과 용사의 비밀. 그 해답이다.

그는 이길 수 없다고 이해해 버렸다. 그래도 성검에 혼을 봉인한 여신 우아 아르트를 잃고 싶지 않았다. 그래서 에히트에게 굴복한 것이다.

설령 세계를, 그리고 여신 본인을 배신하는 한이 있어도.

반드르가 눈을 깔며 중얼거렸다.

"『성역에 범접하지 말지어다』……."

그건 무엇보다 소중한 여신에게 접근하지 말라는 용사의 외침이었으리라.

라우스가 진지한 얼굴로 알파드를 봤다.

"폐하, 알려주십시오. 초대 용사의 마음이 구현됐다고밖에 생각할 수 없는, 그 극채색 결계의 정체는 무엇입니까? 『의지를 마법으로』, 그것이 무슨 의미입니까?"

그 답이 바로 신을 타도할 단서.

그것을 찾아 이 나라에 왔다.

운명의 갈림길에 선 긴장감이 일행 사이에 팽팽하게 감돌았다.

알파드도 긴장된 분위기로 심호흡하고는 엄숙히 말했다.

그 결과는…….

"개념 마법이다."

답은 있었다. 역사를 중시하는 흡혈귀의 문화가 한 줄기 희망을 내려줬다.

"개념, 마법……."

밀레디가 따라 외었다. 닿으면 부서지는 보물을 다루듯 조심스레.

알파드가 고개를 끄덕이고 정체를 말해줬다. 하지만 그건 너무나도 막연한 이야기였다.

"너희는 필요한 조건을 충족했어."

개념 마법이란 이름 그대로 개념을 구현하는 궁극의 마법.

세상의 법칙을 무시하고 소망대로 현상을 일으킨다.

단, 그 전제 조건은 일곱 가지 섭리에 간섭할 것, 그 섭리의 진수를 이해할 것, 막대한 마력을 보유할 것.

그리고 마지막 발동 열쇠. 그것이 바로 개념 마법이라는 궁극, 만능의 힘이 잊힌 가장 큰 이유.

"마지막으로 필요한 건『극한의 의지』라는군."

"그카네 의지?"

진지한 분위기를 박살 내며 밀레디가 앵무새처럼 따라 했다.

알파드와 마주 봤다. 더 구체적인 발동 방법이 나올 거라고 믿으며, 기다린다.

사람들의 이마에서 땀이 삐질삐질 흘러나왔다.

밀레디가 내가 잘못 들었나 하며 눈알을 굴리다가 조심스럽게 물었다.

"국 하는 우지?"

"극한의 의지다."

답은 무자비할 정도로 똑같았다. 밀레디가 폭발했다.

"그게 뭔데?! 뭐야, 그 뜬구름 잡는 설명!"

"몰라!『지식의 창고』에 그렇게만 나와 있다고! 불평하지 마!"

다른 해방자들도 참전했다.

"아니, 다른 거 더 없어요?!"

"알파드, 힘 좀 써! 쥐어짜 봐!"

"맞아요! 어디 구석에 박혀 있을지도 몰라요!"

"머리를 때리면 나오지 않을까?!"

"나이즈, 나이스! 그거부터 해 보자!"

"좋다, 반. 폐하를 붙잡아라! 하는 김에 혼백에도 충격을 가하지!"

"그, 그만둬! 일국의 왕에게 무슨 짓을 하려고! 잠깐, 무섭게 왜 이래?! 경비병! 경비벼어엉!"

난리 법석이다.

답은 얻었다. 신을 타도할 힘이 실존하는 것도 알았다.

하지만 알면 뭐 하는가? 이해가 안 되는데…….

기대가 컸던 만큼 밀레디 일행은 반쯤 발광했고, 결국 그날 밤은 「손님들이 실성했다!」라며 왕성 전체가 큰 소동에 휘말렸다.

그로부터 꼬박 일주일 후.

밀레디 일행은 쭉 왕성의 방에 틀어박혀 있었다. 아무도 방해하지 못하게 부탁하고 식사와 빨래도 전부 떠맡기며. 그런데…….

"으아아아아아아아아!"

"앗, 밀레디가 또 발광했다!"

"라우 씨!『충혼』이요!"

"언제까지이러고있어야하지샤름은나를기억이나할까샤름한테도미움받으면내존재의의도사라지고가정재건의꿈이―."

"안 돼, 이쪽도 맛이 갔어!"

"나이즈! 전이를 써줘! 메일이 이불을 말고 안 나와!"

개념 마법은 발현하지 않았다. 하염없이 명상하고, 과거 재생으로 비극을 떠올리고, 혼백 마법으로 감정을 억지로 증폭해 보고…….

오스카가 지속 효과를 주려고 개념 마법을 부여하는 아티팩트도 준비했지만, 온갖 시도를 하고 일곱 명이 힘을 합쳐 마력을 쥐어짜도 발현할 기미가 없었다.

신이 있는 곳으로 가고 싶다. 혹은 신을 지상으로 끌어내리고 싶다.

그리고 타도하고 싶다.

무의미하게 마력을 축낼 때마다 그 의지는 극한이 아니라고 퇴짜를 맞는 기분이라서 정신적으로도 한계에 달했다.

불시에 방문이 열리고 알파드가 들어왔다. 알바노르를 안은 셀레네도 함께였다.

"……안 되나 보군."

"밀레디 씨, 괜찮으세요?"

"밥보오."

"누가 바보야!"

"밀레디! 아기잖아!"

알바노르는 즐겁게 까르륵 웃었다. 셀레네 왕비가 아이를 혼내고, 알파드가 엄청 풀어진 표정으로 그걸 바라봤다.

"……뭐 하러 왔지? 실패한 가장에게 자랑하러 왔나? 비웃으러 왔나?"

"라우스, 진정해. 너 그거 병이야."

카임과 셀름이 반사도화로 죽이러 왔을 때의 기억을 너무 반복 재생한 모양이다. 행복한 가정은 지금 라우스 아빠에게 독약이나 마찬가지였다.

무릎을 끌어안고 앉은 라우스의 등을 나이즈가 토닥토닥 두드렸다.

"많이 힘들어 보인다고 시녀들에게 들었거든. 저녁이라도 같이 먹는 게 어때?"

"딱딱한 자리는 아니에요. 우리 가족만 모여요. 맛있는 요리와 술로 조금이나마 재충전하세요."

일행은 서로를 돌아봤다.

성공할 기미도 안 보이고, 특히 밀레디의 정신이 상당히 불안정했다. 다른 이들도 초조하기는 마찬가지. 하지만 초조해도 뾰족한 수가 없는 것 또한 사실이었다.

"밀레디."

"으으."

오스카가 다정하게 부르자 밀레디는 좀비처럼 대답했다. 그리고 잠시 후, 헝클어진 머리를 더 헝클어뜨려 짜증을 발산했고……

"감사히 받아들일게요."

초대에 응했다.

그리고 그날 심야.

"그 겁쟁이 자식이 말이야! 입만 나불대지 말고 자신 있으면 나오라고! 밀레디 씨가 그렇게 무서웠쪄여어어?"

"유치한 인격 파탄자 같으니. 그딴 녀석은 빈민가에 가면 발에 챌 만큼 있어!"

"똑같이 생긴 인형에 둘러싸여서 희열을 느낀다니, 소름 돋아. 여자들이 딱 질색할 타입이야!"

"게다가 혼자 놀기의 달인이에요, 언니! 저보다 친구가 없어요! 아아, 가엾어라! 너무 가여워요! 후후후."

"방구석 폐인 주제에! 신의 영역인지 뭔지 반드시 쳐부수고 빽빽 울게 해주마!"

"나이즈, 말 잘했다! 절대로 안 놓쳐. 어디에 있든 반드시 찾아내서 가정 붕괴의 책임을 묻고 말겠어."

"알파드는 어디 갔어! 지식의 창고에 기록하게 해줄게! 자칭 신이 엎드려 절하는 꼴을!"

일곱 해방자는 고성방가 주정뱅이가 되어 있었다.

처음에는 이러고 있을 때가 아니라고 생각해서 술도 홀짝거리는 수준이었지만…….

살짝 취기가 도니까 자제심은 순식간에 증발했다.

그래도 처음에는 양호한 편이었다. 밀레디가 솔직 귀염 모드가 되어 오스카에게 아양을 떨거나, 오스카의 이성이 날아갈 뻔하거나, 메일이 나이즈에게 집적대거나, 그 와중에 나이즈가 오스카를 패서 말리거나, 류티리스가 변태짓을 하거나, 라우스가 취하면 우는 사람이라고 밝혀지거나, 반드르가 벽과 얘기를 나누거나…….

적어도 남에게 폐를 끼치지 않으니까 알파드와 셀레네도 난처하게 웃어넘겼다.

하지만 쌓일 대로 쌓인 울분. 세계를 구한다는 부담감.

그 스트레스가 댐이 무너진 강물처럼 범람했다.

차츰 눈이 풀리더니 다들 분위기가 험악해졌고 누가 신호를 준 것도 아닌데 에히트 욕하기 대회를 시작했다.

소리만 치면 다행이지만, 화풀이로 공격 마법까지 쏴 대는 지경이었다.

말리려고 하면 오히려 붙잡혀서 위험 지대로 끌려갔다.

그 결과, 주변 일대에 격리 조치가 이루어졌고 알파드와 셀레네는 대피한 지 오래다.

그것도 모른 채 벽이 사라져 밤하늘이 일부 보이는 천장 아래서 일곱 주정뱅이는 벌컥벌컥 술을 들이켰고…….

그날, 귀국 사람들은 전전긍긍 밤을 지새웠다.

왕성에서 새 왕이 탄생했을 때보다 강렬한 일곱 빛깔 레이저 쇼가 벌어진 탓에.

그리고 대체 무슨 일이냐며 소란이 벌어진 가운데.

"""""""""에히트 죽어, 망할 자식아아아아아아아!"""""""""

라는 땡고함이 전 세계에 울리도록 몇 번이고 메아리친 탓에.

다음 날 아침.

알파드가 맹수가 잠든 동굴을 찾는 심정으로 밀레디 일행을 찾아갔다. 태풍이 휩쓸고 간 것처럼 망가진 방 한복판에 일곱 명이 넋이 나간 채로 빙 둘러앉아 있었다.

"왜, 왜 그래?"

쭈뼛쭈뼛 물어봤다. 그러자 밀레디가 표현하기 어려운 애매한 미소를 지으며 중얼거렸다.

"새, 생겼어……."

알파드가 한순간 경직했다. 하지만 곧 진지한 얼굴로 물었다.

"……오스카 애냐?"

"……? 으응?! 아니야!"

얼굴이 새빨개진 밀레디가 말하기를, 개념 마법 창조에 성공한 모양이었다.

신을 타도할 비장의 수단은 참 시답잖게 탄생했다.

하나는 신월의 단검. 날 길이 20센티미터. 창궁색 칼날에 깃든 개념은 『멸신』.

하나는 도월의 나침반. 바늘이 하나인 회중시계 모양. 깃든 개념은 『바라는 장소를 가리킨다』.

하나는 계월의 화살. 흑수정 같은 화살. 깃든 개념은 『경계 파괴』.

"엄청나군."

귀국 경계선인 절벽까지 밀레디 일행을 배웅하러 온 알파드가 이만큼 농밀한 힘, 강력한 의지는 느낀 적이 없다고 감탄했다.

"어, 음, 고마워요."

밀레디가 어물어물 답했다. 평소라면 짜증 날 정도로 우쭐댈 텐데. 하지만 지적하는 사람도 없었다. 다른 사람들도 다 같이 거북한 얼굴이었다.

"극한의 의지를 발현하고 싶다면 극한까지 취하면 된다고 기록해 두지."

"하지 마요!"

역사에 추태를 남기고 싶지 않다! 밀레디가 황급히 소리치자 알파드는 참지 못하고 웃음을 터뜨렸다. 함께 배웅하러 온 셀레네와 아니아, 스벳도 함께 웃었다.

"그, 그보다 이거 받으세요!"

견디다 못해 밀레디는 『보물고』를 넘겼다. 답례로 만든 알파드용 보물고였다.

다양한 아티팩트가 들어가 있고 개념 마법 창조 과정에서 만들어진 것— 에히트가 총본산에서 발한 지배의 언령, 『지식의 창고』에 따르면 『신언』이라는 마법에 대항할 아티팩트 『응~? 뭐라는 거지~?』도 들어 있었다.

"흠. 너야말로 뭐라고 하는 거지?"

"밀레디 센스가 이 모양이라서 죄송합니다."

"오 군, 평소에 센스 없다고 놀린 거 담아 두고 있지?"

그렇게 대화하는 사이에 새벽이라서 아직 잠든 알바노르가 셀레네의 가슴에서 칭얼대기 시작했다. 그것을 신호로 그만 떠나기로 마음먹었다.

밀레디가 손을 내밀었다.

"많은 도움을 받았어요."

"그건 내가 할 소리지."

그렇게 말하고 악수를 받은 알파드는 마지막으로 눈웃음을 지었다.

"믿을게. 너희 선택이야말로 세계가 나아갈 최선의 방향이라고."

밀레디는 생각지도 못한 말을 들은 것처럼 눈을 동그랗게 떴다. 그리고 쑥스러운 미소를 돌려줬다.

"자, 이 희소식을 알려라~! 우하하♪"

밀레디가 하늘을 날며 빙글빙글 춤췄다.

기분이 좋지만 분위기는 결연했다. 신에게 닿을 힘을 얻고 흘러넘치는 전의를 주체할 수 없는 느낌이었다.

자연스럽게 비행 속도가 올라 순식간에 【감벽의 대지】에서 나왔다. 바로 동료와 연락하려고 『천망』을 기동했다.

"응? 류, 연결이 안 되는데?"

"이상하네요. 승화 마법은 정상 발동 중이에요."

땅끝이라서 출력이 부족한 걸까? 밀레디의 시선이 반드르를 향했다.

"형님은 전선 지대 요새에 주둔했을 텐데…… 이동했나?"

가장 가까운 곳에 있는 라수르와도 통신이 되지 않았다.

"오 군, 나침반."

오스카가 『도월의 나침반』을 기동해 라수르의 위치를 확인했다.

"라수르는 동쪽으로 이동했나 봐. 협곡을 따라서…… 북쪽 대륙으로 돌아가는 중인가?"

"뭐라고? 설마 전군이? 요새에 연락책도 남기지 않고?"

"잠깐만. 라수르가 아니라 정예군을 찾아볼게. ……있다. 여기서 북동쪽으로 천 킬로미터 떨어진 요새야. 그런데…… 뭐지? 이미지가 흐릿해. 부대가 흩어진 것처럼."

뭔가 불길한 기운이 스멀스멀 등을 타고 올라오는 기분이
들었다.

"……가자. 직접 가는 편이 빨라. 요새에 있는 『천망』이 출력
도 더 크고."

"그래요. 승화하면 중계 없이 샨드라와 베르니카에도 닿을
거예요."

밀레디 일행은 조금 굳은 얼굴로 합의하고 단숨에 이동을
개시했다.

그리하여 요새에 도착한 일행은…….

"이게, 뭐야?"

보고 말았다. 많은 시체가 나뒹구는 무너진 요새를.

마왕 정예군은 괴멸했다.

"메르 언니! 라우!"

"알아!"

"그래!"

밀레디의 비명 같은 호령에 메일과 라우스가 요새로 달려갔다.

라우스가 혼백을 필사적으로 찾지만, 그 입에서 나온 말은
생존자 확인이 아닌 「제길」이라는 욕뿐이었다.

밀레디 일행은 일단 『천망』이 설치된 안쪽 방으로 서둘렀다.

원래는 요새 사령부로 쓰이던 곳이며 구조도 가장 튼튼하다.

어쩌면 생존자가 농성 중일지도 모른다는 한 가닥의 희망
을 믿고…….

"문이……."

사령부는 열려 있었다. 모두 새파란 안색으로 뛰어들었다.

창이 없는 어두운 실내는 어마어마한 피로 물들어 있었고, 몇몇 시체가 내는 썩은 내가 코를 찔렀다. 어떻게 봐도 사후 며칠은 지났다.

그중 한 명을 보고 심장이 차갑게 얼어붙었다.

"아…… 엘가 장군……."

벽에 기대어 조용히 고동을 멈춘 노장군 앞에서 반드르는 무너져 내리듯 무릎 꿇었다. 망치로 연거푸 머리를 맞은 것처럼 잠시 정신을 차릴 수 없었다. 다른 일행이라고 다를 건 없었다.

"천망은 망가졌어…… 하지만."

오스카만 아랫입술을 깨물며 행동했다.

검은 안경이 벽 한쪽에서 미약한 마력 반응을 포착했다. 자세히 보니 땅 속성 마법으로 거칠게 묻어 버린 흔적이 있었다. 연성으로 파내자 안에서 『천망』 소형 단말기가 나왔다.

"영상 기록인가……."

결전의 기록을 후세에 남기기 위해 보안 강화와 함께 추가한 기능이 하나 살아 있었다.

밀레디 일행이 그 말에 반응해 황급히 달려와 바로 영상을 재생했다.

『공주가 이걸 보게 되기를 바라지.』

영상에 나온 사람은 라수르였다. 그 얼굴에 평소와 같은 경쾌한 웃음은 없었다. 가로세로 20센티미터 크기의 작은 화면에는 몹시 절박하고 험악한 표정이 비쳤다. 뒤에서는 격렬한 전투의 소음과 레스티나의 고함도 들렸다.

『세계가 미쳤어.』

그게 대체 무슨 뜻인가. 일행의 눈초리가 일그러졌다.

『미치게 한 거야. 전 세계에서 일제히 해방자 사냥이 시작됐어. 온 나라 군대가 활동 중이야. 심지어 일반 시민까지도. 아이, 노인 할 것 없이. 세계가 광신의 도가니에 빠졌어!』

마침 애가 타는 얼굴로 방에 들어온 라우스와 메일이 다른 이들과 똑같이 어리벙벙한 표정을 지었다.

"뭐? 무슨 소리야? 이해가……."

혼란에 빠져 목소리가 떨리는 밀레디를 질타하듯 곤두선 음성이 울려 퍼졌다.

『너희가 언제 상황을 인지할지 모르지만, 서둘러! 생존자를 찾아! 한시바삐 구하러 가! 전부 잃기 전에!』

밀레디의 눈이 빠질 것처럼 커졌다.

다른 일행은 백지장처럼 얼굴빛이 창백해졌다.

그리고 이해했다.

이것이 신이 준비한 마지막 유희라고.

시간을 거슬러 밀레디 일행이 귀국을 나오기 닷새 전.

—우르디아 공국의 공도 댐드락.

보름달이 기이할 만큼 붉게 빛나는 밤, 공도 뒷골목에 두 그림자가 서 있었다.

"……이 분위기는 뭐지?"

"기분 나쁠 정도로 조용해."

깊이 눌러 쓴 후드 안쪽으로 악취라도 맡은 것처럼 인상을 찌푸린 사람은 크리스와 캐티였다.

신도에서 철수한 해적단은 이 공도 북서쪽에 있는 산속 은신처에 잠복하고 있었다.

그리고 공도에 있는 지원자에게 수시로 거리의 상황을 전해 들었는데…… 며칠 전 이런 보고가 들어왔다.

—도시 분위기가 뭔가 이상하다.

공도 사람들도 『천망』을 통해 그 결전을 지켜봤으니까 처음부터 어수선하기는 했다.

신과 교회에 대한 의심과 공포, 밀레디의 절실한 호소가 불러온 당혹감. 이로 인해 사람들을 선택의 기로에 섰다.

신을 계속 믿느냐 마느냐.

예전이라면 입 밖에도 내지 못했던 토론이 조심스럽게, 하지만 숨길 수 없을 만큼 공공연히 이루어졌다. 공도 교회 지부가 다 막지 못해서 오히려 위축될 정도였다.

하지만 지금은 어떤가? 그 조용한 소란이 전혀 들리지 않았다.

웅웅 거세게 불던 바람이 어느샌가 뚝 그친 것처럼.

듣던 대로, 뭔가 이상하다.

폭풍 전의 고요…… 그 말이 문득 두 사람 머릿속을 스쳤다.

"아무튼 안부 확인부터 하자."

"그래. 무사하다면 뭐라도 정보를 얻었겠지."

두 사람이 공도에 잠입한 이유는 지원자의 정기 연락이 끊겼기 때문이었다.

불길한 예감을 느끼면서도 합의하고 뒷골목을 나와 걸었다.

가급적 사람이 없는 길을 고르지만, 그럴 필요가 없을 만큼 어디를 가든 한산했다. 사람이 사는 소리가 들리지 않는다. 모두 숨을 죽인 것처럼.

지원자 거점— 표면적으로 나룻배를 운영하는 가게에는 맥 빠질 만큼 쉽게 도착했다.

가게 뒤로 돌아가서 문을 암호에 맞춰 두드렸다.

대답은 없었다. 쥐 죽은 듯 고요했다. 인기척도 나지 않았다.

창은 잠겼고 커튼까지 쳐서 안쪽 상황을 알 수 없었다. 게다가 불이 꺼져 있어 평범하게 생각하면 잠시 가게를 비운 것으로 보였다.

"아니면…… 거점을 옮겼나?"

"연락도 없이? 긴급 사태라도 어디로 갔는지 단서 정도는 남기지 않나?"

크리스는 동의하면서 문손잡이를 잡았다. 문은 잠겨 있지 않았다.

머리 한쪽에서 경종이 울렸다. 직감이 떠나라고 주장하지만, 확인하지 않고 돌아갈 수는 없었다. 캐티와 눈빛을 교환하고 각오를 다지며 문을 열었다.

그 직후, 캐티의 표정이 긴박하게 일그러졌다.

"피 냄새!"

크리스가 혀를 차며 문을 박차고 돌입했다.

안쪽은 처참했다. 몰살이었다. 사방에 피가 튀었고 방 가운데 시체가 쌓여 있었다. 이 가게에 있던 지원자들이 틀림없었다.

날벌레가 꼬였다. 사후 이틀은 지났으리라. 다만, 기묘한 점이 하나 있었다.

"때려, 죽였어?"

기사가 가끔 쓰는 메이스 같은 게 아니었다. 더 조악하게, 아무렇게나 구타한 듯한 느낌.

비유하자면…….

"초보가 여럿이 달려들어서?"

안디카 사람이라면 잘 아는 뒷골목 싸움과 같았다. 적당한 몽둥이나 각목으로 몰매를 놨을 뿐이다. 전투 훈련을 받은 사람의 공격은 아니었다.

이상하다. 강도라고 보기에는 쓸데없이 잔혹하다. 하지만 수법은 초보…….

"크리스! 이거 뭔가…… 안 좋아!"

추리에 몰두하던 크리스의 머리가 캐티의 동요한 소리를 듣고 현실로 돌아왔다.

뒤늦게 깨달았다. 살기가 이곳을 둘러쌌다는 사실을. 그리고 창밖에…….

"설마, 아니지……?"

핏발 선 눈으로 안을 들여다보는 수많은— 주민이 있다는 사실을.

캐티가 자기도 모르게 한 발짝 물러선 직후, 이상하리만큼 강한 적개심이 탁류처럼 밀려들었다.

"캐티! 위로 가!"

크리스가 등에 멘 검을 단숨에 뽑아 천장으로 거대한 참격을 날렸다. 3층 건물이 즉시 복층 구조로 바뀌고 두 사람은 달려오는 폭도에게서 도망치려고 옥상으로 뛰어올랐다.

그리고 주위 광경을 보고, 얼어붙었다.

"……잠깐…… 뭐야, 이거?"

캐티의 떨리는 물음에 크리스는 대답하지 못했다. 식은땀이 흐르고 목이 바싹 말랐다. 현실을 직시하고 싶지 않았다. 이건 악몽이다.

거리를 메워 버린 사람, 사람, 사람. 손에 무기 아닌 무기를 들고 남녀노소를 가리지 않고 몰려들었다.

사람이 넘어져도 상관하지 않고 밟으며, 베란다에서 사람이 떨어져도 신경 쓰지 않는다.

들리는 소리는 「**반역자**를 죽여라!」라는 구호뿐이었다.

광기다. 공도가 광기로 넘쳐났다.

『들리나요, 크리스 씨! 캐티 씨! 무사하세요?!』

갑자기 소녀의 초조한 목소리가 고막을 때린 덕분에 크리스와 캐티는 정신을 차렸다.

"디네! 왜 그래?!"

3층 창문에서, 혹은 옆 건물에서 수많은 주민이 넘어오려는 것을 보며 두 사람은 응답하면서도 지붕에서 지붕으로 도망쳤다.

디네는 응답이 있다고 안도의 숨을 내쉬지만, 곧 긴박한 목소리로 상황을 전달했다. 최악의 상황을.

『공국군이에요. 어느새 산으로 진군해 왔어요. 은신처 위치도 아는 모양이에요. 현재 후퇴하는 중이지만, 수가 너무 많아요. 산을 이 잡듯 들쑤시고 다녀요.』

"국군까지 움직인다고? 젠장, 뭔지 알겠어!"

크리스는 알아차렸다. 이것이 『마지막 신의 유희』라고.

"지금은 무조건 도망쳐! 흩어지면 철수 계획대로 움직여!"

『두 분은요?』

"공도 쪽 천망을 확인하러 갈게. 우리 휴대형 천망으로는 다른 지부와 연락이 안 돼."

빠르게 공도 상황을 전하자 디네는 잠시 말을 잇지 못하다가 사태의 심각성에 목소리를 떨었다.

『알겠어요. 검은 문은 가지고 왔어요. 두 분도 가능한 한 빨리 탈출하세요.』

"그래. 우리 쪽 사람들을 지켜줘."

그 말을 마지막으로 통신은 끊겼다.

대화하는 동안 날아든 마탄과 화살을 쳐내던 캐티가 문득 물었다.

"⋯⋯크리스. 여기만, 이런 거겠지?"

"⋯⋯글쎄. 그랬으면 좋겠지만."

모든 은신처에 『검은 문 열쇠』가 있지는 않다. 행동 부대도 전원 지급되지는 않았다. 결전 후 부상이나 피로에서 회복되지 못한 사람도, 메탈 버틀럼 및 유용한 아티팩트를 잃은 사람도 많았다.

일반인도 국군도 며칠 전까지 교회에 불신감을 드러내던 것이 꿈이었던 양 신을 칭송하고 미친 듯 이단자를 죽이려고 들었다.

완벽한 기습이었다. 이게 만약 전 세계에서 동시다발적으로 일어났다면⋯⋯.

"어쨌든 다른 지부와 연락해야 해. 안 되면 빨리 도망치고!"

"⋯⋯응, 그러자. 우리 공주님을 지켜 드려야지!"

두 사람은 애써 냉정을 되찾으며 광란 속으로 뛰어들었다.

광기의 마수가 해방자에게도 미쳤을 가능성은 생각하지 못한 채.

―오디온 연방 산간 은신처.

"연방 지국들에서 이상 행동이라⋯⋯. 자세한 내용은 아직 파악하지 못했나?"

은신처 마을의 공터에 친 천막에서 심 전단장의 목소리가 울렸다.

정예 전사단 간부가 모두 모였고, 그중 한 사람인 닐케 전사장이 대답했다.

"네. 지원자에게도 확인하고 있지만, 마을에는 이상이 없다고 합니다."

"해방자를 지지하는 신흥 집단 진압은 아니라는 말인가?"

"예. 그저 동쪽으로 간다는 것밖에 모른다고 합니다."

사실 연방 여러 마을에서는 해방자 지지 세력이 생기고 있다는 희소식이 있었다.

교회가 그들을 감당하지 못하고 연방에 도움을 요청했나 싶었지만, 그건 아닌 모양이었다.

"으음. 설마 다시 수해를 침공할 작정은 아닐 테고⋯⋯."

심이 연방의 속을 알 수 없어서 침음했다.

회의장에 당혹감이 감돌고 안 좋은 분위기만 느껴졌다.

그때, 어울리지 않게 쾌활한 목소리가 들렸다.

"여러분~! 식사 시간이에요! 들어가도 되나요?"

"오, 벌써 시간이 그렇게 됐나. 상관없다! 들어와라!"

문을 열고 들어온 사람은 20대 중반의 순박한 인간 여성이었다.

원래 수녀였지만 사교의 부정을 고발했다가 가족과 함께 이단자로 찍혔고, 처형당하기 직전에 해방자 행동 부대에게 구출된 사람이었다.

부드러운 분위기에 모성이 강해서 마을 아이들에게도 인기가 많았다.

그런 그녀의 손에는 큼직한 바구니가 들려 있었다. 먹음직한 냄새가 새어 나왔다.

"항상 수고가 많군."

"에이, 아니에요. 저는 이런 일밖에 못 하는걸요."

여성은 조용히 웃고 익숙한 손놀림으로 음식을 차렸다. 심은 눈을 가늘게 뜨고 그 모습을 지켜봤다.

그녀에게는 수인에 대한 혐오감이 전혀 없었다. 친해지려고 굳이 노력하지도 않았다.

그저 당연하게 행동할 뿐이었다. 사람 대 사람으로서. 종족의 차이는 아무것도 아니라는 것처럼.

모두가 이렇게 되면 좋겠다고 진심으로 생각했다. 세계에 이런 『당연함』이 퍼지면 얼마나 멋질까.

"그러고 보니 어제 마을에 물건을 사러 갔지?"

한순간 여성의 손이 멈춘 것 같았다.

"……네. 자급자족으로는 한계가 있으니까요. 행상인인 척 정기적으로 물자를 충당하고 다녀요. 필요할 때만 가면 오히려 의심을 살 거예요."

"아니, 뭐라고 하는 게 아니야. 그냥 마을에서 무슨 소문을 듣지 못했나 싶어서."

음식을 다 차린 여성은 글쎄요, 라며 고개를 저었다.

"아, 그래도 좋은 일이 있었어요."

그러면서 목에 걸린 목걸이를 기쁘게 꺼냈다.

"예쁘죠? 어떤 분이 주셨어요! 『마지막 충성』이라고 하나 봐요."

"······아티팩트?"

심과 닐케, 수인 중에서도 마력을 가진 두 명이 그 사실을 알아차렸다.

닐케의 표정이 점차 변하며 여성의 얼굴을 주시했다. 그 모습을 확인하며 심이 물었다.

"조금 살벌한 이름이군."

"왜요, 멋진 이름 아닌가요! 마지막으로 충성을 증명할 수 있잖아요! 그분께─."

여성이 겉으로는 환하게 웃으며 심에게 다가왔다.

하지만 그 얼굴을 보는 이들은 왠지 등골이 오싹했고······.

"전단장님! 뭔가 이상합니다! 떨어지─."

닐케가 여성을 붙잡으려고 한 순간.

"에히트 님께에에에에에에!"

뒤룩 위로 올라가는 눈알. 찢어진 듯 올라가는 입꼬리.

광기와 함께 절규가 터지고 호응하는 것처럼 목걸이가 강렬한 섬광을 뿜었다.

그리고─.

엄청난 폭음과 함께 천막이 걸레짝이 되어 날아갔다.

다른 곳에 있던 사람들은 다 같이 얼떨떨한 표정을 보이다가 이내 낯빛이 창백해졌다.

"저, 전단장님!"

"무슨 일이야?!"

혼란에 빠지면서도 서둘러 달려가려고 하지만……

—우오오오오오오오!

마치 지금 폭발이 신호탄이 된 것처럼 무수한 함성이 울려 퍼져 걸음을 멈췄다.

주위 산에서 일반인으로밖에 보이지 않는 사람들이 우르르 모습을 드러냈다.

모두 은신처로 통하는 비밀 통로가 있는 곳이었다. 어마어마한 인원이 산사태처럼 밀려든다.

"이, 이곳을 어떻게?!"

그 이유는 금방 판명됐다. 은신처 내부에서도 함성이 들린 것이다.

어느새 침투해 있던 배신자. 흉포한 일반인 대군.

피아 구별도 되지 않아 혼란은 가중되어 갔다.

지시를 내릴 간부들도 그 치명적인 폭발에 휘말려 생사조차 불분명한 상황……

"마, 맞서 싸우자!"

"안 돼! 저쪽은 일반인이라고!"

"하지만 척 봐도 정상이 아니잖아!"

"그럼 더 안 되지! 해방자의 신조를 잊었어?! 우리는 거기에 찬동해서 여기 있어!"

"큭, 그럼 전단장님 안부부터 확인해! 천망과 검은 문 열쇠도 찾아야 해!"

구조 요청과 탈출의 열쇠는 심의 천막에 있었다.

과연 무사할까. 만약 망가졌다면…… 이곳은 고립무원이 될지도 모른다.

수인 전사들의 얼굴에는 벌써부터 비장감이 떠올라 있었다.

─백색 대수해, 하르치나 공화국.

정적의 숲이 지금 다시 전란의 소음에 휩싸였다. 그것도 연방군 및 백만 대군의 자살 특공에 가까운 맹공으로.

"제4 전사단에서 보고! 방어선이 뚫렸습니다!"

"중앙도 더는 못 버팁니다! 불살은 불가능합니다! 수가 너무 많아요!"

"폐하의 권능 없는 안개로는 이 인해전술에 대항할 수 없습니다!"

대수에 위치한 왕궁. 알현실보다도 안쪽, 대형 『천망』이 설치된 방에서 수인들의 비명 같은 보고가 울려 퍼졌다. 배드가 초조함을 감추지 못하고 언성을 높였다.

"야! 본부와 심 전단장은 아직도 연락이 안 돼?!"

"안 됩니다! 여전히 두절된 상태입니다!"

그 말을 듣고 반사적으로 「젠장!」이라며 욕이 튀어나왔다.

3일 전이었다.

연방 수도 아그리스의 은신처에 잠복하던 마셜에게서 급보가 왔다.

―연방에 이변 발생. 공화국으로 침공 개시.

그것도 군대뿐 아니라 일반인까지 일제히.

총장국에 지국까지 합세해 수해 북부, 중앙, 남부를 반쯤 포위하는 형태로.

이게 무슨 말 같지도 않은 소리인가.

하지만 실제로 지금 광기의 파도가 공화국을 집어삼키고 있었다. 이미 불살을 지킬 여유도 없어서 죽고 죽이는 싸움에 돌입한 자도 있었다. 심야가 되어도 적의 기세는 꺾일 줄 몰랐고, 수해는 시시각각 처참한 피와 시체로 뒤덮여 갔다.

"파샤! 더는 안 돼! 전군 철수시켜! 수도에서 농성전을 펼수밖에 없어!"

파샤 재상이 고뇌로 인상을 찌푸렸다.

수도는 최후의 보루다. 3일 전부터 많은 수해 백성이 피난해 왔다. 아울러 지금 대수는 약해진 상태다. 가장 큰 표적인 셈이다.

가능하다면 전쟁터로 삼고 싶지 않다. 하지만 이미 물불을 가릴 상황도 아니었다.

"폐하께서 돌아오실 때까지 버티는 게 정답인가……. 좋다. 불러들여라!"

배드가 고개를 끄덕이고 통신수들이 각지 방어선에 지시를 전달했다.

"배드!"

그때, 귀에 익은 남자 목소리가 들렸다. 3일 전 경고를 보내고 연락이 두절된 마셜이었다.

"마셜! 이 자식, 어디서 놀다가 이제―."

"닥치고 들어! 지금 당장 모든 은신처에 경고해!"

"그야 세계의 상황은 전했지만―."

"그게 아냐! 광신이 해방자까지 퍼졌을 가능성이 있다고!"

말을 잃은 배드의 두 어깨를 잡고 마셜은 귀기 서린 얼굴로 호소했다.

"잘 들어. 토니와 에이브도 당했어! 앙그리프 지부에서 살아남은 건 나뿐이야! 놈들은 은신처를 알고 있었어! 범인은―."

통신수 한 명이 마셜의 말을 선의로 끊었다. 그에게 낭보를 전하기 위해.

"마셜 님! 슈슈 님이 무사합니다! 지금 정문에―."

"안 돼! 슈슈를 들이지 마!"

"네? 하지만."

"그 녀석은 적에게 넘어갔어. 은신처를 밀고한 건, 슈슈다!"

모두 얼굴이 창백해지고 통신수가 퍼뜩 정문에 경고하지만…… 늦었다. 엄청난 굉음이 고막을 때렸다. 서둘러 테라스로 나가자 정문에서 흙먼지가 피어올랐다.

동시에 무수한 포효가 울려 퍼졌다.

공화국 역사상 단 한 번도 성공한 적 없는 인간의 수도 침공.

그것이 너무나도 허무하게 실현된 순간이었다.

연방 병사와 일반인들이 밀려들고 수인들의 비명과 노성이 터지는 정문.

무표정, 무언으로 선 슈슈의 뒤에서 망연자실하게 말을 걸었다.

"뭐…… 하는 거야, 너."

슈슈가 어깨 너머로 뒤를 봤다. 광기는 없지만, 온도도 느껴지지 않는 눈빛이 마침 귀환한 전사장— 발프에게 향했다.

"뭐 하냐고 묻잖아. 대답해! 슈슈—!!"

무력화하려고 발프가 뛰어드나, 충격파를 맞고 날아가 땅을 굴렀다.

"뭐긴…… 복수야."

"……슈슈, 너……."

연방 병사가 경악하는 발프에게 무자비하게 달려들었다. 그것을 부하들이 필사적으로 막는 와중에 발프는 떠올렸다. 결기 집회 때 일을.

그때 슈슈는 말했다. 조국에 대한 원망은 잊겠다고. 세상을 바꾸기 위해서 자신도 바뀌겠다고. 대화를 나눈 끝에 그녀는 그렇게 말했다. 그런데…….

"이용, 당한 거냐. 네 마음을?"

부글부글 끓어오르는 감정은 분노였다. 필사적으로 바뀌려고 노력한 슈슈의 마음속 틈새를 누군가 찌른 것이다. 광신자는 안 되더라도 마음의 저울을 복수로 기울일 수는 있다고.

하필이면 그녀의 소중한 동료를 팔아넘기도록!

"슈슈, 정신 차려!"

발프가 다시 달려들었다. 슈슈는 오물이라도 보는 눈으로 충격파를 쐈다.

하지만 이번에는 날아가지 않았다. 고유 마법 『부신』을 교묘하게 써서 중심을 잡고 최대한 신체 강화한 팔을 교차해 방어한다.

"말했지? 다시는 안 버린다고."

거기에 추가 충격파. 하지만 쓰러지지 않았다. 피를 토하면서도 발프는 전진했다. 슈슈의 표정이 움찔하고 곧바로 충격파를 날렸다.

"크헉…… 지금은, 내가 전사장이야. 그때와는 달라!"

대화했을 때, 발프는 한 가지 사실을 고백했다. 슈슈가 조국에 거절당한 그날, 대응했던 부대에 자신도 있었다고. 당시는 아직 전사장이 아니었지만.

"규정은 지켜야 해. 동포를 지키기 위해서! 하지만, 크억, 으으…… 그래도 도와야 했어! 적어도 거절당한 네 곁으로 가야 했어!"

"쳇. 시끄럽게……."

충격, 충격, 충격. 대기가 뒤틀려 보일 만큼 충격파가 연발됐다.

뼈가 부서지고 내장에 격통이 퍼지고 시야가 흐려져도 발프는 쓰러지지 않았다. 왜냐면…….

"인간 꼬맹이가, 너를 받아줬는데!"

사실은 바로 알아봤다. 밀레디가 공화국에 처음 왔을 때, 그때 그 아이라고.

도량의 차이를, 지킨다는 각오의 차이를 비교당한 기분이었다.

그래서 메일에게도 시비를 걸었던 것이다. 지금 나는 다르다, 이번에야말로 동족을 지키는 것은 내 역할이라고 알려주고 싶어서.

"도와주지 못해서 미안했다! 그때 너를 외면해서 미안하다!"

"시끄럽다고."

"나는, 조국은! 다시는 너를 거절하지 않아!"

"―큭!"

한 발, 또 한 발, 착실하게 자신을 직시하며 걸어오는 발프를 보고 새카만 복수심으로 점철됐던 슈슈의 머릿속에, 파문이 퍼졌다.

끼어든 것은 지금보다 훨씬 작은 밀레디의 모습. 자신을 압도한 그녀와 달리 발프는 당장에라도 죽을 것 같지만…… 왜일까. 모습이 겹쳐 보였다.

그 순간 격렬한 두통이 일었다. 둔해졌던 마음에 불씨가 살아나듯 감정이 돌아왔다.

처음 올라온 것은, 죄책감이었다.

"아, 앗, 안 돼…… 내, 내가, 무슨 짓을!"

"슈슈!"

발프가 마침내 도달했다. 패닉에 빠져 충격파를 난사하는 슈슈를, 피를 토하면서도 끌어안았다. 슈슈에게서 작게 아,

하는 목소리가 흘러나왔다.

"괜찮아. 이제 괜찮아."

발프의 말에 『거절』도 풀렸다.

그렇기에 그건 더없이 좋은 기회였다.

"전사장님!"

부하 한 명의 절규와 동시에 투창이 발프를 꿰뚫었다. 끌어안은 슈슈와 함께. 두 사람의 심장을 잇듯이.

두 사람이 같이 무릎을 꿇고 이마를 맞대어 서로를 받쳤다.

"미안…… 미안해…… 미안해."

"……이제 괜찮다고 했지? 잠깐만, 쉬자."

주위에 있던 부하들이 범람한 강물 같은 적들에게 휩쓸렸다. 죽은 자에게는 관심이 없는지, 발프와 슈슈는 보이지도 않는 것처럼 옆을 지나쳐 갔다.

절망적인 상황이건만, 두 사람은 어딘지 모르게 안심한 표정으로 고동을 멈췄다.

한편, 대수 아래에서는 배드와 마셜을 필두로 한 수인 전사들이 왕궁으로 침입하려는 적을 저지하느라 분투 중이었다.

"학살하면 안 된다. ―에그제스!"

머리 위로 크게 회전한 대낫이 작은 칠흑빛 초승달을 날렸다. 초당 100발의 마력 칼날은 마력이 많지 않은 일반인을 죽이지 않고 쓰러뜨렸다. 마력 고갈을 이용한 혼절이었다.

하지만 정규군은 그렇게 호락호락 당해주지 않았다.

더불어 전사단 대부분이 귀환하지 못한 상황인데 적은 폭력적으로 많았다.

호우처럼 빗발치는 화살을 막고 또 막지만, 수백 발 중 하나가 옆구리에 꽂혔다. 절묘한 기술이 수백 번의 공격을 받아내지만, 수백분의 1이 조금씩 조금씩 배드를 물어뜯었다.

"마셜! 여친도 있으면서 나보다 먼저 죽을 생각 하지 마!"

"닥쳐! 고백도 못 하는 숙맥 주제에!"

이 와중에도 입을 놀리는 건 서로 생존을 확인하기 위해서. 눈으로 볼 여유는 없었다.

자신들이 쓰러지면 왕궁에 피난한 사람들이 몰살당한다. 크레이드와 근위 전사단이 최후의 방어선으로 남아 있지만, 어차피 시간문제다.

그래서 싸우고 또 싸우고, 시간 감각마저 사라질 만큼 전심전력으로 싸웠다.

얼마나 그렇게 싸웠을까.

아마 한두 시간. 어쩌면 대여섯 시간. 자신이 숨을 쉬는지조차 이제는 모르겠다. 그래도 악으로 움직였다. 등 뒤에 반한 여자의 소중한 장소가 있으니까.

다만, 곤란하게도 마음은 과열됐는데 심장이 차가워져 갔고…….

"……야, 밀레디. 신을 죽일 방법은 생겼냐?"

싸우면서 뜬금없이 혼잣말을 중얼거렸다.

머리가 이상해진 탓은 아니었다. 이건 과거시를 통해 보여줄— 유언이었다.

"미안하다. 우리는 여기서 끝이야."

평소처럼 경박하게 웃으며, 어깨에 이미 몇 발째인지 모를 화살을 맞았다.

"원래는 조직 2인자로서, 반드시 신을 죽여라! 라고 말해야겠지만…… 안 되겠거든 그냥 도망쳐도 돼."

광선이 대퇴부를 관통했다. 자세가 털썩 무너진다.

"여기까지 와서 무슨 소리냐고? 하하, 미안하다. 우리의 말로는 우리가 선택한 결과야. 그 부담을 네가 짊어지려고 하지 말란 뜻이야."

『풍인』을 방어하지 못해 목을 베였다. 대량 출혈을 막을 수 없다.

"한심한 어른이라서 미안. 가능하면, 너는 살아라."

의식이 주마등과 현실의 틈바구니를 헤매기 시작했다.

"류도, 거기 있을까 모르겠네."

턱, 턱. 가슴에 가벼운 충격이 퍼졌다. 화살이 두 발 더 꽂혔지만, 배드는 이제 신경 쓰는 기색도 없이 하염없이 비살상 마력 칼날을 뿌려 댔다.

"사실 나, 너한테 반했어. 내가 우르의 정령을 모시는 일족이었다는 이야기는 했지? 처음 만났을 때, 류를 정령님이라고 생각했어. 그러니까, 그 뭐야. 한눈에 반했다고."

하하 웃고, 돌격한 적병 열 명의 다리를 한꺼번에 부쉈다. 대신 왼팔이 썩둑 잘렸다. 힘이 들어가지 않았다.

"그래도 나로는 안 되겠더라. 난 아무리 생각해도, 너를 욕하거나 밟을 자신은 없어."

묘하게 고요한 마음으로, 그래도 죽음 앞에서 묘하게 끓어오르는 힘을 파트너에게 담아 휘두른다.

살아 있는 게 이상한 상태인데 단 일격으로 날린 마력 칼날은 백 명 이상의 정신을 빼앗을 만큼 거대했다.

광신에 빠지고도 연방 병사의 얼굴에 약한 공포심이 떠올랐다.

"하하, 놀랐어? 나 알아, 류가 좀 이상한 여자라는 거."

그녀가 미래에 놀랄 모습을 상상하고 배드는 악동처럼 웃었다.

"허억허억…… 그리고, 뭐더라? 아, 맞아맞아. 에그제스 있지? 빼앗기지 않았고 넘겨줄 사람도 없으면 우르 호수에 가라앉혀줘. 그냥 두면 위험하거든."

그토록 격렬하던 에그제스의 칠흑빛 오라가 급속도로 사그라졌다.

마치 사용자의 생명을 나타내는 것처럼.

"그리고 다음은…… 으음, 없군. 응. 이제, 더 할 말 없어."

거대한 불덩이를, 마지막 힘을 쥐어짜서 절단하고 흡수했다.

하지만 오라는 커지지 않았다. 배드의 눈에서 빛이 꺼져 간다.

그래도 쓰러지지는 않는다. 대낫을 부리는 해방자는 대수를 등지고 두 발로 선 채…….

"집착 심한 남자의 발악이다. 제대로 맛봐라."

마지막 순간까지 경박하게 웃으며 몰려드는 군세를 막아 냈다.

―아스트란 용왕국.

세계가 미치기 불과 하루 전.

용왕국 남부 산간부에 정박한 마장 메르지네 호 함교에서.

"불길한 밤이구먼……."

조용히 중얼거린 사람은 살루스였다. 그는 창가에서 하늘을 보고 있었다.

"이렇게 붉은 달은 오랜만에 봐요."

대답한 사람은 미카엘라. 맹인이라도 『영혼의 눈』은 유난히 붉게 빛나는 달을 보여줬다.

이 요사스러운 분위기에 오늘 밤 당직들도 마음이 뒤숭숭한 모양이었다. 살루스는 쓴웃음을 지으며 자기가 흘린 혼잣말을 반성했다.

"유성에 관한 정보는?"

주제를 돌려 『천망』 통신수를 맡은 부하 청년에게 물었다.

"아직 없습니다. 새 교황에 관한 정보도 들어오지 않았고요."

살루스는 떨떠름하게 한숨 쉬었다.

며칠 전 일이었다. 여러 지역에서 『하늘에서 은색 유성을 봤다』라는 보고가 들어온 것은.

은색에서 연상되는 것은 하나밖에 없었다. 당연히 각지에 잠복한 이들도 예외 없이 긴장감을 키웠다.

새 교황이 선출된 열흘 전에 이미 첩보 부대는 보내 뒀다.

전 에스페라도 지부의 징크스가 이끄는 첩보 부대와 스이였다.

하지만 그들에게서 연락은 없었다. 결전 이후 신도의 경계가 삼엄해져서 연락하기 어렵다는 건 쉽게 상상이 되지만……

"안 되겠군. 생각이 자꾸만 안 좋은 방향으로 흘러가."

불길한 마음이 계속 가슴속에 똬리를 틀고 있었다.

밀레디는 신을 타도할 단서를 찾았고, 세계는 점차 교회를 불신하는 추세며, 사람들은 자기 머리와 마음으로 무엇을 믿을지 생각하기 시작했다. 형세는 분명히 『해방자』에게 기울어 있었다.

그런데 살루스가 파란만장한 인생에서 키운 직감은 계속 서두르라고 독촉했다.

바로 그때, 통신수가 희소식을 외쳤다.

"총장님! 첩보 부대의 통신입니다!"

"바로 연결해!"

기다리고 기다리던 정보. 무엇보다 그들이 무사하다는 사실에 안도감이 밀려왔다. 하지만 그건 조금 성급한 판단이었다.

"스이! 자, 자네…… 무사한가?!"

화면에 나온 것은 만신창이가 된 스이였다.

거친 숨을 몰아쉬며 벽에 기댄 스이는 머리에서 피를 흘리고 토끼 귀 한쪽을 잃었다. 어깻죽지와 옆구리도 다친 것처럼 보였다.

스이는 살루스의 질문을 무시했다. 그런 데 쓸 시간도 없다는 양.

『지금 당장 모든 동료한테 경고해요. 절대로 마을에 다가가지 말라고. 마을에 있는 사람은 당장 탈출하고, 가능한 한 수해

쪽으로 대피하세요. 그리고 한시바삐 폐하를 불러들이세요.』

"잠깐, 스이! 무슨 일이냐! 징크스는 어쨌어?!"

『첩보 부대는, 저 빼고 전멸했어요.』

무표정으로 담담하게 사실만 전하는 모습에서 오히려 처절함이 묻어났다.

하지만 상황은 동료의 죽음을 애도할 시간도 주지 않았다.

『중요한 거니까 잘 들어요. 놈들은 사도를 통해서 전 세계에—.』

스이가 자세한 내용을 보고하려던 바로 그때. 갑자기 엄청난 굉음과 충격이 배를 덮쳤다. 살루스가 넘어지고 다른 승무원들이 비명을 질렀다.

"무, 무슨 일이냐!"

"모르겠어요! 충격은 내부에서? 함내 통신이…… 전체 통신으로 전환할게요!"

그 직후, 함내 전체에 울린 것은…….

『보, 보고! 천망이 손상됐습니다! 젠장, 저 사람들이 왜!』

팀의 절박한 목소리였다. 아차 싶어 화면을 돌아보자 스이가 필사적으로 뭔가를 전하려는 모습만 비쳤다. 목소리는 들리지 않고 영상도 심하게 깨졌다.

"팀! 누굴 말하는 거냐! 침입자더냐?!"

살루스가 고함치나, 통신 너머로 돌아온 것은 비명과 두 번째 폭음이었다.

그리고 직접 본 미카엘라가 대답했다.

"그럴 리가…….."

"미카엘라! 뭘 봤지!"

잠시 말을 꺼내지 못하던 미카엘라는 믿어지지 않는다는 표정으로 말했다.

"용인이에요. 호위하려고 탑승한 용인이 함내를 습격했어요!"

살루스의 눈이 있는 대로 커졌다. 온몸의 털이 곤두서는 느낌이었다.

"경보 발령! 리건에게 통신은 가능한가?! 용왕국의 상황을 알고 싶다!"

"안 됩니다! 통신이 먹통입니다!"

당장에라도 사라질 것 같은 『천망』 영상. 스이도 습격을 받았는지 등으로 문을 막으며 뭐라고 말하고 있었다. 교회, 세뇌, 세계…….

"이제 됐다, 스이! 자네도 도망쳐! 수해로 돌아가!"

영상이 끊기기 직전, 스이도 입술 모양을 읽었는지 씁쓸히 미소 지었다. 그리고…….

『……아뇨. 그전에 갈 곳이 있어서요.』

그렇게, 말한 것처럼 보였다. 영상이 뚝 끊어졌다.

"긴급 부상! 용왕국으로 돌아간다! 용왕 폐하가 배신했을 리는 없다!"

살루스의 지시에 조타수가 신속히 따르려는데— 그 직전, 미카엘라의 경고가 끼어들었다.

"장벽을 전개하세요! 하늘에서도 옵니다!"

제공권은 이미 용인 부대가 쥐고 있었다.

함교를 비추는 수많은 섬광. 그것은 여러 줄기의 『용의 포효』
였다.

"……밀레디. 미안하구나."

절망적인 광경 앞에서 살루스는 그렇게 중얼거릴 수밖에 없
었다.

같은 시각, 용왕국 수도에 무수한 포효가 퍼지고 있었다.

여기저기서 불길이 치솟고, 브레스가 오가고, 고함과 비명
이 도시를 장악했다.

쿠데타였다. 용왕국은 아군에게 기습받았다.

외부의 침입과 침략을 최대한 경계하던 용왕국에게 그건
청천벽력과도 같았다. 젊은 군인을 중심으로 한 수많은 일반
인의 반란을 그 누가 예상할 수 있었으랴.

군의 절반, 특히 유력한 장교는 첫 기습에 죽거나 무력화됐
고, 화를 면한 군인들도 누가 적이고 아군인지 구분되지 않
아 백성들처럼 대혼란에 빠졌다.

그런 가운데, 그들의 이정표가 되어야 할 용왕 트라구디 아
우기스 아스트란은…….

『정신을 차려라, 시블!』

붕괴한 궁궐 상공에서 황금색 스파크를 튀기는 『뇌룡』이 되
어 이 모반의 주모자와 마주하고 있었다. 바로 친딸, 용왕국
왕녀 시블 아우기스 아스트란과.

아버지와 같은 황금색 뇌룡 형태로 시블은 소리쳤다.

『정신 차려야 할 건 아버지죠. 몇 번이나 말씀드렸을 텐데요. 용인의 미래를 위해서라면 교회와 손을 잡아야 한다고. 왜 알아주지 않나요!』

『용인을 사악하다고 주장하는 건 교회다!』

『종속하면 신룡이 됩니다. 수광 기사단의 구멍을 우리가 메우는 거예요. 더는 박해받지도 않아요. 어머니처럼, 부조리하게 죽는 동포도 없어져요!』

『지금 네가 선동한 자들이 동포를 죽이고 있지 않느냐!』

『이건 혁명이에요. 오래된 용, 오래된 가치관은 무너뜨려야죠. 앞으로 이어질 용왕국의 새로운 천년을 위해서, 이건 필요한 희생이에요.』

『시블…… 너는…….』

규율보다도, 긍지보다도, 목숨이 더 소중하다. 시블의 가치관을 부정하지는 않는다.

하지만 이건, 이런 희생을 당연하게 여기는 사고방식은…….

『설마…….』

극단적인 사상. 냉정한 듯 보이나 눈동자에 서린 광기 같은 망집.

치밀어 오르는 불길한 예감은 천공에서 쏟아지는 은색 빛으로 증명되었다.

『크억! 으으, 역시! 교회!』

붉은 달을 등진 『신의 사도』의 분해 포격이 트라구디의 어깻죽지에 구멍을 냈다.

　이어서 서쪽 산맥을 넘어, 남쪽 바다를 건너 신국의 비공선이 밀려왔다.

　시블이 신의 군세를 조국으로 끌어들인 것이다.

　『이겨 내지 못했느냐, 시블.』

　트라구디의 목소리는 서글펐다. 그가 용왕이기 이전에 한 명의 아버지이기에.

　『아뇨, 아버지. 이건 제 의지예요.』

　사도와 나란히 선 시블은 감정의 기복도 보이지 않고 최후통첩을 했다.

　『전군에 즉시 항복을 명하세요. 퇴위하고 저를 용왕으로 인정하세요.』

　『그리고 신의 앞잡이로 전락하려느냐. 명령이 떨어지면 세상 모든 생명을 멸망시킬 게냐.』

　『전부 용인의 미래를 위해서예요.』

　교회 잔존 세력이 혼란을 빚는 도시로 내려왔다.

　시블의 수하가 차츰 트라구디를 에워쌌다. 사도화 기사들도 서서히 가세했다.

　트라구디는 만감이 교차하는 눈으로 딸을 봤다.

　『……시블, 나는 좋은 아버지가 못 되었구나.』

　『아버지, 그럼…….』

　시블의 눈이 빛나고, 이어서 미소를 띠며 기대했다. 하지만 곧 몸이 굳었다. 미소가 얼어붙는다.

『모든 백성에게 알린다. 오늘 밤, 용왕국은 멸망한다. 도시를 버리고 도망쳐. 모든 군인은 백성이 도망갈 수 있게 목숨을 바쳐라! 용왕 트라구디 아우기스 아스트란, 최후의 명령이다!』

뇌명 같은 명령이 도시 전체에 퍼졌다.

천공에 무시무시한 스파크가 일었다. 공기로 전기가 퍼지고, 천둥이 울리며, 번개가 번뜩였다.

『왜 내 옆에 호위병이 없는지, 잊었느냐?』

시블 휘하 용인들이 두려움에 떨듯 물러섰다. 압도적 위압감만으로 땅에 추락할 것만 같았다.

용왕이란 즉, 최강의 용인.

알고 있었다. 모를 리가 없다. 그 강대함을. 호위병이 없는 이유는 방해되기 때문이라고.

그래서 불렀다. 신대 마법 사용자를 빼면 이 세상에서 용왕 트라구디에게 이길 수 있는 존재는 이미 『신의 사도』밖에 없으니까!

번개를 복종시키는 천공의 패자가 포효했다.

그것만으로 견디지 못한 용인들이 기절해 추락했다.

『용왕의 이름이 가진 의미를, 알려주마.』

사납게 이빨을 드러내고 사도에게 눈빛으로 말한다. 덤비라고.

백성과 소중한 손님들이 도망칠 동안 조금이라도 적을 끌어모아 시간을 번다.

바로 지금, 용왕 최후의 싸움이 시작된다.

하늘에 용왕의 포효가 울리던 그 무렵, 용인 부대에게 집중 공격을 받는 곳이 있었다.

해방자와 보호받은 자들이 숙박하는 3층 목조 가옥이었다. 건물 좌우는 무너졌고 『성절』로 지킨 중앙만 절단면처럼 안쪽이 보이는 상태로 원형을 유지하고 있었다.

그 오른쪽, 벽과 벽이 서로를 받쳐 우연히 생긴 공간에서 목소리가 들렸다.

"아빠! 어디 있어, 대답해!"

셜리였다. 머리에서 피가 흐르고 휘청대고 있었다.

희미한 신음을 들은 그녀가 손톱이 벗겨져도 아랑곳하지 않고 필사적으로 건물 잔해를 파헤쳤다.

"아……."

목소리가 새어 나왔다. 리건이 있었다. 가슴이 찌부러진 상태로.

"셜, 리."

"아, 아빠! 괜찮아! 살아만 있으면, 아직!"

"혁명, 같은…… 살아서, 행……복하게……."

대화를 나눌 의식도 없을 것이다. 임종을 앞둔 자의 헛소리다. 하지만 평생을 혁명가로 살았으면서 혁명을 잊으라는 예상치 못한 소원에, 아버지의 본심에 셜리는 할 말을 잃고 그저 허공을 헤매는 아버지의 손을 잡았다.

"밀레, 디…… 너, 도……."

"아빠……."

불러 보아도 이미 대답은 없었다. 굉음과 전란의 소리가 고막을 난폭하게 때리지만, 셜리의 마음은 아무것도 느끼지 않았다.

이렇게 허무하게…… 왜……. 그런 생각이 머릿속을 빙글빙글 돌았다. 힘을 잃은 아버지의 손을 꽉 잡은 채 멍하니 앉아 있었다.

그 직후, 폭음과 충격이 퍼지며 기둥이 그녀에게로 쓰러진다. 셜리의 눈은 그것을 마치 남의 일처럼 바라보았다. 그리고 깔려 버리기 직전에…….

"멍청아!"

간발의 차로 옆에서 바하르가 태클을 하다시피 몸을 날렸다.

간신히 지탱되던 벽이 쓰러진 기둥에 부딪쳐 불길한 소리를 내는 가운데, 아직 넋이 나간 셜리에게 바하르가 버럭 소리쳤다.

"이 녀석아, 정신 차려! 빨리 결계로 들어가!"

"그, 그래도, 아빠가……."

"리건은 죽었어! 그래도 넌 살았잖아! 그럼 살려고 노력은 해야지! 내 말이 틀려?!"

간단명료한 사실과 뺨을 짝 때리는 충격에 겨우 정신이 돌아왔다.

맞다, 멍하게 있을 때가 아니다. 리건 넬슨의 딸이 체념하고 죽음을 기다려서는 안 된다.

"결계…… 라인하이트 씨!"

지금 용왕국에는 라인하이트와 샤름이 있었다. 라우스가

떠나고 3일 후 도착한 그들은 라우스 대신 그의 가족들을 돌보고 있었다.

"반응 좋군. 아니, 칭찬할 건 저 도련님의 직감인가? 첫 공격 직전에 아슬아슬하게 전개했어. 덕분에 절반은 살아남았지."

반대로 말하면 절반은 죽었다. 기껏 처형에서 살아남은 사람들이.

그렇지만 이곳은 300명을 수용하는 큰 저택이었다. 순간적으로 전체를 지키지 못했다고 누굴 탓할 수 있겠는가. 하물며 수많은 브레스를 막을 강도도 필요하다면 더더욱.

"리건, 잘 가라. 먼저 가서 편히 쉬어, 인마."

바하르 나름의 조문을 듣고 셜리는 입술을 꽉 깨물었다. 말이 나오지 않아서 마음속으로 작별을 고했다.

잔해 아래에 기어 나오자 브레스가 사방으로 날아다녔다.

군인도 아닌 이웃 용인들이 달려와 준 모양이었다. 그 덕에 잔해더미를 기다시피 빠져나가 간신히 결계 안으로 들어왔다.

"돌아왔군. 리건은…… 아니, 말 안 해도 돼. 셜리 아가씨, 무사해서 다행이야."

"커그 씨…… 네……."

안디카 주민과 포로였던 자들이 삼삼오오 뭉친 그곳에서 커그가 앉은 채로 반겨줬다. 뭔가 열심히 작업하던 그는 리건의 죽음을 깨달았는지 더 이상의 말을 아꼈다.

"군대는 아직도 안 왔어? 이대로 가면 못 버텨."

바하르의 시선이 가리킨 곳에는 툇마루에 버티고 서서 『성절」로 집중포화를 막는 라인하이트가 있었다.

저 많은 브레스를 막아 내는 점은 과연 용사라고 감탄할 만하나, 이를 악문 그의 모습을 보아 오래 갈 것 같지는 않았다.

"몰라. 생각하고 싶지도 않지만, 쿠데타가 정석적으로 성공했다면……."

"장교급이 전멸했을 거라고? 정말 생각하고 싶지도 않군."

두 사람의 대화는 듣는 둥 마는 둥 셜리는 누군가를 찾듯이 두리번거리다가 의아하게 물었다.

"샤름은요? 그 애는 어디 있죠?"

라인하이트가 움찔 반응했다. 커그를 포함해 보호받는 이들이 거북하게 인상을 찌푸렸다. 설마, 하며 창백해진 셜리에게 라인하이트가 답했다. 감정을 억누르는 목소리로.

"샤름 님은, 가족에게 갔습니다."

"네? 설마 혼자 보냈어요?!"

번 가문은 일단 포로이기도 했다. 그래서 혹시 모를 사태에 대비해 외곽 저택에 따로 격리해 뒀다. 이 전쟁통에 여덟 살짜리 아이를 혼자 보냈다고는 상상할 수 없었다.

"지금 가지 않으면 영영 만날 수 없다. 샤름 님이 그렇게 직감하셨다고 합니다."

"그렇다고 혼자 보내요?!"

"저는 여기 있는 분들을 지켜야 하니까요."

무덤덤하게 대답하는 라인하이트에게 셜리는 신경질적으로 소리쳤다.

"당신이 섬기는 소중한 아이잖아요?! 절대로 손을 놓으면 안 되는…… 지금이라도!"

"그 샤름 님이 명하신 겁니다!"

사람들을 지켜줘! 그렇게 말한 샤름은 첫 공격 직후에 저택을 뛰쳐나갔다.

사실은 막고 싶었다. 실제로 막았다. 그래도 샤름의 행동은 상황 파악을 하지 못하는 어린아이의 투정이 아닌 각오한 자의 『선택』이었다.

주인인 라우스 번과 같은 눈으로 자기 수호 기사를 신뢰하며 내린 명령이라면 충직한 기사가 어찌 거역하겠는가. 무엇보다…….

"나는 기사다! 힘없는 자들을 지키는 것이 의무다! 사적인 감정으로 다수보다 한 명을 선택할 수는 없어!"

그것이 라인하이트 아셰의 본질이자 교의.

라우스도 샤름도 그 점을 알기 때문에 그를 전적으로 신뢰했다. 정말로 필요할 때 그라면 타인을 지킨다. 자신들이 그러하듯이.

자기 자신에게 들려주는 듯한 외침에 설리는 말문이 막혔다.

그래서 대신 커그가 응답했다.

"이거면, 됐겠지!"

그는 줄곧 원기둥 모양의 뭔가를 수리하고 있었다. 그것을 손으로 착 잡으며 대미를 장식했다.

"—『연성』!"

전 오르크스 공방 편수가 행하는 초일류 연성 마법. 그것이 아들 오스카가 만약을 위해 두고 간 결계용 아티팩트를, 첫 기습으로 파손된 부분을 마지막으로 복구했다.

그 직후, 태양빛으로 빛나는 공간 차단 결계가 『성절』에 포개져 발동했다.

"좋아! 발동 부분은 나 혼자서도 고쳐지는군!"

라인하이트가 눈을 크게 뜨며 돌아보는데, 다른 직공들이 소리쳤다.

"커그 씨! 메탈이가 돌아왔어요!"

"역시 오스카 편수의 작품이야. 아티팩트에 생존자까지 데리고 왔어요!"

바닥에 구멍이 뻥 뚫리더니 메탈 버틀럼이 나왔다. 생존자와 아티팩트를 몸에 매달고.

사실 오스카가 두고 간 아티팩트는 한두 개가 아니었다. 결전에서 거의 소모된 메탈 버틀럼 전부. 결계, 방패, 마검, 마시(魔矢)와 석궁 등.

거기에 더불어 위층에서 안디카 사내들이 우당탕탕 내려와 「아티팩트 들고 왔다!」라고 외치며 합류했다.

그렇다. 이들은 단순히 보호만 받지는 않았다. 라인하이트를 보내주기 위해서 가능한 일을 하고 있던 것이었다.

"가 봐, 라인하이트! 여기는 이제 됐어!"

"하, 하지만……."

"우리도 시간 정도는 벌 수 있어. 하지만 오래는 못 버틴다?

그 가족을 데리고 빨리 돌아와."

돌아보니 모두 라인하이트를 보고 있었다. 그 눈이 단 한 명의 예외도 없이 가라고 말했다.

"용사가 지켜주는 사람들도 용사를 지키고 싶어 해요."

"어린애를 못 본 척하고 보호받는 입장도 생각해, 인마."

셜리와 바하르가 옅은 미소로 등을 떠밀었다.

"……감사합니다, 여러분. 금방 돌아올게요!"

울음을 참으며 말하고 라인하이트는 뛰쳐나갔다.

완전히 보이지 않을 때까지 지켜본 뒤, 커그는 깊은 숨을 내 뱉고— 쓰러졌다.

"커, 커그!"

"커그 씨!"

바하르와 셜리가 허둥지둥 달려갔다. 다른 사람들도 놀라서 모여드는 가운데, 바하르가 커그의 상체를 받쳐 세웠다.

"이봐, 정신 차려! 대체 왜 그래?! 마력 떨어졌어?!"

"……하하, 아니. 시간이 됐을 뿐이야."

커그는 그렇게 말하며 옷을 걷었다. 그리고 모두 할 말을 잃 었다.

커그의 오른쪽 옆구리가 메탈 버틀럼으로 덮여 있었다. 그 틈으로 피가 맺혀 떨어졌다.

"너, 처음부터……."

쓴웃음은 긍정의 증거였다. 커그는 처음 기습으로 치명상을 입었다. 그것을 메탈 버틀럼으로 틀어막아 억지로 지혈한 것이었다.

"잘 들어. 수리는, 했지만…… 완전하지 않아. 어디까지나…… 응급 처치야……."

커그는 뚝뚝 끊어진 말로 설명했다. 정상 상태보다 마력을 더 소비하고 한 번 정지하면 재가동할 보장이 없으니까 협력해서 마력을 공급하라고.

다들 어금니에 힘을 주며 들었다. 커그의 얼굴에는 이미 사색이 번졌으니까. 지금 당장 메일이나 디네가 오지 않는 한, 그를 살릴 방법은 없다.

그래서 자기 역할을 다한 일류 연성사의 마지막 말을 묵묵히 듣고 있었다.

"……오스카에게…… 아니…… 더, 할 말은 없어……. 믿는 길로, 가라고 해."

"그래. 꼭 전할게."

"……꼬마 아가씨한테…… 고맙다고 해줘……. 아들을, 데리고…… 나가줘서……. 그리고……."

꺼질 것처럼 작은 목소리로 커그가 남긴 마지막 말은 『너무 무리하진 마』였다.

조용히 숨을 거둔 커그를 대신해 바하르가 결계를 이어받았다.

그리고 굉음과 섬광 속에서.

"다들, 살아남자!"

가라앉은 분위기에 주먹을 날리듯 고함으로 질타했다.

전란에 휩싸인 도시를 외곽 고지대에서 바라보는 자들이 있었다.

카임과 셀름. 번 가문의 형제였다. 그리고…….

"아아, 역시 신께선 우리를 버리지 않으셨어!"

"그럼, 그럼요! 당연하죠, 리코리스. 우리는 유서 깊은 번 가문이니까요!"

리코리스와 데보라였다. 신국의 비공선과 하늘을 누비는 사도화 기사들을 보고 불타는 도시와 혼란에 빠진 용인들에게는 눈길도 주지 않고 환희의 눈물을 흘렸다.

분명히 기뻐할 일이다. 그것이 신국 백성으로서 올바른 반응이다.

"……형님…… 아니, 죄송합니다. 아무것도 아니에요."

옆에 있는 셀름의 표정을 보고 카임은 조금 안심했다. 아마 이 기묘한 심정은 자신만 느끼는 게 아니라고.

"두 분 다 안심하십시오. 사전에 전달받은 합류 장소는 여기가 맞습니다."

"네. 반드시 마중이 올 거예요."

용인 청년 두 명이 싱글싱글 웃으며 말했다. 카임과 셀름이 불안을 느낀다고 생각한 모양이었다.

방금 감시라는 명분으로 번 가문의 시중을 들던 동포를 죽였다고는 생각하기 힘든 밝은 분위기였다. 그게 왠지 짜증을 돋우었다.

"동포를 죽인 주제에 기분이 좋아 보이는군."

입꼬리를 비틀어 비아냥거리자 그들은 난감한 표정을 지으면서도 답했다.

"아쉽기는 하지만…… 대의를 위해서 필요한 희생입니다."

"두 분을 돌려드리는 것도 우리가 신을 섬기기 위해 필요한 일이니까요."

"어머나! 끔찍한 악룡만 있다고 생각했는데 신의 위광은 너희까지 개심시키는군요."

"네. 앞으로는 우리가 수광이 되어 신의 나라를 수호하리라 맹세합니다."

"멋져요!"

기분이 나쁘다…….

용인 청년 두 명과 어머니, 할머니의 대화를 듣고 카임과 셀름은 그렇게 생각하고 말았다.

언제부터일까. 여러모로 신경 써주는 용인들에게 스스로 말을 걸게 된 건.

언제부터일까. 그들과의 식사에 마음이 들뜨게 된 건.

언제부터일까. 그들의 넓은 견식과 지식에 관심이 생긴 건.

아무리 모욕하고 조롱하고 악의를 드러내도 그들은 격분해 덤벼들지도, 가치관을 강요하지도 않았다.

—그들과 이야기해 봐라. 고결함이 무엇인지 알게 될 거다.

문득 배신자의 말이 머리를 스쳤다.

"……이게 어디가, 고결하다는 거야."

작은 혼잣말에 청년이 고개를 갸웃거리나 무시했다. 도무지

봐줄 수 없었다.

"무사했나 보군."

갑자기 익숙한 여성의 목소리가 들렸다.

"레라이에 애거슨, 사단장……?"

카임과 셀름이 놀라서 돌아본 곳에는 레라이에와 기사들이 있었다.

카임의 말이 의문형이 된 이유는 그녀의 분위기가 이전과 사뭇 달랐기 때문이었다. 백광 기사단의 복장도 아니었고 손에는 활이 아니라 성창을 들었다.

"말조심해라. 이분은 교황 성하시다."

카임과 셀름에게서 경악하는 소리가 흘러나왔다.

교황의 순직과 새 교황으로 달리온 커즈가 선출된 소식은 이들도 들었다. 그래서 더 이해가 되지 않는 것이었다.

"혼백을 다루는 힘은 번 가문만의 것이 아니다."

그 한마디로 깨달았다. 레라이에의 몸에 무슨 일이 일어났는지, 달리온 커즈의 진짜 힘이 무엇인지. 공포에 몸이 떨렸다. 카임이 참지 못하고 물었다.

"레, 레라이에는, 어떻게 되었습니까?"

"그게 중요한가?"

입을 다물 수밖에 없었다. 리코리스와 데보라, 그리고 용인 청년 둘이 드디어 여기 있는 자가 새로운 세계의 지도자임을 이해하고 서둘러 무릎을 꿇었다.

"인원 손실이 심각하다. 적에게 사로잡힌 실수는 신적을 멸하여 속죄하라."

성창을 한 번 휘두르자 사도화를 억제하던 팔찌가 정확하게 절단됐다. 대검형 제2 성검과 제2 성장도 받았다. 둘은 손에 쥔 그것을 물끄러미 바라봤다.

'이거면 됐다. 버림받지 않고 기회를 얻었다. 기뻐해야 한다.'

그렇게 자기 마음에 속삭였다. 왜 기뻐할 수 없냐고 머리를 쥐어뜯고 싶은 짜증을 느끼며, 걸음을 돌린 달리온 교황을 뒤따라—

"형!"

번쩍 고개를 들자 숨을 헐떡거리는 샤름이 있었다. 어떻게 봐도 늦었다고 후회하는 괴로운 얼굴이었다.

어떻게 찾았는가. 왜 왔는가. 무슨 생각인가. 그런 당혹감, 초조함, 의문이 마음을 채워 버려서 카임은 바로 말을 꺼내지 못했다.

"흠. 수고를 덜었군……."

달리온이 무슨 이유에선지 웃었다. 샤름이 레라이에를 미심쩍게 바라봤다. 그리고…….

"……달리온 커즈?"

한눈에 간파했다. 달리온이 흥미롭다는 눈빛을 보낸다.

카임과 셀름도 경악해 눈을 크게 뜨는데, 가장 먼저 반응한 사람은 리코리스였다.

"더러운 아이 주제에 어디서 성하를 함부로 불러!"

고막을 할퀴는 듯한 찢어지는 목소리였다. 샤름을 보는 눈은 이미 자식이 아니라 오물을 보는 눈이었다. 샤름의 얼굴이 슬프게 일그러지지만, 그것마저 마음에 안 든다는 양 죽일 듯이 노려봤다. 그건 할머니인 데보라도 마찬가지였다.

"카임! 이거야말로 신이 내려주신 기회예요! 이 가문의 오점을 당신 손으로 처리해서 번 가문의 명예를 회복할 밑거름으로 삼으세요!"

데보라의 호령에 카임은 몸이 뻣뻣하게 굳는 느낌이었다.

얼마 전이었다면 똑같이 생각했을 것이다. 천벌을 내린다며 환희하고 샤름을 망설임 없이 죽였을 것이다. 그런데, 분명히 그럴 텐데.

'해라, 해야 해! 성하가 보고 계셔!'

몸이 움직이지 않는다! 마치 몸과 마음이 따로 나뉜 것처럼.

길바닥에 박힌 돌멩이처럼 무가치하다. 그럴 텐데, 이곳에서 샤름과 보낸 일상이 멈추지 않고 머릿속으로 흘러갔다.

아무리 미움받아도 매일매일 몇 번이고 말을 걸던 모습이.

죽이려고 한 자신을 아직 형이라고 부르며 웃어주던 모습이.

카임을 보다 못해, 아니, 분명 같은 심정인 셀름이 구차하나마 제안했다.

"성하…… 놈을 연행해 재교육하시는 건 어떻습니까?"

달리온이 벌레를 관찰하는 눈으로 셀름을 봤다.

말 따위 필요 없었다. 다음 발언에 따라서는 셀름이 죽는다고 알려주는 눈이었다.

흔들리는 마음을 들킨 것 같아서 셀름은 위축되어 몸을 움츠리고 말았다.

리코리스와 데보라의 얼굴이 마치 하늘이 무너진 것처럼 새파래졌다.

"성하, 아닙니다! 그자가, 라우스 번이 아이들을 현혹했습니다!"

"카임, 셀름! 제정신으로 돌아오렴!"

그렇게 부르짖는 리코리스와 데보라야말로 제정신으로 보이지 않았다.

"샤름 번은 여기서 죽인다. 번 가문의 뒤처리는 번 가문이 하라."

명확한 명령이 떨어졌다. 신의 대변자인 교황의 명령이.

카임이 손이 아플 만큼 대검 자루를 꼭 쥐었다. 그리고 샤름을 노려봤다.

적대시했으면 좋겠다. 형을 보는 눈이 아니라, 이단자다운 반항적인 눈이라면……. 그렇게 생각해도, 역시나 맑은 눈동자로 똑바로 자신을 보고 이렇게 말하는 것이다.

"형, 교회로 돌아가면 안 돼요. 이번에는 정말로 자신을 잃어버려요."

"닥쳐! 카임, 빨리 죽이세요! 성하의 명령이에요!"

"싸우세요. 다른 누구도 아닌, 자신을 위해서. 저는 괜찮으니까 어머니와 할머니를 데리고 이곳을 빠져나가세요."

리코리스의 인내심이 한계에 달했다. 초조함과 광기로 뒤덮인 얼굴로 용인 청년의 허리춤에서 단검을 뽑아 샤름에게 내

달렸다.

카임과 셀름이 다급히 불러 세워도 멈추지 않는다.

"너 같은 건 낳지 말아야 했어!"

"어머니! 저는!"

"닥쳐닥쳐닥쳐! 나는 이단자의 어머니가 아니야!"

두 사람이 서로 뒤엉켜 쓰러졌다. 리코리스가 역수로 든 단검을 내려찍고 샤름은 퍼뜩 팔로 막았다. 가느다란 팔로 칼이 관통하고 샤름에게서 고통스러운 신음이 흘러나왔다.

그 상황에서도 샤름은 리코리스의 팔에 매달려 다음 공격을 봉쇄했다. 그것도 모자라 설득하려고 했다.

데보라가 이럴 때가 아니다 싶어 근처에 떨어진 나무 막대를 주워 달려갔다. 리코리스를 말리기 위해서가 아니라 막냇손자를 두들겨 패기 위해서.

샤름은 매질과 단검으로 순식간에 만신창이가 되어 갔다.

사도화 기사들이 그 모습을 흡족하게 바라보고, 두 용인 청년은 훌륭한 마음가짐이라며 찬사까지 보냈다.

어머니와 할머니가 막내자식을 죽이려는 광경을 보고 말이다.

―이 세상에는 너희가 모르는 멋진 것들이 많다.

아버지의 말이 문득 카임과 셀름의 머리에 떠올랐다.

바닷가에서 함께 바라본 석양. 용인 가족이 즐겁게 노는 광경. 평범한, 가족.

자긍심이 있었을 텐데, 어머니와 할머니의 행태에 가슴 깊은 곳이 쓰라렸다.

"흠. 라인하이트 아셰가 이곳으로 오는 모양이군. 샤름 번이 가족에게 죽으면 혼이 크게 흔들리겠지……."

달리온이 뭐라고 주절거리지만, 전혀 귀에 들어오지 않았다.

"카임 형, 셀름 형! 움직여!"

그런 것보다 샤름의 눈빛이 심장을 움켜쥐었다. 저토록 고통받으면서도 어떻게 눈빛은 그다지도 강한 것인가.

—드디어, 너희 아버지가 될 각오가 생겼으니까.

아버지 행세가 하고 싶은지, 바라는 게 있으면 말하라고 해서 계속 결투를 신청했다.

잘하면 죽일 수 있다고 기대했지만, 결국 대련 수준을 벗어나지 못했다.

언제부터인가 이기지 못해도 화가 나지 않았다.

자신들의 아버지는 역시 최강의 기사라고 실감했다.

절대 말하지는 않았지만, 대신 자기도 모르게 새어 나온 질문에 라우스는 그렇게 대답했다. 자신이 한심스럽다고 자조하며, 이제 그 누구도, 설령 신이라도 너희 자유를 빼앗게 두지 않겠다고 단언했다.

"둘만이라도 도망쳐요! 빨리!"

샤름의 저항이 생각보다 거세어 리코리스와 데보라가 먼저 지쳐 버렸다.

원래 온실 속 화초인 두 사람에게는 어린아이라도, 살의와 흉기에 아무리 상처 입어도 저항하는 의지를 잃지 않는 자를 죽이기는 쉽지 않은 듯했다.

"……이제 됐다. 비켜라."

기다리다 지친 달리온이 한 걸음 내디뎠다. 직접 숨통을 끊을 생각이다.

그 광경이 카임에게는 유난히 느리게 보였다. 동시에 주마등 같은 추억들이 머릿속을 스쳤다. 포기하지 않고 자신들에게 말을 거는 아버지의 모습도.

대단하구나, 둘 다 재능이 있어. 그렇게 기뻐하며 칭찬했다. 처음이었다.

걸핏하면 머리를 쓰다듬었다. 아버지의 손이 놀랍도록 크다는 것을 처음 알았다.

처음으로 농담을 들었다. 처음으로 마법 지도를 받았다. 아버지가 만든 요리는 맛이 없었다.

처음으로 가족이 무엇인지 이해했다. 그리고…….

—자기 일은 자기가 정해도 돼.

뭘 지킬지도, 왜 싸울지도, 누굴 믿을지도, 전부.

선택지는 자기 손안에 있다고 처음으로 배웠다.

"멈추지, 마!"

""—!""

현실 도피나 다름없는 상태에서 정신이 번쩍 들었다. 얼굴을 주먹으로 때리는 것 같은 고함이었다.

달리온이 성창을 높이 들고 있었다. 그 아래에서 피투성이에 한쪽 팔다리가 부러져 일어서지도 못하건만, 죽음을 두려워하지 않고 소리치는 막냇동생이—.

"자기 일은, 자기가 정해도 돼!"

최강의 기사와 겹쳐 보였다.

(아버지)

"……무슨 속셈이지?"

정신을 차리자 카임은 성창의 촉을 막고 있었다. 대검을 짊어진 자세로 동생을 감싸며. 그 직후, 『분해의 흰 포격』이 날아들어 달리온이 몸을 뒤로 날렸다.

"형?"

"닥쳐, 미련한 동생아."

샤름의 눈이 크게 벌어졌다. 욕이기는 해도 분명히 『동생』이라고 불렀다.

카임이 몸을 일으키자마자 셀름이 옆에 섰다.

리코리스와 데보라, 그리고 사도화 기사들이 할 말을 잃고 지켜보는데…….

"샤름 님?!"

라인하이트가 도착했다. 샤름의 상태를 보고 새파랗게 질리더니, 옆에 선 카임과 셀름에게 한순간 분노한 표정을 보이지만…….

"네가 그러고도 용사냐! 애도 하나 못 지켜?!"

카임의 호통과 동시에 셀름이 『박황쇄』로 묶은 샤름을 자신에게 던진 탓에 어리둥절한 표정이 되었다.

"빨리 가!"

대검의 칼끝이 달리온을 겨눴다.

셀름도 식은땀을 흘리면서 제2 성장을 사도화 기사들에게 내밀었다.

그 모습, 각오를 다진 눈을 보고 라인하이트는 자신의 착각을 깨달았다.

"형, 안 돼! 같이!"

샤름이 상처투성이가 된 팔을 뻗고, 라인하이트는 고민했다.

"아아, 성검. 나의 여신……"

달리온의 눈이 야릇하게 빛났다.

마치 머릿속에 이물질이 억지로 침입한 듯 이루 말할 수 없는 불쾌감이 엄습해 라인하이트가 신음하며 무릎 꿇었다. 하지만 그뿐이었다. 달리온이 「역시 아직은 못 빼앗나……」라며 못마땅하게 혀를 찼다.

"큭, 그렇겐 안 됩니다!"

셀름이 고유 마법 『금기 지정』을 발동했다. 고유 마법을 봉인하는 힘이 달리온을 묶었다.

"쯧, 귀찮은 놈."

달리온이 단걸음에 라인하이트에게 뛰어들지만, 그 앞으로 카임이 끼어들었다.

고유 마법 『성도』가 발동한다. 표층 심리 읽기와 의식 유도를 이용하며 앞뒤 생각하지 않고 전력으로 떨어뜨려 놓았다.

믿기 힘들었다. 카임도 아직 성인이 되지 않은 소년이었다. 그런 그가 달리온을 묶어 두고 있었다. 이 순간에 목숨을 전부 불사르는 듯한 맹공이었다.

"오래는 못 버텨요! 어서 가세요! 어차피 이 머릿수로는 못

이겨요!"

셸름이 『쇠벌 집행』과 유성우 같은 광탄 세례로 사도화 기사들을 막으며 외쳤다. 그 말대로 멀리서 용인과 사도화 기사 부대가 오는 모습이 보였다.

무엇보다 샤름의 상처가 심각했다. 중상이다. 지금 당장 치료하지 않으면 생명에 지장이 생긴다.

하지만 마침내 마음이 통했을지 모를 형제를 이런 식으로……

"번 가문의 장자로서 명한다! 호위 기사 라인하이트 아셰! 차기 당주를 사수해라!"

카임의 그 한마디가 결정타였다.

"큭, 명령에, 따르겠습니다! 죄송합니다!"

"안 돼, 형들을!"

안아든 샤름이 몸부림치지만, 라인하이트는 카임의 명령에 복종해 있는 힘껏 그곳을 이탈했다.

"나의 여신!"

성창이 한층 밝게 빛나며 카임을 날려 버렸다. 가슴이 일자로 찢어지고 피를 토하면서도, 라인하이트를 쫓으려는 달리온을 특대형 『천상섬』으로 견제했다.

"형님!"

"하, 라우스 번에 비하면 별거 아니군!"

달려온 셸름에게, 결투에서 대체 몇 번 진 줄 아냐며 여유 만만하게 웃었다.

라인하이트는 이미 보이지 않았다. 달리온의 시선이 카임에게 향했다.

"어차피 배교자의 자식일 뿐인가."

짜증 섞인 말에 카임은 코웃음 쳤다.

"태어나서 처음 스스로 결정했을 뿐이야."

대검을 고쳐 잡았다. 어머니와 할머니가 새파랗게 질려 뭐라고 말하지만, 딱히 듣고 싶지도 않았다.

그보다도…….

"미안, 셀름. 죽겠는걸."

또 다른 동생에게 사과하며 선택의 끝에서 기다리는 피할수 없는 결과만을 전했다. 셀름은 어깨를 으쓱 들었다.

"별수 없죠. 미련한 동생을 위한 일인걸요."

제2 성장을 들고 짧은 기간이지만 아버지에게 배운 기술을 돌이키다가 문득 말했다.

"그 사람, 기뻐할까요?"

동생을 위해서 스스로 내린 선택을, 그 무뚝뚝한 아버지는 칭찬해 줄까.

"……바랄 걸 바라. 당연히 노발대발하겠지."

"하하, 그러네요. 살았으면 좋겠다고 했으니까요."

하지만 그런 결정이라도, 부디 바라건대.

—당신의 자랑이 되기를.

결국 마지막까지 중요한 말은 입 밖으로 꺼내지 않았다.

그리고 번 가문의 형제는 막냇동생을 위해서 사지로 뛰어들었다.

광란의 밤에 소년의 통곡이 메아리쳤다.

"그때와 똑같아! 아무것도 안 변했어!"

라인하이트의 어깨에 메여 회복 마법의 빛을 받는 샤름은 피와 눈물로 범벅된 얼굴로 소리쳤다.

"나는 앞으로 몇 번이나 구해져야 해! 몇 번이나 소중한 사람을 두고 도망쳐야 해!"

"죄송, 합니다!"

호위 기사면서 언제나 모두 지켜 내지는 못한다. 도움만 받고, 취사선택의 연속에, 무력감만 느낀다.

자신에 대한 증오마저 느껴지는 라인하이트의 사과를 듣고 샤름은 고통을 함께 나누듯 그의 목에 매달렸다.

"강해지고 싶어. 강해지고 싶어, 라인하이트!"

"할 수 있습니다! 당신이라면 반드시. 누구보다도!"

주종의 마음속 외침이 메아리쳤다.

그것을 들었는지 하늘에서 사도화 기사가 강습해 왔다.

날아든 『천상섬』을 『극대 천상섬』으로 삼켜 버리고 그대로 상대를 양단한다. 제2 성창을 꼬나든 기사의 돌진을 회전해 피하며 지나칠 때 목을 베어 격추한다.

다리를 멈추지 않고 일직선으로 커그가 지키는 저택으로 향했다.

용왕의 싸움은 더욱 격렬해져 도시의 밤하늘 전체가 번개로 된 뚜껑에 덮인 것 같았다.

용사인데, 성검이 선택한 현대의 전설일 텐데, 저 천공의 싸움에 자신이 끼어드는 모습은 감히 상상할 수도 없었다.

'쓸모없는 놈!'

자신을 욕하면서도, 지원을 기대할 수 없는 이상 저택 사람들만이라도 지켜야 한다고 결의를 새롭게 다졌다.

"라인하이트!"

하지만 그것을 방해하듯 사태는 급변했다. 샤름의 경고와 동시에 주위 민가를 부수며 사도화 기사 수십 명이 달려들었다.

욕을 뱉을 여유도 없었다. 회피, 회피, 받아치기, 흘리기. 샤름은 내릴 수 없었다. 회복 마법을 끊을 수 없다는 이유도 있지만, 카임과 셀름이 번 시간을 헛되이 쓸 순 없었다.

하지만 너무 많다. 꼬리에 꼬리를 물고 사방팔방에서. 급기야 용인병까지 합세한다.

'달리온에게 명령받았나!'

이상하리만큼 병력이 집중됐다. 인해전술에 차츰 다리는 느려졌다. 휩쓸린다—.

"아직 아니야. —『한계』."

사용 후 부작용을 감수하더라도 지금 살아남는 길을 택한다. 하지만 그 직전.

"비장의 수는 아껴 두어라."

군청색 섬광이 사도화 기사 일부를 쓸어 버렸다.

이어서 온갖 색의 섬광이 주변 적을 소탕했다.

"그라이스 공! 살아 계셨습니까!"

"하마터면 죽을 뻔했지만."

용 날개를 퍼덕여 라인하이트 옆에 착지한 사람은 바로 용장 그라이스 슈네였다. 연이어 용인병들이 날아와 라인하이트와 샤름을 지키려고 원형으로 방진을 짰다. 그중에는 니에시카도 있었다.

"다행이야, 둘 다 찾아서. 자, 빨리 가자. 안내할게."

"안내요? 어디로……."

"비밀 도주로야. 안심해. 이미 저택에 있던 사람들도 도망쳤어."

니에시카가 재촉해 라인하이트는 그라이스를 봤다.

"그라이스 공은……."

"장군이 왕을 두고 이 땅을 떠날 수는 없지 않나. 본분을 다해야지."

　부하들이 사도화 기사와 함성을 내지르며 충돌하기 시작했다. 그라이스는 고개만 돌려 니에시카를 봤다. 그의 다정한 표정을 보자니 가슴이 옥죄었다.

"잘 가시오, 사랑하는 부인."

"잘 가세요, 사랑하는 서방님."

　니에시카도 애정 넘치는 미소로 화답하고 라인하이트의 팔을 잡아 단숨에 달렸다.

"니, 니에시카 님."

"아무 말도 할 필요 없어요. 용인의 긍지에 따랐을 뿐인걸요."

　엄하면서도 부드럽게 타이르는 말에 라인하이트도 샤름도 대꾸하지 못했다.

　그 후, 니에시카를 따라서 무사히 바하르 그룹과 합류한 라인하이트는 약 100명의 용화 용인들을 타고 용왕국에서 탈출했다.

하지만 안도하는 사람은 한 명도 없었다.

수많은 죽음, 용왕국이 맞이할 말로……. 수해를 향해 동남쪽으로 도망가는 가운데, 가까스로 절망의 늪에 빠지지 않고 버틴 것은 니에시카를 비롯한 용인들의 배려 덕분일 것이다.

거의 나흘에 걸친 도피행.

산악지대의 산간부나 협곡에 숨으며 도망친 덕분인지 추적자는 없었고, 차폐물이 없는 수해 북부를 저공비행으로 나아가길 한나절.

『대수가 보여. 이제 다 왔어.』

연보라색 용 니에시카가 고개를 꺾어 등에 탄 라인하이트와 샤름에게 알렸다.

"감사합니다. 용인 여러분 덕분에 이렇게 도착했어요."

『감사는 무슨. 밀레디 씨한테 부탁받았는데 흉계에 걸려 많은 사람을 잃었어. 이 정도도 안 하면 무슨 낯으로 보겠니.』

그렇지 않다며 라인하이트는 고개를 저었다.

『그보다 샤름은 어때?』

"잘 자고 있어요. 아직 열은 있지만……."

『그러니……. 괴로운 일이 많았으니까 마음도 지쳤을 거야. 라우스 씨가 빨리 돌아오면 좋을 텐데.』

그런 대화를 나누는 사이에 대수에 제법 가까워졌고, 그제야 깨달았다.

"응? 안개가 없어? 불길?"

『아, 이 포효…… 고도를 조금 높일게!』

니에시카는 후속하는 용인에게 대기하라 명하고 단숨에 상승했다. 그리고 알았다.

"설마…… 공화국도?"

『아니면 전 세계가, 일지도 몰라…….』

어마어마한 수의 군세가 수해 외곽부에서 밀려드는 것을. 공화국이 지금 침공받고 있다는 것을.

"큭, 대피하죠! 어디까지 침공했을지 모르는데 사람들을 데리고 갈 순 없습니다! 동쪽으로…… 맞아, 수해 동쪽 해안으로 가요! 거기라면 숨을 수 있을 거예요!"

『알았어. 전원, 진로를 동쪽으로―.』

니에시카가 호령하고 몸을 돌린 그 순간.

지상에서 날아든 은색 섬광이 니에시카의 옆구리를 뭉텅 도려냈다.

『신경 쓰지 마! 가!』

니에시카는 낙하하면서도 용인들에게 명령했다. 슈네 가문의 주인마님께 충성하는 용인들은 이를 악물면서도 즉시 자리를 이탈했다. 셜리와 해방자 동료들이 라인하이트를 부르는 소리가 들리지만, 대답할 여유는 없었다. 지상에서 두 번째 공격이 날아왔다.

"니에시카 씨!"

『내 생각은 말고 샤름만 챙기렴!』

낙하하면서 날개를 힘차게 내리쳤다. 돌풍이 샤름을 안은 라인하이트를 날려 보내고, 동시에 니에시카는 『용화』를 풀고 크기를 줄여서 회피했다.

세 명은 그대로 수해로 떨어졌다.

라인하이트는 지상에 격돌하기 직전에 공중 발판을 생성해 속도를 줄이며 착지했다.

바로 니에시카를 찾으러 가고 싶었지만, 그것도 허락되지 않았다.

"큭, 사도!"

수해 나무들을 소멸시키며 은색 처녀가 일직선으로 비래했다. 그 기세 그대로 쌍대검을 휘두른다. 성검으로 막지만, 가공할 파괴력을 막기엔 역부족이었다. 잠시도 버티지 못하고 날아가 뒤쪽 나무에 처박혔다.

"윽, 쿨럭, 아차!"

한쪽 팔이 가벼웠다. 샤름이 없다. 흔들리는 시야 한쪽에서 땅에 내던져진 샤름을 찾았다. 충격으로 깨어난 샤름이 눈앞의 상황에 경악하고 있었다.

"나한테서 도망칠 수 있다고 생각하나? 우아 아르트. 사랑하는 나의 여신."

감정이 없을 사도가 마치 열에 들뜬 것처럼 말을 걸었다.

"설마, 달리온 커즈?!"

"언젠가 내가 말했을 텐데. 당신만 있으면 된다고."

라인하이트의 말 따위 들리지도 않는 것 같았다. 그 시선은 성검만 보고 있었다.

"세계도 동료도 버렸어. 신의 개로 전락했지. 전부 당신과 함께 있기 위해서야!"

쌍대검을 거칠게 휘두르고, 격정을 말에 담아 쏘아붙이는 달리온은 그야말로 망집의 화신이었다.

"아무리 새로운 용사를 선정해도, 아무리 내 곁을 떠나도, 잠시만 지내면 언제든 깨닫지 않았나? 내가, 당신의 영원한 용사라고!"

성검이 강하게 빛났다. 그 강력함과는 별개로 라인하이트는 분명히 느꼈다. 깊은 슬픔과 후회를. 아름다운 흑발 소녀가 눈물을 흘리며 그를 멈춰 달라고 애원하는 모습을.

그러나 솔직히 지금 라인하이트에게는 사도를 상대로 승산이 없었다. 무엇보다 샤름의 안전 확보가 우선—

"더는 도망갈 수 없다."

시선이 샤름을 향하고, 수해를 돌아 대수 쪽으로 옮겨 갔다.

도망가면 다른 자가 죽는다. 말하지 않아도 의도는 확실하게 전해졌다.

여기서 달리온에게 잡힌 시점부터 도주라는 선택지는 사라졌다.

그래서 각오를 다졌다.

"—『한계 돌파 패궤』!"

한계의 한계를 넘어, 눈앞의 타락한 용사를 타도한다!

"나 말고 용사는 필요 없어. 그 육체, 내게 넘겨라."

초대와 금대 용사가 격돌했다.

수해 나무들이 하나둘 부서지고 쓰러졌다. 크레이터가 몇 군데나 생기고 1초마다 전망이 좋아졌다.

죽기 살기. 그 표현이 어느 때보다 어울리는 모습으로 라인하이트가 달리온에게 달려들었다.

지금 이 순간에도 성검에서 지식을 꺼내고 역대 용사의 싸움을 자기 머리에 욱여넣었다.

"우오오오오오!"

극한 상황에서 목숨을 걸고—.

"역대 용사 대부분을 빼앗은 건, 나다."

그 모든 것을, 초대는 짓뭉갰다. 눈앞에서 라인하이트가 용사로 선택됐을 때와는 달랐다. 동요 따위 하지 않았다. 그래서 동귀어진하는 기습도 더는 통하지 않는다.

대검이 라인하이트를 사선으로 덮친다.

멈추지 않고 응수하지만, 두 번째 대검에 대퇴부를 찢겨 힘이 빠질 뻔했다.

필살의 일격이 대수롭지 않게 튕겨 나가고 팔꿈치 치기가 꽂혔다. 갈비뼈가 부서지고 입으로 피가 역류했다.

어떤 기술도 통하지 않았다. 상성이 너무 나쁘다. 어떻게 보면 그는 용사전(戰)의 전문가였다.

그래서 그 순간이 오고 말았다.

"아……."

라인하이트의 무릎이 힘없이 꺾였다. 『한계 돌파 패궤』의 제한 시간이 끝난 것이다.

"드디어 끝났나."

쓰지 않으면 승산이 없고, 쓰면 혼이 약해져 육체를 빼앗긴다. 용사에게는 악몽 같은 존재— 그것이 초대 용사였다.

달리온이 시선을 돌렸다. 샤름에게로.

"비탄에 젖어라."

약해진 혼을 더 몰아세워 확실하게 육체를 탈취한다. 그 의도를 알아차리고 그만두라고 소리치지만, 말한다고 멈출 리도 없었다. 달리온이 샤름에게로 발걸음을 돌렸다.

"도, 도망…… 샤름, 님!"

갈라진 목소리로 외쳤다. 하지만 그뿐. 손조차 뻗을 수 없었다.

흐려지는 시야 속에서 샤름이 짓밟혔다. 비명이 들린다.

'젠장, 젠장! 움직여!!'

피를 좌르르 토하며 발버둥 쳐도 몸은 울고 싶을 만큼 둔했다.

'왜 나는 항상! 싸워라, 싸워! 목숨을 걸겠다고 맹세했잖아!'

자신을 채찍질하고 맹세를 되새긴다. ……그러다 문득 깨달았다.

성검에 선택받았을 때, 자신은 생각하지 않았는가. 『목숨을 바쳐도 상관없다』라고.

'그래. 언제부터 목숨을 거는 정도에 그쳤지? 아니잖아. 구해야 할 사람을 위해서라면 한목숨 바치는 것이 나의 교의일 텐데!'

성검이 다시 빛났다. 역시나 슬프게, 그래도 라인하이트의 마음에 따르듯 부드럽게.

'구하게 해줘, 목숨을 바칠 테니까! 지금 이 순간만이라도 되니까! 힘을!'

대검이 샤름에 꽂히려는 그 순간, 쾅, 하고 폭음이 퍼졌다.

아니, 그런 착각이 들 만큼 강한 힘의 격류가 휘몰아치고 있었다.

달리온이 여유를 잃은 표정으로 돌아봤다. 거기에는 하늘을 찌르는 순백색 빛이 있었다.

─한계 돌파 특수 파생 『순교자』.

모든 능력 십수 배 강화. 단, 효과는 불과 10초. 대가는 목숨.

단 10초로 남은 생명을 모조리 바치는 일생 단 한 번의 신기.

"오아아아아아아아아아!"

"큿, 이 자식이!"

이번에는 달리온이 날아갔다. 즉시 추격한다. 다음 기회는 없으니까.

"너는, 여기서 해치운다!"

성검이 어느 때보다도 강한 빛을 발하고, 빛은 칼날이 된다. 방어하던 첫 번째 대검이 마치 종이처럼 양단됐다.

시간의 흐름이 느린 색 바랜 세계에서 달리온이 눈을 크게 뜨는 모습이 보였다.

두 번째 대검으로 공격해 온다. 한쪽 팔을 내주고 칼날이 뼈를 파고든 순간 비틀어서 궤도를 틀었다.

무방비해진 상대의 가슴에, 사도의 핵이 있는 곳에, 생애 최고의『찌르기』를 내질렀다.

웬만한 날에는 흠집도 나지 않는 사도의 육체에 성검은 마치 칼집에 들어가는 것처럼 저항 없이 꽂혔다.

"성검, 우아 아르트! 이자의 망집을 끝내줘!"

"이, 이럴 리가!"

달리온의 혼은 하나다. 비록 나누어도 이어져 있다. 그래서 통신도 가능하다.

그렇다면 반대로 그것을 따라가면 모든 혼에 힘이 미친다.

달리온 커즈의 모든 혼을 벤다! 설령 에히트조차 하지 못했더라도, 성검 우아 아르트라면, 쭉 그의 혼과 함께 있던 여신이라면!

빛이 팽창했다. 강렬한 섬광이 수해에 퍼지고 광기의 군세조차 동요해 발을 멈췄다.

"……여신이여…… 나는……."

빛 가루가 별처럼 흩어지는 가운데, 달리온은 자기 몸에서 뽑혀 나가는 성검으로 손을 뻗었다.

한순간 고개 숙인 흑발 청년과 그의 손을 잡아주는 흑발 소녀가 보인 것 같았다.

달리온이 쓰러지고, 라인하이트도 무릎을 땅에 찧으며 쓰러졌다.

"라인하이트!"

샤름이 기어서 다가왔다. 라인하이트는 마지막 힘을 쥐어짜서 성검을 건넸다. 샤름은 그 손을 자루와 함께 감싸 쥐었다.

"……결국, 함께 죽는 게…… 최선, 이었습니다."

"라인하이트……."

눈물이 흘렀다. 몸의 통증 따위 느껴지지도 않았다. 직감으로, 이 충실한 호위 기사와 말을 나누는 건 이게 정말로 마지막임을 이해했으니까.

"미안, 미안해. 나는, 아무것도 못 했어. 너한테, 아무것도 갚지 못했어!"

라인하이트는 다정한 눈매로 고개를 가로저었다.

"……우아 아르트, 부탁합니다. 부디…… 이분께 힘을."

"라인하이트?"

약하게 빛나는 성검에 라인하이트가 부탁했다.

"다정한 기사의 아이…… 샤름 번에게…… 성검을 계승합니다."

샤름이 눈을 크게 떴다. 그 직후, 성검이 라인하이트의 손을 벗어나 스스로 공중에 떴다.

그리고 라인하이트의 소원을 들은 것처럼 샤름에게 다가왔다.

금대 용사와 차대 용사의 시선이 교차했다.

"될 수 있어요…… 당신이라면…… 누구보다…… 강하게."

그게 라인하이트의 마지막 말이었다.

"으, 흑, 될게. 강해질게! 누구보다!"

샤름은 기사처럼 맹세하고 잠시 라인하이트를 추모했다. 그리고 일어섰다.

전쟁의 소음이 들렸다. 이곳에도 곧 몰려올 것이다.

"이제, 지긋지긋해."

허공에 뜬 성검을 잡고 칼날 옆면에 이마를 댄 채 눈을 감았다.

"어떻게 하면 이런 싸움을 멈출 수 있어?"

조용하게 말을 걸자 성검이 약하게 빛났다.

샤름의 눈이 똑바로 대수를 쳐다봤다.

"응. 괜찮아."

피로와 상처로 지금 샤름에게는 위험한 방법이지만, 고요한 숲의 호수 같은 눈동자는 이를 받아들였다.

"샤름⋯⋯."

그때, 옆구리로 어마어마한 피를 흘리는 니에시카가 나타났다. 나무에 기대어서 거친 숨을 쉬며, 숨이 끊긴 라인하이트와 성검을 쥔 샤름을 보고 눈을 동그랗게 떴다.

"니에시카 씨. 죄송해요. 당신 날개가 필요해요."

열 살도 되지 않는 소년의 눈동자에 니에시카는 무심코 압도될 뻔했다. 하지만 곧 기쁘게 미소 지었다.

"용인에겐 최고의 영광이구나. 작은 용사님."

변신한다. 빛과 물을 관장하는 연보라색 용이 작은 용사를 태우고 하늘을 날았다.

대수의 가지를 피하며 도시의 상공으로.

떡 버티고 선 배드가 보였다. 미친 듯 소리치는 군세가 옆을 통과하지만, 아무런 반응도 없었다. 대수 입구에는 마셜이 쓰러져 있었다.

"앗, 뿌리 쪽으로!"

물줄기를 만들어 군세를 밀어낸 니에시카가 착륙했다.

살아남은 전사들과 왕궁 위에서 절망적인 얼굴로 내려다보던 수인들이 놀라는 가운데, 샤름은 대수를 등지고 성검을 땅에 꽂아 집중하기 시작했다.

그런 샤름을 니에시카가 용의 거대한 몸으로 감쌌다.

원래 치명상을 입은 몸이었다. 얼마 남지 않은 목숨이라면 이 몸을 방패로 쓰리.

갑자기 전장으로 날아든 용에게 집중포화가 날아들었다. 니에시카의 몸이 부서져 갔다.

하지만 지켰다. 마지막까지 지켜 냈다.

"성검 우아 아르트에게 청한다! 용사 샤름 번에게 일시적인 왕권을!"

성검이 강렬한 섬광을 발했다. 대수가 호응하듯 찬란히 빛나고 그 빛의 물결이 샤름에게 흘러들었다.

그리고 대수에서 폭발적인 『순백색 안개』가 뿜어져 나왔다.

거의 산사태처럼 순식간에 왕궁을, 도시를, 수해를 집어삼켰다.

한 치 앞도 보이지 않는, 일종의 이계가 창조됐다. 군세는 한 명의 예외도 없이 인식이 뒤틀려 적을 쫓는다고 믿으며 수해 밖으로 달려갔다.

샤름의 의식이 느리게 꺼졌다.

성검을 통해 강제로 『수해의 왕』이 된 대가는 컸다. 길어야

2, 3일.

그것이 목숨을 바쳐서 전쟁을 막은 샤름의 여명이었다.

―엔트리스 상업 연합 도시, 최북동 지역 마을 홀로.

반역자 사냥의 열광에 사로잡힌 역참 마을의 어느 곳.

동문 근처 뒷골목에서 쓰레기통 뒤에 숨은 한 소녀가 숨을 죽이고 있었다.

완다 여관의 딸 키아라였다.

땀범벅에 호흡은 거칠었고 뺨에는 눈물자국이 남았다. 지금은 아티팩트로 숨긴 토끼 귀가 한시도 쉬지 않고 주변을 경계하다가, 움찔 떨렸다.

친해진 마을 아이들의 목소리가 들렸다. 키아라를 언니라고 부르며 따르던 여자애 목소리도. ……지금은 귀를 막고 싶어질 정도지만.

"세계의 배신자, 어디 있어?!"

"빨리 신의 적을 죽여야 해."

죽이자! 죽이자! 반역자와 친구였다니, 참을 수 없어! 신께 용서를 빌어야 해! 죽이자, 죽이자! 신의 적은 모두모두 죽이자!

아이들의 노래 같은 구호가 들려 키아라는 토끼 귀를 손으로 꽉 눌렀다.

"왜, 왜 이런 일이!"

키아라는 회상했다. 일상의 붕괴는 저녁에 시작됐다.

교회 앞 광장에서 이루어진 강제 집회. 나오지 않은 사람도 많았지만, 교회는 역시 절대적이라고 믿고 싶은 마음과 진실을 확실히 알아야겠다는 마음으로 주민 대부분이 모였다. 완다 가족도 정보 수집을 목적으로 조금 떨어져서 집회에 참가했다.

시간이 되어 나타난 사람은 익숙한 노파 사교였지만, 왠지 굉장히 낯선 느낌이 들었다.

지금 생각하면 그 시점에서 도망쳐야 했다.

그랬다면 어쩌면······.

'아빠도 엄마도, 안 죽었을 거야.'

연설이 시작되고 몇 분 후. 교회를 향한 사람들의 의심은 기분 나쁠 정도로 허무하게 반전됐다.

근거도 뭣도 없이, 누가 들어도 성의 없는 가벼운 말로.

—해방자는 신에게 거역하고 세상에 혼란을 불러오려는 『반역자』다.

밀레디 라이센을 포함한 간부 일곱 명은 신의 아이면서 신을 대신해 세계를 지배하고 사리사욕을 채우려는 세계의 배신자다, 라고.

이게 뭔가. 누가 이런 설명을 듣고 납득하는가.

내심 어이가 없었지만, 막상 주변을 보자 친했던 사람들이 모두 완다 가족을 보고 있었다. 광기에 찬 눈동자로.

거기서부터는 순식간이었다.

해방자의 말에 마음이 기울었던 자, 집회에 참가하지 않았던 자들은 저항할 새도 없이 폭도의 물결에 휩쓸렸고 완다 가족과 친했던 이웃 친구들까지 습격받았다.

그때, 아버지 마커스는 벨라를 도망치게 하려고 폭도를 막아섰다.

—너희 둘이라면 도망갈 수 있어! 가, 살아남아!

그게 마지막으로 들은 마커스의 말이었다.

그는 알고 있었다. 자신이 함께 있으면 아내와 딸의 생존율이 떨어진다고.

왜냐면 벨라도 키아라도 『토인족』이니까. 기척 조작에 능숙하고 모든 종족 중 가장 도망치고 숨는 데 특화한 종족이니까.

그래도 결국 엄마 벨라도 마을에서 탈출하려던 때 매복하던 자들에게 습격받았고, 키아라가 도망갈 수 있게 목숨을 버렸다.

—일어나서 달려! 내 딸이잖아!

얻어맞고 쓰러진 키아라에게, 마커스와 친했던 사냥꾼 남자가 칼을 휘둘렀다. 악몽 같은 광경에 움직이지 못하던 키아라를 벨라가 감쌌고, 등에 칼을 맞고도 몸싸움을 벌이며 그렇게 소리쳤다.

싫다, 나도 해방자다. 구할 수 있는 생명을 버릴 수 없다.

사실은 그저 어머니를 두고 갈 수 없을 뿐인데 강한 척했다.

그런 키아라에게 벨라는 더없이 상냥하게 웃으며 이렇게 말했다.

—엄마한테 딸을 지키게 해줘.

그 뒷일은 잘 기억나지 않았다. 그저 울음소리를 죽이며 필사적으로 도망치고, 도망치고, 또 도망쳤다. 그래도 마을은 봉쇄되어 차츰 도망갈 곳이 사라져 갔다.

그리고 정신을 차리자 키아라는 이 뒷골목에 몸을 숨기고 있었다.

'나한테 더 힘이 있으면. 그 녀석처럼!'

갑자기 떠오른 것은 한 동족이었다.

밉상에 비굴하고 게으르며, 아무리 좋게 포장해도 쓰레기.

하지만 그녀는 강했다. 수인의 성지에서 다섯 손가락에 드는 영웅이었다.

결전 후, 그녀는 다시 첩보 임무를 맡을 때까지 완다 여관에 숨어 지냈는데, 처음 왔을 때는 스스로 머금은 독 때문에 입이 심하게 문드러지고 미각도 잃은 상태였다.

그래도 그런 중상조차 대수롭지 않은 듯 그녀는 전혀 변하지 않은 태도로 키아라의 신경을 건드리며 하루 종일 방에서 뒹굴었다.

그런 그녀의 힘이 부럽고 샘났다.

'바보야. 그런 생각을 할 때가 아니잖아! 일어나서 움직여! 아빠랑 엄마의 마음을 헛되이 하지 마!'

자신을 타이르며 일어났다. 반드시 살아남겠다며 난폭하게 눈물을 닦았다. 하지만……

"아…… 위험해."

발소리가 들렸다. 뒷골목 양쪽에서 사람이 온다.

너무 딴생각에 빠져 있었다. 도망칠 곳이 없다. 숨을 곳도,

없다.

몇 초 후에는 광신에 빠진 사람들이 이 뒷골목을 들여다보고 달려들 것이다.

키아라의 표정이 울음과 체념 어린 웃음으로 뒤죽박죽되고—다음 순간.

지붕 위에서 조용히 내려온 무언가가 키아라 앞에 착지했다. 그리고 키아라의 입을 막았다.

"조용히 해. 소리치면 죽인다."

무시무시한 소리를 속삭이며 키아라를 벽에 밀고 자신도 밀착했다.

옆에서 보면 완전히 범죄 현장이었다. 그래도 키아라는 상대를 보고 경악한 동시에 안도감으로 온몸의 힘이 빠지는 기분이었다.

그 직후, 광신자들이 모습을 드러냈다. 막힌 곳 없는 뒷골목을 본다. 보고 있다.

아무런 반응도 없이.

반대쪽 거리에서도 다른 남자들이 나타났다. 하지만 역시나 반응은 없었다.

한쪽 남자들이 골목으로 들어섰다. 충혈된 눈을 뒤룩뒤룩 굴리며 걸어왔다.

그리고 키아라 앞을 그냥 지나쳤다.

그대로 반대쪽 사람들과 합류해 그들은 어딘가로 달려갔다.

그제야 입을 막았던 손이 내려갔다.

"푸하! 당신이 어떻게 여기…… 아, 그 상처!"

"아잇, 시끄럽네요."

간발의 차로 키아라를 구한 사람은 조금 전까지 생각하던 동족— 스이였다.

몸이 떨어지고 처음 깨달았다. 스이는 몸에 성한 구석이 없었다. 귀 한쪽이 없고 검은 전투복이 더 검게 얼룩질 정도로 온몸이 상처투성이였다. 피곤해 보이는 건 성격 때문만은 아닐 것이다.

"빨리 탈출하죠."

키아라의 질문에는 한마디도 답하지 않고 손을 잡아당겼다.

여전히 키아라에게는 퉁명스러운 태도였다. 그래서 더 신기했다.

"……왜, 왜 나 같은 걸 구하러 왔어?"

스이는 여기에 올 필요가 없었다. 그녀의 가치는 헤아릴 수 없다. 고작 지원자 한 명을 구하려고 이런 부상까지 입은 상태로 달려오는 건 합리적인 판단이 아니었다.

특별히 친한 사이도 아닌데. 얼굴을 마주치면 싸우기 바빴는데.

당신 같은 밝은 성격이 싫다고 면전에 대고 수도 없이 말했었는데.

그런데 왜?

그 질문에도 스이는 답하지 않았다. 투명해지는 고유 마법으로 순식간에 문까지 도착하고, 이번에도 봉쇄한 자들을 그냥 지나쳐 밖으로 나왔다.

"마을 밖 숲에 쿠오우가 있으니까 그거 타고 검은 문 범위까지 가세요. 수해까지는 3일 정도 걸릴 거예요."

결전 이후 쿠오우가 이끄는 마랑 부대는 철수 계획에 따라 공화국군과 함께 행동했다. 그래서 이번 첩보 임무에서는 부대의 이동 수단으로 파견됐다. 지금은 쿠오우를 제외한 마랑들도 전멸했지만.

"더 가까운 거점에는 안 가? 천망으로 보고를 해야 하는데……."

"여전히 생각이 없네요. 이 개같은 상황이 이런 깡촌에서만 일어난 줄 알아요?"

"뭐? 그럼…… 설마 전 세계에서?"

"네, 맞아요. 전 세계에 퍼진 사도가 각지 교회 관계자로 변해서 주민을 몽땅 매료 마법으로 세뇌했어요."

"세뇌…… 그럼 우리 마을 사교도?"

"까 보면 사도겠죠. 더 문제는 사람들끼리 간접적으로 전염되는 점과 무슨 원리인지 해방자와 관계자, 그 사상에 강하게 찬동한 사람들만 예외로 빠지는 점이에요. 세계 규모의 자동 세뇌, 자동 이단 심문이라고 해야 할까요? 웃기네요."

전혀 안 웃다. 충격적인 상황에 키아라는 정신이 멍해졌다.

"그러면…… 그러면 어떻게 해야……."

"글쎄요? 폐하랑 친구들이 돌아오면 어떻게든 하겠죠? 못하면 끝이구요."

"왜 그렇게 쉽게 말해!"

"쉬운 이야기니까요. 아무튼 지금은 수해로 도망치는 게 급선무예요. 조금이라도 피난과 병력 귀환을 도와서 방비를 강화하고 살아남아야죠."

그렇게 설명하며 스이는 생각했다. 락 엘레인을 잃은 것이 너무 큰 타격이라고.

락 엘레인은 전이와 장거리 통신이 가능한 비행 무장 거점이었다. 그것만 멀쩡했으면 지상의 소요 사태 따위 무시하고 구조하러 다닐 수 있었다.

'⋯⋯아니, 그래서 집요하게 추격한 거겠지.'

암울한 기분으로 한숨 쉬는 사이 숲 어귀에 도착했다.

안쪽에서 기척이 생겼다. 쿠오우였다. 기척 차단과 불가시화를 썼는데도 뛰어난 후각으로 접근을 알아차린 모양이었다.

느릿하게 수풀을 헤치고 나온 쿠오우는 마장을 장비하지 않았다. 아름다운 눈처럼 매끈하던 털은 엉망이 됐고 굳은 피가 여기저기 엉겨 붙어 있었다.

신국에서 돌아오는 길이 얼마나 험난했는지 말해주는 모습이었다.

"폐하만 돌아오면 안개 결계를 펼 수 있으니까 그쪽 분들한테 기대를—"

향후 방침을 얘기하며 숲으로 들어가서 손가락을 약하게 튕겨 쿠오우에게 신호했다.

쿠오우의 시선이 아무것도 없는 곳, 스이와 키아라가 있는 위치를 정확하게 바라봤고—.

그 순간, 쿵!

뭔가에 밀린 것처럼 스이는 한 발, 두 발 휘청거렸다. 그러고는 다리에 힘이 풀린 것처럼 무릎 꿇었다.

"어? 스이? 왜 그— 윽?!"

쿨럭하며 스이의 입에서 선지피가 튀어나왔다.

심장 부근이 빠르게 젖어 들었고 소매로 피가 흘러 떨어졌다. 그리고 은색으로 빛나는 깃털도 하나 땅에 내려앉았다.

꿰뚫렸다. 저격이다. 어디서? 어떻게 위치를 알았지? 마크하고 있었나?

비통하게 일그러진 얼굴로 자신을 안아 일으킨 키아라와 으르렁거리며 달려온 쿠오우가 눈에 들어왔다. 하지만 의문도, 시야도 곧 흐릿하게 사라져 갔다.

치명상이다. 한 방으로 끝났다. 사냥꾼이 토끼를 잡을 때처럼.

하지만 여기 있는 자는 연약한 동물이 아니었다.

"우습게, 보지 마아아아!"

짐승처럼 울부짖으며 작은 병을 꺼내 의식이 끊기기 전에 병째 씹어 삼켰다.

특제 독극물이었다. 독약. 먹으면 죽는다.

하지만 어차피 죽기 직전이라면 아주 짧은 시간이지만 한계를 넘어서게 해준다.

"쿠오우—! 이 사람 데려가!"

무릎 꿇은 상태에서 회전하며 점프해 키아라를 걷어찼다.

그 반동으로 옆으로 날아간 순간, 바로 직전까지 스이와 키아라가 있던 곳에 은색 포격이 떨어져 땅거죽을 소멸시켰다.

은밀한 일격으로 움직이지 못하게 하고 포격으로 끝낸다. 확실하게 죽이겠다는 살의로 철철 넘치는 2단 공격이었다.

"연약한 토끼 두 마리 상대로 너무 진심이네요? 부끄럽지도 않나요!"

최대한 비아냥거리고, 고속으로 날아든 노파 사교에게 혼신의 힘으로 나이프를 투척했다.

마력과 공간을 절단하는 마검이었다. 사도도 차마 무시하지 못하고 튕겨 냈다. 계획대로다. 그 충격으로 자루 부분에 설치한 마력 저해 분말이 폭발하듯 퍼졌다.

"으아아아아아아아아아아!"

손은 멈추지 않았다. 수십 초만 버티면 된다.

맹독, 산성액, 마력 흡수, 뇌격, 화염, 빙결, 석화…….

남은 무기의 기능과 능력을 전부 해방해 숨 쉴 틈도 아끼며 전력으로 투척을 이어갔다.

"스이! 안 돼! 같이 가! 쿠오우, 이거 놔!"

이미 키아라의 목소리는 저만치 멀어졌다.

일말의 망설임도 없이 쿠오우는 스이를 버리고 키아라를 보호해 도주한 모양이었다.

똘똘한 늑대라며 스이는 웃었다.

여기에는 실낱같은 승산조차 없으니까.

쿠오우가 살아남아서 다행이라고 생각했다. 그는 반드르의 최고위 종마라서 마물인데도 『검은 문 열쇠』를 가졌고 사용할 수도 있었다.

틀림없이 키아라를, 그 열 받을 만큼 쾌활한 동포를 수해에ㅡ.

"아……"

생각보다는, 아프지 않았다.

아름다운 대검이 가슴 중앙을 뚫고 바닥에 꽂혀 버렸지만.

마력 저해 분말을 걷으며 노파 사교의 모습을 한 사도가 내려왔다.

스이의 목숨 건 맹공도 결국 사도에게는 상처 하나 주지 못했다.

"설마 신도를 탈출할 줄은 몰랐습니다. 약하고 겁 많은 토인에게는 합당하지 않은 성능이네요."

무시무시할 만큼 맑은 미성이 몽롱해진 스이의 귀에 들어왔다.

"저런 무능한 동포를 구하러 오지만 않았다면 도망칠 수도 있었을 것을."

대검이 쑥 빠졌다.

"안심하십시오. 딱히 죽이지 않을 이유는 없지만, 굳이 쫓아가서 죽일 이유도 없으니까."

대검에 묻은 스이의 피를 분해하며 털어 낸 사도가 용건을 마쳤다며 발길을 돌렸다.

"어차피 지키고 싶었던 사람들에게 사냥당해 죽겠지요."

마치 잡초라도 뽑은 듯한 태도였다. 실제로 사도에게는 그런 느낌일 것이다. 놔두면 눈에 거슬리지만, 마음먹으면 처리하는 건 일도 아니다.

그렇지만 신의 유희를 벗어난 행동이란 점은 분명했다. 그래서 스이는 웃었다. 비릿하게 웃어 보였다.

"언젠가."

"……?"

"언젠가, 반드시 태어날 거야. 나는 발끝에도 못 미칠, 진짜 영웅이."

사도가 어깨 너머로 돌아봤다. 그리고 살짝 주춤했다.

"기억해 둬. 토인의 미래가, 너희의 미래를, 반드시 박살 내 버릴 거야."

처절. 그렇게밖에 표현할 수 없는 웃음이 조금 들어 올린 얼굴에 떠올라 있었다.

죽음의 문턱에 서서도 그 눈빛은 어찌 이리도 형형히 빛나는가.

결코 졌다고 우겨대는 억지소리가 아니었다. 거기에는 확신이 있었다.

"……헛소리."

오히려 사도가 도망치듯 반박하고, 못 어울려주겠다는 양 모습을 감췄다.

스이의 몸에서 힘이 빠졌다. 뺨을 쓰다듬는 바람이 이상하게 편안했다.

'뭐, 열심히 했지…….'

스스로를 칭찬하고 죽음에 몸을 맡긴다. ―하지만 그전에.

"스이!"

울먹이는 소리가 들렸다. 흐릿한 시야에 키아라가 보였다. 빗방울이 볼에 떨어졌다. 유난히 따뜻한 빗방울이.

"왜…… 돌아, 와요…… 얼간이."

"미안, 미안!"

그건 구하지 못했기 때문일까. 아니면 자신을 지키느라 이렇게 된 탓일까.

손을 붙잡고 웅크리는 동포를, 스이는 멍하게 바라봤다.

입이 자연스럽게 움직였다.

"토인족은…… 강해요."

"스이?"

"……겁쟁이, 인 건…… 제일, 목숨의…… 무게를…… 잘 아니까……."

"……응."

"지금은…… 안 되더라도, 목숨을…… 이어가면, 가능성은……."

그것이 스이가 싸운 이유. 게으르고 사실은 겁이 많지만, 그래도 목숨도 아끼지 않고 싸웠던 이유는 전부 동포의 미래를, 그 가능성을 지키기 위해서.

스이의 부르튼 손끝이 키아라의 멈추지 않는 눈물을 닦았다.

"……너 같은 사람…… 싫어요. 밝고…… 귀여워서…… 열받아요."

"스이······."

"그래도······ 나, 다음으로는······ 괜찮은 토끼예요."

그렇다면 분명히 그 미래도 큰 가능성을 품었다. 그러니까 데리러 왔다. 구하러 왔다.

"바보야? 자기 가능성을 제일 믿으면 됐잖아."

뺨에 닿은 스이의 손에 키아라도 자기 손을 포개고 말했다.

"난 역시 네가 싫어. 강하고 멋지고 짜증 나. 그래도 쭉 부러웠어."

스이가 피식 웃었다. 빈정거리지 않고, 어딘지 모르게 자랑스럽고 후련한 미소로.

"꼭, 살아남아요, 키아라."

"꼭, 살아남을게, 스이."

말은 거기서 끊겼다. 스이의 손에서 힘이 빠졌다.

조용히 기다리던 쿠오우가 애도하듯 끙 하고 울었다.

"쿠오우. 같이 태워줄 수 있어?"

열심히 힘냈으니까 하다못해 고향 땅에 묻어주고 싶다.

쿠오우는 코끝을 비벼 그 마음에 대답했다.

"고마워."

눈물 흘리며 웃고, 스이를 들어 쿠오우의 등에 태웠다.

그리고 눈물을 훔친 뒤 변장용 아티팩트 목걸이를 벗었다.

토끼 귀가 나타나고 머리가 원래 색으로 돌아왔다.

"가자, 쿠오우."

토끼 귀를 꼿꼿이 세우고 똑바로 앞을 봤다.

토인족은 강하다! 그 말을 되새기며 가슴을 폈다.

쿠오우가 힘차게 울부짖어 답하고 밤의 숲을 내달렸다.

─베르카 왕국 남부 산림.

【전선 지대】요새에서 습격을 받은 라수르 휘하 선발 부대.

그 소수의 생존자들은 인간족 영역에 잠복해 있었다. 【라이센 대협곡】과 왕국 최남단 마을 중간에 있는 산림에 야영하는 상황이었다.

왜 굳이 광란에 빠진 북쪽 대륙으로 돌아왔는가.

답은 간단했다. 남쪽 대륙도 안전하지 않기 때문이었다.

"라수르 님. 정말 마도로 돌아가셔야 합니까?"

천막 안에서 레스티나의 근심스러운 목소리가 들렸다.

소박한 빵을 깨작깨작 먹던 라수르가 손을 멈췄다. 눈을 돌리자 불과 며칠 사이에 꽤나 수척해진 레스티나가 고개를 숙이고 있었다.

"일단은 공화국에 보호를 요청해야 합니다. 북쪽 대륙이라면 검은 문도 많습니다. 무엇보다 지금 폐하께서 성으로 돌아가시는 건······."

"자살행위다?"

"······예."

감정을 어디로 돌려야 할 줄 모르고 레스티나는 무릎에 올린 주먹을 꽉 쥐고 입술을 깨물었다.

그 마음은 라수르도 잘 알았다.

왜냐면 지금 이들에게 가장 큰 적은 동족, 조국 그 자체니까.

요새를 습격한 자들은 다름 아닌 본국에서 파견한 마왕국 군이었다.

결전을 보고 그 용맹함에 감명을 받았다. 폐하의 공존 사상에 과격파도 찬성하여 지원군을 보냈다. 그 기쁜 소식을 듣고 라수르는 이들을 요새 안으로 수용했다.

그렇게 안쪽에서 기습당한 것이다.

"설마 이런 방식으로 인간과 마인이 합심하다니. 신의 악랄함에 혀를 내둘렀어."

마왕국은 현재 교회의 『반역자를 친다』라는 명분에 동조해 협력 체제를 구축했다고 한다.

말도 안 되는 현실이었다.

칼름 재상과 앙골 장군 등 상층부가 광신에 빠졌을까? 아니면 제거당하거나 지금도 저항하고 있을까? 뭐가 됐든, 라수르가 할 일은 하나였다.

"확인해야 해. 나는 마왕이니까."

조국이 현혹되었는데 왕이 등을 돌릴 수는 없다.

아무리 자살행위라도 그것만은 안 될 일이다.

"……함께하겠습니다. 어디까지든."

그걸 아니까 레스티나는 근심에 잠기면서도 그렇게 답할 수밖에 없었다.

그때, 밖이 조금 소란스러워졌다. 라수르와 레스티나는 습격인가 하고 낯빛을 바꾸며 밖으로 뛰쳐나갔다.

"무슨 일이냐!"

"폐하! 인간 소녀가 주변을 어슬렁거려서 포박했습니다!"

"……해방자 사냥인가?"

"아뇨, 주변에 다른 사람은 없고 소녀 혼자뿐이었습니다. 부모가 이상해져서 겁먹고 혼자 도망쳤다고 주장합니다만……."

부하가 보고하자마자 아직 열 살도 채 되지 않았을 어린 소녀가 끌려왔다.

병사들은 신경이 예민한지 아이를 다루면서도 상당히 난폭했다. 소녀는 아프고 무서워서 흐느껴 울고 있었다. 누가 봐도 과한 대응이지만, 그렇다고 탓할 수도 없었다. 지금은 어린 아이마저 미친 세상이니까.

"거기! 그만해라! 아직 어린애다!"

말린 사람은 의외로 레스티나였다.

라수르뿐 아니라 병사들까지 놀란 눈으로 쳐다봤다. 확고한 마인족 우월주의면서 라수르에 대한 충성심만으로 공존파에 속했을 뿐인 레스티나가 가장 먼저 나선 것이다.

모두가 놀랐다. 레스티나 본인마저.

이때 레스티나는 꽤나 충동적이었다. 뇌리에 그 결전에서 구한 신도의 소녀가 떠오른 탓에.

—구해줘서 고마워! 예쁜 언니!

마인인 자신에게 그렇게 웃으며 말하고 자기 보물이라는 하트 모양 돌멩이를 선물했다.

조금 별나게 생겼을 뿐인 돌멩이였다. 멍청한 인간 아이가 건넨 물건이다.

그래도 왠지 버릴 생각이 들지 않았다. 심지어 지금은 끈으로 묶어서 목걸이로 차고 있었다.

그건 레스티나의 완고한 가치관이 소녀의 한마디, 돌멩이 하나라는 답례에 조금이나마 변했다는 증거일 것이다.

하지만 현재 상황만 놓고 본다면 병사들의 대응이 옳았다. 공존을 꿈꾸는 바람직한 마음이 하필 이때, 레스티나에게서 경계심을 앗아갔다.

"큭, 기다려라, 레스티나—."

"자, 꼬마야. 울지 마라. 바로 치료를—."

라수르와 레스티나의 말이 겹친 것과 자세를 숙인 레스티나의 눈이 소녀의 커다란 눈을 들여다본 것은 동시였다. 그 직후.

"으윽?! 큭, 아아악!"

이글거리는 붉은 기운이 야영지를 집어삼켰다.

고유 마법 『적열화』가 발동해 레스티나를 붉게 물들이고 주변 일대로 불길의 파도가 퍼졌다. 당연히 소녀와 근처에 있던 병사들도 모조리 불살라 버렸다.

"레스티나!"

"안 됩니다, 폐하! 물러나십시오!"

화염 회오리가 레스티나를 중심으로 치솟아 하늘을 찔렀다. 주위 초목이 순식간에 소멸하고, 첫 공격을 버틴 자들도 압도적인 열량에 장벽이 파괴되어 차례차례 말려들었다.

—반역자를 용서하지 마라. 씨를 말려라.

―모든 것은 신의 의지. 종속이 최대의 행복.

―이단의 사상을 뿌리 뽑아라! 소중한 이를 위하여!

머리가 깨질 것처럼 울리는 목소리. 마음을 채워 나가는 신앙. 단 하나의 『올바름』에 덧씌워지는 사고. 자아가, 의지가 사라져 간다…….

마음이 공존으로 기울었으나, 아직 기울었을 뿐이었다. 마음의 저울이 악랄한 술수로 뒤집히고 말았다. 가까스로 자아를 유지하고는 있으나―.

'라수르, 님…….'

주인에 대한 충성심. 경애하는 마음. 흐린 시야로 장벽을 펼치며 다가오려는 라수르가 보였다.

광신의 부작용일까. 한계를 넘어선 힘이 폭주해 자기 자신도 무슨 일이 벌어지는지 알 수 없었다. 그래서 필사적으로 오지 말라고 빌지만…….

'당신은 분명, 멈추지 않으시겠죠…….'

확신이 있었다. 동포를 위해서라면 자살행위인 줄 알면서도 조국으로 돌아가려는 사람이니까. 자신을 믿어준 사람을 절대로 버리지 않는 사람이니까.

미친 듯 타오르는 홍염으로 물든 세계에서 레스티나는 검을 뽑았다.

동료를 몇 명이나 죽이고 말았을까. 경솔한 자신에게는 이게 알맞은 말로일 것이다.

"라, 수르, 님……."

"레스티나! 기다려라! 지금 구해주마!"

혹여 라수르라면 어떻게 해줄지도 모른다.

하지만 그러지 못한다면 더는 돌이킬 수 없으니까. 그것만은 절대로 안 되니까.

"무운을 빕니다."

"……?! 그만, 허튼짓하지 마! 이건 명령이다!"

레스티나는 최선을 다해 미소 지으며 칼날을 자기 목에 댔고.

"안녕히 계십시오, 내가 사랑한 사람."

"그만둬어어어어어어!"

생애 단 한 번의 명령 위반을, 사랑을 담아 실행했다.

불바다 속에 털썩 쓰러지는 그녀를, 라수르는 손을 뻗은 채 망연히 바라봤다.

살아남은 병사들이 황급히 소화 작업을 하며 아직 불타는 중심지에 있는 라수르를 불렀다. 하지만 라수르는 반응하지 않았고, 오히려 먹잇감을 찾은 광신자들의 함성이 울려 퍼졌다. 어마어마한 수였다.

"폐하! 탈출해야 합니다! 이대로 가면!"

한 병사가 불길의 벽에 가로막혀 다가오지 못하면서 소리쳤다. 그사이에도 산림 안쪽에서 광기에 물든 인파가 몰려드는 모습이 보였다. 병사들의 얼굴빛이 새파래지고― 그때.

『형님!』

강렬한 냉기를 품은 하강 기류가 불길을 날려 버렸다. 라수르가 느릿하게 얼굴을 들었다.

『넋 놓고 있을 때야?! 타!』

광기의 파도는 이미 눈앞까지 밀어닥쳤다.

병사 한 명이 용서를 구하며 라수르를 난폭하게 들쳐 메고 다른 병사들과 함께 빙룡 형태로 착지한 반드르의 등에 올라탔다.

날아오는 창과 화살, 마탄 따위를 얼음벽으로 막으며 반드르는 비상했다.

침통한 분위기가 흘렀다. 그 누구도 라수르에게 건넬 말을 찾지 못했다.

반드르의 등에서 무릎을 꿇고 절망하는 라수르를 보면 그에게 레스티나는 『믿을 수 있는 부하』를 넘어선 존재였다는 생각이 들었다. 라수르를 향한 레스티나의 마음이 그랬던 것처럼.

곧 하늘을 쳐다보던 라수르는 힘없이 웃으며 자세를 고쳤다.

"……고맙다, 반. 네 덕분에 살았어."

『……미안. 늦어서.』

"아니, 안 늦었어. 마왕을 구했으니까."

목소리에 패기가 돌아왔다. 설사 오기로 참고 있더라도, 설사 부하가 몇 명밖에 남지 않았더라도, 마왕일 동안은 꺾이지 않겠다며.

"반. 버틀럼 분체라도 좋으니까 비룡 모드로 빌려주지 않을래?"

『……! 설마 성으로 돌아가려고?! 안 돼. 나와 같이 공화국으로 가자, 형님.』

"반. 나는 마왕이야."

온화한 말투인데 무심결에 자세를 낮추고 싶어지는 위엄을 느꼈다.

살아남은 병사들도 같은 느낌을 받았는지, 체념이 번졌던 얼굴에 각오가 깃들었다.

아직 세뇌에 걸리지 않은 동포가 있을지 모른다. 마왕의 도움을 기다리는 자가 있을지 모른다. 그렇다면…….

"나는 내 의무를 다할 거야. 너도, 그렇게 하렴."

아이를 가르치듯 말하고 등을 쓰다듬는 형에게 반드르는 잠깐 고민하다가 확인했다.

『죽을 생각은 아니지?』

"당연하지. 무운을, 빌어줬으니까."

『……알았어. 버틀럼, 형님을 지켜줘.』

비늘 안쪽에서 미끄러져 나온 슬라임이 라수르 목에서 목도리로 변했다.

"반. 이건 본체……."

『아무리 형님이라도 지금 마왕국 전부는 구할 수 없어. 그건 잊지 마.』

물러날 때를 잊지 마라. 그리고 반드시 버틀럼을 반드시 돌려 달라.

그런 동생의 의도를 라수르는 정확히 파악했다. 조용히 웃고 고개를 끄덕였다.

목도리가 공중으로 날아가 순식간에 비룡으로 변했다.

라수르와 부하 병사들은 그쪽으로 옮겨 타고 반드르와 나란히 날았다.

『실수하지 마, 형님.』

"너도, 반. 다시 만나자."

마주 본 형제는 재회를 맹세하며 헤어졌다.

—흑색 대설원 북부.

수해와의 경계에서 십수 킬로미터 지점. 웬일로 눈보라가 불지 않는 설원에 한 행렬이 있었다.

해방자 은신처인 성모향의 사람들이었다. 종마 빙설랑들이 저마다 수십 명은 태우는 거대한 썰매를 끌며 남하하고 있었다.

상공에는 비룡 우루루크에 탄 마가레타를 필두로 한 슈네 일족도 있었다.

"콜린, 안 추워?"

"응, 괜찮아. 루스 오빠."

썰매 위에서 방한구를 껴입은 루스가 묻자 콜린은 웃으며 대답했다.

하지만 그 표정을 보고 루스의 얼굴에 그늘이 드리웠다. 무리해서 짓는 웃음이라고 뻔히 알 수 있었다. 창백한 낯빛도 비단 추위 때문만은 아니리라.

그럴 만도 했다. 여기에는 성모향 사람들이 전부 있지는 않으니까.

회색 옷들과 전 라이센 지부 비전투원 약 절반이 아직 수해
에 있었다. 어마어마한 수의 제국군이 인해전술로 반역자 사
냥을 하는 곳에. 그들은 미끼였다.

마을에 있어도 들키는 것은 시간문제였다. 더군다나 어제
기어코 공화국과 통신이 끊겨 그곳으로 도망갈 수는 없었다.
다른 지부도 사정은 같았다.

그렇다면 차라리 【흑색 대설원】으로 도망치자는 결론이 나
온 것이다.

원래부터 비상시 도피처로 상정한 곳이라서 오스카가 설원
장비를 남겨 두고 갔다. 거리는 멀지만, 슈네 일족의 옛 은신
처이기도 했다.

그러니까 타당한 결론이기는 했으나, 두 가지 문제가 있었다.

무슨 수를 써도 300명의 이동 흔적을 완전히 지우기는 어
렵다는 것. 이동 속도도 그만큼 제한된다는 것이었다.

그래서 회색 옷들은 자진해서 미끼가 되겠다고 나섰다. 전
투원만 몰려다니면 수상하니까 체력 좋은 비전투원도 함께
있는 편이 좋겠다며 전 라이센 지부 사람들도 남았다. 자신들
이 성모향의 주민이라고 어필하며 수해에서 도망쳐 다니면 다
른 이들이 조금이라도 멀리 도망갈 수 있으니까.

"다들 무사하겠지? 또 만날 수 있겠지?"

물어도 부질없는 줄 알면서도 콜린은 묻지 않고는 견딜 수
없었다.

그러자 앞쪽 썰매에서 윤파의 커다란 목소리가 들렸다.

"당연하지! 성모 콜린 친위대를 자칭하는 변태들이잖아? 원래 그런 사람일수록 안 죽어!"

"얘, 윤파! 버릇없게 무슨 소리니!"

윤파는 독설을 퍼붓다가 수샤 언니한테 야단맞았다.

각 썰매에 탄 어른들, 그리고 뒤쪽 썰매에 탄 모린이 웃음을 터뜨렸다. 평소와 다를 바 없는 광경에 콜린의 불안이 조금 누그러들었다.

"나 참…… 응? 뭐지?"

루스가 이상한 낌새를 느끼고 하늘을 봤다. 상공에서 경계하던 슈네 일족이 소란스러웠다. 진로상에 있는 산맥 같은 빙산 끄트머리, 깎아지른 절벽을 가리키고 있었다.

예정으로는 그 절벽을 우회해 뒤쪽 얼음 협곡을 지나야 하는데…….

그 직후, 그 절벽 너머에서 브레스 섬광이 하늘로 날아갔다.

안색이 바뀐 마가레타가 급강하했다.

"전원 남서쪽으로! 기슭 수빙 지대로 도망쳐! 매복이다!"

그게 무슨 말인가. 모두 그렇게 생각하는 상황에서 절벽 끝에서 선행 정찰을 나갔던 슈네 전사와 비룡이 튀어나왔다.

그 뒤로 거대한 배 그림자가 따라 나왔다. 제국의 비공선이었다. 하지만 정말로 놀랄 것은 따로 있었다.

"놈들은 마왕국군이야! 제국과 마왕국군이 손을 잡았어! 빨리 도망쳐! 우리가 시간을 벌게!"

그렇게 호령하고 마가레타와 전사들은 단숨에 가속했다. 말릴 틈도 없이 빙설랑들이 일제히 방향을 전환했다.

그야 이렇게 넓게 트인 장소에서는 사람들을 지켜 낼 수 없다. 그건 알지만, 비공선은 한두 척이 아니라 선단 규모였다. 이건 죽으러 뛰어드는 꼴이었다.

"젠장, 어떻게! 흑색 대설원이잖아! 올지 안 올지도 모를 상대를 이런 극한의 땅에서, 그것도 겨우 우리를 잡으려고 저런 병력을 투입해?!"

실은 이들을 잡으려고 매복한 것은 아니었다.

동쪽 나라들이 공화국을 칠 때, 수해 백성이 북쪽 산악지대나 남쪽 설원으로 도망갈 가능성을 고려해서였다.

제국은 국내와 수해 남부 일대의 반역자 사냥으로 여력이 없어서 설원 주변 봉쇄를 마왕국군과 연계한 것이다. 비공선단 대여는 그 일환이었다.

뒤쪽에서 전투가 시작됐다. 공중전이 펼쳐지고 있었다.

자기들보다 강한 수광 기사단과도 맞섰던 슈네 일족이다. 틀림없이 승리해서 돌아온다. 설령 불살을 지키기로 맹세했더라도.

그렇게 믿고 기도하며 빙산 산맥 기슭에 펼쳐진 수빙 숲으로 뛰어들었다.

그리고…….

"아…… 도망쳐어어어어어!"

붉게 빛나는 수빙을 알아차리고 퍼뜩 올려다봤을 때는 이미 늦었다.

특대형 화염탄이 호우처럼 쏟아졌다.

적 선단이 얼음 산맥 너머에 있다고는 하나, 적이 모두 거기에 타고 있지는 않았다.

가장 도망치기 쉬운 곳을 감시하는 건 당연했다.

빙설랑들이 필사적으로 직선 코스를 피하고 고유 마법을 써서 얼음 방벽을 세웠다.

그 직후, 무시무시한 폭음과 충격이 썰매를 덮쳤다.

모두 썰매에서 튕겨 나가 눈밭을 구르거나 수빙에 격돌한다.

대량의 수증기가 시야를 가리는 가운데, 루스는 불길한 소리를 들었다.

뭔가가 우르르 무너지는 소리. 땅으로 전해지는 격렬한 진동.

"콜, 린, 괜찮아?! 콜린!"

반사적으로 콜린을 끌어안은 덕분에 떨어지지는 않았다. 겉으로 보이는 상처도 없었다.

"으, 괘, 괜찮아……."

콜린이 몸을 일으키고 안심한 것도 잠깐뿐, 바람에 흘러간 수증기 사이로 현재 상황이 보였다. 다행히 전방에 있던 딜런과 아이들의 썰매는 무사했다. 어른들이 그들을 감싸준 모양이었다. 조금 떨어진 곳에는 수샤와 윤파도 있었다. 쓰러졌지만 의식은 있는 듯했다.

그럼 후속은? 그렇게 생각해 돌아본 루스는 최악의 광경을 목격했다.

대지가 갈라져 있었다. 건너편까지 10미터는 된다. 대열을 가로로 분단하는 거대 크레바스였다. 운 나쁘게도 집중포화로 눈이 붕괴하면서 아래 묻혀 있던 오래된 계곡이 얼굴을 내민 모양이었다.

균열 위에 있던 자들의 말로는 자명했다. 생각할 필요도 없었다.

"어, 엄마……."

당장 지금도 같은 말로를 맞이하려는 썰매가 있었으니까. 그 위에는 모린이 있었다.

루스와 눈이 맞았다. 눈을 크게 뜨고, 닿지 않을 줄 알면서도 손을 내밀려는 루스에게 모린은 미소를 지으며 고개를 저었다.

"보지 마!"

얼른 콜린의 얼굴을 끌어안아 모린이 계곡 아래로 사라지는 광경을 가렸다.

가슴팍에서 「어, 아, 아니야, 엄마」라며 동생의 떨리는 목소리가 들렸다.

하지만 이 미친 세상은 슬픔에 잠길 여유도 주지 않았다.

함성이 울렸다. 마인군이 수빙 숲 안쪽에서 달려왔다.

회색 옷들이 맞서 싸우러 나가지만, 아군이 대략 50명인데 비해 적은 다 셀 수 없을 정도였다. 적어도 천 명은 넘을 것이다. 빨리 이동하지 않으면 저 수에 압살당한다.

명백한 사실 앞에서 키메라 부대의 피험자 중 한 명이 소리쳤다.

"애들아, 먼저 도망쳐!"

메일과 라우스에게 치료받을 때까지 초점 없는 눈으로 혼잣말만 중얼거리던 마인 여성이 부서진 썰매에 실렸던 양산형 마검 한 자루를 들고 달려갔다.

다른 부서진 썰매에 탔던 피험자들도 몇 개월 전까지 폐인이었다는 게 믿기지 않게 루스와 콜린에게 한 번씩 웃어 보이고 달려갔다.

"자, 잠깐! 가면 죽잖아…… 그런 부탁 안 했다고!"

"우리도 부탁한 적 없어. 그렇게 헌신적으로 돌봐 달라고는."

그것이, 그것만이 그들이 싸우러 나가는 이유였다. 오직 지옥에서 구해준 해방자에게, 그리고 마음을 치료해준 아이들에게 해줄 수 있는 유일한 선물.

"아냐, 아니야! 그런 생각으로 간병한 게 아니야!"

콜린의 울음소리가 가슴을 옥줬다.

무사한 어른들이 전복된 썰매를 돌리고 떨어져 나갔던 사람들을 태웠다.

"썰매만 무사하면!"

루스는 달렸다. 눈 위를 달리는 빙설랑을 쫓아오려면 비행이라도 하지 않는 한 어렵다. 썰매만 고치면 그들이 철수할 여지라도 생긴다.

그렇게 생각하며 달리지만, 다시 튕겨 날아갔다.

물량 공세가 결사의 각오를 비웃었다. 다 막지 못한 화염탄이 산발적으로 떨어졌고 그중 한 발이 근처에 착탄한 탓이었다.

이명이 울렸다. 고막이 마비됐다. 충격으로 머리가 어지러웠다.

흐릿해진 시야에 콜린이 자신에게 달려오는 모습이 보였다.

수샤가 윤파를 몸으로 덮어 폭격에서 필사적으로 지켜주는 모습도 보였다.

그리고 전선을 빠져나온 수십 명의 마인병 중 두 사람이 그녀들 뒤로 다가오는 모습도.

어른들과 빙설랑이 막으려고 하지만, 다른 마인병이 방해해…… 갈 수 없다!

"형, 애들을, 구해줘어어어어!"

루스가 마음 깊은 곳부터 구원을 바라며 절규했다. 그때.

콜린을 내리치던 칼이 앞으로 끼어든 검에 막혔다.

"오스카 형은 아니지만, 일단 나도 형이니까."

회전하며 검 옆면으로 마인병의 뒤통수를 쳐서 기절시킨 소년에게 루스와 콜린이 눈을 크게 떴다.

"디, 딜런?!"

이상하게 절도 있는 동작으로 양산형 마검을 휘두른 건 틀림없이 딜런이었다. 그리고…….

"잠깐, 나한테는 아무것도 없어?"

"케티?!"

콜린이 소리쳤다.

돌아보니 수샤와 윤파에게 달려들던 마인병이 팔다리 힘줄을 잘려 쓰러져 있었다.

그 옆에 선 사람은 단검형 마검을 양손에 쥔 케티였다.

"케, 케티? 고, 고마워."

"어, 저기, 고마, 워요. 케티 씨?"

"후훗, 뭘 이런 걸로!"

수샤와 윤파가 얼떨떨하게 감사하자 케티는 양 갈래 머리를 획 쓸어 넘기며 한껏 우쭐한 표정을 지었다.

그런 모습이 예전과 똑같았다. 그래도 어떻게 된 것일까? 두 사람 다 분위기가 전혀 달랐다. 눈매가 날카롭고 마치 숙련된 전사처럼 싸웠다.

"케티랑 디 오빠, 맞지?"

깨어난 건 기쁘지만 당혹스러웠다. 딜런과 케티가 쓴웃음을 지었다.

"고대 전사의 혼이 섞여서 말이야."

"우리도 그냥 자고만 있지는 않았다고!"

베고 베고 또 벤다. 마검의 『마참』이 있다고는 해도 날아드는 마탄을 어렵지 않게 막아 내는 실력은 감탄스러울 따름이었다.

주위 어른들도 경악한 눈빛으로 두 아이를 바라봤다.

원래 오스카의 아티팩트로 언젠가 깨어날 줄은 알았다. 하지만 예정일은 다섯 달 뒤였다. 실제로 두 사람 외에는 아직 깨어나지 않았다. 설마 갑자기 깨어나서 달인 같은 묘기를 부리며 싸울 거라고 누가 상상이나 했겠는가.

사실 메일이 처음 『재생』을 써준 이후, 두 사람의 혼은 해방자로서 노력하는 형제자매를 보고 있었다. 그 모습에 자극받은 둘은 정신세계 같은 곳에서 각자 혼에 섞인 고대 전사의 기억을 간접 체험하며 전투 기술의 정수를 흡수해 왔다. 문제는 지금 그걸 설명할 겨를은 없다는 것이다. 아이들이 이 사정을 알게 되는 건 조금 더 미래의 이야기다.

"설명은 나중에 하자. 우선 살아남아야지."

"시간을 벌게! 너희는 빨리 얼음벽 안으로 들어가!"

전선에서 빠져나온 마인병들을 딜런과 케티가 가로막았다.

초인적인 두 사람이 참전해도 위기 상황인 건 변함없었다.

수샤와 어른들이 흩어지거나 다친 사람을 모아 서둘러 썰매에 태웠다. 루스는 썰매를 수리했고, 콜린와 윤파는 먼저 썰매에 올랐다.

그런 그때, 동쪽 하늘에서 요란한 폭음과 거대한 폭염이 발생했다. 몇 초 늦게 수빙을 쓸어버릴 만한 충격파가 밀려왔다. 다들 자리에 엎드려 날아가지 않게 버텼다.

"저건, 마가레타 씨?!"

선단을 막던 슈네 일족 쪽에서 무슨 일이 생긴 것 같았다.

하지만 그것을 확인할 여유도 없이 다음 위기가 찾아왔다.

쿠구구! 지진 같은 소리가 들렸다. 한 남자가 새파란 얼굴로 소리쳤다.

"눈사태다! 눈사태가 온다!"

최악의 사태였다. 움직이는 썰매부터 차례대로 급히 이탈했다.

"루스! 이제 됐어, 돌아와!"

한 어른이 외쳤다. 전선에 나간 회색 옷이나 피험자들을 불러들이기엔 이미 늦었다. 눈사태가 전선을 집어삼킨다.

"젠장, 젠장!"

루스가 울음을 참으며 콜린을 썰매에 태웠다. 딜런과 케티도 돌아와 썰매에 올라탔다.

이제는 잠깐의 유예도 없다.

그렇게 생각한 타이밍에 다른 썰매를 돌아보던 윤파가 간담이 서늘해진 목소리로 외쳤다.

"수 언니? 수 언니 어디 있어?!"

놀라서 돌아봤다. 사람들을 구조하던 수샤가 안 보인다⋯⋯.

아니, 보였다. 크레바스 끝으로 한쪽 손과 머리만. 방금 충격파에 휩쓸려 절벽으로 날아간 것이다. 자력으로는 올라오지 못하고 버티는 것만으로도 벅차 보였다.

수샤의 눈이 다가오는 눈사태를 봤다. 그리고⋯⋯.

"수 언니! 붙잡고 있어! 지금 갈게!"

당장에라도 뛰어내리려는 윤파와 아이들, 갈등하는 표정으로 썰매를 멈추려는 어른들을 보고⋯⋯.

"오지 마!"

그렇게 소리쳤다. 그녀 인생에서 가장 사납게 외친 소리는 그들의 동작을 멈추기에 충분했다.

자매의 눈이 마주친다. 수샤는 사랑스럽게 미소 지었다.

언니가 무엇을 하려는지 깨닫고 윤파의 얼굴이 창백해진 직후.

"⋯⋯그 사람을, 부탁할게."

스스로 손을 놨다. 수샤가, 사라졌다.

"안 돼, 안 돼애애애애애애애애!"

윤파의 절규가 울려 퍼졌다. 콜린이 울면서 윤파를 끌어안았다.

썰매가 급속도로 달려 눈사태에서 필사적으로 도망쳤다.

그렇게 그들은 살아남았다. 소중한 많은 것들을 잃고.

오스카와 나이즈가 달려오기 불과 하루 전의 일이었다.

태양이 저물어 갔다.

평소라면 아름답다고 생각할 노을이 지금은 그저 가슴에 불안을 드리웠다.

마치 세계가 불타는 것 같았다.

오늘만 몇 번째인지, 또 입술을 깨물어 흐른 피를 삼킨 밀레디는 고속으로 비행하면서 옆에 있는 메일과 라우스를 봤다.

똑바로 앞을 보고 있었다. 꼿꼿했다.

그래도 속으로는 억장이 무너진다는 것을 잘 알 수 있었다. 눈동자 안쪽에 깃든 비탄, 표정으로 엿보이는 고통은 숨길 수가 없었다.

뭐라고 위로해야 할지 모르겠다.

메일과 라우스는 소중한 가족을 잃었다. 대체 무슨 말을 할 수 있겠는가.

유일한 구원은 메일이 지금 소중하게 끌어안은 동생— 디네가 무사하다는 것. 그리고 용왕국에서 샤름과 라인하이트가 탈출했다는 정보 정도였다.

"……라우. 샤름은 괜찮을 거야. 왜냐면……."

왜냐면, 뭔가? 라인하이트와 니에시카도 있으니까 반드시 살아 있다고 하면 되나?

절대적인 건 없다. 그렇게 믿었고, 그 믿음 때문에 일행은 고통받았다.

이 세상에서 『여왕이 있는 수해』 다음으로 안전하던 용왕국은 붕괴했고 많은 동료가 죽었다.

마장 메르지네 호는 산간부에 반파 상태로 버려져 있었고, 살루스와 미카엘라, 다른 동료도 전부 생명의 등불이 꺼진 채 발견됐다.

라우스의 소생이 통하는 건 사후 몇 시간뿐이었다. 승화 마법이 있어도 한나절이 한계였다.

사후 며칠은 지난 그들을 구할 방법은 없었고 건진 것은 과거를 재생한 영상뿐.

믿었던 용인에게 기습받는 믿기 어려운 광경과 과거 재생을 고려해 살루스가 남긴 경고를 통해 밀레디 일행은 용왕국에 **잠입**했다.

거기서 본 것은 처형되어 기둥에 매달린 트라구디 용왕과 그라이스 용장 외 다수의 용인들, 그리고 구속된 많은 용인들이었다.

그런데 그 처참한 광경을 등지고 소리 높여 용왕국의 미래를 이야기하는 것이 시블 왕녀, 아니, 새 용왕이었다. 사도와 기사들을 좌우에 거느렸고, 젊은 용인을 필두로 수천 명 단위의 동포가 열광하고 있었다.

무슨 일이 있었는지 짐작하고도 남을 광경이었다.

그야말로 현실 속 악몽.

그나마 다행인 점은 과거 재생으로 숨어 있는 사람이 없는지 확인한 결과, 적지 않은 용인이 산악지대 쪽으로 탈출했다는 것이었다.

그중에는 니에시카를 탄 샤름과 라인하이트도 있었다.

"밀레디, 마음 쓰지 마라."

할 말을 찾지 못하는 밀레디에게 라우스가 갈라진 목소리로 말했다.

"가족을 잃은 건 나뿐만이 아니야."

그 말대로 살루스와 해방자 동료들도 밀레디의 가족이나 마찬가지였다.

상실의 아픔은 밀레디도 똑같이 느끼고 있었다.

"게다가 살루스도 커그도 그라이스 공도, 다들 제 역할을 다했어."

오스카에게 뭐라고 말해야 할까.

기껏 재회한 할아버지와 너무 이른 이별을 한 반드르는 어떻게 생각할까?

그들의 최후를 봤다.

절대로 무참하고 무의미하게 목숨을 잃지는 않았지만…….

"카임과 셀룸도 자기 의지로 길을 선택했어. 그 얼굴을 봤지? 한 방 먹였다고 기뻐하는 얼굴이었어."

그들은 마지막 순간까지 달리온이 이끄는 사도화 기사들과 싸웠다.

리코리스와 데보라는 마지막까지 신앙을 버리지 못했고, 달리온에게 명령받아 샤름에게 그랬던 것처럼 달려들었으나 형제는 동요하지 않았다.

그만큼 강한 각오로 지금까지 인생의 전부였던 교회와 대적한 것이다.

결국 천공의 싸움이 종결될 때까지 그들은 달리온과 수많은 기사를 묶어 뒀다.

그 덕분에 도망친 사람은 샤름과 라인하이트만은 아니리라.

그래도 카임과 셀름의 엉망이 된 유해를 끌어안고 말없이 눈물 흘리던 라우스의 모습은 보는 이의 가슴마저 찢어지게 했다.

데리고 갈 여유가 없어 근처 잡목림에 가족묘를 파는 뒷모습은 어찌 그리도 작아 보이는지…… 많은 것을 짊어졌던 최강의 기사가 그때만큼은 지친 노인 같았다.

그런 모습을 봤으면 해방자의 리더답게 뭐라도, 뭐라고 말을……

"한 번 더 말하지. 마음 쓰지 마라. 나는…… 나는 그 아이들이─."

만감이 담겨 떨리는 목소리였다. 그래도 라우스는 확실하게 말했다.

"자랑스럽다."

"……으응."

밀레디는 입술을 일자로 꾹 다물고 울음을 참으며 대답했다.

"메일, 너도 그렇지?"

라우스의 질문에 메일은 먼 하늘을 바라봤다.

"……자꾸, 생각나."

용왕국으로 가는 길목에 있는 해적단의 잠복처를 떠올렸다.

거기서 발견한 것은 바닥에 가득한 해적단 시체였다. 과거
재생을 사용하자…….

『안 돼! 수가 너무 많아!』

『거의 포위됐어! 도망치기는 글렀어!』

『우리가 미끼가 될게! 그동안 어디 숨어!』

『디네! 이제 됐어! 「복원」을 더 쓰면 네가 죽어!』

『부선장 명령이다! 캐티, 디네를 데리고 돌파해!』

그들이 꺾이지 않고 발버둥 치며, 그래도 안 된다고 깨닫자
디네 한 명이라도 도망치게 하려고 마지막 힘을 쥐어짜는 모
습이 보였다.

동료의 운명을 깨달은 캐티는 울면서 웃으며 「나한테 맡겨!」
라고 말한 뒤 디네를 업고 달려갔다. 그 어깨 너머로 팔을 뻗
어 죽을 때는 함께 죽겠다고, 나도 패밀리라고 우는 디네의
목소리가 귀에서 떠나지 않았다.

『미안, 선장. 먼저 갈게. 우리 공주님은 지켰으니까 봐줘.』

그게 크리스의 마지막 말이었다.

그 말대로 그들은 분명히 패밀리의 공주님을 지켰다.

산꼭대기 가까운 곳에 있는 커다란 폭포. 그 안쪽에 뚫린
비밀스러운 동굴에 캐티와 디네가 있었다.

앞으로 쓰러진 캐티의 등에는 화살이 몇 발 꽂혀 있었다.
치명상을 입고도 이곳까지 달려와 숨을 거둔 모양이었다.

하지만 그녀도 지켜야 할 것을, 친구의 보물을 사수했다.

쓰러진 그녀 아래에는 상처 하나 없는 디네가 있었다.

연거푸『복원』을 써서 혼백이 쇠약해진 탓에 위험한 상태였지만, 틀림없이 살아 있었다.

치료를 받고 얼마 안 가서 디네는 깨어났다.

『죄송해요, 언니, 죄송해요! 아무도 못 지켰어요!』

그리고 하염없이 메일에게 사과했다.

가슴을 후벼 파는 통곡 끝에 기절하듯 잠든 디네는 아직도 눈을 뜨지 않았다. 메일은 그런 동생을 쓰다듬으며 독백했다.

"공국군 시체는 하나도 없었어."

그건 자신들이 궁지에 몰렸으면서도『해방자』로서 교회 병력 외에는 불살을 관철했다는 증거.

그래서 자꾸만 이런 생각이 들었다.

"정말, 바보들이라니깐."

무법자 도시의 해적들이 뭘 고지식하게 지키고 앉았냐고.

목숨이 걸린 상황에서는 좀 이기적으로 굴고, 추하게라도 살아남으라고.

살아남았으면, 살아남아 줬으면 좋았을 텐데…….

"죽으면 채찍질도 욕도 못 하잖아."

"메르 언니…….."

해방자가 믿는 길이 그들에게 죽음을 가져왔다.

디네의 머리에 파묻혀 표정을 감춘 메일을 보고 밀레디는 말을 꺼내지 못했다. 곤죽이 된 마음을 휘젓는 기분에 또 입술을 깨물고 피를 흘렸다.

"미안, 밀레디. 해방자가 이러면 안 되지."

"아니, 그런 게! 나는—."

뭔가 필사적으로 말하려고 다가온 밀레디에게 메일이 손을 뻗었다.

찢어져서 새빨갛게 젖은 밀레디의 입술을 손끝으로 살포시 눌렀다.

불길한 노을과는 비슷하면서도 다른 다정한 빛이 상처를 고쳐줬다.

"라우스 말대로 자랑스럽게 여겨야 해."

그들이 목숨을 버리면서까지 관철한 것을. 다른 누구도 아닌 메르지네 해적단의 선장인 자신이.

그렇게 자신에게 들려주듯 말하며 메일은 슬프게 미소 지었다. 밀레디는 그 손을 자기 볼에 대고 강하게, 강하게 눌렀다. 눈을 질끈 감고, 어금니를 꽉 물고.

"서두르자, 밀레디. 통탄도 애도도 추모도, 전부 끝난 뒤에 해도 늦지 않아."

"그래. 우선 수해로 가서 빨리 합류하자."

구조를 계속하든, 다른 수를 쓰든, 우선 확실한 거점과 피난처가 필요했다.

강행돌파로 구한 제정신인 용인들도 며칠 안에 올 것이다. 그들은 사람이 많으면 밀레디 일행이 속도를 낼 수 없다는 이유로 먼저 가라고 했다.

그리고 자국조차 이 모양인데 공화국도 무사하지는 못할 것이라며.

류티리스는 수해에서는 무적에 가까우니까 혼자 먼저 보냈지만…… 확실히 무슨 일이 있어도 이상하지 않았다.

더불어 사태는 현재도 급박하게 진행되고 있었다. 해방자와 찬동자, 협력자들은 지금 이 순간에도 비명을 지르고 있다.

나침반이 대상의 위치뿐 아니라 상태까지 알려주면 좋겠다는 생각까지 들었다.

"제발, 무사해야 해."

지금 살아 있는 모든 사람에게 기도하며, 밀레디는 음속의 벽을 돌파했다.

밀레디 일행이 수해에 도착한 것은 그날 밤이었다.

수해 외곽【백색 전장 평원】에 엄청난 수의 횃불이 보였다. 수십만, 아니, 백 수십만 단위. 게다가 서쪽에서는 지금도 사람이 몰려들고 있었다.

"류가 결계를 전개했나 봐."

한밤중에도 수많은 횃불 때문에 지상은 훤했다.

수해로 계속 사람이 들어가지만, 아무 일도 없는 것처럼 다시 나오는 상황이 되풀이되고 있었다.

수해는 침입자 배제에 성공했다.

그것을 목격하고 밀레디 일행 사이에 약간이나마 안도하는 분위기가 감돌았다.

하지만…….

하늘을 통해 대수의 도시로 들어가자 보인 것은 불타고 파괴된 가옥들과 얼굴에 장송용 나뭇잎을 씌운 셀 수 없이 많은 시체였다.

지금 이 순간에도 생존자들이 동포의 시체를 늘어놓고 있었다.

유족이 흐느껴 우는 소리가 온 도시에서 들리는 기분이었다.

"아……."

밀레디가 목소리를 흘렸다.

대수 뿌리 근처에서 영면에 든 자들을 봤기 때문이었다.

배드, 마셜, 슈슈, 발프…….

그리고 라인하이트와 니에시카…….

"아니…… 라인하이트!"

라우스가 창백해져 달려갔다. 그 목소리에 놀라서 밀레디 일행을 알아차린 주변 사람들이 웅성거렸다.

라우스의 혼을 보는 마법이 희박한 가능성을 믿고 라인하이트의 유해를 봤다.

결과는 말할 것도 없었다.

라우스는 적어도 한 명이라도 살아 있기를 빌며 눈을 돌리지만, 그 눈동자에 비친 것은 무자비한 결과뿐이었다.

완전히 흩어져 파편도 남지 않은 혼백이 그들의 돌이킬 수 없는 죽음을 알려줬다.

치유의 성녀, 신대 마법 사용자들에게 매달리듯 사람들이 모여들었다.

그때, 위쪽에서 목소리가 들렸다.

"다행이야. 늦지 않았네요."

류티리스였다. 순간, 뭐가 늦지 않았냐고 화풀이 같은 반박이 목구멍까지 올라왔지만, **여왕의 얼굴을 한** 류티리스를 보고 말을 삼켰다.

"어서 위로 오세요! 아직 살릴 수 있어요!"

뺨을 얻어맞은 기분이었다. 그렇다, 넋 놓고 있을 때가 아니다.

밀레디 일행은 서로의 얼굴을 보고 서둘러 왕궁으로 올라갔다.

테라스를 통해 직접 알현실로 들어간다.

그 넓은 공간은 지금 야전 병원처럼 사용되고 있었다.

그곳에는 오스카와 나이즈, 바하르, 콜린도 있었다.

다들 온갖 수단을 동원해 중상자를 간호하다가 밀레디 일행을 보고 살짝 안도감이 번진 미소를 지었다.

말을 나눌 시간도 없이 류티리스가 옥좌 오른편을 가리켰다.

"이제 한나절쯤 됐어요! 어서!"

류티리스의 승화 마법이 라우스와 메일에게 걸리는 가운데, 라우스는 깨달았다.

"샤, 샤름!"

파샤 재상과 근위 전사장 크레이드 등 수인들과 나란히 사랑하는 아들이 누워 있는 것을.

다가가지 않아도 알 수 있었다. 혼을 보는 눈이 알려줬다.

이곳에 있는 자들은 아직 저승으로 떠나지 않았다. 그 입구에 걸쳐 있지만!

"한꺼번에 한다! ―『한계 돌파』, 『반혼』!"

밤의 장막이 내려오듯 빛나는 어둠색 마력이 그들에게 쏟아졌다.

"나도 한 번에 할게. ―『절상』!"

아침놀 빛이 파문을 일으키며 퍼졌다.

이 알현실에 모인 『죽음의 문턱에 섰지만, 메일과 라우스가 있으면 살 수 있는 사람들』이 순식간에 치유되어 갔다. 결손 부위도 완벽하게 복원되어 갔다.

샤름이 목으로 숨을 훅 들이켰다. 눈을 뜨려면 아직 시간이 필요하겠지만, 분명히 소생했다. 중상자들도 악몽에서 깬 것처럼 몸을 일으켰다.

알현실이 울음과 웃음, 기쁨의 목소리로 웅성거렸다.

수인들이 라우스와 메일에게 모여 저마다 감사를 전했다.

밀레디는 안도의 숨을 쉬며 오스카와 나이즈에게로 다가갔다.

그리고 뒤늦게 깨달은 사실에 눈이 동그래졌다.

"딜런?! 케티?!"

"밀레디 씨, 오랜만이에요……는 이상한가?"

딜런이 난감하게 미소 지었다. 케티도 웃고 있지만, 예전처럼 새침한 분위기가 아니라 기운이 없어 보였다. 깨어났으면 기뻐해야 하지 않나? 밀레디의 가슴에서 불안이 올라왔다.

"둘 다 루스와 콜린을 구하려고 깨어났어. 고대 전사의 힘을 계승해서."

오스카가 자랑스럽게 딜런과 케티의 머리를 쓰다듬으면서도 왠지 목에 가시가 걸린 표정으로 설명했다.

가슴속 불안이 커졌다. 밀레디는 두 사람의 쾌유를 축복할 여유도 없이 주변을 돌아봤다.

다른 곳에 루스가 있었다. 밀레디의 시선을 알아차리고 손을 흔든다.

콜린도 있었다. 주저앉아서 새빨갛게 부은 눈으로 밀레디를 본다.

나이즈가 잠든 소녀를, 윤파를 소중하게 끌어안고 있다…….

"자, 잠깐. 수는?"

모두 괴로운 얼굴로 눈길을 피했다. 밀레디의 입에서는 「설마……」라는 말밖에 새어 나오지 않았다. 도저히 믿어지지 않았다. 믿고 싶지 않았다.

그래도 문득 눈을 뜬 윤파가 멍하게 나이즈를 보고 주변을 두리번거리더니 상황을 인식했다.

"……나이즈 님, 수 언니가, 수 언니가! 나이즈 님!"

"미안하다…… 늦어서…… 미안하다."

강하게 끌어안는 나이즈에게 자신도 꼭 매달리며 마음이 찢어질 것 같은 울음을 터뜨렸다. 그 모습을 보면 알기 싫어도 알 수밖에 없었다.

밀레디가 휘청거려 오스카가 얼른 허리를 잡아 받쳐줬다.

"다, 다른 사람들은……?"

"전멸은 아니야. 중상자 말고는, 다른 방에서 쉬고 있어."

"모린 아주머니는, 무사하지?"

오스카가 조용히 고개를 저었다. 밀레디의 얼굴이 눈에 보일 정도로 새파래졌다.

"나, 나, 용왕국에서……."

"알아. 셜리가 알려줬어. 무슨 일이 있었는지."

오스카는 애절하게 흔들리는 눈동자로 밀레디를 바라보며 말했다.

"역시 아버지셔. 배에 구멍이 난 채로 내 아티팩트를 수리하고 사람들을 지켰대. 대단하지 않아?"

"……응. 응."

딜런과 케티가 밀레디를 둘러싸듯 오스카에게 안겼다.

다른 쪽에 메일과 바하르가 보였다. 디네를 받아든 바하르는 딸의 생존을 실감하려는 듯 끌어안았다. 그리고 무표정인 메일을 잠시 쳐다보더니…….

큰 손을 메일의 뒤통수에 대고 자기 어깨로 끌어당겼다.

저항하려던 메일이 무슨 말을 듣더니 얌전해지고 더는 움직이지 않았다. 약하게 떨리는 등은 울고 있는 듯 보였다.

그래서 이곳에 있던 사람들도 깨달았다. 왜 디네밖에 없는지를.

가슴이 터질 것 같은 비분에 모두 이를 꽉 깨물고 몸을 떨었다.

잠시 후, 조용히 지켜보던 류티리스가 짝 손뼉을 쳤다.

"여러분, 움직이세요. 사태는 여전히 긴박해요."

여왕의 위엄이 모두의 마음을 꾸짖었다.

심호흡을 한 밀레디는 힘차게 고개를 끄덕이고 사람들을 돌아봤다.

"효율적인 구조 계획을 세워야 해. 정보를 공유하자. 반이 아직 돌아오지 않았으니까 누가—."

데리러, 라고 말하기 전에 류티리스가 움찔 반응했다.

"무사한 모양이에요. 반 씨가 돌아왔어요."

라수르 구조 외에도 그에게는 첩보 부대의 안위 확인을 부탁했다. 종마 쿠오우와 연결된 그라면 숨어 있는 첩보 부대를 추적할 수 있기 때문이었다.

뭔가 새로운 정보가 있을지도 모른다.

그렇게 생각한 일행은 눈빛을 교환하고 일제히 밖으로 날아갔다.

흰 안개를 뚫고 빙룡이 내려왔다.

등에 탄 쿠오우가 보였다. 그리고 첩보 부대 대신 의외의 인물이 탄 것도 깨달았다. 무심결에 밀레디의 목소리가 상기됐다.

"키아?!"

쿠오우에 기댄 소녀는 틀림없이 키아라였다.

밀레디를 본 순간에 긴장의 끈이 끊겼는지 키아라가 눈물을 왈칵 쏟았다. 그녀는 누군가를 소중하게 끌어안고 있었다. 중력 마법으로 내려주고 그 정체를 알았다.

"스이?"

류티리스가 중얼거렸다. 반응은 없었다. 평소 같은 독설도

게으른 언동도 아무것도.

"첩보 부대는 전멸했다고 해. 스이는 키아라를 구하러 가서 사도와 싸웠다는군."

용화를 푼 반드르가 착잡하게 보고하자 모두 숨을 헉 삼켰다.

맥없이 주저앉아 죽은 스이를 끌어안은 키아라가 있는 힘껏 소리쳤다.

"스이가, 지켜줬어요!"

그 눈물에 젖은 눈동자는 여기 모인 모든 수인를 보는 듯했다.

열심히, 소중한 친구의 고향 사람들에게 그 마지막 모습을 전하려고 목소리를 키웠다.

"토인족은 강하다! 지금은 안 되더라도, 생명을 이어가면 언젠가 반드시. 그렇게 말하고 웃으면서 갔어요!"

키아라의 말이 오열과 함께 메아리쳤다. 처음으로 반응한 사람은 복면 전투복을 입은 은밀 전사단 생존자들이었다. 키아라 앞에 모여 전사장의 주검을 바라봤다.

그리고 그중 한 명이 중얼거렸다.

"이 쓰레기 토끼."

죽은 자에게 침을 뱉는 듯한 욕설에 키아라가 놀란 눈으로 쳐다봤다. 하지만…….

"마지막까지 혼자 설치고, 혼자 가 버려? 얼마나 자기 멋대로 구는 거야."

"사상 최악의 전사장이었어. 언젠가 끌어내릴 생각이었는데."

"사도도 무시하지 못하나. 역사에 길이 남을 악질 토끼군."

"뭐가 잘났다고 평온한 얼굴로 갔어?"

잇달아 튀어나오는 악담은 왠지 따뜻했다.

그들이 일제히 복면을 벗었다. 민낯을 드러낸 그들 볼에는 한 줄기 눈물이 흐르고 있었다.

"우리의 영웅에게 최대한의 경의를 담아. 경례."

장년 사내가 가슴에 손을 대고 소리 높여 말하자 전원 척 발소리를 내며 차렷 자세를 취하고, 똑같이 가슴에 손을 대고 묵념했다.

"동포 아가씨. 우리 전사장을 데리고 와줘서 고마워."

키아라의 눈에서 더 억수 같은 눈물이 쏟아졌다.

밀레디가 스이와 함께 키아라를 끌어안았다. 부모에 관해서는 묻지 않았다. 여기 없다는 사실만으로 충분하니까. 그 슬픔도 함께 감싸 안았다.

"잘 돌아왔어요. 스이. 위대한 수해는 영원히 당신의 헌신을 기억할 거예요."

수고했어요. 편히 쉬세요. 그런 마음을 담아 류티리스는 스이의 머리를 쓰다듬었다.

수인이 아닌 이들은 그 광경을 살짝 뒤로 물러나 지켜봤다.

오스카와 나이즈, 따라온 아이들이 뭐라고 말해야 좋을지 망설이는 듯 보였다.

그런데 그때.

"반 님!"

도시 입구에서 시신 수습을 돕던 슈네 일족이 달려왔다.

반드르의 눈이 커졌다. 선두에 선 마가레타를 뚫어지게 응시했다. 마치 잃어버렸던 보물이 갑자기 손으로 돌아와 머리가 새하얘진 것 같은 눈으로.

"반 님, 죄송—."

마가레타의 말이 도중에 끊겼다. 반드르가 껴안은 탓에.

"엥? 아?! 엑?!"

마가레타가 괴성을 연발했다. 토드레타와 슈네 일족이 난생처음 보는 대장의 모습에 얼음처럼 굳었다.

"죽은 줄 알았어."

"그건…… 우루루크와 연결이 끊겨서, 인가요?"

"그래. 그 녀석이 죽을 정도면 타고 있던 네가 무사할 리 없다고 생각했어."

마가레타는 붕대를 칭칭 감은 팔을 반드르의 등으로 가져갔다.

나는 살아 있다고, 몸의 온기를 전하듯이.

"……상대가 자폭했습니다."

제국이 자랑하는 군함에 마인군의 방대한 마력.

그것들을 의도적으로 폭주시켜 세 척이 동시에 자폭을 감행했다. 빙산 한쪽이 통째로 붕괴할 정도의 파괴력이 난전 중에 터졌다. 그런데도 이들이 무사한 이유는 단 하나다.

"직전에 저를 부하들에게 던지고 우루루크가 일족의 방패가 되어줬습니다."

"그래……. 그 녀석은 가족을 지켰군."

"죄송합니다. 당신의 소중한—."

"됐다. 아무 말도 필요 없어."

분하고 죄송스러워 떨리는 마가레타의 어깨를 반드르는 가볍게 토닥였다.

하지만 그런 반드르에게 오스카는 전해야만 하는 소식이 있었다.

"반. 여기에 니에시카 씨가 계셔."

"뭐? 역시 용왕국에 무슨 일이……."

의아하게 오스카를 돌아본 반드르는 그 침통한 표정을 보고 핏기가 가셨다.

설마 하며 시선을 좇았다. 배드, 마셜과 함께 누운 니에시카를 발견하고 반드르의 표정이 기어이 얼어붙었다.

"대체, 무슨 일이 있었지?"

"그건 저도 듣고 싶네요."

류티리스가 다가왔다.

"저는 늦게 도착했어요. 그런데 돌아왔을 때, 결계가 이미 발동해 있었죠."

그렇게 말하고 샤름을 안은 라우스에게 눈길을 돌렸다.

"샤름이 결계를 발동한 거예요. 성검을 쥐고, 잠들 듯이."

"그건 또 무슨……."

밀레디가 키아라에게서 떨어져 메일을 불렀다. 메일이 바로 과거 재생을 발동했다.

그리고 그들이 본 것은…….

배드의 유언과 똑바로 선 채 죽은 모습. 마셜과 동료들의 분투.

왕궁 내부로 군세가 들이닥치고 얼마 후, 니에시카와 함께 내려온 샤름.

니에시카가 방패가 되어 샤름을 감싸고, 성검을 통해 발동하는 흰 안개 결계. 맹세하는 기사처럼 한쪽 무릎을 꿇고 더 이상 움직이지 않는 샤름.

과거를 보여주는 영상이 사라졌다.

류티리스가 쓰러지다시피 배드 곁에 무릎 꿇었다.

무슨 생각을 하는 것일까. 싸늘한 배드의 손에 자기 손을 얹고 말없이 눈을 감는다.

라우스도 라인하이트 곁에 앉았다. 자세한 사정은 모른다. 그래도 하나 확실한 점은 라인하이트가 충의를 지키고자 목숨을 버리며 싸웠고, 샤름에게 『용사』와 『성검』을 계승했다는 것이었다.

"……정말로 내게는 과분한 기사와 아들이야."

거슬러 오른 과거에서 샤름은 꼬박 이틀이나 결계를 유지한 사실을 알았다. 먹지도 자지도 않고, 마력이 고갈되어도 생명을 깎아서. 샤름에게는 죽음을 받아들인 자 특유의 각오가 있었다.

혼을 불태우고 목숨을 바쳐— 사람들을 구원하리.

용사라고 칭하기에 부족함이 없는, 충의의 기사와 최강의 기사의 아들이 빚은 기적.

아니, 마지막까지 싸워 이곳에 잠든 모든 이가 빚은 기적이었다.

자연스럽게 밀레디 일행에게로 사람들이 모였다.

슬픔과 동시에 한목숨 바친 자들에 대한 감사와 경애를 담아 묵도를 올렸다.

하지만 그런 마음조차 신은 짓밟고 싶었나 보다.

"……! 이 기운은!"

밀레디가 소리친 순간, 다른 일행도 알아챘다.

급속도로 날아드는, 이제는 모를 수가 없는 기운— 『신의 사도』!

기다릴 필요도 없다며 밀레디 일행은 일제히 하늘로 올라갔다.

대수를 등지고 각자 공중 발판에 자리 잡았다.

사도는 금방 도착했다. 하지만 공격하지 않고 일정 거리를 둔 채 정지했다.

"싸울 생각은 없습니다."

"그렇겠지. 겨우 혼자선 이제 상대도 안 되니까."

"주인님께서 당신들에게 메시지를 보내셨습니다."

역시나. 반쯤 예상했던 일이기에 바로 파괴하지 않았다.

"우리 사도는 한 개체가 얻는 정보를 전체가 공유합니다."

그렇게 말하며 은빛 날개로 무수한 깃털을 날려 머리 위에 고리를 만들었다.

"당신들의 『천망』을 참고해 공유한 정보를 비추는 술식을 만들었습니다."

하나, 둘, 셋, 넷…… 고리들이 하늘을 채워 나갔다.

"이건 우리 사도가 지금 세계 각지에서 보는 광경입니다."

은빛 깃털로 만든 고리 안쪽이 빛났다. 노이즈 섞인 영상이 나오더니 점차 선명해졌다. 그에 비례해 밀레디 일행의 안색은 창백해지고…….

"신의 이름으로 고하노라."

"그만."

무수한 영상에 비친 것은 각지에서 동시에 이루어지는 처형 광경이었다.

"하지 마."

간이 무대에 익숙한 자들이 기둥에 묶여 있었다.

그건 나디아와 스노벨 등 사막에 잠복하던 행동 부대이기도 했고.

혹은 킵슨과 풍양향 사람들, 사막 마을의 지배자들이기도 했다.

그리고 횃불을 든 광기 어린 사람들이 그들을 둘러싸고 있었고…….

눈을 크게 뜬 밀레디와 다른 동료들이 사도에게 눈길을 돌렸다.

사도는 그저 무감정하게 신의 말씀을 전했다.

"체크메이트."

"하지 마아아아아아아아아!"

검화가 시야를 가득 채웠다. 모든 영상 속에서 사람들이 처형대에 불을 붙였다.

대륙 반대편이었다. 이미 소생하러 가도 늦었다.

"사냥은 계속된다. 사람들은 죽을 때까지 춤출 것이다."

이번 시대를 끝내고 다시 새로운 문명을 만들면 그만이다.

혹 그것을 바라지 않는다면 목숨을 내놓아라.

신의 아이 일곱 명은 반역자로 처형될 것인가.

아니면 세계를 희생해서라도 싸울 것인가.

"어느 쪽을 택할 거지? 자유로운 의사인지 뭔지로—"

콰직.

찌부러지는 소리가 났다. 사도의 잔해가 은빛 깃털과 함께 떨어졌다.

잠깐의 정적이 수해 밤하늘을 감쌌다. 그리고…….

"에히트으으으으으으으!"

땅속 깊은 곳에서 울리는 듯한 절규. 비탄은 이미 포화했다. 허용량을 넘은 분노가 다른 일행에게서도 흘러넘쳤다.

"당장 죽여 버릴 거야."

그게 세계를 인질로 잡은 신에게 밀레디 일행이 내릴 수 있는 유일무이한 해답이었다.

밤하늘을 유성처럼 달렸다.

초음속 유사 비행과 공간 전이를 이용해 대륙의 약 절반을 몇 시간 만에 통과했다.

그러나 이미 두세 시간이면 하늘이 밝아올 시각이었다.

긴 밤이었다.

그래도 끝나지 않는 밤은 없으니까. 진짜 여명을 보기 위해서.

"오 군!"

"알았어!"

오스카가 코앞까지 다가온 【신산】 상공을 겨냥했다.

나침반이 알려준 【신역】의 경계가 가장 얇은 곳. 그곳으로 검은 우산에 세팅한 경계 돌파 화살을, 쐈다.

"뚫어, 신의 옥좌까지!"

일곱 색이 어지러이 섞인 극채색 꼬리를 일직선으로 그리며 날아간 화살은 성당이 있던 곳 바로 위에 꽂혀 하늘에 거대한 파문을 일으켰다.

허공에 거미줄 같은 균열이 생기고, 그 직후 깨지는 소리가 났다.

화살을 중심으로 몇 사람이 나란히 통과할 크기의 극채색 막이 출현했다. 그와 동시에 그 주변에 무수한 은빛 소용돌이도. 방류한 댐처럼 사도들이 쏟아진다.

그것은 『계월의 화살』이 틀림없이 【신역】으로 가는 길을 열었다는 증거였다.

"방해, 하지 마!"

밀레디의 『극대 흑천궁』이 발동했다. 소용돌이치는 은백색 게이트 자체를 세 개 통째로 삼켰다.

"죗값을 치러야 할 거예요. ―『금역 해방』! 『천부봉금』!!"

분노한 수해의 여왕이 승화 마법을 시전했다.

"이건 내 화풀이다. —『대진천』!"

지켜야 할 것을 지키지 못한 사막의 전사가 주변 일대의 사도를 무더기로 날려 버렸다.

"고통을 느낄 마음이 있으면 좋았을 텐데. —『유유완완』."

가족^{패밀리}을 빼앗긴 해적 여제의 증오가 공간 폭쇄를 빠져나온 사도들을 저속 영역으로 붙잡았고.

"이제 비극은 충분해!"

"끝내주마, 이 웃기지도 않은 세상을!"

신에 대한 살의를 불태우는 희대의 연성사와 마수의 왕이 움직이지 못하는 사도를 『분해 포격』과 『침마 파괴』로 격멸하고.

"당당하게 나와라! 너에게 신이라는 자존심이 있다면! —『최종 한계, 돌파』!"

세 명으로 나뉜 최강의 기사가 간신히 버티던 사도들을 메이스로 후려쳤다.

그 옆으로 밀레디가 통과하고, 중력장이 남은 일행을 납치하듯 끌고 왔다.

무수한 사도로도 멈출 수 없고 막을 수 없었다.

"에히트!"

일곱 명이 지금 【신역】으로 뛰어든다, 싶었던 그 순간.

극채색 게이트가 사라졌다.

길이 닫힌 것은 아니었다. 반대다. 분명 **일부러 열었다**. 그래서 반대편이 그대로 보였다.

"어? 꺄악?!"

"앗, 큭! 멈, 춰엇!"

화살 너머에서 기다리고 있을 가능성은 물론 생각했다.

그래서 직접 꽂는 검이 아니라 원거리에서 게이트를 열고 고속으로 돌파하는 게 최선이라고 판단해 『화살』로 만든 것이다.

하지만 누가 예상했겠는가.

【신역】에서 기다리는 것이 사도가 아니라 **일반인들**이라고.

고속으로 날아오는 밀레디 일행과 겁먹은 얼굴로 굳은 소녀의 눈이 마주쳤다.

밀레디가 악을 쓰며 급제동을 걸었다. 무슨 짓을 당해도 멈출 생각이 없었던 터라 중력 반전의 충격에서 완전히 벗어날 여유도 없었다. 내장이 비명을 질렀다.

다른 동료도 이를 꽉 물고 날리기 직전이었던 공격을 간신히 중단했다.

사람들을 구원한다는 기치 때문에 멈출 수밖에 없는 그 『약점』이, 운명을 결정지었다.

지상에서 갑자기 함성이 들렸다. 재구축했는지 지상과 총본산을 잇는 전이진에서 또 일반인이 몰려나왔다.

제정신인 사람들이 도움을 청하며 광기에 빠진 사람들에게서 도망치고 있었다.

무슨 지시를 받았는지, 【신역】에 있는 사람들이 난데없이 투신하기 시작했다.

그런 그들에게 개의치 않고 사도들이 치명적인 공격을 난사했다.

"다들!"

밀레디가 부르기도 전에 일행은 움직이고 있었다.

밀레디가 중력 마법으로 투신하는 사람들을 받고 라우스가 『충혼』으로 광신자의 의식을 빼앗았다. 이미 치명상을 입은 사람들을 메일이 구하고 분해 포격은 나이즈와 류티리스의 결계가 막았다. 오스카와 반드르는 돌진하는 사도들을 받아 쳤다.

그래서 아주 조금, 늦게 깨달았다.

【신역】에 있던 소녀가 감정이 결여된 얼굴로 『계월의 화살』에 손을 뻗는 것을.

그리고 그 소녀의 머리가 순식간에 희게 물든 것을.

"빼앗을 수 있겠나? 죽여서라도."

누가 들어도 소녀의 목소리가 아니었다. 소름 끼치는 음성. 얼굴에 떠오른 악의. 소녀에게 빙의한 신은 그 몸을 방패로 화살을 감싸 안고 은빛을 두르더니— 분해했다.

그리고 부러져서 극채색 빛을 잃은 화살을 쓰레기처럼 버렸다.

"너는, 대체 얼마나!"

신에게 원망을 토해 내도 현실은 바뀌지 않는다.

얼른 손을 뻗은 밀레디에게로 부러진 화살이 빨려들었다. 그와 동시에 【신역】으로 가는 길이, 닫혔다.

그 직후, 사도와 광신자들이 우뚝 멈추고…….

『설마 개념 마법에 도달하다니.』

신의 목소리가 내려왔다.

『너희는 정말로 재미있군. 나를 멸할 개념도 창조했겠다?』

계월의 화살을 통해 거기까지 파악한 모양이었다.

질문을 무시하고 밀레디는 오스카에게 화살을 던졌다. 메일도 힘을 보태 어떻게든 수리하려고 힘쓰는데, 신의 웃음소리가 메아리쳤다.

『후후훗, 하하, 나를 멸하겠다는 극한의 의지! 유쾌하군! 실로 유쾌해! 좋다! 세계 멸망을 대가로 내 발아래로 오거라!』

오스카가 지옥으로 내려온 한 줄기 동아줄처럼 메일을 보지만, 열심히 재생 마법을 쓰는 그녀의 표정에도 절망의 그림자가 엿보였다.

"오 군, 메르 언니!"

계월의 화살은 개념 마법 특유의 위압감을…… 발하지 않았다.

『하지만 기억해 두도록. 너희가 존재하는 한 세계는 계속 춤춘다! 그 광기는 해방자뿐 아니라 사랑하는 사람에게도 향할 것이다!』

이야기는 끝났다는 양 지상의 사람들이 자기 목에 흉기를 갖다 댔다.

사도들이 제정신인 사람들에게 손을 뻗었다.

"왜 그렇게까지 해! 어떻게 그렇게 악랄할 수 있어?!"

"밀레디! 지금은 물러나자!"

"이미 물러났잖아! 한 번으로 충분해!"

오스카에게 잡힌 팔을 거칠게 풀었다.

허공을 노려보는 눈에는 흐르기를 거부하는 눈물이 고여 있었다.

마음은 다 같다.

미쳐 버릴 것 같은 분노에 차라리 전부 내던지고 날뛰고 싶었다.

그래도 그게 가능할 리 없으니까…….

메일과 류티리스가 협심해 밀레디를 꽉 안고 나이즈가 게이트를 열었다.

"재정비하자."

라우스와 반드르가 보호하는 뒤에서 밀레디를 끌고 게이트로 들어갔다.

그리고 전이하기 직전.

『……나를 이해하지 못하는 것이야말로 악이다.』

씹어뱉는 듯한 목소리가 울렸다. 그건 신이 처음으로 보이는 불쾌한 감정이었다.

밀레디 일행은 대수의 도시로 돌아왔다.

아이들을 시작으로 많은 사람이 맞아줬다. 깨어난 샤름과 파샤도 있었다.

하지만 그들은 말을 걸지 못했다.

"오스카, 메일! 화살은 아직 못 고쳤어?!"

밀레디가 다가가기만 해도 불벼락이 칠 분위기로 쏘아붙이고 있었으니까.

오스카와 메일이 이루 다 말할 수 없는 원통함을 드러내며 쥐어짠 목소리로 말했다.

"밀레디, 수리는 불가능해."

"왜?!"

"개념 마법이 흩어졌어. 재생 마법으로도 복원이 안 돼."

"으, 그럼 한 번 더 만들면 돼! 준비해!"

고함치는 밀레디 앞으로 라우스가 나섰다.

"조금 진정해라."

"진정? 지금도 동료가 죽어 가는 마당에? 언제 사람들이 자살할지도 모르는데?! 해방자를 전부 죽여도 사람들은 안 멈춰! 이번에는 서로 죽일 거야! 아, 그래…… 지금 살아 있는 동료만이라도 나침반으로…… 아니, 그래도."

밀레디는 이글거리는 눈으로 고함치더니, 이번에는 낯빛이 새파래져서 엄지손톱을 물어뜯기 시작했다. 어떻게 봐도 정상이 아니다. 광기에 빠지기 일보 직전 같았다.

"그만 진정하래도―『진혼』!"

정신 진정 마법이 밀레디를 때렸다. 평소라면 저항할 수 있었을 마법을 정통으로 맞고 밀레디가 겨우 주변 사람들을 눈에 담았다.

"아……."

목소리가 새어 나왔다. 콜린과 아이들이 두려움에 떠는 표정을 보고 마음이 철렁했다.

정신적으로 불안정한 것은 누가 보나 명백했다.

그리고 밀레디 일행이 신을 죽이지 못했다는 것도 명백했다.

찬물을 끼얹은 것처럼 조용해졌다. 차가운 절망의 바람이 부는 듯했다.

밀레디가 휘청거리며 뒷걸음쳤다. 마치 소중한 뭔가를 배신한 것 같은 얼굴로.

아니야. 그런 게 아니야. 괜찮아. 아직 할 수 있어. 나는 할 수 있어.

반드시 신을 해치울게. 세계를 바꿔 놓을게!

그 말을 꺼내려고 하나, 목소리는 나오지 않았다. 몸이 떨리고 이가 딱딱 부딪쳤다.

그 어깨를 오스카가 잡아줬다.

"밀레디, 나침반을 빌려줘."

"나침, 반?"

머리가 굴러가지 않아서 시키는 대로 나침반을 꺼내자 오스카가 그것을 파샤에게 넘겼다.

"용인, 슈네 일족, 수인 여러분. 생존자 수색과 보호를 부탁드리고 싶습니다."

신대 마법 사용자들은 어떻게 하는가? 눈빛으로 묻는 사람들에게 오스카가 대답했다.

"우리는 신역에 들어갈 개념을 한 번 더 창조하기 위해 집중해야 해요. 사람을 구하러 다닐 여유는 없어요."

"뭐? 오스카!"

밀레디가 반사적으로 눈을 부라렸다. 하지만 어깨에 닿은 손이 심하게 떨리는 것을 알아차리고 입을 다물었다.

"천망을 수리하고 단말기와 중계기를 양산할게요. 파샤 씨 지시에 따라주세요. 류는 수색대에 승화 마법을 부탁해. 샤름, 힘들겠지만 류 대신 결계를 유지해 줘."

담담한 지시였다. 그것이 감정을 억눌렀기 때문임을 모르는 사람은 없었다.

"에히트는 말했어. 반역자가 없어지면 다음은 무고한 사람들끼리 죽이게 하겠다고."

여기저기서 마른침을 삼키는 소리가 들렸다. 모두 시체처럼 낯빛이 창백했다.

"그것만은 저지해야 해요. 협력해 주세요."

그러면서 머리를 숙이는 오스카를 보고 다시 침묵이 깔렸다.

처음 반응한 사람은 바하르였다.

"어차피 나는 안디카에 돌아갈 생각이었어. 그쪽이 무사하면 서쪽 사람들은 안디카로 피난시키자고. 적어도 대륙 인간이 쉽게 오지는 못할 테니까."

이어서 샤름이 말했다.

"저도 문제없어요. 여왕 폐하, 승화 마법을 부탁드려도 될까요? 성검이 지금 저라도 승화 마법이 있으면 7일 밤낮으로 유지할 수 있다고 해요."

그것을 시작으로 연이어 협력하겠다는 목소리가 들려 왔다.

"시간이 없다. 다들 신속하게 움직여라!"

파샤의 호통을 신호로 모두 자신이 할 수 있는 일을 하고자 움직였다.

"밀레디, 다 같이 훈련장에 가 있어. 거기가 가장 조용할 거야. 나와 류도 준비를 마치면 바로 갈 테니까 정신을 가다듬어 놔."

"……알았어. 미안."

밀레디의 머리를 톡톡 두드리고 다른 동료에게 눈빛으로 부탁한다고 전했다.

"서두르자, 밀레디. 아직 끝난 게 아니야."

"메르 언니…… 응. 절대로 이대로는 못 끝내."

밀레디의 중력 마법이 동료들을 띄워서 일직선으로 수해 안쪽 훈련장으로 옮겼다.

그 후, 꼬박 하루가 지났다. 아직 개념 재창조는 성공하지 못했다.

대신 또 은신처 몇 군데가 불탔다는 보고가 들어왔다.

이틀이 지났다. 용왕국에서 피난민이 도착했다는 소식이 들어왔으나, 나침반이 귀국 내에 사도와 광신자 발생했다고 알렸다. 이어서 마왕국이 라수르 추방을 선언했다는 비보도 도착했다.

사흘이 지났다. 아직 개념 창조는 이루어지지 않았다. 애초에 홧술을 마시다가 창조해 버린 물건이었다. 노하우는 없는 것이 마찬가지고, 반쪽짜리 화살만 늘어났다.

초조함만 커지는 가운데, 급기야 세계가 멸망으로 치닫기 시작했다.

해방자를 향하던 광기의 칼날이 타국, 타 종족, 지금 옆에 있는 사람에게로 돌아갔다.

반역자와 한편이 아닌가. 그런 의심이 전 세계에 만연했다.

나흘이 지났다. 마왕국 서방 영지 연합군이 귀국에 선전포고하고 진군을 개시했다.

제국, 왕국도 마왕국 주력군과 【라이센 대협곡】을 끼고 임전 태세에 돌입했다.

용왕국이 정식으로 신국에 복속을 선언하고 반역자 사냥을 위한 용인 부대가 결성됐다.

닷새가 지났다. 지원자와 피보호자를 제외한 모든 행동 부대가 사망했음이 확인됐다.

그리고 엿새째.

밀레디가 모습을 감췄다.

흰 파도가 부서지는 해 질 녘의 절벽.

성모향에서 똑바로 동쪽으로 가면 있는 장소로, 비밀 묘지이기도 했다.

곶 끄트머리에 있는 작은 묘비 앞에 밀레디가 있었다.

우두커니 서서 묘비에 새겨진 이름을 바라보고 있었다.

바로 벨타 리에브르의 이름을.

"벨, 전부 죽었어."

파도 소리에 지워질 것처럼 작은 목소리였다.

"제대로, 안 돼⋯⋯."

앞으로 조금이면 되는데, 손을 뻗으면 닿을 거 같은데, 현실에서는 한없이 멀었다.

한때 그녀가 가르쳐준 세계는.

"그런데 이상해. 다들 화를 안 내."

과거시를 예상해 유언을 남긴 사람은 배드만이 아니었다.

밀레디가 살루스와 승무원들에게 그랬던 것처럼, 수색대가 하다못해 아티팩트로 과거 영상만이라도 보존해 돌아왔다.

배드는 말했다. 살아남아 달라고.

살루스는 말했다. 평범한 여자아이인 밀레디를 보고 싶었다고.

리건은 말했다. 살아서 행복해지라고.

하우저는 말했다. 희망의 빛만 끊어지지 않으면 괜찮다고.

클로리스도 징벨도 나디아도, 그 외에 과거 영상을 남긴 사람은 모두—.

"나한테, 이런 무력한 리더한테, 살아 달래."

변혁의 성공보다 밀레디의 미래를 생각했다.

"⋯⋯어떻게 그래? 나만 뻔뻔하게 살라고? 그게 될 리가 없잖아?!"

무릎을 꿇은 밀레디가 매달리듯 묘비를 끌어안고 오열했다.

"벨⋯⋯ 보고 싶어."

거기 있는 것은 태양처럼 천진난만한 최강의 리더가 아니라 그 시절의, 좋아하는 사람의 동생으로 있을 수 있었던 열 살

짜리 소녀였다.

파도 소리와 바닷바람 사이에, 마음 안쪽에 담았던 감정을 몽땅 토해 내는 듯한 울음소리가 더해졌다.

얼마나 그러고 있었을까.

곧 밤의 장막이 드리울 무렵이 되어서야 밀레디는 조용히 몸을 뗐다.

"……넞두리, 들어줘서 고마워."

가느다란 손가락이 사랑스럽게 묘비의 이름을 따라갔다.

"그래도 역시, 평범한 여자아이는 못 되겠어."

처연하게, 평범한 여자아이로 살아갈 수는 없다고 자조하며.

"정했어, 벨."

어떻게 해야 할지, 무엇을 해야 할지, 어떻게 되어야 할지.

그리고 각오를.

밀레디는 조용히 일어났다. 크게 달라진 옆얼굴이었다.

연약한 마음은 티끌만큼도 없이, 무겁고 굳게 다진 결의만 남아 있었다.

눈동자에는 강인하고 날카로운, 명인이 벼린 칼날 같은 의지가 깃들었다.

발걸음을 돌린다. 그때, 바람 한 자락이 불어왔다.

—살아, 밀레디.

파도와 바람이 자아낸 환청일까. 그래도 그건 분명히 그리운 그 사람의 목소리.

멈춰 선 밀레디는 잠깐 눈을 감고…….

"응. 살게. 설령…… 혼자가 되더라도."

그렇게 미소 지으며 걸어갔다. 더는, 돌아보지 않았다.

그날 밤.

밀레디는 성모향에서 가장 가까운 제국의 교회 지부에 있었다.

고요한 성당 안, 가장 앞줄 긴 의자에 앉아 있는데 통로를 낀 옆쪽 긴 의자에 노년의 사제가 앉았다.

"에히트, 너와 거래를 하러 왔어."

사제는 반응이 없었다. 하지만 듣고 있다고, 듣지 않고는 못 배길 거라며 밀레디는 말을 이었다.

"네 게임을, 더 재미있게 해줄게."

적어도 파멸로 치닫는 이 세계를 구하기 위해서.

그리고 미래로 희망을 이어가기 위해서.

그 내용을 듣고 노인 사제의 얼굴이 미모의 사도로 변했다.

얼굴이 유쾌함과 조소로 추하게 일그러지고 시험하듯, 놀리듯 악랄한 조건을 추가했다. 하지만 밀레디는 눈썹 하나 까딱하지 않고 딱 하나만 교섭한 뒤 그 외에는 모두 수락했다.

웃음소리가 메아리쳤다. 사도의 모습을 한 신 에히트가 배를 부여잡고 웃었다.

이런 멍청한 선택을 한 자는 처음이라며.

"네 동료가 과연 승낙이나 할까?"

"해. 해준다고 믿어. 너야 모르겠지만."

냉철한 눈빛으로 대답을 재촉하는 밀레디에게 에히트는 더욱 입꼬리를 깊이 올리며…….

"자랑해도 좋다, 밀레디 라이센. 신을 감탄케 하는 유희를 제안했군. 훌륭하다."

시커먼 악의로 점철된 칭찬에 밀레디는 아무 말도 하지 않고 일어났다.

신의 홍소에서 등을 돌려 교회를 나온다.

신과 해방자의 계약이, 이 순간 성립됐다.

마을을 나온 밀레디는 문득 발걸음을 멈췄다.

눈앞에 초조함에 사로잡힌 동료 여섯 명이 있었으니까.

"밀레디…… 다행이다. 갑자기 제국으로 가서 무슨 일인가 하고……."

오스카가 나침반을 한 손에 들고 안도했다.

사실 밀레디가 사라진 뒤에도 이들은 소재를 파악하고 있었다. 혼자 있을 시간이 필요하다고 생각해 쫓지 않았을 뿐이다.

그런데 해가 저물어도 돌아오지 않아 확인해 보니 제국으로 이동하는 것이 아닌가. 무슨 일이 생긴 줄 알고 급하게 날아온 것이다.

"밀레디, 왜 이런 곳에—."

라우스가 조금 나무라는 투로 묻다가 멈췄다. 다른 이들의 걱정스러운 기색도 변했다. 얼굴이 굳었다.

밀레디의 표정에 압도되어서.

그녀가 뭔가 중대한 결단을 내렸다고 절실하게 느껴졌다.

"말도 안 하고 사라져서 미안."

밀레디의 조용한 분위기에 오스카는 불길한 예감과 닮은 갑갑함을 느꼈다.

"밀레디. 계월의 화살이라면 분명히 곧 다시—"

"응. 그건 괜찮아, **오카**. 우선 내 이야기를 들어줘."

오스카의 눈가가 움찔했다. 다른 사람들도 마찬가지였다.

특히 메일의 표정이 어두워졌다. 동년배 이상의 이성 중 밀레디가 『군』을 붙이는 사람은 한 명뿐이었다. 그게 밀레디가 『여자아이로서 가진 특별한 감정』을 드러내는 소소한 방식임을 알고 있었으니까.

"······여기는 눈에 띄어요. 일단 돌아가죠."

류티리스의 제안에 반대하는 사람은 없었다.

어쩌면 밀레디의 이야기를 미루고 싶다는 마음이 무의식중에 작용했을지도 모른다.

수해로 돌아가는 길에도 대화는 없었다.

그렇게 고요한 수해 안쪽 훈련장에 도착했다.

무거운 분위기 속에서 모두 나무 그루터기에 둘러앉는 것을 확인하고 밀레디는 입을 열었다.

"에히트랑 거래했어."

"거래, 라고?"

반드르가 자기도 모르게 말을 꺼냈다. 모두 믿어지지 않는다는 눈으로 아연실색했다. 무덤덤하게 말하는 밀레디가 꿈이나 헛것처럼 보였다.

"에히트는 말했어. 우리 일곱 명의 죽음과 맞바꿔서 이 세계를 구할 것인가. 이 세계를 희생해서 미래를 위해 더 발버둥 칠 것인가. 그래서 나는 제3의 선택지를 고르기로 했어."

그것이 바로 미래로 희망을 이어가고 이 세계를 구하는 선택지.

신이 무시할 수 없었던 계획. 그 이름은.

―7대 미궁 창조 계획.

"미궁이란 이름의 시련을 주고 공략자에게 우리 신대 마법을 계승시키는 거야."

시련을 판정하고 지식을 계승하는 마법진이라면 귀국에서 봤다.

일곱 명의 신대 마법 사용자가 총력을 집결해도 어려운 개념 마법 창조를 초대 용사 달리온은 혼자서 해냈음을 알았다.

애초에 『극한의 의지』를 일곱 명이 완전히 통일해서 발현하는 것이 말이 안 된다. 가치관도 사상도 마음도 저마다 다르니까.

세 가지 개념 마법을 창조한 밀레디 일행은 틀림없이 역사에 유례가 없을 만큼 강한 유대감으로 묶여 있다고 단언할 수 있다. 예외 중의 예외다.

그래서 강한 의지가 없으면 공략 불가능할 정도의 시련을 내리고……

"우리 마법을 한 사람에게 집약하면 개념 마법 창조의 난이

도도 내려갈 거야."

어쩌면 그런 놀라운 존재가 같은 시대에 여러 명 태어날지도 모른다.

그리고 에히트는 그런 계승자를 상대로 유희를 즐길 수 있다.

여섯 명은 한순간 그 수가 있었구나, 라며 하늘의 계시라도 들은 기분이었다. 시련은 아무래도 상관없다. 우리 일곱 명이 각자 다른 여섯 명의 신대 마법을 계승하면 되지 않나.

하지만 화색이 도는 동료들을 보며 밀레디는 냉정하게 부정했다.

"시험해 봐도 되겠지만, 아마 안 될 거야. 다들 자기 신대 마법의 진수를 깨달았으니까 대충 이해하겠지만."

신대 마법 사용자는 나면서부터 세상의 법칙에 간섭하는 힘이 혼백에 뿌리내리고 있다. 비유하자면 이미 물들어 버린 혼이라고 해야 할까? 아이러니하게도 신대 마법을 타고 난 신동이기 때문에 다른 신대 마법을 받아들일 수 없는 것이다.

아무도 반박하지 못했다. 그들도 수긍한다는 것을 떨떠름한 표정이 여실히 보여줬다.

"무엇보다 에히트가 용납하지 않아. 놈은 이미 우리와의 게임에 만족했고, 같은 말로 놀기를 원하지 않아."

그렇지만 이 일곱 명 수준의 말이 후세에 나올 가능성은 희박하다.

그래서 고유 마법 사용자도 서서히 줄어드는 지금, 이 『어느 시대에나 강력한 반역자가 나올 수 있는 시스템』이 신의 흥미를 끈 것이다.

신이 거래에 응한 이유를 알겠다.

"우리 한 사람당 1년. 7년의 유예를 받았어. 그때까지 광기의 씨앗은 남지만, 사람들이 자멸로 치닫지는 않아. 교회는 반역자 조직 괴멸과 신의 승리를 선포할 거야."

반역자의 스토리는 그대로 전하고, 마지막 일곱 명은 아직 잡히지 않았다는 불안을 남긴 채 사람들은 본래 생활로 돌아간다.

계약이 이행되지 않았을 시에는 당연히 세계는 다시 광기의 도가니에 빠지고 정말로 멸망한다.

그리고 7년 후, 7대 미궁이 완성되면……

"밀레디 라이센을 처형하고 시스템은 완성돼."

"잠깐! 무슨 소리야, 밀레디!"

끼어들고 싶은 충동을 간신히 참고 들어주던 오스카가 결국 한계를 맞이했다.

"우리 일곱 명은 대미궁 주인이 되는 거 아니야?! 왜 너만!"

듣고만 있을 수 없던 건 다른 이들도 마찬가지였다.

칼날처럼 꽂히는 여섯 명의 시선에 밀레디는 쓴웃음을 지었다.

"그 빌어먹을 자식이 아무 조건도 없이 받아줄 리 없잖아?"

밀레디 라이센은 조직의 리더로서 처형되고, 이로써 해방자의 이야기는 종결된다.

밀레디 라이센은 처형 후, 새로운 그릇으로 혼을 옮겨 불사가 된다.

일곱 명은 평생 외부 세계 및 상호간 접촉을 끊는다.

"단, 내가 혼자 미궁 바닥에서 영겁의 시간을 살아가는 대가로 다른 여섯 명은 단 한 명만 타인과의 접촉을 허용해. 그 밖에도 이것저것 있지만, 이게 계약의 대략적인 내용이야."

"그딴 거 개나 줘."

오스카가 분노하며 일어섰다.

"밀레디, 머리 좀 식혀라."

나이즈도 노기 서린 눈으로 노려봤다.

"그러게. 그게 말이 된다고 생각하니, 밀레디?"

"네. 우리가 그걸 허용할 줄 아세요? 너무하네요."

"멍청하긴. 그런 조건을 우리가 받아줄 줄 알았나?"

이어서 메일, 류티리스, 반드르도 단칼에 거부했다. 하지만 라우스만은 고뇌에 찬 얼굴로 고개를 숙였다. 이해하고 말았으니까. 그 선택지가 현재 최선이라고.

그래도 납득할 수는 없었다.

평생을 미궁 바닥에서 보내는 건 괜찮다. 하지만 밀레디만 언제 끝날지 모를 고독한 여로를 걸어야 한다는 건 용납할 수 없었다.

"다른 선택지가, 있어?"

흔들리지 않는 밀레디의 물음에 여섯 명은 말문이 막혔다.

신을 죽이기는커녕 대면조차 마음대로 되지 않는 지금으로서는…….

【신역】에 사람들이 수용된 점도 인질을 지킬 수밖에 없는

해방자에게는 험난한 장애물이다. 그 문제를 해결하지 않는 한 도돌이표만 찍게 된다.

하물며 신은 거래에 응했다. 그것은 계승자가 나타나도 **즐길 여유가 있다**라는 뜻. 대면했다고 해도 확실하게 이긴다는 보장은 전혀 없었다.

"……뭔가, 뭔가 있을 거야! 다른 방법이!"

"그래. 있을지도 모르지."

"그럼!"

"하지만 시간을 다 썼어. 그래서 이럴 수밖에 없었던 거야."

사람들은 의심이라는 안개에 휩싸여 서로를 죽이기 직전이었다.

모든 바람을 이룰 이상적인 선택지를 생각할 시간은 지났다.

그러니까, 동료들이 반대할 줄 알았으니까, 밀레디는 비겁한 줄 알면서도 시간을 아끼려고 혼자 거래에 나선 것이었다.

물론 밀레디의 선택을 따르면 미래에도 사람들이 신의 장난에 놀아나게 된다.

문제를 미루는 것에 불과하다. 어쩌면 이 시대의 사람들을 희생하는 것보다 더 많은 희생자가 나올지도 모른다.

에히트의 『이런 멍청한 선택도 없다』라는 말은 분명 틀린 말이 아니다.

하지만, 그래도…….

"미래를 위해서 지금 살아 있는 사람들을 희생할 수는 없어! 그렇지만 우리가 죽으면 미래로 희망을 이어갈 수 없어!"

피를 토하듯 외쳤다. 갈가리 찢긴 마음에서 흘러내린 말이었다.

이 자리에서 가장 고통스러운 사람은 밀레디라고 느껴질 정도로.

밀레디가 감정을 폭발시키자 오스카도 격정에 마음을 맡겼다. 밀레디의 생각을 뒤집으려고, 혹은 인정하기 싫은 현실을 떨쳐 내려는 듯.

"그래도! 알긴 아는 거야?! 계승자가 바로 나온다는 보장은 없다고!"

"알아!"

"죽을 때까지 못 만날지도 몰라! 너를 두고 먼저 떠날지도 몰라!"

"그것도 알아!"

"큿, 만나지 못해도 동료는 살아서 노력하고 있다는, 그런 희망마저 잃을 거야! 몇백 년, 어쩌면 몇천 년이나 너는 고독하게—."

"영원에 가까워도 상관없어!"

밀레디의 불타는 눈동자가, 강철 같은 의지가 오스카, 메일, 나이즈, 반드르, 류티리스, 그리고 라우스를 꿰뚫었다.

"나는 기다릴 거야! 계속 기다릴 거야! 믿으니까! 사람은 강하다고! 언젠가 이 망할 세계를 구해줄 존재가 나타난다고!"

분명히 밀레디의 마음이 망가지는지 아닌지 시험하는 것도 신이 거래한 이유일 것이다.

까짓거 받아주겠다. 그건 처음부터 각오한 바다.

괴로운 점은 동료의 여생을 미궁 바닥에 가둬 버리는 것. 한 명만은 함께 지낼 수 있다는 조건을 따내기는 했으나, 그들의 운명을 마음대로 정한 것이 미안했다. 그래도……

"부탁할게. 다들 힘을 빌려줘."

그 무모하고 독선적인 바람을, 다름 아닌 이 여섯 명이기에 밀어붙였다.

기댈 수 있다. 무리한 부탁을 할 수 있다.

밀레디가 어려워하는 그것들을 할 수 있게 해주는 가장 신뢰하는 사람들이니까. 받아주겠다며 나란히 서준 특별한 동료니까.

벌레조차 숨을 죽인 것 같은 정적 속.

여섯 명 모두 심장에 못이 박힌 얼굴을 하고 있었다. 괴롭고, 입술이 떨리고, 주먹엔 힘이 들어갔다. 눈 안쪽으로 어두운 감정이 퍼져 나갔다.

출구 없는 어둠 속을 헤매는 듯한 오랜 시간이 지났다. 그리고……

"……나는 못 해. 너를 고독하게 하려고 최선을 다하라니."

오스카가 등을 돌렸다. 꽉 쥔 주먹에서 피를 흘리며 떠났다.

"조금, 생각해 볼게."

메일도 망령처럼 힘없이 숲 뒤로 사라졌다. 그것을 시작으로……

"나를 고독한 인생에서 끌고 나와 준 건 너와 오스카였어."

그러면서 이를 악문 나이즈가 떠났고.

"……."

반드르가 무서울 정도로 무표정, 무언으로 발걸음을 돌리고.

"밀레디. 역시 당신은, 너무 강해요.……."

슬픈 눈을 한 류티리스가 그 뒤를 따랐다. 그리고…….

"……미안하다."

자신의 무력함에 살의마저 품은 표정으로 사과하고 라우스
도 떠나갔다.

숲에는 밀레디만 덩그러니 남았다.

하늘을 올려다보고 눈을 감는다.

쫓아가서 매달리지도, 설득하러 가지도 않고 밀레디는 그
자리에 계속 남았다.

그게 첫 『믿으며 기다리는 시간』이었다.

그날, 신도에는 많은 사람이 모였다.

세계를 혼란에 빠뜨린 사상 최대 최악의 대역죄인. 반역자들의 두목이자 이단의 마녀.

밀레디 라이센의 공개 처형일이니까.

"7년 전과 똑같은 일이 벌어지지 말아야 할 텐데……."

"재수 없는 소리 하지 마. 마녀 외에 여섯 명은 아직 어딘가에 숨어 있다고 하잖아."

당시에도 공개 처형을 구경하러 왔던 사내들이 완전히 복구된 도시를 살짝 불안하게 돌아봤다.

그때와 똑같이 중앙 광장에 무대가 마련됐다. 각국 수뇌들도 참가했다.

다른 점은 하늘을 경비하는 수광 기사단이 용인으로 바뀌었다는 것. 그리고 교황, 대사교, 삼광 기사단 단장이 전부 바뀌었다는 것 정도였다.

"아니, 소문으로는 다 죽었대."

다른 남자가 대화에 끼어들었다.

"정말이야? 그야 활동한다는 소문은 전혀 안 들리지만……."

"뭐, 무슨 일이 있어도 대동단결해서 해치우면 되지!"

"그렇지. 7년 전 분란은 악몽 같았지만, 그 용솟음치는 신앙심과 일체감은 다시 느껴 보고 싶어."

"마인족마저 함께 싸웠을 정도니까. 마지막에는 관계가 파탄 날 뻔했지만, 결국 교회가 중재한 뒤로 마왕국도 얌전해졌지."

구경꾼들은 마치 좋은 추억담이라도 되는 양 얘기했다.

그중 한 명의 등에 퍽 충격이 퍼졌다. 아파서 인상을 쓰며 돌아보자 외투에 모자를 쓴 청년이 도망치듯 인파 속으로 사라지고 있었다.

혀를 찬 사내는 다시 처형대로 눈길을 돌렸다.

7년의 불안에 마침표를 찍는 순간을 목이 빠지게 기다리며.

한편, 도망친 청년은 불쾌한 분위기로 인파에서 벗어나 골목으로 들어갔다.

"어허, 다 봤어. 눈에 띄지 말라고 했잖아."

기다리던 동료, 후드 달린 외투를 입은 청년이 잔소리로 맞아줬다.

거북하게 시선을 피한 사람은 열아홉 살이 된 루스였다. 얼굴에서는 고집 센 직공다운 괴팍함이 묻어났고 키도 예전의 오스카보다 커졌다.

후드 청년은 딜런이었다. 단련한 육체는 이제 완전히 전사의 몸이었다. 다부진 인상인데도 어딘지 모르게 순해서 형 같은 짝퉁 신사처럼도 보였다.

"루스, 저 바보. 그냥 물어뜯지 그래? 저놈의 성질머리는 언제 고치나 몰라."

"야, 내가 개냐? 물어뜯게."

골목 벽에 기대서 어깨를 으쓱거리는 사람은 케티였다. 말랐지만 탄력 있는 몸매는 역시 싸움에 익숙해 보였다. 열다섯 살로 막 성인이 된 참인데 상당히 위험한 분위기를 풍기는 미녀로 성장했다.

"자자, 루 오빠랑 케티도 그만해. 눈에 띄면 안 되잖아, 그렇지?"

""아, 응. 미안…….""

그리고 웃음 하나로 두 사람을 조용히 만든 건 콜린이었다. 선한 인상은 그대로며 열다섯 살이라고는 생각할 수 없는 모성과 포용력이 흘러넘쳤다. 외투로도 숨길 수 없는 가슴을 볼 때면 케티는 언제나 죽은 생선 같은 눈이 됐다.

그런 콜린을 말리듯 손을 잡아준 사람은, 아버지와 전혀 닮지 않은 단정한 외모의 청년— 샤름이었다.

"여러분, 곧 시작이에요."

금대 용사다운 차분함과 풍격을 지닌 그가 쓸쓸한 눈으로 먼 곳을 바라봤다.

종이 울렸다.

그들의 표정이 딱딱해졌다. 농담을 주고받으며 잊으려 했던 감정이 흘러넘칠 것 같았다.

북쪽 거리를 막는 거대한 흰색 문이 열렸다.

그곳에 구속된 여성이, 밀레디가 있었다.

앳된 용모는 다 어디로 가 버렸는지 7년 사이에 어엿한 어른으로 성장한 모습이었다.

허리까지 오는 긴 금발은 윤기를 잃고 헝클어졌다. 간소한 원

피스로 보이는 팔다리는 수갑과 족쇄에 쓸려 빨갛게 부었다.

내려온 앞머리 사이로 조금이지만 창궁색 눈동자가 보였다. 강하게 빛나는 눈동자가.

"마녀 밀레디 라이센. 마지막으로 개심할 기회를 주마. 죄를 뉘우쳐라. 그러면 자비로운 신께서 고통 없는 죽음을 선사하실 거다."

엉망이 된 모습으로 고개 숙였던 밀레디가 움찔 반응했다.

사상 최악의 이단자가 신에게 용서를 구하는 순간을 놓치지 않으려고 광장이 쥐 죽은 듯 조용해졌다.

"뉘우, 칩니다……."

밀레디가 천천히 고개를 들었다. 그리고…….

"……라고 할 줄 알았어? 할 줄 알았어~? 푸푸풉! 기대할 걸 기대하세요! 망할 신한테 할 사과는 없네요~! 밀레디 씨는 정직하니까!"

씨익, 아주 밉살스럽게 웃으며 그렇게 소리쳤다. 소리치고 말았다.

사람들도, 수뇌들도, 교황과 기사들도, 심지어는 샤름과 성장한 아이들까지 눈을 끔뻑거렸다.

아무도 상황을 이해하지 못하는 가운데.

"아, 그래도 이건 사과해야지. 신을 못 죽여서 미안."

갑자기 태도가 바뀌어 진심으로 후회가 느껴지게 사과했다.

그 휙휙 바뀌는 분위기에 모두 정신을 차리지 못했다.

유일하게 반응한 사람은 귀빈석에 앉은 여자— 용왕 시블

이었다.

"못 들어주겠네요! 어서 불을 붙이세요!"

교황이 정신을 차리고 신호를 보냈다. 사제들도 꿈에서 깬 것처럼 서둘러 불덩이를 날렸다.

십자가 아래로 순식간에 불길이 치솟았다.

사람이 견디기 힘든 열기가 올라올 텐데, 어떻게 된 까닭일까.

밀레디의 표정은 무척 다정했다.

세계를 혼란에 빠뜨린 마녀의 얼굴이라고는 생각할 수 없어서 당혹감과 웅성거림이 퍼졌다.

"서로 손을 잡는 게, 죄일까?"

밀레디의 옷이 타들어가기 시작했다. 불이 온몸을 집어삼켰다.

"정을…… 나누는 건? ……서로 웃는…… 건?"

산소를 불에 빼앗겨 호흡도 하기 힘든 듯했다. 말이 드문드문 끊겼다.

"……좋아하는 걸…… 좋아한다고 말하는…… 건?"

피부가 탄화되어 갔다. 이제는 표정도 알 수 없었다.

그런데도 목소리는 계속 다정했고, 최선을 다해 말을 걸고 있었다.

"죄……가 아니야……. 우리는…… 신의, 장난감이…… 아니야!"

이미 단순한 형체밖에 알아볼 수 없었다. 말을 한다는 게 믿어지지 않았다.

그런데 교회 사람들조차 눈을 돌릴 수 없었던 것은…….

─당신들의 미래가, 자유로운 의사 아래 결정되기를.

장엄하리만큼 아름답다고 생각했으니까.

사람들이 말없는 주검이 된 마녀를 그저 멍하니 바라보고 있었다.

그런데 갑자기 탄화한 몸이 빛을 뿜었다. 그 빛이 십자가 위로 모였다.

그리고 작은 창궁색 별이 된 직후.

"아, 하늘로…… 떠났어?"

누군가 중얼거린 대로 하늘 높이 사라졌다.

너무나도 환상적인 광경이었다.

사람들은 마음을 빼앗긴 것처럼 언제까지고 창궁색 하늘을 올려다보았다.

"끝까지 한 방 먹이고 가네, 밀레디 누나."

루스가 못 말린다며 웃는 소리를 듣고 딜런과 케티도 굳었던 얼굴이 유쾌한 미소로 풀렸다.

처형 전의 무거운 분위기는 없었다. 당혹감에 지배된 신도를 보자니 통쾌한 기분이 들었다.

"그럼 우리도 당분간은 못 보겠네요."

샤름의 말에 모두 고개를 끄덕였다. 이미 누구도 어린아이의 얼굴은 아니었다.

이들은 앞으로 각자의 길을 걷는다.

"딜런과 케티는 귀국으로 가죠?"

"응. 앞으로 이단 취급받는 사람들이 의탁할 곳이니까. 나도 힘이 되고 싶어."

"알파드 전하와 라수르 씨라는 최고의 스승님도 있고 말이야."

당시 귀국도 광신에 빠진 자들 때문에 내전이 발발했지만, 알파드 전하는 국민보다 가족을 중요시하는 사람이었다. 자국민이든 귀족이든 망설임 없이 압도적 폭력과 공포로 굴복시켰다고 한다.

다만, 경각심이 생겼는지 국내 사정과 무관한 사병을 원했다.

그게 7년 전 조국에서 추방된 라수르와 그가 광기 속에서 보란 듯이 구출한 마인들이었다. 물론 버틀럼도 함께였다.

지금은 인간 마을과 함께 마인 영지가 존재하며, 라수르는 알파드 직속 근위대장 겸 상담자라는 중책을 맡고 있다. 개인적으로도 죽이 잘 맞는지 좋은 친구 관계가 되었다.

"오빠를 잘 부탁해. 루 오빠."

"그래. 도움 받을 사람은 나겠지만."

밀레디 외의 여섯 명은 바깥 세계 사람 중 단 한 명과 교류할 수 있었다.

오스카의 경우는 루스였다. 계약 때문에 공략 보수를 제외한 아티팩트는 밖으로 가져갈 수 없지만, 루스의 실력을 키우면 된다는 의도였다.

라우스는 당연히 샤름이었다. 평소에는 용사로서 여행하며 사람을 돕거나 수련하겠다고 한다. 콜린은 그 옆을 따라가기로 했다.

"샤름. 너, 우리 콜린 울리기만 해 봐. 가만 안 둬."

케티의 충고에 두 사람이 부끄러워하는 것만 봐도 어떤 관계인지는 뻔히 알 수 있었다.

"윤파랑 디네도 왔으면 좋았을 텐데……."

"어쩔 수 있나. 윤파는 그, 홑몸이 아니잖아."

나이즈와 교류하는 사람은 당연히 윤파였다. 어떻게 보면 이 7년 사이에 가장 성장한 사람은 그녀일지도 모른다.

그 요염함은 마치 수샤가 수호령이 되어 가르친 것만 같았다.

성인이 되자마자 나이즈는 항복했다.

"디네도 안디카에 있으니까 쉽게는 못 오잖아."

"바하르 씨를 밀어내고 수령이라고 불리던데, 바쁠 만도 하지."

거기까지 아쉬운 듯 이야기하다가 자연스럽게 대화가 끊겼다.

마침 사람들도 정신이 돌아왔는지, 방금 본 마녀의 죽음에 관해 흥분한 것처럼 대화를 나누고 있었다. 교회 관계자가 뭐라고 주장하든 귀를 기울이는 사람은 별로 없었다.

그 광경에 눈을 가늘게 뜨며 샤름은 주먹을 내밀었다.

"살아서, 또 만나요."

그것이야말로 살아남은 우리가 가장 소중히 해야 할 것.

그렇게 눈으로 말한 샤름에게 모두 피식 웃으며 주먹을 맞댔다.

그리고 각자의 길로 돌아섰다.

반역자의 진실을 아는 사람으로서 후세에 뭔가를 전하겠다는 결의를 가슴에 품고.

전 라이센 지부가 있던 계곡 위, 일곱 사람이 원을 이루고 있었다.

그중 한 명에게, 아니, 하나에 창궁색 빛이 쏟아졌다.

"짠짜잔! 밀레딩, 부~활~!!"

시끄럽고 기묘한 포즈를 잡는 조그만 스마일 가면 골렘.

일곱 신대 마법의 정수를 결집한 밀레디의 새로운 몸이었다.

7년 전 그날, 믿고 기다린 밀레디에게로 여섯 동료는 돌아왔다.

그 어느 때보다 갈등하며 살아남은 소중한 사람들과 말을 나누고, 그 마음을 나눠받아 마지막에는 밀레디의 의지에 따르기로 했다.

각지에 대미궁을 건설하며 이들은 이 7년간을 소중히, 정말로 소중히 보냈다.

오늘이 그 마지막 날이었다.

"어머나, 밀레디도 참! 스무 살 넘어서도 밀레딩이라고 하다니, 유치해서 너무 좋아!"

"아니, 뭐! 그러는 메르 언니는 서른—."

"뭐라고 했니?"

메르 언니가 웃음기 없이 웃었다. 밀레디가 눈을 피했다.

"뭐 하는 거냐, 너희."

메일과 밀레디의 만담 같은 대화에 나이즈는 머리가 지끈거리는 시늉을 했다.

"30대 중반에 어린 신부한테 잡아먹힌 나즈, 뭐라고 했어?"

"어머, 어린 신부한테 잡혀 사는 나이즈잖아. 뭐라고 했어?"

"그 얘기는 하지 마……."

나이즈가 머리를 감싸고 웅크렸다. 요염하고 당찬 어린 사모님이 상당히 강한 모양이었다. 여러 의미에서.

"그만들 놀려. 결혼 생활은…… 어려운 거다."

"라우가 말하니까 무게가 장난 아니네. 그건 그렇고 머리털, 끝까지 안 자랐네……."

"깎았으니까! 자주! 수시로!"

이 녀석, 마지막까지 짜증 나네! 라며 분개하는 라우스를 무시하고 밀레디는 묘한 표정을 지었다.

"반은…… 목도리 센스, 갈 데까지 갔구나."

"……내 센스가 아니야. 마가레타가 맛 들였는지 계속 만들어 온다고."

반드르는 하트 마크 빼곡한 핑크색 목도리를 휘날리며 고개를 돌렸다.

그가 미궁 입구를 누구에게 허락했는지는 분명했다.

참고로 슈네 일족은 설원 경계선 부근에 있는 숲속 은신처를 그대로 슈네 마을로 쓰고 있었다. 슈네 본가를 그리워하는 많은 용인도 함께 있었다.

"류, 지금부터라도 그 바○벌레 시련은 그만두지 않을래?"

"싫어요! 싫어요! 저는 또 친구 없는 삶으로 돌아간다구요!

적어도 그 아이들이라도 있어야 해요!"

"아니, 키아가 있잖아? 시중으로."

"여관이랑 겸업이에요. 그것도 수해 밖에서요! 조만간 틀림없이 『바쁘니까 다음에』라며 야속한 소리를 할 거예요! 외로워질 거예요!"

류티리스가 꺼이꺼이 울지만, 수천만 마리 바퀴ㅇ레가 밀려오는 시련을 제안, 실행한 시점에서 일행과의 마음에는 넘을 수 없는 벽이 생겼다.

그것을 별난 사람이라며 웃어넘기고 시중을 자처했으니 키아도 보통 간담은 아니었다. 토인족은 정말로 강한 게 맞다.

징징거리는 류티리스를 무시하고 밀레디는 품에서 소중하게 사진 한 장을 꺼냈다. 대미궁 건설 전, 사랑하는 언니가 잠든 곳이 한눈에 들어오는 언덕에서 찍은 일곱 명의 단체 사진이었다.

오스카가 제안해 7년 동안 많이 보내준 사진 중 한 장이며, 밀레디가 가장 좋아하는 보물이었다.

"헤헤, 오카. 이거 고마워."

결국 호칭은 돌아오지 않았다. 밀레디가 평범한 여자아이가 될 미래를 포기한 증거.

"7년 전 사진이잖아. 고맙다는 말은 벌써 여러 번 했어."

"몇 번이든 하고 싶은걸! 최고로 멋진 사진이고, 미소녀 시절 내가 찍혀 있기도 하고!"

"너, 유체 이탈할 때 모습은 왠지 당시 그대로잖아."

"그건 그거고 이건 이거지!"

살짝 슬퍼진 오스카의 눈빛을 일부러 눈치채지 못한 척하며 밀레디는 더욱 활기차게, 웃으면서 대화했다.

그러다 갑자기 하늘에서 익숙한 기운이 발생했다.

"……갈 시간이네."

감시하러 온 사도를 보고 밀레디가 미련을 떨치듯 말했다.

일곱 명의 뒤에는 각각 작은 전이용 마법진이 있고, 들어가면 대미궁에 마련한 거처로 이동한다.

한 번 들어가면 전이진은 저절로 사라져 이제는 영영 만나지 못한다.

"그럼 다들 잘 가! 밀레디 씨랑 못 만나서 외롭다고 뛰쳐나오면 안 된다~?"

영원한 이별이니까. 장난치듯, 마지막까지 밝게, 웃는 얼굴로.

해야 할 말은 이미 7년 동안 많이 했으니까.

여섯 명은 그런 밀레디를 기억 속에 새기는 것처럼 바라봤다. 애틋함과 지난날의 그리움이 마음속을 돌아 사랑스러운 눈빛이 되어 눈동자에 떠올랐다.

처음으로 돌아선 사람은 나이즈였다. 전이진 앞에서 어깨 너머로 돌아봤다.

"너와 여행한 건 내 최대의 자랑이다. 고마워."

"나즈…… 나야말로 고마워. 같이 싸워줘서."

저녁에 친구와 헤어지는 것처럼 밀레디에게 미소를 돌려주고, 사라졌다.

다음으로 이별의 말을 꺼낸 사람은 류티리스였다.

"밀레디. 저는 당신을 통해 꿈을 봤어요. 멋진 꿈을요. 고마워요. 그 꿈이 미래에도 쭉 이어지리라고 믿어요."

"응. 나도 믿어. 안녕, 류."

수해의 여왕이 보인 마지막 웃음은 수해처럼 여유로우면서도 강인했다.

연두색 전이진이 역할을 마쳤다. 그것을 지켜본 뒤, 이번에는 라우스가 입을 열었다. 평온한 목소리로 확신을 담아 전했다.

"벨타가, 너를 고른 건 정답이었어."

"……라우."

"내가 하고 싶은 말은 그거뿐이다. 가슴을 펴라, 밀레디 라이센."

최강의 기사가 지은 표정은 가슴이 아플 만큼 상냥했다.

라우스가 떠나고 반드르가 뒤를 이으려고 했다. 하지만 문득 멈춰 서더니 왠지 오스카를 힐끔 봤다. 그리고 밀레디에게도 시선을 주고는 깊이 탄식했다.

그러는가 싶더니 이번에는 성큼성큼 밀레디에게 다가와서 어리둥절하게 쳐다보는 스마일 가면에 딱밤을 탁 먹였다.

"아얏! 아니, 왜 때려?!"

"고집 피운 벌이야."

반드르는 아무 일도 없었던 것처럼 발걸음을 돌렸고, 살짝 돌아보며 마지막 말을 건넸다.

"너는 짜증 나게 구는 편이 매력적이야. 잊지 마."

"뭐라는 거야!"

이런 식으로 이별해도 되냐고 스마일 가면이 펄펄 날뛰지만, 반드르는 쾌활하게 웃으며 떠나 버렸다.

"후후, 반답네. ……그럼 밀레디."

"응, 메르 언니."

"성장해도, 가슴은 별거 없더라."

"그런 이야기는 안 해도 돼!"

메일! 너도냐! 분개하는 밀레디를 메일이 기습적으로 꽉 끌어안았다.

"너를 만나서 다행이야. 더 오래, 쭉 같이 있고 싶었어."

"……나도, 메르 언니."

잠시 서로의 존재를 확인하듯 부둥켜안고, 떨어졌다.

"너는 혼자가 아니야. 만약 우리가 먼저 떠나게 되더라도 쭉, 영원히 널 생각할 거야."

"에헤헤, 알아."

두 사람은 웃는 얼굴로 마주 봤다. 밀레디의 얼굴이 가면으로 만든 웃음이라도 아무런 상관이 없었다. 두 사람 사이는 친애의 정으로 꽁꽁 묶여 마치 친자매 같았다. 메일은 마지막 한순간까지 밀레디에게서 눈을 떼지 않고 자기 영역으로 떠났다.

"신경 쓰게 했나."

마지막으로 남은 오스카가 쓸쓸하게 웃으며 중얼거렸다.

"오카…… 맨날 멋대로 굴어서 미안."

오스카가 조용히 고개를 저었다. 밀레디는 처음으로 직접 등을 돌렸다.

그리고 똑바로 전이진으로 걸어갔다.

"고마워. 말로 다 할 수 없을 만큼 감사해. 오카가 없었으면 나는 분명히 여기에 없어. 네가 나의 가장 큰 마음의 버팀목이었어."

그의 마음에서, 나눴던 약속에서 등을 돌렸기에 적어도 거짓 없는 감사만이라도 전했다.

전이진 한 발 앞에 서서 등으로 꽂히는 오스카의 시선을 느꼈다.

하지만 그 시선은 곧 떨어졌고 오스카도 전이진으로 걸어가는 소리가 들렸다.

이젠 정도 떨어졌을까. 마지막은 웃으면서 헤어지고 싶었는데, 아아, 또 제대로 안 되네. 밀레디는 금속 손가락으로 가면을 더듬고—

"영원에 가까운 시간이 지나더라도."

"응?"

"설령 혼만 남더라도."

"……."

"반드시 너를 데리러 갈게."

숨을 삼키는 소리가 나지 않아서 다행이다. 골렘 몸이 고마웠다.

"7년 동안 계속 모색했어. 너를 혼자 두지 않는 방법을. 옛날이야기까지 뒤졌어. 결국 이 방법 말고 다른 선택지는 얻지 못했지만, 세계를 넘어서라도, 다시 태어나서라도 함께 있는 이야기는 많이 찾았어."

옛날이야기에 나오는 마법은 분명히 실존했다.

그래서 오스카 오르크스는 믿었다. 믿고 약속했다.

"이번에는 내가 너를 찾을게. 지옥 밑바닥이라도, 세상의 끝이라도, 반드시."

돌아서서 손을 뻗고 싶었다. 그래도 마음에 평범한 여자아이가 남아 버리면 앞으로 있을 긴 여행을 견디지 못할 테니까, 참는다.

그리고 밀레디는 알고 있었다. 언제든 오스카 오르크스는 밀레디 라이센의 마음을 가장 소중하게 생각해 준다는 것을.

"너를 만난 행복을, 버릴 생각은 없어. 그러니까 안녕이라고는 말하지 않을게."

"오, 카⋯⋯."

"응. 나는 오카야. 그거면 돼."

봐라, 상냥한 목소리로 해방자의 리더로 있으려는 마음을 긍정해 준다.

해내고 말겠다는 마음이 들게 해 준다.

"또 보자, 밀레디. 다녀와."

"응, 또 봐, 오카! 다녀올게!"

그렇게 두 사람은 헤어졌다.

소중한 보물 같은 마음은 가슴 깊은 곳에 넣어 두고, 똑같이 울음과 웃음이 섞인 얼굴로, 허리를 쭉 펴고.

마지막까지 절대 돌아보지 않고.

그 후, 반역자라는 공공의 적이 사라진 세계는 일시적인 평화를 누렸다.

10년이 지나고, 100년이 지나고.

광란의 시대도 기억에서 희미해졌을 무렵, 어디선가 소문이 흘렀다.

세계에는 일곱 대미궁이 있다.

그곳을 공략한 자에게는 막대한 보수가 주어진다고.

그 대미궁은 그 일곱 반역자가 만들었다고.

누가 이름 붙였을까.

언제부터인가 대미궁은 일곱 명의 이름으로 불렸고, 시대가 대미궁의 존재 자체를 잊게 해도 신기하게 토지, 나라, 사람 속에 반드시 이름이 남았다.

그들을 잊게 하지 않으려는 사람들이.

그 의지를 이어받아 자유 의지를 지키려는 사람들이.

어느 시대에나 존재하는 것처럼.

■작가 후기

 흔직세 제로 6권을 읽어주셔서 정말로 감사합니다.

 원작자 시라코메 료입니다.

 드디어 이 외전 시리즈도 마지막 권이군요. 밀레디 일행의 이야기도 여기서 막을 내린다고 생각하니 참 감개무량합니다.

 여러분은 어떠셨나요? 해방자들의 삶, 일곱 대미궁 주인의 과거와 인격, 현대와의 연결을 암시하는 많은 요소들, 즐겁게 봐주셨나요?

 저는 사실 집필이 너무 힘들어서 몇 번이나 비명을 질렀습니다만, 그래도 『아무튼 즐거웠다!』라고 단언할 수 있습니다.

 쓰고 싶은 내용이 어찌나 많은지 이번 편은 기어코 500페이지를 넘겼으니까요. 그런데 아직도 덜 쓴 기분이…….

 어쩔 수 없이 그 소재들은 오프라인 매장 특전에 매번 붙는 단편 소설에 뿌려 놨습니다. 그 아이들의 뒷이야기나 대미궁 시련 계획 회의 등등을요.

 여러분이 궁금하신 점이 나와 있을지도 모르니까 음미하며 즐겨주셨으면 합니다. ……그런데 후기에서 할 소리는 아니네요, 죄송합니다(눈을 피하며).

 좌우지간 제로 시리즈를 무사히 완결까지 쓸 수 있었던 건

독자 여러분 덕분입니다.

그리고 분량을 듣고 먼 산을 보셨을 담당 편집자님과 교정 담당자님 덕분입니다.

본편도 클라이맥스. 제로부터 시작한 『저항하는 자들의 이야기』는 마침내 『하지메의 이야기』로 바통을 넘기고, 밀레디의 고독한 여행도 진정한 의미로 끝을 맞이합니다.

그녀의 삶을 꼭 본편에서도 지켜봐 주시기 바랍니다.

그런 의미로 후기 뒤에 아주 짤막한 번외를 넣었으니까 미래에 도달한 밀레디의 모습을 한 번 봐주세요.

내년에는 애니메이션 2기도 시작합니다. 대미궁을 공략하는 이야기가 많으니까 해방자 시점에서 보는 것도 재미있을지 모르겠네요.

『신의 사도』와도 본격적으로 싸우게 되므로 그쪽도 기대해 주세요.

슬슬 공간이 부족하니까 마지막으로 감사 인사를 드리겠습니다.

일러스트를 담당하시는 타카야Ki 선생님, 제로 만화 담당 카미치 아타루 선생님, 원작 만화 담당 RoGa 선생님, 일상 & 학원을 그려주시는 모리 미사키 선생님, 담당 편집자님, 교정 담당자님, 그 외 출판에 힘써주신 모든 분.

평소 함께 흔직세 세계를 즐겨주시는 『소설가가 되자』 유저 여러분.

그리고 외전 시리즈인데도 마지막까지 함께해 주신 독자 여러분.

정말로 정말로 감사합니다.

제로 시리즈는 여기서 끝나지만, 흔직세 자체는 아직 계속되므로 앞으로도 잘 부탁드리겠습니다.

시라코메 료

아득한 미래에서

『신을 죽일 거니까 협조해! 예요!』

억지로 갖다 붙인 듯한 어미를 자랑스럽게 떠들며 이곳을 다시 찾은 토끼 소녀를 떠올렸다.

밀레디 라이센이 그 말을 얼마나 기다렸는지, 그 말이 얼마나 기뻤는지, 그 괴물 토끼는 알고 있을까?

그렇게 일곱 명이 찍힌 보물 사진에 투덜대어 본다.

마지막이다. 결과가 어떻든 오늘로 끝이다.

밀레디의 기나긴 고독한 여행은 드디어 끝을 맞이한다.

"죽으면 혼은 어디로 갈까? 뭐, 어디든 어때."

탁, 사진 속에서 자신이 껴안은 상대에게 딱밤을 때리고 쌕 웃으며 돌아섰다. 이제 돌아보지 않는다. 그때처럼.

방을 나와 최종 시련의 방으로.

2열로 정렬한 수백 대의 기사 골렘 사이를 걸어 그 앞의 거대 골렘— 기사왕의 어깨에 탔다.

천장에 거대한 마법진이 출현했다. 단 한 번만 쓸 수 있는, 밖으로 통하는 전이진이었다.

빛이 공간을 채워 나간다.

신기한 기분이었다.

뜨겁게 끓어오른다. 그러면서도 차갑고 잔잔하다.

날카롭게 곤두섰으면서, 추억에 잠길 만큼 평온하다.

오스카가, 나이즈가, 메일이, 반드르가, 류티리스가, 라우스가, 그리고 모든 동료가 바로 뒤에 있어 주는 기분이 든다.

가면에 살며시 손을 댔다. 살짝 벌어진 틈 안쪽에서 혼이 빛을 발했다.

"그럼 애들아."

아름다운 금발과 창궁색 눈동자를 가진 소녀가 당당하게 씨익 웃었다.

해방자 밀레디 라이센.

수천수만의 시간을 건너, 수억의 마음을 짊어지고.

지금 마지막 싸움으로—.

"다녀올게."

출진한다.

흔해빠진 직업으로 세계최강 제로 6

초판 1쇄 발행 2023년 05월 10일

지은이_ Ryo Shirakome
일러스트_ Takaya-ki
옮긴이_ 김장준

발행인_ 신현호
편집장_ 김승신
편집진행_ 권세라 · 최혁수 · 김경민 · 최정민
편집디자인_ 양우연
관리 · 영업_ 김민원

펴낸곳_ (주)디앤씨미디어
등록_ 2002년 4월 25일 제20-260호
주소_ 서울시 구로구 디지털로 26길 111 JnK디지털타워 503호
전화_ 02-333-2513(대표)
팩시밀리_ 02-333-2514
이메일_ lnovellove@naver.com
ㄴ노벨 공식 카페_ http://cafe.naver.com/lnovel11

ARIFURETA SHOKUGYOU DE SEKAISAIKYOU ZERO 6
© 2021 by Ryo Shirakome
First published in Japan in 2021 by OVERLAP, Inc.
Korean translation rights reserved by D&C MEDIA Co., Ltd.
Under the license from OVERLAP, Inc., Tokyo JAPAN

ISBN 979-11-278-6849-9 04830
ISBN 979-11-278-4615-2 (세트)

값 9,500원

（©Kotobuki Yasukiyo 2020
Illustration : JohnDee
KADOKAWA CORPORATION）

아라포 현자의 이세계 생활 일기 1~12권

코토부키 야스키요 지음 | JohnDee 일러스트 | 김장준 옮김

정리해고 당한 후, 매일 밭을 돌보며 『제로스 멀린』으로서
게임에 빠져 살던 백수 아저씨, 오사코 사토시(40세).
오리지널 마법을 만들어 명실상부 톱 플레이어가 된 그는
최종 보스를 무난하게 공략하지만
로그인 중 발생한 어떤 사고로 생을 마감한다.
그는 홀로 죽었다고 생각했지만,
정신을 차리고 보니 거대한 산림 지대의 한가운데에 서 있었다.
이세계 여신의 말에 따르면 그는 게임 속 능력을 이어받아 전생했다고 한다.
대산림 지대에서 서바이벌을 거치고 전(前) 공작 노인과 만난 제로스는
현자로서 능력을 인정받아 마법을 쓰지 못하는 소녀의
가정교사 일을 의뢰받는데—?!
"나는 평온한 일상이 인생의 모토인데……."

마흔 살 현자의 이세계 생활 일기 개시!

단칸방의 침략자!? 1~32권

타케하야 지음 | 뽀코 일러스트 | 원성민 옮김

소년 사토미 코타로가 홀로서기를 위해 찾아낸 단칸방.
부엌 욕실 화장실 포함에 월세는 단돈 5천엔.
어느샌가 그 방은 침략 목표가 되었다?!

'미소녀', '유령', '외계인', '코스플레이어' 그 누가 상대라해도

"너희에게 이 방을 넘겨줄 수는 없어!"

단 한 칸의 방을 걸고 벌어지는 침략일기. 시작합니다!

TV애니메이션 방영 화제작!!

전생 왕녀와 천재 영애의 마법 혁명 1~5권

카라스 피에로 지음 | 키사라기 유리 일러스트 | 송재희 옮김

어릴 때 전생의 기억을 되찾은 왕녀, 아니스피아.
마법을 쓰지 못하기에 귀족들에게는 낮은 평가를 받지만
독자적인 마법 이론을 만들어 혼자서 연구를 계속하고 있었다.
그녀는 어느 날 천재 공작 영애, 유필리아가
차기 왕비 자리에서 밀려나는 장면과 맞닥뜨린다.
그녀의 명예를 회복하기 위해
아니스피아는 유필리아와 함께 살며 마법을 연구하기로 하는데?!
"유피, 나랑 같이 가 줄래?"
"바라신다면 어디까지라도 함께하겠어요. 아니스 님."
기상천외한 전생 왕녀와 쿨한 천재 영애의 만남이
나라를, 세계를, 두 사람의 미래를 바꿔 나간다!

사랑스런 두 사람의 왕궁 백합 판타지 개막!

©Udon Kamono/OVERLAP
Illustration Hitomi Shizuki

꽝 스킬 【지도화】를 손에 넣은 소년은
최강 파티와 함께 던전에 도전한다 1~5권

카모노 우동 지음 · 시즈키 히토미 일러스트 · 이정인 옮김

15세 노트가 『증여 의식』에서 받은 스킬은 【지도화】.
레어도는 높지만 다른 스킬보다 쓸모가 없는, 이른바 꽝 스킬이었다.
소꿉친구에게 버림받고 실의의 바닥에 빠진 노트는
모험가 생활로 번 돈을 술에 쏟아붓는 나날을 보내지만—
그런 나날은 느닷없이 끝을 고했다.
"우리는 그 스킬을 가진 너를 필요로 하고 있어."
최강 파티 『어라이버즈』에 소속된 진의 권유를 받게 된 노트.
그의 운명은 크게 변하기 시작한다.
이번에야말로 노력을 포기하지 않고, 발버둥 치겠다는 결의와 함께.

**최강 파티에 들어간 소년이
이윽고 최강에 도달하는 판타지 성장담, 개막!**